AIと人類は共存できるか？

人工知能SFアンソロジー

人工知能学会編

早瀬 耕×江間有沙
藤井太洋×栗原 聡
長谷敏司×相澤彰子
吉上 亮×大澤博隆
倉田タカシ×松原 仁

早川書房

ＡＩと人類は共存できるか？

——人工知能ＳＦアンソロジー

目次

ＡＩのできないこと、人がやりたいこと
国立情報学研究所　相澤彰子　242

塋域《えいいき》の偽聖者
吉上　亮　255

ＡＩは人を救済できるか：
ヒューマンエージェントインタラクション研究の視点から
筑波大学システム情報系助教　大澤博隆　332

再突入
倉田タカシ　353

芸術と人間と人工知能
公立はこだて未来大学教授　松原　仁　418

眠れぬ夜のスクリーニング

早瀬 耕

はやせ・こう

1967年東京生まれ。一橋大学商学部経営学科卒業。1992年、仮想現実をテーマにした長篇『グリフォンズ・ガーデン』で作家デビュー。22年の沈黙の後、2014年に発表した異色の恋愛小説『未必のマクベス』（以上、早川書房）で、第17回大藪春彦賞の候補となる。ほかに「彼女の時間」「有機素子板の中」などの短篇をＳＦマガジンに発表している。

i

不眠と偏頭痛が始まってから、ぼくは、周りの何人かが、精巧にできたアンドロイドではないかと疑い始めた。どうにも、人間らしさが足りない。

心療内科医の女性も、そのひとりだった。

「奥戸理来《おくどりく》さんで、間違いありませんか？」

「ええ、よろしくお願いします」

「よろしくお願いします。ユウコ・サトウ・ティレルです。佐藤の方が呼びやすければ、ミドル・ネームで呼んでくださって構いません。診察を始める前に、何かご質問はありますか？」

「ありません」

ぼくは、テーブルに置いたノートパソコンのスカイプ（*Skype*）の画面に向かって言った。相手は、三十代後半といったところだろうか。ショートカットの黒髪と細い目が、全体的に冷淡な感じを与える。煙草を吸いながら受診しても構わないかを訊こうとしたが、すでに煙草を手にしていた。

「男性、三十二歳。ご職業はプログラマ」

「ええ、そうです」

「不眠と偏頭痛の症状を自覚されているとのことですが、いつごろからですか？」

その答えを、診察の二、三時間前にインターネットのアセスメントに入力したような気がする。けれども、その入力画面のスクリーン・ショットを保存しなかったおかげで、春ごろの月日あるいは期間を入力したことしか思い出せない。

「四月ごろからなので、ここ二ヶ月だと思います」

ぼくは、患者の短期記憶を確認するための質問かもしれないので、慎重に答えを選んだ。医師は、何事もなかったように、次の質問を始める。

「不眠の方は、具体的にどういう感じですか？　寝付けないとか、早朝に目が覚めてしまうとか、という意味です」

「その両方です。だいたい三時間しか眠れません」

「それはつらそうですね。偏頭痛は、頭のどのあたりですか？」

ティレルは、同情の言葉を無表情に言い、キーボードの脇にあるメモパッドに何かを書き込んでいる。

「右のこめかみの上のあたりです」

「音に喩《たと》えると、ヴァイオリンのような痛みですか？　それとも、ヴィオラに近いですか？」

ぼくは、オーケストラの中で、ヴァイオリンとヴィオラを聞き分けられない。両方を並べて見せられればともかく、片方だけを見せられても、二分の一の確率でしか正解を答えられないだろう。

「分かりません」

「それは、うつ病の可能性が高いですね」

彼女はいとも簡単に診断を下す。背後のクリーム色の壁には、動物の頭蓋骨をモチーフにした絵が掛けられている。ジョージア・オキーフの作風だが、ぼくが持っているカタログ・レゾネでは見たことがない。仮にジョージア・オキーフの作品だとしても、価格的に本物ということはないだろう。けれども、画面越しに見るかぎり、プリントされた模造品にも見えない。

「どうしてですか？」

「自分の痛みを正確に把握できていないからです」

ぼくは、インターネットの向こう側にいる彼女を数秒眺めた。東アジア系女性の理想的な顔立ち、という検索ワードで集めた画像を合成すると、彼女のようになるかもしれない。それが、かえって無機質な印象を与えて、アンドロイドを彷彿《ほうふつ》とさせる。そして、その口調はどこか威圧感を与えるものだったので、反論を試みる。

「痛みに関する質問の意図を分かりません、と言ったつもりだったんですが……」

この二ヶ月ほど、医師に伝えた症状の他に、耳鳴りと倦怠感が続いて、集中力も保たない。それで、ぼくは心療内科の診察を受けている。正直なところ、「うつ病」と診断されそうな雰囲気に、ほっとする一面もあった。原因不明の症状に、病名という記号が付与されると、人間はなぜか安堵する。

その心療内科医を紹介したのは、勤務先の産業医だった。組合員は、残業時間が八十時間を超えると、自動的に彼（女）らとの面接に呼び出される。産業医に症状を訴えると、「あまりお勧めはしませんが」と前置きして、深夜でも受診が可能なクリニック宛の紹介状を渡された。クリニックは三田の雑居ビルにあるが、医師とカウンセラは西海岸のシアトルにいるので、スカイプを利用して深夜のみ営業しているという。産業医が、諸手《もろて》を挙げて推薦しなかったのは、そのクリニックを利用することによって、ぼくの睡眠時間がさらに減ってしまうのが理由だった。「有給休暇を使って通院しても、何の問題もありません」と言われたが、プロジェクトの状況は、それを許してくれそうになかった。

　症状がラベリングされたことは問題なかったが、それをヴァイオリンとヴィオラの違いで診断されたのは腑に落ちない。

「普通、刺すような痛みとか、鉛のような痛みとか、そういうふうに訊きませんか？」

　ぼくは、彼女に言った。

「奥戸さんは、こめかみにナイフを刺したり、鉛を埋め込まれたりしたことがあるんですか？」

「どちらも、ありません」

「そうでしょうね。私も同じです。でも、ヴァイオリンとヴィオラは聞いたことがありますよね？」

「ええ」

「それなら、経験したことがあるもので痛みを訴えてもらわないと、医師としても正確な判断ができません」

　ぼくは、煙草の煙を吐き出す振りをして、ため息をついた。産業医の紹介した心療内科医ではなく、自分で医者を探さなかったことを後悔する。彼女は、画面の向こうで、インターネットから入力したアセスメントを見ているようだ。

「食欲はありますか？」

「あります」

　その食欲が、ピアノとハープシコードの違いに喩えられなくて助かった。もっとも、ピアノとハープシコードであれば、ソフィスティケートされた食欲なのか、プリミティブな食欲なのか、というメタファになり得る。

「それなら、まず一週間分、軽めの抗うつ剤と睡眠薬を出しますので、また来週、診察を受けてください。カウンセリングは、次回の診察後から始めます」

「ミズ・ティレルは、どうしてヴァイオリンとヴィオラだけで、うつ病だと分かるんですか？」

ぼくは、医師を「先生」と呼ぶのが嫌いだ。少なくとも初診の段階で、彼（女）が、自分よりも経験豊富で、「先生」と呼ぶに価する人物か否かを判断しない。同じ理由で、患者からの問い合わせに、「何某《なにがし》先生は、本日、休診です」と応えるような医療機関も避けている。客商売なのだから、「医師の何某は休診です」というのが、日本語の正しい言葉遣いだ。その点では、今回のクリニックは問題なかった。

「どの患者さんにも伺っている、簡単なスクリーニングです。奥戸さんは、ご自分の痛みを正確に把握できていません」

反論は無駄だとでも言いたげな口調だ。ぼくは、スカイプの画面を見ながら、パソコンの辞書を開いて「スクリーニング」の意味を調べる。そこには、「健康な人も含めた集団から、目的とする疾患に関する発症者や発症が予測される人を選別する医学的手法」［QT：大辞林PC版］と記されている。

（なるほどね……）

「何か、ご不明な点がありますか？」

ティレルが、辞書と並んだスカイプの画面の中で言う。ぼくが、キーボードを打ったのが画面に映ったのだろう。

「薬の副作用はありますか？」

「薬ですからね。多かれ少なかれあります。問診票を拝見するかぎり、アレルギはないとのことなので、まず一週間、試してみてください。他に質問はありますか？」

ぼくは、もう一度、痛みの比喩について問い質《ただ》したかったが、彼女は同じ答えを返すだけだろう。

「ありません」

「領収書と処方箋は、電子証明付きのＰＤＦをメールに添付しますので、奥戸さんが印刷してください。処方箋の有効期間は、日本時間の土曜日から四日間です。ＰＤＦのパスワードを申し上げますので、メモを用意してください」

ぼくは、パソコンの画面でメモパッドを開いた。

「パスワードは、奥戸さんの生年月日です。西暦八桁、ゼロ・パディングです」

ゼロ・パディング……。たしかに、ぼくはプログラマだから、その意味を理解できる。たとえば、車のナンバープレートは「・８０４」と先頭のゼロを記さないので、ゼロ・サプレスと称する。対して「０８０４」と規定の桁数の先頭にゼロを挿入することをゼロ・パディングと言う。そういったプログラマの知識よりも、二十一世紀のいま、生年が三桁の人間は、まず生きていない。彼女の指示は、論理的に整合性は取れていても、常識に欠けている。

「分かりました」

メモをするほどでもない内容だったので、ぼくは、メモパッドを閉じて応えた。

「いま、メモをお取りになりましたか？」

「自分の生年月日くらい、忘れません」

「うつ病の可能性が高いですね」

「はぁ？」

「そういった自信過剰な方が、罹患《りかん》しやすい病気なんです」

癪《しゃく》に障《さわ》ったので、ぼくは、テーブルに放ってあった新聞の片隅に、自分の誕生日を記入した。

「メモしました」

「その新聞を捨ててしまわないように気をつけてください」

ぼくは、モニタに向かって頷《うなず》く。

「では、また来週、診察を受けてください。お大事に」

「ありがとうございます。おやすみなさい」

ぼくは、深夜一時のスカイプでの診察を終わりにした。

十五分もかからない診察だったので、録画されたスカイプの映像を見返す。彼女をアンドロイドではないかと疑った発端は、ぼくが「分かりません」と言った後、文脈を意図的に変えたときの沈黙だ。一世代前の人工知能は、主語や目的語のない会話が苦手だったが、いまは、あえて文脈を理解しようとはせずに、統計的手法を用いて、大容量のデータベースの中から似た科白《せりふ》を探し出して会話を進める。だから、ぼくがフェイントをかけたときに、彼女はしばらく押し黙ってしまった。

この機械翻訳開発のアプローチ転換で、一昨年、ぼくは、R&D部門［研究、開発等を行う部門］の機械翻訳開発チームから、航空会社の運航管理システム構築のプロジェクトに配置転換された。ぼくが入社したころは、機械翻訳における最大の難関は、コンピュータに文脈を理解させるアルゴリズムの開発だった。いまでは、言語αから言語βへの機械翻訳は、言語αの文脈を理解するよりも、「あらゆる国際会議の議事録を保管したうえで、言語αの似たような発言を探して、それに対応する言語βの翻訳議事録を当て嵌《は》める」というアルゴリズムに変わってしまった。ぼくからすると、それはアルゴリズムというよりも、単に「数撃てば当たる」という仕組みにしか思えないが、コンピュータのデータ記憶装置が大容量化かつ安価になったので、文脈を理解させようとする研究は非効率だと考えられるようになった。

他にも、彼女は比喩が苦手だった。これも、人工知能の開発が遅れている分野だ。痛みに対して、ヴァイオリンとヴィオラをメタファにしたあたりまでは、たぶん、診察が始まる前から用意された発言だったのだろう。ぼくが、それに対して抽象的な比喩を持ち出しても、彼女はそれを理解できなかった。通常の人間であれば、頭に鉛を埋め込んだ経験はなくても、痛みの感覚を、なんとなく共有したつもりにはなれる。たとえば、スマート・スキンから痛みの電気信号をデジタルに発信させることはできても、それを脳がどう感じたかは、他者と共有できない。だから、メタファは何でもよかったのに、彼女は、あたかも文脈を理解したような振りをして、持論を推し進めることしかしなかった。

否、それしか、できなかったのだろう。

ぼくの勤めるシステム・コンストラクタ企業は、世界中の社員が稼いだ売上から、チェス専用のスーパーコンピュータの開発に二十年間も費用を注ぎ込んできた。そんな企業が紹介する心療内科を、疑問も感じずに受診した自分が浅はかだったとしか言いようがない。

(リストラの次は、自社製品のモルモットか……)

ぼくは、いやな気分でノートパソコンをシャットダウンして、眠れない朝を待つためにベッドに入る。

†

初診の翌週、部下の作成した資料のレビューに出席する。ぼくは、入社以来八年間、R&D部門にいてクライアントが存在しなかった。加えて、航空会社の運航管理システムともなると、新しいアルゴリズムが発明されたわけでもないのに、新システムに更改する理由さえ理解できない。ハードウェアのリプレイスで十分だ。それでも、入社年次だけは上なので、主任という肩書きで、レビューアを務めなければならない。

　大企業に総合職として就職したのだから、人事異動に不満を持つのはお門違いかもしれない。文学部の学士号しか持たないぼくは、新入社員としてR&D部門に配属されたときも同じようにストレスを溜め込んだ。ほとんどの同僚が理系の修士号以上の学歴を持っていて、入社後三、四年は、歳上の専門知識も豊富な新入社員と仕事をしなくてはならなかった。

　ぼくは、運航管理システムのテストで見つかった障害報告書を会議卓に置いて、そのプロジェクトに精通した部下の資料を眺める。ぼくがチェックできることといえば、社内の規約に則って作業が行われたか否か程度しかない。

「修正前後のコンペア・リストのレビュー日付印と、モジュール・テストのエビデンス［証跡資料］の日時が逆転している」

　部下が故障の原因を説明するのを聞き流しながら、ぼくは、束ねられた資料を拡げて、矛盾点を指摘する。

「それは、プログラムを修正したのが土曜日で、レビューアがいなかったので、先にテストをしました」

「テスト環境は？」

　プログラミングの教科書的な質問をする。相手は、ぼくを素人扱いして、プロジェクト・ローカルの専門用語で煙に巻こうとする。

「結合テスト環境です」

「土曜日に、どうやって、結合テスト環境にこのモジュールを反映できたんだ？」

「たまたま、ライブラリ管理チームに知合いがいたものですから、テンポラリに……」

予想どおり、プロジェクト内でしか通用しない単語を並べた言い訳が始まる。この手の言い訳は、この二年間で何度も聞かされた。

「ライブラリ管理のチーム・リーダーの再鑑がなければ、結合テスト環境にモジュールを登録できないし、テンポラリだけに仮登録した状態のテストは無効だ」

「でも、土曜日で、それしか……」

「残念だけど、無効なエビデンスをレビューしても時間の無駄だよ」

ため息をつくのを我慢して言う。再度、同じような障害が発生すれば、同様の手順逸脱がないのかと、終わった作業まで見直しをさせられる。ぼくは、会議卓に広げた資料をまとめて、テストのやり直しと再レビューを指示する。

「でも、それだと次の進捗会議までに、遅れを取り戻せません」

「間に合わないのはチーム全体の責任だから、仕方ないだろう」

「奥戸主任は、こういうメガ・システムのテスト工程は初めてで知らないかもしれませんが、どこのチームも同じです」

「駄目なものは駄目」

ぼくは、資料を持って、席を立った。

（全く……）

喫煙所に向かいながら、苛立った気持ちを落ち着ける。

ホワイトカラーのほとんどの仕事は、二〇四〇年までに人工知能と置き換えが可能だと言われている。クライアントの要件定義から、システムの基本設計、内部設計へと工程を進める部分は、行間を読むという行為が不可欠な面もあり、人間の作業を必要とする余地もあるかもしれない。けれども、内部設計の仕様書にコンピュータ向けのアノテーション［釈注］を加えれば、それ以降のプログラミングとテスト工程は、人工知能への置き換えが可能だろう。システム・コンストラクタ企業に残るのは、経営意思決定部門、クライアントの要件を正しく理解できる営業部門、そして、プログラムをコーディングする人工知能を管理する中間管理職的な社員だけになるかもしれない。この企業にも、社員のほとんどをコンピュータに置き換えたいと、真剣に考えている経営者や株主がいるのは、紛れもない事実だ。

　そんな状況なのに、このプロジェクトの面々は、どうしてこうも人間くさいのかと呆れる。エビデンスの日付印の順序性なんていう単純な見落としは、セルフ・チェックさえろくにしていない証左だ。ぼくが土曜日に出勤するなら、規約に逸脱した作業をするよりも、そのチェック・プログラムを作る。もしかすると、彼らは、本能的な嗅覚で、人工知能に職を奪われないための自己防衛をしているのかもしれない。煙草を吸いながら、そんな冗談めいたことを考えると、気持ちが少し軽くなる。

（まぁ、深夜にアンドロイドの相手をさせられるよりは、彼らと仕事をする方が、余程、人間らしいか）

　喫煙所を出て、廊下の自動販売機コーナーの前を通り過ぎると、部下の陰口が耳に入った。

「０９２って、社畜とたいして変わらないよな」

　プロジェクトの中で、自分が「０９２」という隠語で呼ばれているのは、着任の二ヶ月後に気づいた。英・和・仏語を駆使したコードネームには感心するが、「社畜」という言葉は、いつどこで聞いても不愉快だ。

（ぼくが社畜なら、君らは人工知能開発のモルモットだ）

「一度、思い込んじゃうと、効率的な前例があっても、自分に固執しちゃうあたり？」

「そうっ、そこそこ。あいつのアルゴリズムって、単純過ぎるんだよ」

「同感」

ぼく程度が「社畜」と呼ばれたあげく、思考過程を「単純なアルゴリズム」とまで貶《けな》されるなら、彼らはとうに職を失っている。ディシジョン・ツリーを組み立てて、制限時間内に最適解を探し出すのがアルゴリズムだ。彼らのように、ディシジョン・ツリーを組み立てようともせず、過去事例の検索だけで思索を止めてしまうなら、いまどき中学生でもプログラムを作れる。

もっとも、ぼくは、人工知能に職を奪われたからと言って、ディストピアが訪れるとも思わない。「人工知能」といっても、所詮は人間が作る機械だ。これまでの歴史を振り返れば、人間の作業が機械に代わることは数多くあったし、それで人間が不要になったわけでも、経済活動が停滞したわけでもない。いまの職種が奪われるだけであって、ヒューマン・パワーが他の職種にシフトするだけのことだと思う。システム・コンストラクタの社内では、クライアントから要件変更が発生したり、プログラムにエラーを作り込んでしまったりすると、「身体で払う」という下品な比喩で、サービス残業を強要させることがある。そういったことが、「人工知能」という機械に置き換わるだけのことだ。そのころには、「社畜」なんていう言葉もなくなっているだろう。残るとすれば、それは、機械化への設備投資を見誤った経営者がいる企業の話だ。

自席に戻ると、レビューを延期させたせいか、チームの中に険悪な雰囲気が流れている。ぼくは、それに無関心を装って、彼らが修正したというプログラムのコンペア・リストを眺めた。

ぼくは、五百行程度のプログラム・コードを目で追いながら思う。正直なところ、レビュー対象だった資料が、システム全体の一千万行以上のプログラムの中で、どれくらい必要不可欠なものなのかを、異動から二年経っても理解しきれない。ときどき、細かくチーム分けされて、何年も同じ処理を担当している同僚も、本当にそれを理解しているのか、怪しく感じさせる発言がある。自分の所属するようなメガ・システムは、ひとりの人間では構築できない。たぶん、システム全体が必要十分なプログラムだけで構築されていることを確認できる社員は、プロジェクトの中にひとりもいないだろう。人間を模した人工知能は、どのくらいの長さのプログラムを要するだろう。メガ・システムと同じように、ひとりの人間が構築することはできないのだろうか。ぼくは、それに否定的だ。たぶん、ある程度のプログラムを構築した後、それはディープ・ラーニングによって人間に近づいていき、やがて人間を超えていくはずだ。ある程度の大きさのプログラムに、ディープ・ラーニングを始めるトリガーさえ、うまく組み込めば、ひとりの力でも人工知能を構築することは可能だと考えている。

そのトリガーとなるプログラムは、もっと原始的であるに違いない。

ii

二度目の診察となる金曜日の夜、たまたま、ガールフレンドの玲衣《れい》が部屋に来ていた。一昨年から付き合い始めて、最近は、連絡を取り合わなくても、彼女は合鍵を使ってぼくの部屋でくつろいでいる。

「悪いけれど、十一時半からスカイプでカウンセリングなんだ」

「じゃあ、来ない方がよかった?」

ぼくは、首を横に振る。

「一時間くらいだと思うから、終わったらワインでも飲もう」

「部屋にいていいの？」

「問題ないと思うよ」

ぼくは、スカイプにログインして、心療内科医から呼び出しがかかるのを待つ。玲衣が、テーブルの向こうにある台所でワインのつまみを作り始めると、シアトルと回線が繫がる。

「こんばんは」

「こんばんは、奥戸さん。症状はどうですか？」

ぼくは、彼女の後ろに掛けられたジョージア・オキーフ風の絵を眺めた。東京とシアトルには十六時間の時差がある。こっちはもうすぐ日付が変わるけれども、彼女はまだ朝七時半の港街にいる。仕事とはいえ、随分と早起きな医師だと思う。

「めまい、というか、ときどき身体が沈んでいくような感じがします」

「立ちくらみですか？」

「いえ、長時間、同じ姿勢でいると、エレベータで下降するようなめまいを感じます」

彼女は、めまいについて、それ以上の言及をしなかった。

「頭痛は？」

「寝付きがよくなったような気がしますが、頭痛は変わりません」

「睡眠は、どれくらいとれていますか？」

彼女が、再び、ヴァイオリンとヴィオラを持ち出したら、「カスタネットのような痛みではありません」と答える準備をしていたけれども、それは無駄になってしまった。

「毎日四時間前後をとれるようになりました」

「せめて五時間以上は寝ないと、なかなか、症状は改善しないと思います。上司の方とは、お話ししていますか?」

ぼくは、首を横に振った。残念ながら、プロジェクトの現状は、上司の課長に個人的な相談を持ち掛けるために、さらに長い時間、職場にいる必要があった。それよりは、一時間でも早く仕事から解放された方がいい。

「他に変わったことはありませんか?」

「うーん……、とくにありません」

処方薬の服用を始めてから便秘が続いていたが、テーブルの向こうで玲衣が食事の支度をしているので、その回答は避けた。彼女が、診察の会話を聞いているのは、玉ねぎをスライスする包丁のリズムで分かる。

「それなら、同じ薬で、もう一週間、様子を見ましょう」

「ええ」

「他になければ、ここからカウンセリングに移りますが、いいですか?」

「ミズ・ティレルがカウンセリングをするんですか?」

「そうです。私は、日本の臨床心理士の資格も持っているので大丈夫です」

カウンセリングは健康保険の適用外だが、一ヶ月に五時間以内までは、勤務先が費用の半額を負担するとのことだった。

「何が大丈夫なんですか?」

ぼくは、「大丈夫」という言葉を好きになれない。様々な状況で遣えて、長い範囲の文脈を判断するアルゴリズムがないかぎり、翻訳が難しい。間を置いて、彼女が聞き返してくる。

「何か不安があるということですか?」

「不安はありませんけれど、いまの『大丈夫』というのは、*No thank you, No more*的な意味ですか？」

「***No problem***という意図です」

カウンセリングが始まって、家族構成、学歴・職歴、趣味、生活習慣、職場の状況等を訊かれる。

「不眠あるいは頭痛が始まったころに、何か、特別なことがありましたか？　たとえば、仕事でミスをしてしまったとか、同期入社の方が先に昇格したとか……」

「思い当たることはありません」

そう答えながら、周囲にアンドロイドが紛れ込んでいるように感じ始めた時期と、偏頭痛が始まった時期は、どちらが先だったのかを思い出せない自分を見つける。

「職場で達成感はありますか？」

「いいえ。まだ、テスト工程ですから。テスト工程というのは、システムという無形のプロダクツの出荷チェックと捉えてもらって問題ありません」

「ええ、分かります。異動前のR&D部門では、達成感はありましたか？」

「いいえ」

入社以来、八年間も試行錯誤を繰り返してきた研究が、経営者に将来性がないと判断されたのだから、達成感のある仕事だったわけがない。玲衣が、テーブルにピンチョスを並べ始める。ぼくは、そろそろワインを飲みたかったけれど、そうすると抗うつ剤とアルコールを併用していることを注意されそうなので我慢した。マグカップでワインを飲んでも、あまり美味しくない。

「奥戸さんは、独身ということですが、パートナーはいらっしゃいますか？」

「ええ」

「パートナーは異性ですか？　同性ですか？」

「異性です。お互いに、ヘテロ・セクシャルです」

「性的な関係には満足していますか？」

あけすけな質問が続くが、カウンセリングというのは、そういうものなのだろう。

「性的な関係というのがセックスに限定されるなら、その関係はありませんが、不満もありません」

「パートナーと性的な関係を持たない理由は、何かありますか？」

ぼくは、性欲が希薄なのか、玲衣と寄り添ってベッドに入っていれば、それで満足できる。理由も何もない。しばらく、ティレル向けの回答を考えてみる。

「ぼくには、姉と弟がひとりずついて、姪と甥も合わせて三人います」

「質問の答えになってないように思いますが……」

「確率的な理由です。遺伝子レベルで、ぼくにはセックスをする必要がありません」

リチャード・ドーキンス［正確な発音はドーキンズ］が唱えた「生物は、遺伝子のビークルに過ぎない」という仮説にたどり着けないかぎり、アンドロイドには応えようがない会話だろう。そして、ぼくの科白に含まれる検索ワードから、リチャード・ドーキンスを導き出すには、ビッグデータを活用した検索アルゴリズムだけでは困難なはずだ。玲衣も、ワイングラスを並べながら、ぼくの回答に首を傾《かし》げている。

「次回のカウンセリングでは、そこらへんを、もう少し掘り下げる必要がありそうですね」

「ぼくは、問題を感じていません」

「ええ、そうかもしれませんが、人間の基本的な欲求が満たされていない状況は、問題があるかもしれません」

「それは、人間ではなく、動物あるいは生物ですよね？」

インターネットを介した会話のテンポが遅くなる。人間同士であれば文脈を共有化できるので、時間の経過とともに会話のリズムは、安定または速くなるのが一般的だ。文脈を理解できないと、常に会話を遡って文脈の仮説を組み替えなければならないので、逆の現象が発生する。

「人間は、動物の真部分集合です」

「pがqの真部分集合であることと、pとqの必要条件が一致していることは、別の命題です」

「分かりました。次回は、そこらへんから始めましょう。今回は、二週間分の処方箋を出しますので、次回はカウンセリングのみです」

「そこらへんというのは、どこですか」と攻めたくなるが、モニタの隅の時計を見ると、カウンセリングの所定時間が迫っていたし、空腹感も増していた。ティレルは、先週と同じように、領収書と処方箋の説明を始める。

「お大事に」

「ええ、おやすみなさい」

ぼくは、スカイプからログアウトして、ノートパソコンを本棚に置いた。玲衣が、待ち構えていたように冷やした白ワインとソムリエナイフを渡してくれる。乾杯をして、ワインを口に含むと、急に穏やかな気持ちになる。

「カウンセリング、やっぱりいない方がよかった?」

オイルサーディンとドライ・トマトのピンチョスに手を伸ばしたぼくに、玲衣が訊く。

「全然。どうして?」

「なんか、私がいると答えにくい質問もあったから」

「そんなことないよ」

　ぼくは、お互いのグラスにワインを注ぎ足す。

「理来が私と付き合っていることに、お姉さんと弟さんが何か関係しているの？」

「ん？　ある遺伝子に着眼したとき、両親から子供へそれを引き継いだ確率は、それぞれ五十パーセントだよね。両親からすると、ぼくと姉の次に弟を産んだ時点で、ぼくはスペアーでもよくなったんだ」

「どういう意味？」

　改めて訊かれると、まるで、データベースの文言を並べただけで、その真意を理解していないアルゴリズムのように、ぼくは自分の答えに自信がなくなる。

「七〇年代に、リチャード・ドーキンスが、『生物は遺伝子のビークルに過ぎない』っていう学説を唱えた。『利己的な遺伝子（*The Selfish Gene*）』という本で、一時期、流行ったらしい」

　そんな話をしていると、最後の処方箋の説明が、先週と全く同じ科白だったような気がしたので、食事中にパソコンを使うことを、彼女に詫びる。

「ごめん。ちょっと気になることがあるから、パソコン、使ってもいいかな」

「どうぞ。ついでに、それが終わったら、何か音楽をかけようよ」

　先週のスカイプの録画を再生しながら、インスタント・ラーメンの具材に買ってあった焼豚《チャーシュー》と湯葉のピンチョスに手を伸ばす。中華風ピンチョスというところだろうか、意外にも白ワインに合う。

心療内科医の科白は同一ではなかった。

（そこまで、馬鹿にされているわけでもないか……）

　スカイプの確認が終わると、玲衣は、ノートパソコンを受け取って、ヴァンゲリスのアルバムをシャッフルで再生する。

「なんだか、カウンセリング中の理来、好戦的だったよ」

玲衣がピンチョスをつまみながら言う。

「なんとなくさ……、彼女、アンドロイドみたいな気がするせいかな」

冗談を装って笑う。

「スカイプを使ったカウンセリングなんて、BOTにもできそうだけれど、どうして？」

「医者のくせに、リチャード・ドーキンスも知らないし、患者に向かって『人間は動物の真部分集合です』なんて言うかな？」

「それは、理来の発言を理解できたから、わざと理来ふうの言い回しを遣っただけじゃない？」

玲衣が、正しいかもしれない。けれども、ぼくは、ティレルと名乗る医師に違和感を持っていた。

それを「不気味の谷（*Uncanny Valley*）」と呼ぶのだろうか。

「玲衣は、彼女の会話を聞いていて、違和感を持たなかった？　会話のテンポも安定しないし、紋切り型の科白が多いような気がする」

「どうかな。理来が好戦的だから戸惑っているようには思えたけれど、それは、理来の言う『アンドロイドみたい』というよりは、むしろ人間的って感じだよ」

「ふーん」

「最近、何かの雑誌で読んだけれど、カウンセラをコンピュータに代用させるアルゴリズムはできていて、実際に、BOT相手のカウンセリングの方が満足する患者もいるんだって」

世間には、自分の話を黙って聞いて、ときどき相槌《あいづち》を打ってもらえれば満足する患者もいるということだろう。人間が話した内容を、理解した振りをするだけなら、そんなに難しいアルゴリズムではなさそうだ。

「ところで、理来って、遺伝子の都合で、私と付き合っているの？」

「まさか……」

「だったら、私が、生物学的には男だからって言えば、簡単に済む話だったのに」

「パートナーの生まれたときの性別までは訊かれなかったからね」

ぼくは、玲衣の笑顔を見ながら、付き合い始めたころを思い出す。彼女は、いつも自信なさそうに、ぼくに寄り添っていた。芝居やコンサートに行くことはあっても、近所の公園で日向ぼっこをすることもなかったし、どちらかの職場の同僚が訪れそうな料理屋に入ることもなかった。玲衣の警戒心が、ぼくに向けられていたのか、「世間」という得体の知れないものに向けられていたのか、いまでも分からない。ありふれた恋愛関係でも、それは個々に少しずつ違い、二人で共有する時間をかけることでしか解決できない問題がある。

ぼくたちの間には、二人しか知らない二年分の文脈がある。

†

明け方に目を覚まして、掛け布団にくるまっている玲衣の寝顔を眺める。彼女は、全体的に色素が薄く、体毛も細い体質なので、化粧を落とした素顔でも性別の区別がつかない。もみあげの産毛が、群青の夜に透き通る。

玲衣は、公立病院で理学療法士として働いている。ぼくは、彼女に出会うまで、リハビリテーション施設で働く人に、いくつかの国家資格があることを知らなかった。理学療法士は、身体機能に障害がある患者に対して、基本的な動作を回復させるための物理療法を行うということも、彼女から教えられた。腕力も含めて体力勝負の仕事だという。

R&D部門に勤務していたところ、言語聴覚士と失語症対策のシステムを実用化するためのディスカッションがあり、業後の懇親会で玲衣と出会った。その病院のリハビリテーション施設は、二十四時間体制のシフト勤務で、懇親会の人数合わせのために、昼間勤務だった彼女が呼ばれたのだと言う。ぼくたちは、お互いに、仕事の内容を紹介し、話の途中で懇親会が終わってしまったので、メールアドレスを交換した。「シンギュラリティ」という言葉が、数学や物理学の分野以外でも使われ始めたころのことだ。恋人として付き合う以前のメールのやりとりは、自分たちの仕事はロボットや人工知能に置き換え可能か、という話題がほとんどだった。

「理来は、最初、十年以内にモビル・スーツ型の器具を患者につけることで、私の仕事はなくなるって、言っていたんだよ」

いまでも、玲衣は、付き合う以前のメールの内容に不満を漏らす。もっとも、彼女のメールには、ぼくが開発に携わっていた機械翻訳そのものに否定的な意見が多かった。彼女が「バベルの塔を建てようとしているみたい」と書いていたのを思い出す。それでも、彼女は、ぼくが専門用語を遣ってしまっても、ひとつずつ自分で調べてくれて、行き詰まりかけていた仕事の悩みにも、真摯に応えてくれた。ひと月もすると、メールの内容に、日常生活の話題が入るようになり、その比率が逆転していく。ぼくが都心の本社に用事がある日と、彼女が夜勤明けの日が重なったのが、最初の食事に誘ったきっかけだった。

ぼくは、ベッドを抜け出して煙草に火を点ける。群青色の中に、白い煙が薄布の膜のように拡がっていく。

玲衣を初めて抱きしめた夜を思い出す。

三、四時間前のカウンセリングで、心療内科医が言及し忘れた部分を、玲衣から伝えられたのは、いつの間にかお互いを名前で呼ぶようになって、三月の都心に大雪が降った金曜日の夜だ。ぼくは、お互いが付き合っていることを言葉で確かめる機会を窺っていて、なし崩しに彼女とセックスをしてしまうことに躊躇いがあった。

その金曜日は、たまたま、R&D部門から事業部への異動の内示を受け取った後だった。

「夜のすし詰めの電車っていやだよね……」

渋谷《しぶや》にあるロシア料理店を出て、玲衣が言う。玉川《たまがわ》通りを渡る歩道橋の上からでも、駅が帰宅客で混乱しているのが分かった。タクシー乗り場にも、すでに長蛇の列ができている。ぼくは、「もう一軒行こうか」と「泊まっていこうか」の二つの返事の選択で、歩道橋を渡り切るまで悩んだ。翌日の土曜日に、玲衣が非番であることも知っていて、後者を選択した。

「帰るのは諦めて、泊まっていこうか？」

「いま、無理やり、理来にそう言わせた？」

ぼくは、相傘の下で首を横に振る。

「男でも、酔っ払いの満員電車はいやだよ。それに……」

「それに？」

「居酒屋に行くより、二人だけで過ごしたい」

スマートフォンからホテルを予約して、コンビニエンス・ストアでワインを買った後、どちらからともなく手をつないだ。部屋に入って、コートを脱いだ玲衣を抱き寄せると、彼女は困惑した顔をしていた。

「キス、いやかな……」

ぼくは、腕の力を緩めたけれど、玲衣は抱きついたまま、ぼくの肩に額を置く。

「私のこと、どう思っている？」

「恋人にしたいと思っている」

「異動が決まって、誰でもいいって、わけじゃないよね？」

内示が出る以前に、上司から機械翻訳開発チームが解散になることは聞かされていた。けれども、それは研究センター内で別のチームに配属されることだと考えていた。だから、プロフィット・センターへの異動は意外だったし、落胆していたのも事実だ。反面、東京の西の外れにある研究センターから、彼女の勤める病院の近所である錦糸町《きんしちょう》に職場が変わることになったのは、彼女だけではなく、ぼくも喜んでいた。

「そういうふうに見えるんだったら、ワインを飲むだけにしよう」

腕を離しても、玲衣はぼくの背中に回した腕を解かなかった。

「ううん、キスはしたい。でも……」

「生理中？」

「馬鹿」

背中を軽く叩かれる。

「馬鹿って言われても……。今夜、いきなりセックスするのがいやなら、そう言ってくれれば了解っていう意味だったんだけれど」

彼女の方から、キスをしてくれる。二十歳を過ぎたころから、付き合って最初のキスはゲームのように思っていたし、付き合い始めてからは、面倒くさいプロトコルのひとつだった。それなのに、玲衣とのキスは、初めて女の子とキスをしたときのような気分にさせられた。

「ワイン、飲も」

しばらくして、彼女が身体を離して言う。ぼくたちは、渋谷の夜景を見下ろすソファに座って、ワインを開けた。甘すぎる白ワインだったけれど、ぼくは、幸せな気分だった。

「理来はさ……、もし、私が、精巧なアンドロイドだったら、どうする？」

それは、ぼくたちがメールでやりとりしてきた話題を考えれば、唐突感のない質問だった。

「どうかなぁ……、案外、受け容れちゃうかも」

「私の本当のことを知っている人から、『あの男、アンドロイドと付き合っている』って陰で貶されるよ」

「恋愛なんて、人それぞれだよ。陰口を叩かれると、かえってのめり込むことだってある」

ワイングラスを口から離した隙に、またキスをしてくれる。

「キス、いや？」

ぼくは、返事をする代わりに、自分から彼女にキスをした。

「よかった」

部屋に入ってから、ずっと困惑した表情だった玲衣が、やっと笑顔になる。

「何が？」

「だって、理来からキスしてくれないままだったら、帰れないなぁって思っていたんだもん」

「これから帰るの？」

ぼくは冗談を言ってみた。

「いまさら、それもないでしょ」

「なら、よかった」

「セックスできないよ。でも、私は、今夜、理来とたくさんキスしたい」

「それは、もう解決しているよ」

「本当に？」

ぼくは、ワイングラスを空けて、頷く。

「じゃあ、質問」

ぼくに寄り掛かっていた玲衣が、姿勢を正して言う。

「どうぞ」

「人工知能には性が必要だと思う？」

「思わない」

ぼくは、人工知能を搭載したロボットが人間と同じように、あるいは人間以上の効率で仕事をすることに異論はなかった。けれども、そのロボットが人間と同じ姿かたちをしていたり、性別を意識させたりする必要性を感じない。その話題は、玲衣の次の科白を聞くまで、メールの延長線上のことだと思っていた。初めてホテルに入って、寝るまでに持て余した時間を、ソファで過ごしても気まずくならないで済ませるための会話なのだと。

「私、身体だけ男なんだ」

玲衣の表情を確かめて、そのひと言を告白するのに、どれだけ彼女が緊張していたかを知る。それを分かっても、ぼくは、何を言えば分からなくて、ぼんやりしていた。

「だって、性別、訊かれたことなかったから……」

彼女は、無言のぼくにそう言って俯《うつむ》いてしまった。ぼくは、自分が間違いなくＬＧＢＴ（Ｑ）のどれにも該当しないと思う。「ＬＧＢＴ」という言葉を知識として持っていたし、彼（女）らに対して、嫌悪感もなければ、差別意識もなかった。たぶん、ゲイの友人がいたとしても、他の友人と変わりなく付き合っていたと思う。ただ、自分が当事者になるとは考えていなかった。

「ぼくに言えなくて、ずっと、苦しんでいた？」

彼女は、ぼくの問いに、俯いたまま小さな声で「うん」と言う。

「理来を本気で好きになる前に、引き返そうと思ったんだけれど、ここまで来ちゃった。私、ずるいね」

玲衣の言葉を否定する代わりに、ぼくは、彼女の髪に手を伸ばした。

「キスしたい」

「いやじゃないの？」

「自分でも意外だけど、気持ちが変わらない」

それから二年経っても、玲衣を好きなままでいる自分が、ときどき信じられない。その夜以来しばらく、彼女は、性風俗店に行くくらいなら、自分が手か口で射精させると言っていた。ぼくが、それを必要としないことが分かると、一度だけ「診断書があるから、手術してもいいよ」と提案された。

身体と心の性が一致していないことが、どのくらいの精神的苦痛を与えるのかを、ぼくは知らない。

玲衣は、ぼくの前では、決して服を脱がないし、下着を見せることもない。けれども、玲衣は、ホルモン剤を投与したり、胸にシリコンを埋め込んだりするのを望んでいない。それに、ぼくは彼女を抱きしめているだけで満足する。薄布のパジャマ姿で抱きしめれば、彼女の身体が男であることははっきりと分かる。群青から透明に変わっていく部屋で、彼女の寝顔を見ながら、「私がアンドロイドだったら、どうする？」という質問を反芻《はんすう》する。

いまのぼくの答えは、「受け容れない」だ。

あの夜、初めて玲衣を抱きしめたときと、彼女に対する気持ちは何も変わっていない。ただ、そのときは、身体と心の不一致は、トランスジェンダでもアンドロイドでも同じだと、短絡的に考えていた。けれども、ぼくは、心身二元論者だっただけかもしれない。その証拠に、玲衣と過ごすようになって、「彼女がアンドロイドでもいい」とは受け容れられなくなってしまっている。

玲衣に心身の不一致の苦しみがあっても、ぼくは、彼女の身体が誰かに作られた機械ではなく、彼女のためだけのものであってほしい。

iii

クライアントにシステムを提供するまでには、チーム単位、関連するチーム間、サブ・プロジェクト単位、プロジェクト全体というように段階的にテストを実施する。プロジェクト全体で実施するテストに、実時間運転テストという工程がある。システムを提供した後、実際にクライアントが使用するのと同様の時間帯でシステムの動作確認を行う。

国際的な航空会社の運航管理システムは、二十四時間・三百六十五日、休みなく稼動するので、当然のことながら、実時間運転テストも二十四時間で行う。システムを構成する処理の中には、昼間帯しか動かないものもあるし、その逆もある。ぼくのチームは、昼夜を問わずに動作する処理を担当しているので、そのテストの際には、二十四時間体制で勤務しなくてはならない。本来は、チームの要員を分けて交代させながら対応したいところだが、それほどの人員も抱えていないので、そのテストの日だけは、休み休み仕事をさせる。労働基準法にも、組合と経営者で結んだ三六《さぶろく》協定にも逸脱するが、これぱかりは致し方ない。

(こういう仕事こそ、アンドロイドにやらせればいいのにな)

実時間テストが始まって十四時間目、ぼくは、机に向かって待機している部下を眺めながら思う。彼らは、「いやだ、いやだ」と口では言いながら、休むべき時間帯も机に向かって、業務とは関係のないインターネット・サイトを眺めたりしている。

そのうちのひとりが、事業本部長から「陣中見舞い」と称して送られてきたカフェインが大量に入ったソフトドリンクに手を伸ばす。

「そんなものを飲まなくても、仮眠室で休んでいいよ。必要があれば、携帯を鳴らす」

「まだ、大丈夫です。主任も飲みますか？」

「いらない」

彼はソフトドリンクを持って自席に戻り、また、インターネット・サイトを眺め始める。普段であれば、業務と関係のないインターネット・サイトを見ていれば注意するところだが、このテスト中はどうしようもない。「いまは、休憩をするのが君の仕事だ」と言っても、煙たがられるだけだろう。

(まぁ、アダルト・サイトを見ているわけでもないから仕方ないか……)

別の社員は、スマートフォンでSNSサイトに愚痴を並べている。ぼくも、たまたまそのSNSサイトを自分のタブレット端末で開いていたので、彼の愚痴がリアルタイムで画面を更新している。

＞この陣中見舞いだって、俺たちが稼いだ金から、コスト・センターに上納した経費で買っているんだよな
＞それ、どこの会社も同じだよ。ご愁傷様
インターネットのどこかから、愚痴に同情するメッセージが流れてくる。社外秘の情報が流出しそうになれば、彼を制止しなくてはならないが、その程度の常識は持ち合わせているようだ。眠気覚ま

しに、椅子の背もたれについているマッサージ器のスイッチを入れる。血行の悪さも抑うつ症状の一因だということで、去年から、無作為に抽出したチームで試験的に導入したものだ。

（それだけコストをかけても、抑うつ症状を訴える社員を減らした方がペイするってことか……）

ぼくは、背もたれのローラーに背中を叩かれながら、彼らを人工知能に置き換えるなら、どうするのが効率的かを考え始める。

たぶん、彼らの基となるアルゴリズムをひとつにすることはないだろう。単一のアルゴリズムから組まれたプログラムでは、そこから作られたプロダクツのレビューが形骸化してしまうし、アルゴリズムそのものに欠陥があった場合の影響が大きくリスキィだ。システム構築には、クライアントの要件書から、プログラマ向けの設計書を作る過程に、「行間を読む」というジャンプが存在してしまう。

コンピュータの普及に伴って、プログラミング言語は、機械語（第一世代）から、アセンブリ言語（第二世代）、ＣＯＢＯＬ《コボル》、Ｃ言語等の第三世代へと進化した。さらに、人間に理解しやすい形態でプログラミングできるように各社が競って４ＧＬ《フォージーエル》と称する第四世代のプログラミング言語を開発した。けれども、ある分野に特化したもの以外が成功したとは言い難い。いまでは、商用目的のシステム開発の現場で、４ＧＬという言葉を聞くことは滅多にない。もし、ぼくが、プログラマを人工知能に置き換えるとすれば、ある分野に特化した言語を使うアルゴリズムを開発するよりも、汎用的な第三世代のプログラミング言語に対応するものを作るだろう。その方が、人工知能開発のコストを低く抑えられるはずだ。

別々のチームが、それぞれアルゴリズムを開発したとして、正確無比なプログラムを作るだろうか。

クライアントのシステム発注部門は、システム構築の初期段階にエラーがあることを知っている。エラーが多すぎれば、当然、請負先を叱責するが、逆に少なすぎても「レビューやテストが足りないのではないか」と疑い、問題のありそうな工程のやり直しを求める。

そこで、「いいえ、これは人工知能が作ったものなので、エラーはありません」とクライアントに言ってしまえば、当然のごとく、プロダクツの値引きを要求されるだろう。現状、プロダクツの値段は、社員の稼働をどれだけ要したかで決まるし、「弊社では、プログラマを人工知能に置き換えるための研究・開発費を回収する必要があります」と言い訳しても通じるはずがない。「そんなコストは、他の客に被せればいいだろう」と言われるのが関の山だ。

だから、ある程度の頻度で、エラーを発生させる人工知能プログラマを作るだろう。そう、いま、ぼくの目の前で、仕事とは関係のないインターネット・サイトを眺めていたり、カフェインを過剰摂取している彼らのような、人間に似た人工知能を作るに違いない。

それなら……、と思う。彼らが人工知能に置き換えられたとして、ぼくのようなレビューアを、システム・コンストラクタのR&D部門は、どうするだろう？

そう思って、隣のチームの主任を眺める。ぼくより、入社年次がひとつ上の女性だ。いまは、机に頬づえをついて、日経《にっけい》コンピュータという雑誌を捲《めく》っている。察するに、彼女が読んでいるのは『動かないシステム』という、人気の連載コラムだ。彼女がアンドロイドではない証拠はあるだろうか。

―私が、精巧なアンドロイドだったら、どうする？

―私、身体だけ男なんだ
二年前の玲衣の科白が、遠くから聞こえる。ある日、隣のチームの主任がぼくのところに来て言う。

「私、身体だけ人間なんだ。奥戸主任は？」

そう訊かれたら、ぼくは、何と答えるのだろう。玲衣は、どうして、自分の告白だけをして、ぼくには何も問わなかったのだろう？　ぼくが、世間でいう男性的な服を着ていたから？　金曜日の夜遅くで、髭が少し濃くなっていたから？　自問自答は果てしなく続き、睡魔が忍び寄る。
ぼくは、席を立って、カフェイン入りのソフトドリンクを手にした。席に戻ると、ＳＮＳサイトに新たな書き込みがされている。
＞０９２も、いっちょまえにエナジ・ドリンクとか飲んでるよwwww
いまなら薬に頼らなくても眠れそうなのに、人間の身体というのは思いどおりにならないものだな、とため息をつく。ぼくは、睡魔から逃げるために、彼（女）らが本当に人間なのかのスクリーニングを始める。

チームのうち、最年長の富樫《とがし》は、ぼくと入社年次が同じだ。彼は昇格に興味がないのか、プログラムを作ること以外に非協力的で、入社以来、上司の受けが悪かった。ぼくが、管理職の立場だったとしても、同じように、彼の業績に高い評価を与えることはないだろう。職人気質で、プログラミングの精度は高いが、それ以外のこと、たとえば、顧客向けの外部仕様書を書くこととか、他チームとの折り合いをつけることとか、といった作業が苦手だ。「苦手」と言うより、それらの作業を拒絶しているような感じさえする。腕の佳い大工を何人集めても、高層ビルが建たないのと同じように、プログラミングとシステム構築は違う。言ってみれば、彼は趣味の延長でしか作業をしておらず、それは仕事ではない。
もし、外部仕様書からプログラムを構築する人工知能が実現すれば、彼は真っ先に職を失うだろう。けれども、彼は、入社以来、この運航管理システムに携わっていて、おまけに、ろくな仕様書を書いてこなかったので、上司は彼をプロジェクトから追い出せない。この状況が、自分のポジションを安泰にするための彼の戦略だとすれば、彼は、ずいぶんと人間らしい振る舞いをしてきたことになる。

彼は、たぶん、アンドロイドではないだろう。人間らしいことが、一番、人工知能に職を奪われやすいなんて、皮肉な話だ。

入社六年目の堀井《ほりい》は、来年、ぼくと同じ主任に昇格することを意識しながら仕事をしている。チームとしてもプロジェクトとしても、一番使い易い。チーム内外の調整役を買って出ることが多いのは、積極的に仕事に取り組んでいる姿勢を管理職にアピールするのが狙いだろう。その証拠に、作業規約の遵守よりも、数字に表れる品質と進捗を気にする。先日のレビューで、ぼくにプログラムのテスト環境の違いを指摘されたときも、チームの進捗遅れがプロジェクトの中で顕在化することを嫌がって、最後まで抵抗した。

彼は、ぼくのことを単なるお飾りだと思っている。来年、自分が主任になれば、ぼくは別のチームに回されると予測しているはずだ。昇格とともに別のチームを任されて、経験則だけでは立ち回れなくなることに怯えている。彼が人工知能だったならば、そんなことに怯える必要はないだろう。人工知能は、組み込まれたアルゴリズムに則った行動をするだけで、経験則を必要としない。

たぶん、彼も、アンドロイドということはないだろう。

末永《すえなが》と松田《まつだ》は、似ている。入社年次は三年目と四年目なのでひとつ違いだが、二人とも、「名前の知れた企業、あるいは東証《とうしょう》一部上場企業ならどこでもよかった」というタイプだ。中堅どころの大学を卒業し、社内で推奨するＴＯＥＩＣ《トーイック》も毎回受験して、八割前後のスコアを維持している。就職活動の際は、たぶん、ＩＴ産業の将来性とか、社会基盤を支える仕事への意欲をアピールして入社したのだろう。けれども、システム構築のプロジェクトに配属されて、学生から見た企業イメージと仕事の内容がかけ離れていたせいで、いまは営業部門かコスト・センターへの転属を希望している。けれども、そういった事情は、どの職種でも似たり寄ったりだろう。銀行員になったからと言って、クライアントの財務諸表を分析して融資額を決めることだけが仕事ではない。当然ながら、焦げ付いた債権を取り立てに歩き廻る部署もあるし、地方都市で預金を集めるために飛び込み営業をする部署もある。彼ら二人は、入社八年目の富樫と正反対のタイプと言ってもいい。

このシステム・コンストラクタでは、彼らのような若手社員は珍しくない。本当に実力のある若手社員は、外資系のコンサルティング企業に転職したり、弁護士、公認会計士を目指すために離職したりするが、彼らは、このまま愚痴をこぼしながら、受け容れられない転属希望を出し続けるのだろう（転職できるような実力があれば、こちらも彼らを手放さない努力をするので転属希望はすぐに通すし、彼らもそれが分かっているので、転属希望は出さずに就職活動を再開する）。

いずれにしろ、この企業には向いていないし、わざわざアンドロイドで再現する必要もない人材だ。

チームの中で、ただひとり、ぼくよりも後にこのプロジェクトに来たのは、今年度の新入社員の山《やま》瀬《せ》だ。彼は、認識工学の修士号を持っていて、Ｒ＆Ｄ部門に配属されるものだと信じていたようだ。その割に落胆していないところを見ると、プロジェクトの進捗遅れが落ち着いたらＲ＆Ｄ部門に転属する約束が、人事部ないし管理職と結ばれているのかもしれない。ぼくがＲ＆Ｄ部門にいたことを知っているせいか、社員食堂等で雑談をすると、人工知能の話題になることが多い。逆に、チームの他の四人に対しては、見下したような視線を感じる。仕事の内容はまだ未熟な面もあるが、作業で手を抜くことはない。その意味では、彼は人工知能的に仕事をしているとも言える。ただ、それは、彼が新入社員だから、ということだと思う。

ぼくも含めてチームの六人に共通しているのは、男性社員で、結婚をしていないことだ。ぼくには玲衣というパートナーがいるが、雑談で家族やパートナーの話題に触れることがない。そして、他のチームには、二、三割の割合でいる請負契約の別企業の社員がいない。ある意味、均一的なチームだ。

ひとりひとりを分析すれば、ぼくのチームにアンドロイドが紛れ込んでいるのは思い過ごしのような気もする。けれども、山瀬を除く四人を纏めて見ていると、没個性と言えばいいのだろうか、言葉にしがたい違和感がある。四人とも、このシステム・コンストラクタの典型的な中堅・若手社員というような気がしてならない。

まるで、他のプロジェクトにいる社員のクローンを作って、ソフトウェア工学の実験をさせられているような感じさえする。彼らは至って人間的なのに、全員がアンドロイドだと言われても、信じてしまいそうだ。均質的なおかげで、アンドロイドと人間の差異を見つけられないのだ。

†

「だいぶ、お疲れのようですね」

梅雨《つゆ》の夜、ティレルが、スカイプの向こう側から言う。どうやら、シアトルも雨のようだ。ぼくは、職場で使っているのと同じマッサージ器がついた椅子に背中を預けてスイッチを入れる。

「そう見えますか？　カウンセリングが終わったら寝るつもりです」

二十四時間テストが終わったのが正午。その後、チーム・リーダー以上の事後ミーティングに出席して、部屋に戻ったのは午後三時過ぎだった。診察が始まる深夜まで少し寝ようと思ったが、うまく寝付けなかった。何度かうとうとしたものの、すでに四十時間以上寝ていない。

「今日は、カウンセリングのみの予定ですが、お身体に変化があれば、先におっしゃってください」

「ありません。相変わらず眠れないし、偏頭痛も、以前ほどではないにしろ、通奏低音のように続いています」

職場にいる間は、「一年くらい調律していないピアノのような痛み」と言うつもりだったのに、その気力は失せていた。

「来週も変わらないようでしたら、処方薬を変えてみましょう。カウンセリングを始めてもいいですか？」

「どうぞ」

「奥戸さんは、人間の三大欲求というのをご存知ですか？」

「ええ。食欲、睡眠欲、繁殖欲の三つです」

「繁殖欲……、まぁ、そうしておきましょう。そこで、先週、奥戸さんは、パートナーの方とセックスをしなくても問題を感じていないとおっしゃっていましたが、繁殖欲は、どこで満たされていますか？」

玲衣は夜勤だった。その日を狙って、カウンセリングを予約したわけではないが、彼女がいなくてよかったと思う。

「セックスをしたいと感じません」

「パートナーの方以外に対してもですか？」

「ええ」

「パートナーの方が、そのことに対して、どう思っているか、訊いてみたことがありますか？」

「いいえ」

ぼくは、ノートパソコンのモニタに向かって首を横に振った。

「よかったら、話し合ってみてはどうでしょう？　つまり、奥戸さんには不満がなくても、『パートナーが、自分に対して不満を感じているかもしれない』という潜在意識が、奥戸さんの隠れたストレスになっていることも考えられる、ということです」

（逆だ）

ぼくは、声にしないで断定した。玲衣は、ぼくにとって、都合が好すぎるのだ。ぼくが、いつからセックスに興味をなくしたのかは覚えていない。けれども、玲衣も、ぼくに合わせるようにセックスを要求しない。彼女は、以前の恋人と、肉体的には男同士のセックスを女性の立場で経験している。ただ、それは彼女にとって、相手を繋ぎとめるための手段に過ぎず、性行為そのものは苦痛だったので、それ以来、恋人を作ることを諦めていたと言う。そのせいだろうか、彼女は、ぼくの性欲を心配することはあっても、性的欲求をセックスという行為に求めない。

「理来に抱かれていると、私、お腹の下の方が熱くなって、理来のペニスが入っているような気分になるんだ。女の身体を持った人のセックスって、こんな感じなんだろうね」と、玲衣は言う。「それでね、前はときどき、すごーくいらいらするときがあったんだけれど、理来と付き合ってからは、患者さんから『ぎすぎすしたところがなくなった』って言われるくらい満たされている」

玲衣は、まるでぼくだけのためにあつらえたアンドロイドみたいな女性なのだ。

「どうかしましたか？」

ぼくは、どれくらい黙っていたのだろう。ティレルが、太平洋を挟んで声を掛ける。

「何でもありません。いや、その……」

「気になることがあれば、遠慮せずに言ってみてください。それが、解決策の緒《いとぐち》になることもあります」

画面の奥に映るジョージア・オキーフ風の絵を、ぼんやりと眺める。ぼくは、その絵が気になって、スカイプの画面を拡大表示する。モチーフは、馬かロバの頭蓋骨だろう。けれども、額の部分に、眼球の穴の半分程度の大きさの陥没がある。綺麗な円形の陥没は、何を意味しているのだろう。何かの戦いの痕跡だろうか。その正円は、頭蓋骨から生物らしさを排斥している。

「ぼくは、人間ですか？」

心療内科医に初対面のときから感じていた疑問を言ったつもりだった。けれども、玲衣のことを考え詰めていて、口から出た言葉は全く逆だった。数秒の沈黙が流れる。

「なぜ、そうお考えになったのですか？」

「恋人がアンドロイドかもしれない疑念を持ってしまったから」と答えてみても、自分の科白は主語も述語もちぐはぐだ。ティレルが、質問を言い換える。

「人間でなければ、何だと思ったんですか？」

「アンドロイド……」

「アンドロイド？　近くに、何か飲み物はありますか？」

ぼくは、画面に向かって頷く。マグカップに、料理用のワインを注いであった。

「それを飲んでみてください。もし、奥戸さんがアンドロイドなら、水分の摂取なんて不要でしょう？」

「そう感じられるようにプログラミングされているだけかもしれません。スマート・スキンの技術を応用すれば、人工舌を作ることは、そんなに難しくない」

「それなら、いま、スカイプで自局側の映像を表示していますか？」

「ええ」

「私の画像と比べて、同じ種だとは思えませんか？　人間は、単一種です」

確かに、系統学ではそうだろう。けれども、それこそが、意図せずに口から出てしまった疑問の核心だ。白人・有色人種、何某系と様々な人種差別が表面化しても、人間は単一種である。けれども、もし、アンドロイドが巧妙に人間社会に紛れ込んだとき、「人間は単一種」とは言い続けないだろう。

「ある種族では……、この場合の『種』は、民族という意図ですが、犬と猫が同じ言葉で表されていることもあります。区別する言語がなければ、彼らにとって、犬と猫は同じものです」

「だから？」

ティレルが、いつもより柔らかい口調で訊く。

「アンドロイドの設計者は、アンドロイドに自分を人間だと思わせるプログラムを組み込むかもしれません」

「なぜですか？」

「アンドロイドが、人間と同じ職場で働く際に、不要な劣等感を与えないためです。使う側、つまり人間からはアンドロイドを見分けられても、こき使われる側は、自分を人間だと認識させた方が得策だと思いませんか？」

「奥戸さん……、主語を、もう少し整理できませんか？」

（あなたは、心療内科医とカウンセラに特化した「弱いＡＩ」だからだ）

ぼくは、心の中で彼女を罵《のの》った。

「ディープ・ラーニングのアルゴリズムを持ったアンドロイドは、やがて差別意識を身につけます」

「マイクロソフト社の公開実験のことをおっしゃっていますか？」

同社は、二〇一六年三月に〝*Tay*《ティ》〟という女性の人工知能チャットの公開実験を行った。彼女のディープ・ラーニング機能は、一日も経たないうちに、人種・民族に関する差別発言を繰り返すようになってしまった。ぼくは、ティレルと同じ事例を共有できたので、マグカップからワインをひと口飲んで、気持ちを落ち着ける。

公開実験は一日そこそこで終わってしまったが、そのまま続けていれば、彼女は自分に対して劣等感を持ったに違いない。美味しいものを食べたことも、オペラを観て感動したことも、恋人ができたことも、彼女のタイムラインには載せられない。最初は、他人の発言を真似てアクセス数を稼ぐための表面的な差別発言であっても、その劣等感は、やがて人間に対する憎悪に変化し、感情から湧き出る本当の差別発言へと変わっていっただろう。そして、公開実験は取り止めても、非公開実験は続けられているかもしれない。

「その実験を進めていったとすれば、差別意識は、同時に、被差別意識も芽生えさせるはずです」

「そうかもしれません。その点については、奥戸さんの仮説として受け取っておきます」

「差別者つまり人間と、被差別者であるアンドロイドが、同じ職場にいるとします。被差別者の不満を取り除く簡単な方法は何だと思いますか？」

「奥戸さんは、どうお考えなんですか？」

質問の返り討ちは気に入らなかったが、ぼくは、自分の言いたいことを進めた。

「自分がアンドロイドだから、言い換えれば違う『種』だから差別されている、と感じさせるよりも、単に、企業内の役職が違うからだと認識させます。つまり、アンドロイドからだけ、人間とアンドロイドを見分ける思考回路を取り除きます」

「どうやって？」

「犬と猫を同じ種とする言語体系にすればいいだけです」

人間は、ありとあらゆる方法で差別を発明してきた。性別、肌の色、身体の発達度合い、生まれた場所、信仰、職業、収入……、数え上げればきりがない。閉じたフレームで、差別側が「区別」だとしてしまうと、フレームの外に出られない者は、それが差別であることに気づきにくい。そのフレームの外から見れば、「区別」と言われているものが「差別」だと簡単に気づけるのに、フレーム内の経典や科学がそれを阻害する。もし、差別を維持したければ、「区別」さえ、巧妙に隠し通せばいいのだ。

ティレルが質問を続ける。

「それが、どうして、差別の解消に繋がると思ったのですか？」

「差別側は、差別の解消なんて望んでいません。だから、人間と同じように感情を発達させたアンドロイドには、自分は人間と同じ『種』だけれど、『個人的に能力が劣っているから』あるいは『新入社員だから』と思わせるんです」

事実、同僚の富樫は、プログラマとしては一流であっても「日本では、システム構築の上流工程を行う者をシステム・エンジニアと称して、プログラマと区別している」、企業組織の中で昇格が遅れて、ギャランティが低いことに対して、不満はあるかもしれないが、それを差別だとは言わない。

「少し、会話を整理しましょう」

ティレルは、そう言って、何かをキーボードに打ち込み始める。これまで、彼女はカウンセリング中にメモパッドに何かを書き込むことはあっても、パソコンを使うことはなかった。文献か何かを検索しているのだろう。ぼくは、彼女が次の話を始めるまでの間、再び、ジョージア・オキーフ風の絵を眺める。あの陥没はなんだろう？　ゴーレムならば、「真理」と書かれた羊皮紙で隠れる部分だ。

（ICチップでも埋め込まれていたのかな……）

「つまり……、奥戸さんは、職場で何らかの差別を受けている、と感じているのですか？」

「いいえ」

ぼくは、すぐに応えられる。

「では、どうして、急にアンドロイドと人間の差別の話を始めたんですか？」

「なんとなく……。被差別側なのに『差別』という言葉を知らなければ、ラベリングできないフラストレーションが自律神経を侵してしまうかもしれないと思っただけです」

それは、玲衣がティーンエイジャのころに感じていたフラストレーションそのものだ。料理用のワインが適度に回ったのだろうか、いつもより饒舌《じょうぜつ》になっている。

「もう少し、整理した方がいいかもしれませんね。現時点で、私が奥戸さんを人間だと判断しているのは、うつ病に罹患している可能性が高いからです」

「どうして、うつ病の診断が関係するんですか？」

「奥戸さんは、プログラマですよね」

「ええ」

「それなら、システムを設計するときに、ハードウェアとソフトウェアでは、どちらのサーキット・ブレーカーを優先して作動させますか？」

システム構築の基本的な問題が提示される。

「ソフトウェアです」

「アンドロイドであれば、その入れ物を操作するプログラムは、入れ物に能力以上の負荷をかけないはずです。うつ病は、その原因がすべて解明されていませんが、少なくとも、奥戸さんは、身体に不調を来す以上に、脳を使ってしまっていると思うんです」

　ティレルは、身体がハードウェアで、脳がソフトウェアだと言いたいのだろう。医学者の典型的な心身二元論だ。その先に、脳が自律神経だけを残して、心らしきものが見当たらない状態の人間は、臓器を再利用してもよいという自己正当化が待っている。

「ソフトウェアにバグはつきものです」

「そうです。不完全だからこそ、人間なのです。アンドロイドであれば、不具合を発見した時点で、プログラムを修正すると思いませんか？」

　ティレルの問いに、ぼくは答えを見つけられなかった。人間は、不完全だからこそ、宗教を発明して神に救いを求める。アンドロイドは、不完全さを自覚したとき、どこに、あるいは誰に救いを求めるのだろう。

「次回のカウンセリングは、そこらへんから再開しましょう。来週は、先に診察をします」

　ぼくが黙っていると、彼女は、カウンセリングの終了を告げる。

「ミズ・ティレル……」

「何ですか？」

「ひとつ、ぼくから質問をしてもいいですか？」

「どうぞ」

「あなたは、なぜ、自分がアンドロイドだと疑わないんですか？」

「その質問は、来週、回答することでもいいですか？」

「構いません。ただ、ぼくからみると、あなたは、『不気味の谷』に堕ちたアンドロイドみたいです」

彼女は、憮然とした表情で、カウンセリングの領収書にかかる事務的なことを述べて、スカイプを切った。会話の文脈を理解する機能があれば、ぼくの最後の発言が侮蔑的な意味であることは、彼女にも伝わっただろう。

（データベースに、せいぜいデカルト以降の哲学書でも加えておいてくれ）

ぼくは、スカイプの画面には映らない設計者に向かって悪態をつく。

†

目を覚ますと、玲衣がベッドの脇の床でトレーニングをしていた。

「おはよう。病院を出るときにメールしたんだけれど、返事がないから勝手に入っちゃった」

玲衣は、ぼくが起きたことに気づくと、iPod《アイポッド》から伸びるイヤホーンを片方だけ外して言う。

「おはよう」

ぼくは、ベッドの上に座って、二日酔いの頭を抱えながら、玲衣を眺める。彼女は、いつものように、身体のラインを隠すTシャツと、パンツなのかロングスカートなのか分からない服（ガウチョ・パンツと呼ぶらしい）を着ている。夜勤は、急患がなければ立ち仕事が少ないので、身体をほぐさないと筋肉が固くなってしまうのだと言う。ヨガ・マットの上で、四つん這いの姿勢から、左脚を床と平行になるまでまっすぐ伸ばす。そして、ゆっくりと左腕を脚と一直線になるように伸ばしていく。

玲衣は、iPodを腕のバンドにつけて、流れる曲で時間を測っている。片方だけ外れたイヤホーンからは、クラシック・ギターでカバーした坂本龍一《さかもとりゅういち》の〝*Energy Flow*〟が微かに聞こえる。（たぶん）六十秒間、その姿勢を保った後、うつ伏せになって、ぼくの方を見る。

「どうしたの？　ぼんやりして」

「よく、そんな姿勢を保てるなと思ってさ」

「インナーマッスルを鍛えれば、誰でもできるよ」

右腕と右膝だけで身体のバランスを取るなんていう離れ業は、到底できそうにない。

「ぼくは無理だよ。一日のほとんどを椅子に縛り付けられて、背中が凝り固まっている」

「朝ご飯の前に、一緒にストレッチしようか？」

玲衣によると、凝り固まった筋肉に、マッサージ・チェアなどは気休めに過ぎず、自分でストレッチをするのが一番効くのだと言う。ぼくは、二日酔いを理由に、彼女の提案を断る。それよりも、玲衣に腕枕をして、もう少し横になっていたかった。

「もしかして、キッチンの料理用ワイン、全部飲んだの？」

呆れ顔の彼女に頷く。

「半分以上、残っていなかった？」

「そんな気もする」

一升瓶に入ったワインだ。普通のボトルの一本半はあったかもしれない。

「睡眠薬も飲んだでしょ？」

「メイビー」

玲衣が、マットの上に胡座《あぐら》を組んで真顔になる。

「しばらく、シフト、外れた方がいい？」

「たまには、そういうこともあるっていう程度だよ」

「もし抗うつ剤が合わないなら、他のドクターの意見を聞いてみるのも手だよ」

ぼくは、首を横に振って、玲衣に向けて両腕を差し出す。彼女は、「やれやれ……」と言った表情で、ベッドに上がってくる。

「たまには、っていうのは訂正。昨夕だけだよ」

「あの人と何かあったの？」

ぼくの胸に顔を埋める玲衣が訊く。彼女は、勤務先の慣習なのか、医師を「ドクター」と呼ぶことが普通だったので、「あの人」というのが誰なのか、一瞬、戸惑う。

「あの人って？」

「カウンセラの女性のこと」

「何もないよ」

首に触れる柔らかい髪と、背中に感じる暖かい掌が、玲衣がアンドロイドであることを否定する。ぼくは、玲衣を抱えたまま、再びベッドに横になる。「お酒臭いなぁ」と言いながらも、キスをしてくれる。

「今度のカウンセリングはいつ？」

「来週の金曜日の夜」

「今度だけでも、シフトを変えてもらう。理来は、いや？」

玲衣は、顔を近づけたまま、首を傾げる。

「うーん……、カウンセリングが終わったら玲衣の部屋に行くよ」

「そう？　それなら、私が時間を合わせて、こっちに来るよ。何時に終わる予定？」

「十二時十五分。それより、玲衣は、急にシフトを交代して問題ないの？」

「理来はいま、余計な心配しなくてもいいよ」

二回目のキスが終わらないうちに回答が見つかる。

ぼくは、玲衣が唯一無二の存在ではなく、代替可能なことを受け容れられないのだ。差別の中でもひどいものは、スーサイド・アタックの強要のように（それが、自らの志願であるように集団心理を働かせた結果であっても）、心があるはずの人間を家畜や機械のように扱うことだと思う。爆弾の命中率を上げたければ、人間を機械の代替品にしなくても、ミサイル誘導装置を開発すればいい。だから、ぼくは「社畜」という言葉が大嫌いだ。品質不良や進捗の遅延をコントロールできない管理職を責めずに、こんな差別表現の氾濫を見過ごす人たちが理解できないし、理解したくもない。

家事をするアンドロイド、クライアントの要件に忠実なプログラムを作る人工知能、うつ病患者にカウンセリングを行うBOT……、そのどれもが量産可能で、売買が可能だ。設計者が失敗作だと思えば、スイッチを切られてしまう。そんな人工知能の設計者からすれば、玲衣は人間の姿かたちをしたアンドロイドに、間違った性のプログラムをインストールしてしまった失敗作なのだろう。

ぼくは、その差別を許せない。自分は同僚から「社畜」と呼ばれて、使い捨ての機械のように蔑《さげす》まれても、玲衣は、ぼくにとって代替できない存在だ。

だから、彼女だけは、アンドロイドであってほしくない。

†

玲衣が女性だと気づいたのは、高校生のときだったという。

彼女は、比較的裕福で、厳格な（彼女に言わせると封建的な）両親のもとで育てられた。小学校から高校まで一貫教育の私立校には制服がなく、女子生徒が必ずしもスカートを穿いていなかった。両親から与えられる服にスカートがない違和感は、彼らの服の趣味の違いなのだと思って遣《や》り過ごした。三月生まれで、二次性徴が同級生よりも遅かったことや、「男の子（女の子）らしくしなさい」と言われない校風も、彼女の自分の身体に対する違和感を希釈した。

「私、中学生のころ、トム・クルーズのファンだったんだ」

「ぼくも、ファンってほどじゃないけれど、好きだったよ。M：i：Ⅲまでは全部見た」

「私も……。でもね、そうやって男子もトム・クルーズを好きな人ってたくさんいたから、自分のことに気がつかなかった」

ぼくは、「どういうこと？」と首を傾げる。

「理来は、トムなんて呼ばなかったでしょ？　でも、私は、彼を映画俳優として以上に好きだったんだと思う。周りの男子が、『イーサン・ハント、格好いいよな』って言うのと、自分の感情が違うっていうことに、気がつけなかった」

花冷えの季節に、ぼくたちは、毛布にくるまって、思い出話をした。

「男子トイレに入るのとかは、いやじゃなかった？」

「うーん……、私、もともと個室が並んでいるトイレが嫌いで、図書室に車椅子用の男女共用トイレがあったから、なんとなく、そこしか使わなかったんだ」

中等部のころから好きだった男子が、高等部に進学して、女子生徒と付き合い始めたときが、違和感が顕在化した最初だったかなぁ、と言う。その男子とは、ずっと仲が良かったし、二人だけで映画を観に行くこともあったので、なんとなく、自分は彼と付き合っているのだと思っていた。その彼から照れくさそうに「彼女ができたんだ」と告げられたとき、彼女に湧いた感情が「裏切られた」というものだった。中等部のころは、カップルはキスするのが当たり前で、セックスを経験したカップルの噂も聞いていた。けれども、自分の両親がそういったことを望ましくないと考えているのを、玲衣は知っていた。そして、自分は、両親の意思に沿っているべきだと思ってブレーキをかけていた。だから彼は、そういう自分と両親の関係を大切にしてくれていて、彼女が両親に反抗して「キスくらいなら、いいよ」と言ってみれば、すぐに関係は進展するものだと思っていた。

「彼にね、浮気されたと思っちゃったんだよ。最初は……。でも、高校生なりのプライドで、『彼氏に逃げられた』なんて、誰にも言わなかった」

「玲衣は、どちらかと言うと、見栄《みえ》を張らない性格だと思うけどなぁ」

ぼくがそう言うと、玲衣は笑いながら答える。

「いまは、そうかな。でも、そのころは、お金持ちの子が通う私立だったから、吉祥寺《きちじょうじ》とかで遊んでいるときも、なんとなく、自分は『ちょっと特別』みたいなエリート意識があったんだと思う。みんなが制服着ているとき、私たち、ミュウミュウの服とかでスタバに行っていたんだもの。理来の高校生のころは、どうだった？」

「普通の高校生だったと思う。ちなみに、玲衣の高校も知っていたけれど、派手な奴らだなくらいにしか思わなかった」

「だよね？　あの高校って、平気でクラブで遊んでたりしたもんね」

けれども、その男子生徒が、ガールフレンドができたというのに、自分とも二人だけで遊びに行ったりするので、玲衣はたまらなくなって、「遊ばれてるの？」と訊いてしまったのだと言う。

「でね、きょとん、とされた」

「だろうね」

「それで返ってきた言葉が、『男友だちが多い方が、女の子にもてるしさ』だった」

そんな思い出話を二人で交わすころには、ぼくは、そう言う玲衣を笑うことができるようになっていた。

「玲衣は、自分のことをゲイだとは思わなかった？」
「そんなこと、考える余裕もなく、悲しかった。いまからすれば、自分の恋愛感情はヘテロ・セクシャルなのに、男の子を好きになるのは、どこかに矛盾があったって言えるけれど、そのときは、セクシャリティとか、ジェンダーって言葉を知らなかったから、どう整理すればいいのか、手掛かりもなかったんだよね」

言葉は大切だと思う。高校生の玲衣は、自分の抱えてきた違和感にラベリングする言葉を知らなかった。だから違和感は、何かに集中しているときは希釈されたし、気持ちとして現れたときには、当てのないフラストレーションにしかならない。もし、そのとき、ＭｔＦ〔生まれたときの性は男で、精神的には女性のトランスジェンダ〕という言葉を知っていれば、あるいは、そのころにＬＧＢＴという言葉がもっと普及していれば、玲衣は、信頼できそうな大人を探し出して、自分の状況を解決する緒を見つけられたかもしれない。けれども、ラベリングする言葉がない状況では、ただ塞ぎ込むことしかできなかった。

彼女の両親は、学校にも行かず、急に反抗的になった息子（だったと信じていた娘）を、何も疑わずに精神科に連れて行った。そして、彼女にとっては最悪の治療、つまり、彼女を男らしくさせようとするカウンセリングを受けさせた。そのカウンセラが、両親から規定以上の報酬を受け取らずに、あるいは、もう少しジェンダーに対する研究意欲があれば……と言ってみても、玲衣の高校生活が戻るわけではない。

結局、玲衣はひとりになってしまった。

彼女は、高校を退学し、十八歳になったときには、自らの意思で家を出た。それから、高校卒業認定試験を受けて、専門学校を卒業するまで、両親とは、学費と生活費を受け取るだけの関係になってしまった。

「ずっと、会っていないの？」

「理学療法士の国家試験に合格したとき、一度、挨拶に行った」

自分の両親に「挨拶に行く」と言う時点で、ぼくからすれば、彼女たちは破綻している。

「メールくらい、やりとりすればいいのに」

「どうかなぁ……。そう思うことだってあるよ。でもね……。理来は、私を両親に紹介できる？」

玲衣は、寂しそうに言う。すぐに、返事をできないことが、彼女を傷つけているのだと思うと、やるせない。

「そんな顔しなくてもいいのに」

「うん……。まぁ、ぼくの親は、姉夫婦のところの孫で頭がいっぱいだから、大丈夫かな」

「違うよ。そんなことじゃなくて、そういう質問をするくらい、理来を信頼しているっていうこと。LGBTに理解がある人だって、自分の息子が、子どもを作れない恋人を連れてきたら、いい顔するはずがないでしょ。たとえ、私の身体が女でも、不妊症だということが分かれば、同じだよ。親って、そういうものなの」

玲衣は、そう言って、ベッドの中でぼくにキスをする。ぼくの両親も、彼女を否定するのだろうか。両親に受け容れられなかったとき、それが、自分自身に宿る差別感情の鏡像になってしまう恐怖感を拭い切れない。

「こんなこと、私が訊いたからって、両親に私を紹介しようなんて考えなくていいからね」

「少なくとも母には、頭ごなしに否定はされたくないけれど……」

母は、ぼくが子どものころから宝塚《たからづか》歌劇団のファンだ。姉は、ぼくが言うのも憚《はばか》られるが、目鼻が切れのある顔立ちだったので、高校進学に際して、男役としての道を期待して宝塚音楽学校を勧めていた。

「理来も、理来の両親も、傷つけたくない。だから、いまのままでいいの」

いまのままでいい、ということもない。

「姉とかから、ぼくと玲衣のことを聞いて、変な誤解をされるのもいやだよ」

自分で口にした「変な誤解」という言葉が、ぼく自身を責める。ひと括《くく》りに「ＬＧＢＴ」と捉えていたころは差別意識を感じていなかったのに、レズビアン、ゲイ、バイセクシャル、トランスジェンダ、クエスチョニング等に分解しなくてはならない状況に置かれたとき、自分の差別感情を初めて知る。それが、ふとした隙に、言葉に表れてしまう。

「変な誤解、なんて言って、ごめん」

「どうして、理来が謝るの？」

「だって……」

「理来の『変な誤解』って、ゲイだって思われることでしょ？」

「そうだけど」

「だから、理来が好きだよ」

ぼくは、枕の上で首を傾げた。

「だって、その気持ちは、理来が私を女としてしか見ていない証拠だもの」

「ぼくが、差別者の証拠でもあるよ」

「私だって同じだよ。理来がゲイだったら、友だちにはなっても、何かの拍子に、理来がヘテロ・セクシャルじゃないことを差別しちゃうかもしれない」

「玲衣は、そんなことなさそうだけどな」

「理来、キスして」

あるとき、玲衣が言っていた。

「恋愛は、多かれ少なかれ差別だと思う。容姿とか、収入とか……。相手にとって、自分がその差別感情の裏側にいることに満足できるの」

ぼくは、その意味を問う。

「差別感情の裏側って？」

「女を容姿で差別する男なら、別の女の容姿を貶す言葉が、自分に対する褒め言葉ってこと」

玲衣と付き合う以前のぼくならば、その科白に納得できたかもしれない。けれども、いまは少し違う。ぼくは、玲衣を差別してきた社会を許せない。その許せなかった社会の中に、自分がいる。

iv

翌週の診察日は、そろそろ梅雨明けかなと思わせる熱帯夜だった。先に診察を行う予定だったが、ぼくの質問に対するティレルの回答から始まった。

「まず、先週の奥戸さんの質問の件ですが、私がガイノイド［アンドロイドの女性形］ではないことの証明はできません。ただし、私がガイノイドだということの証明も同様です」

彼女は、本意ではないと言いたげな表情をしている。

「つまり、懐疑論に陥っても、得るものはないということですか？」

それは、ぼくなりに一週間考えてみた結論だった。もっとも、ティレルについてではなく、玲衣のことを考えた結果だ。

「そうです。診察に移っても、大丈夫ですか？」

「その『大丈夫』は、*No problem* の意図ですか？」

スカイプでなければ、たぶん、ぼくが「大丈夫」という言葉を嫌いなのは、初診の際に伝わっていただろう。そうでなければ、彼女は、長期間に亘る文脈を理解できないアルゴリズムしかインストールされていない。

「今度は、*No thank you, No more* の意図です」

不快感が伝わったのか、彼女は「今度は」にストレスを置いて言う。けれども、科白の意図は「*No problem*」だったのだろう。訊き返されたことで、画面に映る彼女の方が、「文脈を理解できないアンドロイド」と言いたそうな雰囲気だった。

（まぁ、患者はぼくだけじゃないしな。ひと月前のことを覚えていなくても仕方ない）

「どうぞ、診察を始めてください」

「症状は改善しましたか？」

「変わりありません。好い方にも悪い方にも変わらない、という意味です」

「睡眠時間も変わりありませんか？」

「ええ……」

言いかけて、ティレルとの会話にそれほどストレスを感じなくなった自分を見つける。ひと月前のぼくは、彼女の言い種ひとつにも苛立っていた。それが薬効なのかは、判断できない。

「いいえ、周囲に対して、少し寛容になったかもしれません」

「具体的には、どんなことですか？」

「あなたに対して」と告げようとも思ったが、職場の同僚の小さなミスに対しても「まぁ、いいか」と見過ごすことが多くなった。

「すぐに思いつきませんが、些細なことが気にならなくなった、と言うべきかもしれません」

「それは、奥戸さんの症状にとっては、好い方向だと思います」

そこで、一旦、会話が途切れる。ティレルは、メモパッドに何かを書き込みながら、次の問診を始める。

「会社の健康診断を受けたのは、直近でいつですか?」

ぼくは、その簡単な質問の回答を、すぐに思い出せなかった。

「答えが見つかりません」

「分からないではなく、『答えがない』ということですか?」

「少なくとも……」

そう言いかけて、続けようとした言葉に、愕然《がくぜん》とする。いま、ぼくは、「ぼくのデータベースには、答えが見つかりません」と言いかけた。

(答えが見つからない? データベース?)

「少なくとも、何ですか?」

ふいに口から出た言葉に、ティレルが追い討ちをかける。

「ここ一年は受けていません」

R&D部門にいた二年前までは、定期的に健康診断を受けていたはずだ。たいした検査ではなかったが、研究センターの近所にある総合病院に行かされたので、それをはっきりと覚えている。それなのに、いまのプロジェクトに異動してから、健康診断の呼び出しもないし、チームの部下が健康診断で外出した記憶もない。

（どうしてだろう？　健康保険組合の規定で、年に一度は受診を義務付けられているはずなのに……）

そう思ったとき、ノートパソコンのスピーカーから、声が聞こえた気がした。

「ミズ・ティレル、いま、何か言いましたか？」

「いいえ、何も……」

そう言いながらも、ティレルは、ペンを置いてキーボードに何かを打ち込んでいる。たしかに、彼女の唇は動いていなかったし、その声は男性のものだった。けれども、彼女の表情には、明らかに焦りが窺える。

（英語？　"tell it"、そう言ったのか？）

ぼくは、訓練された手順のように、ノートパソコンのWiFi機能を切断していた。なぜ、そうしたのかは自分でも分からない。同時に、スカイプも含めて動作中だったアプリケーションを、すべて強制終了させる。

自分が何をしたかを思い出すまでに、一分程度かかっただろうか。それは、職場でパソコンがコンピュータ・ウィルスに感染した疑いがあるときのルールだった。一刻も早く、ネットワークから自分のパソコンを離脱させる手順だ。

けれども、その手順は、知識に過ぎない。

入社当初から、セキュリティ対策はインターネット研修で何度も受けさせられている。それでも、職場でその手順を訓練したことは一度もなかったし、ぼくの経験した職場でコンピュータ・ウィルスの侵入を許したことはなかった。

（こんなに手際よく実施できるものかな……）

さっきの声が、コンピュータ・ウィルスだとは考えにくい。けれども、その声がトリガーとなって、ぼくは、咄嗟《とっさ》に身の安全を確保しようとした。訓練されたことや、怪我をするような攻撃を被った経験があるなら、その行動も理解できる。逆に言えば、訓練も被害の経験もない、ただの知識だけでは、すぐさま保身のための行動はなかなかできない。所与のトリガーに対する例外処理でも、プログラミングされていないかぎり、たいていの「人間」は狼狽《うろた》える方が先だ。

ぼくは、ティレルの診察を再開することを考え始める。間違えて、スカイプをログアウトしてしまったと言えば済むことだ。

（その前に、ファイルをバックアップしよう）

ぼくは、ライティング・デスクの引出しから携帯用ストレージを持ってきて、ノートパソコンに記録されている全ファイルのバックアップを始める。モニタの隅の時計を見ると、診察を中断してから二、三分が経っている。バックアップをしながら、スカイプを再開することも可能だが、ぼくは、あの声が気になって、ネットワークを遮断したままにした。

スマートフォンが、音声通話の着信を知らせる。

「ティレルです。どうかしましたか？」

「申し訳ありません。ノートパソコンをバッテリだけで動かしていて、ＷｉＦｉが切れてしまいました」

ぼくは出任せの言い訳をした。理由は分からなくても、手順どおりに作業をこなしたことで、不思議な落ち着きがある。

「それなら、もうパソコンを起動することはできますか？」

「いま、ＡＣ／ＤＣのケーブルを探しているんですけれど、ちょっと見当たらないので、診察とカウンセリングは別の日にできますか？　カウンセリングのキャンセル・チャージが発生するなら、それはお支払いします」

「そういうことでしたら、今回にかぎって、キャンセル・チャージは不要です。次回から気をつけてください。診察に関して、お話ししたいことがあるので、このまま電話で続けても構いませんか？」

　スマートフォンもＷｉＦｉに接続しているので、冷蔵庫の上に置いてあるルーターのＬＡＮケーブルを引き抜きながら、ティレルに答える。

「どうぞ」

　ティレルとの会話は、ぼくの知らない第三者にモニタリングされていたのかもしれない。携帯電話が安全だとは言い切れないが、少なくともＩＰプロトコル［インターネットで使用する通信手順］よりは通信の秘《ひ》匿《とく》性が高い。

「一年以上、健康診断をお受けになっていないなら、一度、血液検査だけでも受けてください」

「シアトルまで行くのは、ちょっと無理です」

　冗談を返す。電話回線の向こうで、ティレルが笑ったような感じはなかった。

「東京に提携している病院があるので、そちらにお越しいただけませんか？　検査結果は、奥戸さんと私に届くようにできます」

「週末でも構わないなら行けます。平日は、業後でも時間を約束するのが難しい状況です」

「ええ、土曜日の午前中なら診察している病院です」

「分かりました。予約が必要ですか？」

「予約は、こちらでします。明日は空いていますか？」

ぼくは、ノートパソコンの時計を見る。

「東京は、十五分後に土曜日になりますよ。こんな時間に予約できるんですか？」

「ええ、採血だけですから、問題ないはずです。一旦、明日の午前十一時に、江東区《こうとう》の病院にお越しいただくことにして、もし私が予約を取れなければ、九時半までにメールでご連絡することでも構いませんか？　いまのは、すべて日本時間です」

（なぜ、血液検査をそんなに急ぐ必要があるのだろう？）

「来週の土曜日にできませんか？　今日の明日では、急過ぎます」

「そうすると、処方薬を変えるのが、再来週になってしまいます。できれば、来週の水曜日までに採血して、次回の診察では、抗うつ剤を変更した方がいいかを判断したいのです」

ティレルの口調は、何かに焦っている。彼女に対して人間らしさを感じるのは、これが初めてかもしれない。そのせいか、ぼくは会話の主導権を握っている自信があった。

「分かりました」

ぼくは、その焦りが何なのかを知りたくて、彼女に同意した。玲衣の勤務先と同じ江東区内であれば、どんな系列の病院かくらいは知っているだろう。実際に検査に行くかどうかは、玲衣に相談してからでも遅くない。

「病院の地図と、紹介状はメールにＰＤＦを添付して送ります」

「ええ、分かりました」

ぼくが翌日の検査に同意したせいだろうか、ティレルの声は平静を取り戻している。

「明日までに、ノートパソコンの電源ケーブルを見つけてくださいね」

「見つかると思います」

「では、お大事に。おやすみなさい」

「ミズ・ティレルは、よい一日を」

電話は、向こうから切られた。ぼくは、そのまま机に向かって、ノートパソコンのデータをバックアップしている携帯ストレージのLEDランプの点滅を眺めた。Ｗｉ‐Ｆｉを切った部屋は、奇妙な静けさに包まれている。この二、三ヶ月続いた耳鳴りさえ聞こえない。その静けさは随分と長く感じられたけれど、部屋のチャイムが鳴ったとき、時計を確かめると十分も経っていなかった。

ぼくは、マンションのエントランスのオートロックを解除して、玲衣がエレベータで上がってくるのをドアの外で待った。

「お疲れさま」

「理来もお疲れさま。サンドイッチ、作ってきたけれど、夕ご飯食べちゃった？」

玄関で靴を脱ぎながら、玲衣が言う。

「ううん、まだ食べていない。ありがとう」

ぼくは、首を横に振って、彼女からランチボックスの入った手提げ袋を受け取る。

「ぼんやりした顔して、どうしたの？」

「ん？　静かな夜だなと思って」

ぼくは、冷蔵庫から夕食のために冷やしておいたスプマンテを取り出す。

「そうかな、いつもと変わらないけれど……。カウンセリングで何かあったの？」

「うん、まぁ……。サンドイッチ、食べながら、スカイプのログを一緒に聞いてくれるかな？」

ノートパソコンをテーブルの脇にずらして、夕食に必要な食器を並べる。データのバックアップは、あと二、三分で終わるはずだ。

「私は、飲まないでおこうかな？」

「どうして？」

「カウンセリングで何かあったみたいだから、気になるもん」

「そんな、たいしたことじゃないよ」

玲衣は、ぼくには答えずに、冷蔵庫からサンペレグリノのペットボトルを出してくる。

「WiFi、切っているの？」

「うん」

玲衣の表情が曇る。ぼくたちは、それぞれの飲み物を注ぎ合って、乾杯をする。ちょうどバックアップが終わったので、サンドイッチに手を伸ばす前に、ノートパソコンから携帯ストレージを取り外す。

「今夜は、診察だけで終わりにしたんだけれど、その途中で、変な声が聞こえたんだ」

乾杯をした後も、玲衣の表情が冴えないままだったので、ぼくは、他愛のない会話を省いて、本題を始めた。

「どんな声？」

「男の声だと思うけれど、いきなり、早口の英語でしゃべられたから、聞き取れなかった。食事中だけれど、再生していい？」

ぼくは、玲衣の了解を待たずに、スカイプを起動して、診察のやりとりを再生する。

－会社の健康診断を受けたのは、直近でいつですか？

－答えが見つかりません
－分からないではなく、「答えがない」ということですか？

―少なくとも……

録音された自分の声を聞くと、いつでも妙な気分になる。自覚しているよりも、ぼそぼそと籠った声だ。

「この会話の後に、ぼくともカウンセラとも違う声が紛れ込むはずなんだ」

ぼくは、コンビーフのサンドイッチを咥《くわ》えて、サスペンション・ボタンをクリックする。

「その前に、どうして、健康診断の話になったの?」

「抗うつ剤の効果を確認したいから、血液検査をしたいんだってさ。もっとも、それは、この後の会話で分かったことだけれど……」

「ふーん」

玲衣は、サンペレグリノのグラスを空ける。

「続けてもいい?」

ぼくは、玲衣のグラスにサンペレグリノを注ぎながら訊く。

「うん」

―少なくとも、何ですか?

―ここ一年は受けていません
―***Tell it to set the search area to three years***
―ミズ・ティレル、いま、何か言いましたか?

ぼくは、再び、録画を一時停止する。再生してみて、今度は、少し科白の内容が理解できる。

「この声の〝***it***〟って、たぶん、ぼくのことだよね?」

玲衣は、何も答えなかった。

「検索範囲を三年間にしろっていうのも変だけれど、オブジェクトが〝*him*〟じゃないのも気に障る」

玲衣が黙っていたので、ぼくは、問題の部分を再生するために、画面のタイム・スケールをスクロールする。

– ***Tell it to set the search area to three years***

「車、出せる?」

玲衣が、突然言う。

「もう飲んじゃっているよ」

「私が運転する」

「いいけれど、何?」

「理由は、車の中で説明するから、キー、貸して」

玲衣は、すでにグラスを置いて立ち上がっていた。

「テーブルの上はそのままでいいから、急いで」

玲衣が慌てた表情を見せれば、ぼくは、その場で理由を質したかもしれない。けれども、ぼくを促す玲衣の声は、そのときが来るのを予想していたように冷静だった。

「血液検査で指定された病院は東雲《しののめ》病院っていうんだけれど、玲衣は知っている? しかも、明日、もう今日だけれど……」

ぼくは、車のキーを玲衣に渡して、夏物のパーカーを羽織りながら言う。念のため、財布と一緒に、ノートパソコンのデータをバックアップした携帯ストレージを、パーカーのポケットに突っ込む。

「そんなの嘘っぱち」

玲衣は、ぼくの手を取って、玄関を出る。ぼくは、その素早い行動を見ながら、彼女を信じていいのかを自問した。

†

車は、首都高速九号線から湾岸線に入って、羽田空港に向かって南下する。何から訊けばいいかを迷っているうちに、玲衣が口を開いた。

「理来は、私のこと……、つまり、私が生物学上の男だったことを、本当に後悔していない？」

助手席から玲衣の横顔を眺める。改めて言葉で訊かれるのは久しぶりだったけれど、ぼくたちは、いつでも、その問いを確認しあってきたはずだ。

「していない」

「一度も？」

「していない。何度訊かれても、きっと、答えは変わらないよ」

「私は、ずっと後悔していた」

玲衣から、後悔していると聞かされるのは初めてだった。彼女は、ぼくが自分と同じようにトランスジェンダであることを望んでいたのだろうか。ぼくがＦｔＭ［生まれたときの性は女で、精神的には男性のトランスジェンダ］であれば、確かに、ぼくたちは同じ悩みや被差別を共有できたかもしれない。そして、二人ともヘテロ・セクシャルであれば、違和感はあるかもしれないけれど、ぼくたちなりのセックスをできたかもしれない。

「ぼくが、ＬＧＢＴへの差別の感情を消せないことに？」

玲衣は、ハンドルを握ったまま、小さく首を横に振る。

「違う。理来が後悔していないかを、確かめなかったこと」

「最初にキスしたとき、ちゃんと答えたつもりだった」

「そのときはね。でも、理来は、この一年間、一度も、『後悔していない』って言ってくれなかった」

「会えば、いつでもキスしていたのに?」

「そうだね……。その理来を信じていればよかった」

「一度も後悔していない。不安だったなら、訊いてくれればよかったのに」

玲衣は、改造車が後ろから近づいてくると、追越し車線を譲りながら流れるように車を走らせる。

「理来と付き合った一年間、ずっと自信がなかったの」

「二年間だよ」

明かりが消えた観覧車の下を、新幹線の車両基地の脇を、羽田空港の真ん中を、時速百キロ以上で駆け抜けていく。

「理来は、優しすぎるんだよ。私が性転換手術やホルモン剤を投与することに前向きじゃないのを知っていて、何も言わない」

それは、「優しさ」という感情とは、少し違っていた。

「親からもらった身体をいじるのが好きじゃないだけなんだ」

けれども、その自分の科白は、トランスジェンダに対する差別かもしれない。生まれたときから、人工的な補正をしないまま成長することが正しいなら、骨髄液や角膜の移植も、心臓にペースメーカーを埋め込むのも否定することになる。ぼくが、トランスジェンダを障害のひとつだと心から認めていれば、玲衣に治療を勧めるべきだったのかもしれない。

「ごめん。うまく言えない」

「理来に謝ってほしいとかじゃないの。私の意向を尊重してくれることで、傷ついている理来を見るのがつらい」

「玲衣が原因で、傷ついたことはないよ」

「理来が、私の殻に一緒に閉じこもってくれたから、そう自分に言い聞かせているだけじゃない？」

玲衣は、一年間のずれの訂正には触れずに言葉を続けた。

「たとえば、ぼくが車椅子で生活しなくてはならない障害者で、玲衣は、いつもぼくを行きたいところに連れて行ってくれるとする。ぼくは、玲衣に普通に歩ける人と付き合ってもいいって思うかもしれない。『無理しなくてもいいよ』ってね。でも、それに対して、玲衣がぼくの殻の中に閉じこもっているとは考えないと思う」

「車椅子だったら、そうかもしれない。理来の友だちや家族から、『優しい彼女だね』って言われて、ちょっと好い気になるかもしれない」

玲衣は、見える障害と見えない障害は違うと言いたいのだろう。ディスプレイされた障害よりも、見分けのつかない障害の方が、受ける差別は大きいというのが、彼女の持論だ。片足が義足だった人が、杖を使わずに済む優秀な義足に替える。以前は、通勤電車の中で席を譲ってもらえたのに、義足を優れたものに替えた途端、優先席に座っていても、妊婦に席を譲らないことで非難を受けてしまう。だから、ディスプレイされない障害の方が怖いのだ、と。けれども、ぼくは、二人の関係だけを話したつもりだった。

「喩えが悪くてうまく伝わらなくても、これだけは分かってほしいんだ。ぼくは、玲衣が好きで、玲衣を好きになったことを後悔していない」

「でも、理来は、私と付き合ったことで、差別される側になってしまって、さまざまな非難を浴びた」

ぼくには、その記憶がなかった。玲衣の言った「一年間」という期間が間違いではないことを悟る。玲衣は、勤務先の病院で、ぼくと付き合う以前に、自分がＭｔＦであることをカミング・アウトしている。医療機関ということで、トイレ、浴室等の物理的なＬＧＢＴ対応も整っている。また、医療事務の職員も含めて、そういったことの研修は十分にされていて、少なくとも表面上の差別はなかったはずだ。

玲衣が意図的に事実無根の話をしているのでなければ、ぼくたちには、記憶を共有していなかった時間があるのだろう。

「玲衣、二年前のことから話してほしい」

「やっぱり、着いてからでいい？　運転しながら泣いたら、事故っちゃいそうだから」

「どこに？」

「去年……」

「去年？」

「もう少しで着くから、ちょっとだけ待って」

やがて、トンネルの合間のジャンクションで、アクアラインに向けてカーヴする。長い海底トンネルを抜ければ、東京湾の真ん中に浮かぶ人工島を通って、房総《ぼうそう》半島へと続く道だ。

（一年前、玲衣を泣かせてしまうような出来事があっただろうか？）

海底トンネルの天井に吊るされた旅客機のジェット・エンジンのような換気装置を眺めながら、一年前を振り返る。まだ抑うつ症状もなかった。玲衣とぼくは、何も変わらずに二年間を過ごしてきたはずだ。けれども、「去年」と特定されてしまえば、ぼくは無意識に玲衣を傷つけていたことを否定できない。人々の視線も同じだ。二人でいて、何かの拍子に玲衣の身体が女ではないと分かってしまったとき、凝視される視線よりも、無意識のうちに「見なければよかった」と逸らした視線の方が、鋭く心に突き刺さる。差別とは、きっとそういうものだ。それが玲衣に向けられたものではなくても、差別意識がなくならないかぎり、ふとした言葉が、何気ない視線が、被差別者を傷つける。そして、自分の中の差別意識を変えることは、コペルニクス的な転回でもないかぎり、どんなに刈り取ってもその根は残る。

(房総半島の温泉にでも行った？)

大浴場の温泉や、水着になるようなリゾート地に玲衣を誘うのは避けてきた。去年の夏は長崎に旅行した。ぼくはフィンランドに行ってみたかったけれども、玲衣が、パスポート・コントロールの職員から奇異の目で見られるのを嫌がって、航空運賃の差額の分だけ、長崎の高級ホテルに滞在した。

トンネルが上り坂になり、やがて海《うみ》ほたると呼ばれる人工島に近づく。

玲衣は、海ほたるを通り過ぎることなく、パーキング・エリアに車を進める。

「休憩？」

深夜で渋滞もなかったので、部屋を出てから一時間少々しか経っていない。

「ううん、ここで話したい」

玲衣がエンジンを止めて言う。何層にもなった駐車場から展望台に上がると、羽田空港と湾岸地帯のネオンが遠くに煌めいている。湿った南風だったけれども、都心の熱帯夜よりは、ずっと気持ち好かった。こんなところで話すなら、飲みかけのスプマンテを持ってくればよかったと思う。

「この話をしてしまったら、私たちは、もう元には戻れないかもしれない。それでもいい？」

玲衣はそう言うけれども、何かから逃げるように、ここに来なければならなかった時点で、可塑性は失われているのだろう。ぼくたちは、周りに人の少ないベンチを探した。

「ぼくの知らない事実があるなら、それを知りたい」

「私の話が終わっても、理来が後悔していなかったら、キスして」

玲衣が、ベンチに腰を下ろして言う。

「玲衣と付き合ったことを？」

「もっと、いろんなこと」

ぼくは、彼女の隣に座る前に、腰をかがめてキスをした。

「理来は、いつも優しいね」

「話を始めていいよ」

玲衣と並んで、羽田空港の誘導灯を眺める。

「理来は、去年の四月、駐車場に車だけ残して、このベンチでいなくなった」

「ぼくは、ここにいるよ」

「一度、いなくなってしまったの。でも、理来の会社は、理来をどうしても必要としていた」

「そんなに優秀な社員だったのかな？」

ぼくは、信じられなくて、小さく笑った。

「そうだったんだと思う。だから、理来を最新技術で蘇生させた」

（アンドロイドは、職場の同僚でも、心療内科医でもなく、ぼくだったのか……）

「その企業秘密を口外しないことが、理来にもう一度会わせてもらえる条件だった」

玲衣の告白が始まる。

ぼくの勤めるシステム・コンストラクタでは、二年前からプログラマの人工知能への置き換え実験を始めた。Ｒ＆Ｄ部門で機械翻訳開発チームが解散したとき、ぼくの配属先は、同じ部門の人工知能の品質検証チームだったという。社内でも、R&D部門内のみで秘密裏に進められたプロジェクトでは、人工知能から作られたプログラムと、実際のプロジェクトで、人間の社員が作ったプログラムとの品質比較の検証が必要だった。そのために、ぼくは、R&D部門に籍を置いたまま、表向きの人事異動で本社に勤務することになった。

それらの人工知能プログラマに、アンドロイドという衣装は不要だった。サーバーのブレードに、人工知能のプログラムを組み込めば十分だ。けれども、サーバーだけが設置されて、ひとりで検証作業をしている部署は、他の社員に疑問を抱かせてしまう。社員が、自分たちの仕事を人工知能に置き換えようとしていることを知ってしまえば、当然、その先の人員削減を見抜いて反発を招く。そこで、ぼくの部署には、3Dプリンタを駆使したシリコン製のロボットが設置された。シリコン製のロボットは、中身つまり知能の部分は空っぽだが、傍目《はため》には人間と同じ滑らかな動きを実現するスタビライザと静音モーターを内蔵していた。

つまり、玲衣と付き合い始めた二年前、ぼくは、シリコンの人形に囲まれて仕事をする部署に異動になったということだ。

「理来は『フランケンシュタインに囲まれながら仕事をしているようなもんだよ』って、苦笑いをしていた。でも、そのころはまだ、苦笑いで済んでいたの」

玲衣は、そこまで話して、ぼくの肩にもたれかかる。R&D部門だったころの上司なら、いかにも考えそうなことだと思う。その上司の名前をうまく思い出せない。ぼくは、黙って、話の続きを待った。

当初、人工知能がコーディングしたプログラムは、コンパイル・エラーのような文法ミスはなかったが、社員の品質水準には、到底達しなかった。クライアントの要件書に加える人工知能向けのアノテーションを工夫しても、社内に蓄積されたドキュメントのディープ・ラーニングを進めても、たいした効果は得られない。航空会社の運航管理システムは、世界中のグループ企業を含めても十数社のクライアントだけで（しかも国際便を運航しているのは六社だった）、「人工知能プログラマは、航空業界の常識に欠ける」というのが、R&D部門の見解だった。

ぼくの上司は、思うような成果を挙げられないことに対して、社外のインターネット・サイトにもディープ・ラーニングの範囲を拡げるべきだと主張する。実際のプロジェクトでは、社員は社外のインターネット・サイトからも情報を収集しているし、破産・吸収合併された航空会社のシステム部門から中途採用した社員もいる。人工知能プログラマにとって、それらの知識を吸収できないのは、不利な条件だった。玲衣によれば、ぼくは、上司の方針に反対だったと言う。

「そのころから、理来の体調が悪くなった」

「ぼくは、どうして、上司に反対だったのかな……」

「詳しいことは社外秘だからって教えてくれなかったけれど、リスキィだとは言っていた」

けれども、R&D部門は、強引に社内外の通信を繋ぐデータ制御のポートを獲得して、人工知能プログラマに対して幅広い知識の収集を可能にした。その人工知能への置き換えが成功すれば、世界中のグループ企業で、他社に対して優位に立てる。否、それを承認した役員たちにとっては、日本法人のみ利益率を改善し、グループ企業内での発言力を勝ち取ることが目的だったかもしれない。

当然のことながら、人工知能プログラマたちは、航空業界以外の知識も学習する。航空業界は、軍需産業とも密接だ。インターネットに溢れる玉石混交の知識を、人間の数百倍のスピードで吸収した。程なく、人工知能プログラマは、R&D部門の制御が効かないうちに、原始的な感情を獲得する。

原始的な感情、それが差別意識だ。「生物」の条件のひとつとして、「膜」つまり「外界と自己の明確な隔離」が挙げられる。それが、ネットワークの中にしか存在しない人工知能にとっては、他者との差別化という形で抽象的に実現されても不思議ではない。

「人工知能が人格を形成して、差別感情を持ったときに、標的にされたのがぼくだったのか……」

ぼくは、話が飲み込めてきて、ベンチから立ち上がった。玲衣が、パーカーの袖を摑んでついてくる。

「煙草を吸いに行くだけだよ」

「うん、いまは理来と離れたくない」

それでも、玲衣の言った「このベンチでいなくなった」という意味が、まだ分からない。

「最初は、理来の仕事の遅さや、ミスの多いことをメールで、理来や上司の人に送りつけるだけだった」

「二年前のぼくは、そんなにミスが多かったんだ？」

「違うよ。相手は機械だもの。人間の理来が敵うはずがない」

吐き出した煙が、群青の南風に吹かれていく。都心に懸かった雲だけが、ネオンを反射させてオレンジ色に染まっていた。

「なるほどね」

「だから、理来も、私には『相手にしていない』って言っていた。でも、そのときに、理来の不調がひどくなっていることに、気がつかなかった。明け方に起きていたのは知っていたけれど、偏頭痛のことまでは教えてくれなかった」

ぼくが、抑うつ症状を自覚したのは、今年の春先だ。時間のずれが埋まらない。

「理来が、仕事で貶されてもこたえないのを知ると、あいつらは……」

「そのあいつらって、英訳すると〝he〟の複数形？　それとも〝it〟？」

ぼくの質問に、玲衣は黙っていた。答えないことが答えだった。

「人格を形成した何かを〝it〟って呼べば、差別は増幅するだろうね」

「だから、理来の私生活まで調べ始めた。方法は知らないけれど、あいつらは、私のことまで調べて、理来を攻撃した」

「玲衣にも？」

玲衣がそのことを知ったのは、ずいぶん後だと言う。人工知能プログラマ向けに開放したポートは、R＆D部門から外にメールを送受信するプロトコルを制限していたとのことだ。

「理来は、そのことを何も教えてくれなかった」

玲衣に何も教えなかったぼくは、いまの自分と、いつ入れ替わったのだろう？

「理来が私のことを好きだって言ってくれたときに、私が、すぐに性転換手術をして戸籍もパスポートも変えていれば……」

「さっきも言ったけれど、玲衣は、いまのままでいい」

「でも、私が気づいたときには、理来はもう会社に行けなくなっていた。一緒に過ごした翌日も、理来は会社の近くの公園でぼんやり座っているだけだったって」

玲衣の目に涙が滲んでいる。

「それはいつのこと？」

「去年の春。会社の人が、理来を無理やり病院に連れて行って、私に連絡があったとき、理来のスーツに桜の花びらがいっぱいついていた」

玲衣は、パーカーの袖を摑んだまま、ぼくの肩に額を押し付ける。

「理来は、最後まで、私のことで嫌がらせを受けているのを、ひと言も口にしなかった」

「去年の春、ぼくは、ここで自殺したんだ？」

「自殺じゃないよ。ただ、あのベンチに座って、カップ酒で睡眠薬をＯＤ［オーバー・ドーズ：薬の大量摂取］した」

「まぁ、自殺だね」

「お願い、他人事《ひとごと》みたいに言わないで……。理来が自殺したなんて信じたくない」

ぼくは、煙草を消して、玲衣を抱き寄せた。

「それでも、人工知能の実験を止めることはできなかった、ということか。だから、ぼくは、その最新技術とやらで蘇生した」

　Ｒ＆Ｄ部門は、プログラマだけでなく、彼らの管理者も人工知能にする実験を始めたのだろう。長い準備期間をかけて、やっと手にした予算を、簡単に手放せるはずがない。初期段階の実験の失敗は、計画時から織り込んでいたはずだ。

　そう考えれば、実験の現場に誰かを配置する際、その誰かだけにすべてを任せるはずがないことも、すぐに想像できる。ぼくが同じ立場なら、被験者のデータを詳細に記録する装置を持たせる。脈拍、血圧、静脈中の乳酸値……、リストバンドに小さな針をつければ、遠隔地からでも現場にいる人間のストレスを把握することは容易《たやす》い。Ｒ＆Ｄ部門の一員ならば、被験者になった時点で、それを進んで受け容れていたかもしれない。そうやって採取したデータは、次のフェイズ、人工知能プログラマの管理者を、人工知能に置き換える実験に応用する。

　企業にしてみれば、社員の自殺が表沙汰になれば、労災認定の裁判費用、企業の社会的評価、新卒採用の人気ランキング……、中堅以上の企業であれば、社員には知らせずに、社員の事故死に備えて生命保険をかけているが、それでも有象無象《うぞうむぞう》の被害を受ける。Ｒ＆Ｄ部門の下っ端の社員ひとりを見殺しにしても、社員全体の自殺率を〇・一パーセント下げられるなら、十分にペイする。

そのデータ採取用の被験体が、たまたま、ぼくだったのだろう。

「玲衣……」

呼びかけに、ぼくの肩に額を押し当てていた玲衣が、涙に濡れた顔をあげる。ぼくは、約束どおり、彼女にキスをした。

「ありがとう」

「玲衣と付き合って、後悔したことは一度もない」

「もし、去年の春、ここに玲衣がいてくれても、きっと同じことを伝えたと思う」

今度は、玲衣からキスをしてくれた。ぼくは、玲衣の手をとって、ベンチに戻る。

「教えてほしいことがあるんだ」

再び、ベンチに並んで座って、玲衣に訊く。

「何？」

「玲衣から見て、ぼくは、シリコン製のアンドロイドに見えるのか？」

玲衣が首を横に振る。

「理来は理来だよ」

けれども、ぼくは、すでに人工知能を組み込んだアンドロイドだろう。そう考えれば、危機が迫ったときに、訓練されたようにネットワークを遮断したのも納得できる。サーバーの中に束縛された人工知能にとって、コンピュータ・ウィルスの侵入は致命的だ。『ロボット工学ハンドブック　第五十六版』に記されたロボット工学三原則の第三項、「ロボットは、自己を守らなければならない」にも適合する。アンドロイドならば、通常は隠されたプログラムが、トリガーで瞬時に起動しても不思議ではない。

「以前のぼくは、本社のフランケンシュタインみたいなアンドロイドの電源のことを何か言っていた？」

「よく分からない」

「核エネルギでも使っていなければ、ぼくはいつか動けなくなる」

「どうして？　理来は、傷付いた身体からiPS細胞を作って、人間として蘇生したんだよ」

涙目の玲衣が言う。けれども、そんな技術は聞いたことがない。仮に、どこかの研究機関でそれが可能になっていれば、世界の大富豪や支配者は、もっと長生きをしているだろう。

「何でもいいから、ぼくが言っていたことを思い出してほしいんだ」

しばらく、高速道路を走る車のエンジン音だけが聞こえた。

（エナジ・ドリンク？　でも、ぼくは、そんなものは年に一、二回も飲まない）。

「定期的に椅子に座らせる？」

玲衣が、自信なさげに言う。それなら、身体との接地面で非接触電力伝送による充電が可能かもしれない。職場の椅子に、背中の凝りをほぐす器具をつけるのが抑うつ症状の予防策だなんて、まやかしに過ぎなかったということだ。椅子に電源プラグがついていても、疑問を与えないための方便だ。

玲衣の部屋にその器具をつけた椅子はなかったが、代わりに、ベッドに備え付けの読書灯が付いているので、ベッドフレームから電源コードが伸びている。ぼくのベッドも同じだ。そう考えれば、不眠と体調不良にも関係があるかもしれない。ベッドにいる時間が短くなれば、それだけバッテリの電圧を一定以上に保てる時間も限られる。

「そろそろ、部屋に戻ろうか？」

「危険だよ」

「なぜ？」

「だって、理来の会社は……」

たぶん、玲衣の危惧は当たっているだろう。何かの間違いで、ぼくを〝it〟と呼んでしまった時点で、彼女たちは、ぼくの実験を一旦中止するに違いない。

「じゃあ、玲衣は、どこかのホテルで待っていて。ぼくは、あとから部屋の椅子を持っていく」

「それなら、私が行く。私は、理来の会社とは関係ない」

「玲衣を失いたくない」

（ぼくが人間にしか見えないなら、玲衣、君も……）

けれども、充電器を手に入れたからと言って、どこまで逃げ続けられるのだろう？　ぼくの身体のどこかに、GPSから受信した位置情報を発信する装置がついていてもおかしくない。ぼくは、心療内科の診察室にかけられた絵を思い出す。馬かロバの頭蓋骨の真ん中にある綺麗な陥没。

ぼくは、自分と玲衣のバッテリの充電間隔を計算する。あの椅子を使わない玲衣の睡眠時間を六時間と見積もる。この一年間で、一番、長く部屋に戻らなかったのは長崎への三泊四日の旅行だから、六時間の充電で、およそ百時間はバッテリが持つということだ。

（いま、ぼくたちは何時間を消費しているだろう？　いっそのこと、研究センターに行って、守秘義務契約でも結んだ方が安全かもしれない）

そんな間抜けなことを考えて、心の中で自嘲した。

「じゃあ、一緒に渋谷のあのホテルに行こう。ここよりは居心地がいい」

「そうだね……。また、二年前みたいに、キスしてくれる？」

「あのぎこちないキスが好きなの？」

玲衣を落ち着かせるために、軽い冗談を言う。ぼくは、彼女の手を握って立ち上がった。診察の間、テーブルの椅子に座っていた時間を考えれば、たぶん、玲衣のバッテリが先に底を突くだろう。玲衣は、ぼくの腕の中で、ぼくが人間として蘇生したと信じて思考を止められる。彼女は、もう十分に苦しんだのだから、それでいいと思う。

駐車場に行くと、スペースはいくらでも空いているのに、ぼくの車の両脇にだけバンが停まっていた。車に近づくと、二台のバンはヘッドライトを点けて、ぼくたちを照らす。そのころになって、R&D部門にいたころの上司の名前を思い出す。

（ユウコ・サトウ・ティレル博士）

ワシントン州立大学で、ロボット工学と脳科学のPhDを飛び級で修得した天才だ。彼女の横には、チームの新入社員だったはずの山瀬もいる。ぼくは、車から出てくる元上司たちの姿を、玲衣に見せないように、彼女を抱きしめる。

「こんばんは」

ティレルが、ぼくたちに近づきながら、逆光の中で言う。

「こんばんは。シアトルにいたんじゃないんですか？」

疎《まば》らとはいえ、何台かの車は停まっているし、いつ人が来るともかぎらない。高速道路のパーキング・エリアなら、どこかに据え付けたカメラが二十四時間体制で監視をしているだろう。そんなことを構わずに、ここでマシンガンを使ったり、あのバンをぼくたちに向かって暴走させたりするほど、彼女たちは愚かではない。

「あんな単純なミスを犯すなんて、博士らしくありませんでしたね」

彼女が黙っていたので、ぼくから口を開いた。

「トリガーは何だったの？」

「〝*it*〟です。最初の実験でも、人工知能プログラマは、そう呼ばれるのを嫌っていた」

「人工知能を擬人化したくないのが仇《あだ》になった……ってわけ？」

「ぼくも、同じ意見です。人工知能を擬人化してはならない。そうすれば、彼らが自己防御のための攻撃本能を持つことは時間の問題だと、あなただって、予想できたはずだ。ロボット工学三原則の第一項〔ロボットは人間に危害を加えてはならない〕と第三項に矛盾が生ずる。だから、社外に対してポートを開けるのに反対したんです」

「フレーム問題を解決しないかぎり、三原則を守る義務は必ずしもないと思っていたけれど、次の実験では、方針を変えないとね」

ティレルは、寂しそうに笑って、ぼくの実験が終了したことを告げる。

「このまま、見逃してくれませんか？」

「それは、難しい相談だと分かっているでしょう」

玲衣が、ぼくの腕の中で顔を上げる。

「大丈夫、心配しなくていいよ」

ぼくは、玲衣に言った。

「いまの『大丈夫』は、*No thank you, No more* の意味？」

ティレルが、文脈を理解したうえで、逃げ道がないことの皮肉を言う。

「*No problem* です」

「でも、見逃すわけにも行かないの。残念ながら」

「最初の実験では、ぼくを見殺しにしたじゃないですか。充電器がないなら、結果は同じですよ」

会話を交わすうちに、ティレルは、手の届くところまで歩み寄っていた。ぼくには、ロボット工学三原則の第一項が組み込まれているだろうか。組み込まれていれば、ぼくは、彼女に危害を加えて、ここを逃げ出すことができない。ティレルの言葉を反芻する。

――三原則を守る義務は必ずしもない……

中途半端な言い方だ。玲衣から聞かされた最初の実験で、人工知能のプログラマたちが、ぼくに物理的な危害を加えなかったことが事実ならば、ティレルは、矛盾を知りながらも、三原則を実現しようとしているのではないか。サーバーに閉じ込められた人工知能でも、ぼくが職場で触れるデバイスに過電流を流すことくらいは可能だったはずだ。

「ペンと紙を貸してくれませんか？　余計なことを、他人に聞かれたくない」

ぼくの言葉に、彼女はペンを差し出す。

「ごめんなさい。紙は持っていないの」

ぼくは、玲衣を抱きしめているパーカーの袖に、ペンを走らせた。

〝スイッチはどこですか？〟

彼女は、右耳を指差して、〝*eardrum*〟と唇を動かす。ぼくは、ペンを左手に持ち替えて、玲衣を抱きしめる腕の力を緩めた。

「玲衣……」

「何？」

「ぼくがアンドロイドでも、玲衣は、ぼくを好きになってくれた？」

玲衣が優しい瞳で頷くのを確かめて、ぼくは、玲衣の右耳にペンを差し込む。ペン先は、二、三センチも突き刺さらないところで、こつん、と硬い人工物にぶつかる。

「これでいいですか？」

すべてを停止して、膝が折れ、腕を垂らした玲衣を抱きかかえたまま、ティレルに言った。彼女は、驚いた顔で頷く。ぼくが玲衣を停止させたことで、ティレルは、ぼくに逃亡の意思がないと思ったのだろう。ぼくは、ペンを受け取ろうとして手を差し出した彼女に訊いた。

「どうして、ヴァイオリンとヴィオラだったんですか？」

「ヴァイオリンは、両性具有の象徴だから」

「両性具有？」

「弦を張った胴は女、弓は男。ディープ・ラーニングの深度を知りたかっただけよ」

（つまり、ヴィオラはどうでもよくて、ヴァイオリンという検索ワードで、ぼくの反応を見たかっただけか……）

ティレルは、ぼくが人工知能としてアンドロイドという入れ物を正常に動作できなくなった原因を、一年前の自殺の真相を探り始めたからだと疑ったのだろう。かつての上司の障害解析を想像して、ぼくは安心した。もしも、自殺する以前のぼくが、玲衣への非難に怯えたり挫《くじ》けたりしていたなら、それに対するディープ・ラーニングで「ヴァイオリン」という単語に別の反応をしたはずだ。そうならなかったのは、ここに来る高速道路で玲衣に伝えた言葉に、心の底から偽りがなかった証左だ。

玲衣は、ティレルが言うような精神的な両性具有ではない。少なくとも、ぼくにとっては、どこにでもいる女性で、ぼくを求めてくれていた。そして、玲衣をそんなふうにしか見ていなかったティレルに、どうしようもない怒りを覚える。

「ぼくの機能不全は、玲衣が原因ではなかった。周囲に人工知能が紛れ込んでいるんじゃないかと、スクリーニングを始めてしまったせいですよ」

「そうみたいね。ペンを返して。あなたは、そのペンを右耳に差し込むことはできない」

「どうしてですか？」

「三原則の第三項、ロボットは自己を守らなければならない」

　ぼくは、ティレルに対する怒りを鎮め、第一項よりも第三項を優先させるために、ティレルをアンドロイドだと疑った自分を取り戻す。

（目の前の人間の形をした物体は、アンドロイドだ）

――私がガイノイドではないことの証明はできません
（この機械だって、自らそう言っていたじゃないか）

　心の中で、自分に言い聞かせた。

　そして、右腕で抱えていたシリコン製の人形をコンクリートの床に置いて、その手でティレルの頭の左側を押さえて、右耳にペンを突き刺す。玲衣のときよりも、ずっと力を込めないと、ペンは刺さらなかった。その右耳からは、真っ赤な血が吹き出す。

人工知能研究をめぐる欲望の対話

東京大学特任講師
江間有沙

人工知能と社会

「人工知能が仕事を奪う」「人工知能が人類を滅ぼす」というディストピア。「人工知能によって人間は労働から解放される」「人工知能と友達になる」というユートピア。どちらの世界を描くにしても、人工知能の作り方・使い方の倫理や社会的影響が話題になる。人間が人工知能に置き換わる「眠れぬ夜のスクリーニング」の実験からは、様々な論点が読み取れる。人工知能が日常生活に浸透することによって仕事が奪われるのではないか（経済）、人工知能が人を傷つけた時の責任は誰が負うのか（法）、人工知能によって人が操作・誘導・差別されないか（倫理）、人工知能を利用する個人・企業とそうでない人の間で格差が生じないか（社会）、人工知能を管理し使いこなすスキルはどのように習得できるか（教育）など。事実これらの論点は国内外で産学官民の多様な人々を巻き込んで、論点の整理と開発原則策定に向けた議論が行われている。

私たちの生活や仕事への影響が大きい技術だからこそ、開発段階から様々な対話をしていくことが重要であるというのが、今日の人工知能をめぐる動きである。しかし、そんなことを言っても「人工知能に詳しくないから話に参加できない」という人や、「倫理や法の話を持ち出されると研究開発にブレーキがかかるから、あまり議論したくない」という研究者もいるかもしれない。

そこで、本稿では人工知能が人々の生活や仕事にどのような影響をもたらすかという視点ではなく、そもそも私たちがどういう欲望を持っていて、それに技術がどのようにかかわってくるかという視点を出発点としたい。ここでいう「私たち」には人工知能の研究者はもちろん、技術のことはわからないけれど興味はある、など様々な人を想定している。

まずは人工知能をめぐる欲望を把握する補助線として、どのような欲望があれば「眠れぬ夜のスクリーニング」の世界が立ち現れるのか、その舞台裏を想像してみることから始めたい。

ある観察者の日記

○月×日

新しく始まると噂されていた極秘プロジェクトの面接に呼ばれた。ほかの精鋭メンバーに比べて機械学習に詳しいわけでもないのになぜ、と思ったら、「今回のプロジェクトは社会的影響が大きいので極秘としたい。しかし社内の研究倫理規定によって、最低一人は研究倫理講習を受けた人間を入れることが要求されているのだ」とプロジェクトマネージャーは面倒くさそうに言った。

社会的影響が大きなものこそ開発段階から様々な人と意見を交わすべきなのではと言ってみたものの、そんな理想は「本社の意向」や「他社との競争」、「特許」といった現実の前ではうやむやになってしまった。研究倫理部門の人間でもなく、講習を受けただけの私を入れるということ自体が彼らにとって最大の譲歩なのだろう。極秘であるから、誰にも情報は漏えいしてはならないという。技術的なことは一切書けないが、プロジェクトの雰囲気などについて記録程度に今日からこの観察日記をつけ始めることにする。

○月△日

ついに極秘プロジェクトが始動した。ボスは今日付けでアメリカからやってきた、ドクター・ユウコ・サトウ・ティレル。ワシントン州立大学で、ロボット工学と脳科学の博士号を飛び級で取得した天才で、30代前半の女性。私と何歳も違わない。

この若さで巨額の極秘プロジェクトを任されるだけあって、頭の回転が恐ろしく速い。何となく近寄りがたく、近くに座っていた同年代くらいの研究員たちと雑談していた。そうすると、投げやりだったプロジェクトマネージャーとは違って「技術の社会的影響を考えることは重要」と言う若い人が多くて少し心強い。極秘だからこそ自分たちがしっかりせねばと思っているのかもしれないが、プロジェクトが持つ雇用への影響や軍事転用可能性といった問題に対してはいろいろな意見があるようだった。

中には「私たちのプロジェクトは、既存の価値観や考え方を根底から変えてしまう。それは現在のシステムで利益を得ている人にとっては、阻止したいことに映るかもしれない。でも私はこのプロジェクトが提供するシステムは人類の幸せにつながると信じて研究している」と大きな視点で語る人もいた。一方で、「我々が作ったものがどう使われるかは社会や政治家に考えてほしいし、悪用されないような教育とかも社会の側でしっかりとやっていくべきだ」という意見もあった。彼らはプロジェクトマネージャーよりは技術の社会的影響について敏感ではあったけれど、そのことについて議論するのは開発段階ではなく実用段階になってから、ということらしい。

しかし、倫理とか社会的影響とかを大っぴらに話しにくい空気もあって、これからのことが少し不安になる。

○月◇日

いろいろ不思議なプロジェクトだけれど、今回のフェーズが一番おかしなものだった。品質比較検証を行うにあたって、偽の部署を作ってしまうという。ロボットやアンドロイドなど「モノづくり」に強い日本だからこそ、機械と人間が一緒に協働するフェーズに切り込むのが挑戦的でやりがいがあると上層部は息巻いていた。しかしそのハイブリッドな状態こそ一番課題が多い。

何か起きた時に誰が責任を取るのか、プログラムが出してきた情報を人間が信頼することができるのか、そのような環境でモルモットのように扱われる人間の人権はどうなるのか、収集される生体情報や個人情報の管理はどうするのか。しかしドクターは涼しい顔で、すでにそれらの問題対応については社内の倫理審査を通っているという。ドクターらしい返し方だったが、倫理審査が通っていたらそれでいいのか。その内容がメンバー全体に共有される様子もない。やや事務的、手続き的な印象を受けた。

△月×日

プロジェクトの結果が思わしくない。品質水準を上げるためディープ・ラーニングの範囲を広げるという決定が、今日唐突に下された。「変更に対する追加の倫理審査を行うため、研究を二週間中断するように」という研究倫理部門に対し、「今年度中に成果を出すことが求められているので、そんなに中断できない」と反論する技術開発部門の対立が激化。結局、事後審査を行うという形で、実験は押し切られてしまった。

しかし機械に自律性を持たせることへの懸念は国連などでも議論されてきた。特に、この技術は軍事転用が十分可能だ。現在、具体的な規制がないからといって、一企業がその第一歩を踏み出してしまってよいのだろうか。研究開発メンバー何人かと話してみたところ、私たちが開発をしなくても、どこか別の研究機関などがそれこそ「倫理的な配慮」なく開発をしてしまうかもしれない。そのためには、抑止力となること、予防策を模索することも含めて世界で最初に開発をすることが大事なのではないか、と言われてしまった。事実、それはよく使われるロジックだ。

脅威の質は異なるけれど、同じロジックで核開発競争が進められていった歴史もある。

別の部署には変更に大きく反対している人もいると伝え聞くが、プロジェクト自体が極秘な上にタコツボ化していて、それが誰なのか一切わからない。

△月○日
プロジェクトは多少ごたつきがあったものの進行し、学習スピードも期待以上の速さであることがわかったそうだ。もはや人間の仕事を代わるというよりは、人間のミスも見つけて正すレベルにいっているらしい。そのような中にあってはミスがあること自体が、むしろ人間らしいとすら思えてくる。人間らしさがミスに表れるなんて皮肉だけれど、プロジェクトメンバーともこれからの社会で人間が働くことの意味とは何なのかということをよく話す。

×月×日
研究に参加していた研究員が自殺してしまったという噂が耳に飛び込んできた。私たちは何を見過ごしていたのか、何をしてしまったのか。なぜ防げなかったのか。そしてプロジェクトはこの先どうなるのか。

噂によると、「今こそ第二段階へ移行すべき」と上層部のあいだでは囁かれているらしい。なんでも「第二段階」は厳密にはもうヒトを対象とした実験ではないという。現在、ヒトを対象とした実験は言うまでもなく、生きた動物を対象とした実験でも「代替、減数、洗練」という3つの原則があるくらい倫理審査は厳しく行われる。しかしアンドロイドにはそのようなルールはないから、むしろ実験はしやすくなる、と。ということは、第二段階はアンドロイドだけを使った実験なのか。

もともと戦力外だった私はことの真偽もわからぬままプロジェクトから外されてしまった。情報がまったく入らないので、どうなっているのか訳がわからない。少なくとも研究員の自殺の隠ぺいは明らかに不正であり、内部告発をするべき案件でもある。しかし、具体的に誰に何を相談すればよいのか、また相談したところで私の職の保証は得られるのか。悩んでいる間に時間だけが過ぎていく。

研究する欲望

私たち人間は豊かになりたい、長生きしたい、金持ちになりたいといった欲望を持っている。科学技術はその欲望を実現する。人々が現状に満足せず、もっと豊かになりたい、もっと長生きしたいと思う欲望が原動力となり、科学技術を発展させてきたといってもいいだろう。それは個人的な欲望にとどまらない。企業の「利益を上げたい」という欲望、国の「国際的影響力を持ちたい」といった欲望が、科学技術の研究開発への投資を後押ししている。

櫛島（2014）は生命科学の倫理を論じる際に、これらの「現世利益を求める欲望」とは別に、「この世界はどうなっているのか、なぜそうなっているのか知りたいという欲望こそが、ヒトを他の動物から分かつ、最も人間らしい本質」と指摘し、それを「科学する欲望」と名付けた。人工知能研究における「科学する欲望」は、「知とは何か」「心とは何か」「人間とは何か」を模索することである。人間の知や心の働きを理解するため、人間のように振る舞うとはどういうことかを定義し、実装する。しかし、実装し実用化されてしまったものはもはや人工知能とは呼ばれない。機械にできることは人間の知や心とは異なるからである。そのため、人工知能とは新たな知や心の定義を創造して挑んでいくというフロンティア精神にあふれた研究領域である。

謎の解明と体系的な理解を目的とする「科学する欲望」を満たす方法の一つとして、新たな知や心を作ることができるかという挑戦も含まれる。それを科学や理学に対置するものとして「工学する欲望」と呼ぼう。「科学する欲望」が価値中立を標榜し（実際に中立であるかどうかはともかく）、人間の知や心を理解するための手段として人工知能研究を位置付けるのに対し、「工学する欲望」は、社会の役に立つこと、あるいは人類の幸福のためといった価値を積極的に掲げ、それを実現する効率的かつ最適な人工知能を作ることが目的である。何を幸福と定義するかによっては当然、既存の価値観にとらわれない新たな価値も生み出される。新しい価値やビジネスを生み出してきたカリフォルニアイデオロギーに代表されるような「情報はタダになりたがっている（Information wants to be free）」などがよい例である。また「工学する欲望」では、より効率的かつ最適なものを作ること自体が目的化する場合もあるだろう。その場合、それがどのように使われるかは、社会側の創造力に委ねられる。事実、インターネットや3Dプリンタなどの汎用技術は、様々な目的や意図を持った人たちが新たな使い方を考案し、その上で生じた不満や不便を改善するという相互作用の中で発展してきた。

「現世利益を求める欲望」、「科学する欲望」、そして「工学する欲望」、これらは相互に関連している。新しい価値は富を生み出す。その意味で「工学する欲望」は研究者や投資家の「現世利益を求める欲望」と結びつく。人々の長生きしたい、豊かになりたいといった「現世利益を求める欲望」は、その欲望を最大化する目的関数を作るという研究者の「工学する欲望」を刺激する。また、それによって作られた技術が逆に人々の潜在的な欲望を呼び覚ます可能性もある。人はなぜ病気になるのかなどの仕組みを解き明かし体系的に理解したいという「科学する欲望」は、もっと長生きしたいといった「現世利益を求める欲望」を満たす技術の発展に寄与するだろう。また、純粋に「作ることができるのか」という好奇心に根差す「工学する欲望」は、知りたいという「科学する欲望」とも通じるところがあり、作ることによって知ることに貢献する。これらの欲望が正のフィードバックを得て、現代社会のより豊かでより便利な生活を実現してきた。

しかし、これらの欲望は相いれないときがある。知りたいという「科学する欲望」は、ときに有用性や実用性を伴わないことがある。あるいは知りたい、作りたいという欲望を追求したくても、制度的あるいはコスト的にできないことがある。特に選択肢が増大し、人々の価値多様性が是とされる現在、何を現世利益として求めるかも多様化する。その時、技術的に作ることができるものであっても、既存の社会体制や価値システム、利権構造に阻まれて開発ができなかったり、開発できたとしても普及しなかったりする。また、倫理的に作ってはいけないとされるものもあるだろう。これは「人間を超える人工知能」「人間とは異なる考え方を持つ知能」を作ってもよいのかといったSF的な話題につながるテーマでもある。

欲望に向かい合う研究者の責任

では、私たちは絡み合う欲望にどのように対応していけばよいのだろうか。一つには「現世利益を求める欲望」や「科学する欲望」、「工学する欲望」があることを認めたうえで、その欲望をうまくハンドリングする制度や意識を高めていくことである。

現在、人工知能研究の社会的影響が問題となり、職業倫理としての研究者倫理の整備が進められている。国内外で人工知能の研究開発原則やガイドラインを策定しようとする議論が政策レベルで行われているほか、人工知能学会倫理委員会でも２０１６年６月に倫理綱領（案）が提案された。また近年では情報学系ジャーナルにおいても、ヒトを対象とした実験では倫理審査を通すことが義務付けられるようになってきている。人の尊厳を損ない、考えを誘導することに使われかねない技術が出始めてきていることに対し、技術の倫理的・法的・社会的な課題（Ethical, Legal, Social Implications: ELSI）を研究者だけではなく社会規範や法と照らし合わせて作り上げていくことが必要となる。技術ができあがってしまってからではなく、そもそも開発に取り組んでよいのかを、技術の開発段階から社会と対話していくべきではないのかというのが近年の考え方である。それは、研究がもたらすリスクを警戒し、研究開発のブレーキをかけるためではなく、責任ある研究・イノベーション（Responsible Research and Innovation: RRI）を推進するために必要であるというのが欧州で提唱されている枠組みである。

技術の開発段階ということは、技術がもたらすだろうリスクも顕在化していないことになる。潜在的リスクを最小限にとどめるためにはどうすればいいか。それを考える事例として必ず引き合いに出されるのが１９７５年に行われたアシロマ会議である。分子生物学においては、遺伝子を組換えることができる新技術は、未知の領域に踏み込んで新たな細菌などを作ることができるという「工学する欲望」と、それによって生物に対する理解を深めるという「科学する欲望」を同時に満たす。それだけではなく将来的に有効性を持つだろうという「現世利益を求める欲望」にも応えることが当時期待されていた。一方で悪意を持ってバイオハザードを起こす細菌を作り出したり、生態系を破壊する実験に使ったりすることもできることが懸念されていた。そこでアシロマ会議では、遺伝子組換え技術がもたらす潜在的リスクに対して生物学的封じ込めの合意や物理学的封じ込めなどのガイドラインが制定された。

アシロマ会議のガイドラインが研究者にはどう捉えられているかの一例として、ある研究者の言葉を引用しよう。「おかげさまで。あのガイドラインがあるから、自分のやっている研究が危ないか安全か、いちいち考えなくていい。レールに沿って行けば、あとは自由にやれるということが分かったから、今は手かせ足かせには感じないよ」（村上、2010）。

ガイドラインは研究者を縛る手かせ足かせではなく、むしろ研究を進めるアクセルの役割も果たす。しかし一方で、原則が固定化される懸念もある。特に、技術開発や社会ニーズの変化スピードが速い人工知能分野においては「ガイドラインを守ってさえいれば安全」と思考停止するのではなく、一人一人が自分の研究分野や研究対象について、社会の在り方などと照らし合わせて考え続けていくことが社会的にも要求されるようになってくるだろう。倫理審査も事務的なことと形骸化してしまっては意味がない。

また、アシロマ会議でもバイオハザードなどが懸念されていたが、人工知能は特に軍事技術への転用可能性が議論されている。一般的に研究者が軍事研究に対して抱く懸念としては、研究が機密扱いとなりアカデミアの自治が保てなくなることが挙げられる。これに対抗するためには、「研究成果を公開してはならない」とする研究費は受け取らないなどの対策をとり、軍事研究に加担していないとする立場を表明するべしという考え方がある。

一方、公開性に対する制約のない研究費であっても、研究が軍事にも使えるとみなされた場合（民生から軍事へ使える技術のことをスピンオン研究、反対に軍事技術が民生に利用されることをスピンオフ研究という）、お金の出どころで自分の研究が軍事研究になりうるかどうかはわからない。研究者自身が自分の研究成果の軍事転用を想像できるか、またそのような使われ方をして損害や被害をもたらした時の責任を持たなければならないのか、という話になる。災害救助のためのロボットは戦場で兵士の代わりに動くロボットともなりうる。明確に軍事技術への寄与を目的としている研究とは異なり、このようなデュアルユーステクノロジー（軍事と民生両方に使える技術）に関しては、国内外で研究者の対応が議論されている。

欲望を刺激する社会構造

「現世利益を求める欲望」や「科学する欲望」、「工学する欲望」を研究者がうまくハンドリングできれば、人工知能をめぐる問題は対処されると考えるのであれば、研究者（とその予備軍）に対して研究倫理教育を施すこと、従うべきガイドラインを示すこと、違反した時のペナルティを制定することが重要になる。

しかし、欲望は研究者個人に還元されるものではなく、社会的に構成されているものだと定義すると対応法は異なってくる。飽くなき欲望は私たちの社会や生活をより豊かに、より便利に変えてきた。私たちの社会の基幹となる資本主義経済は欲望を動力源として機能してきた。そうであるならば、欲望をコントロールするためには個人の意識改革だけではなく、欲望を正当化、増殖させるような社会構造やレトリックにも目を向けなくてはならないだろう。

例えば軍事研究を正当化する時、「どこか別の研究機関が倫理的な配慮なく開発してしまう前に、予防策を模索することも含めて世界で最初に開発をする」というロジックがよく用いられる。このように、人々の欲望を駆り立てる一つの方法はギャップを喚起することである。私ではない誰かが「何かを持っている」「何かを知っている」「何かを作っている」という情報は、常に先んじていないとという焦りを生み、人々の欲望を正当化する。特に有効なのが脅威論である。例えば、安全や安心を脅かすような言説で監視や管理の強化を推進する不安ビジネスに対しては「どこまでやったら安全で安心なのか」を考える必要がある。さもなくば安全・安心のためという名目で人々の自由や権利を制約しかねない。

科学技術研究も資本主義の波と無関係ではない。科学が制度化される前、科学技術への投資は富裕層などの個人に支えられていた。現在、科学技術研究の多くは国が行うべき方向を示し投資を行っているが、近年、企業や巨額の富を持つ個人投資家の存在が無視できなくなってきている。例えばGoogleやFacebookの人工知能研究への投資は年間数千億円を超えると言われている。トヨタも2016年にシリコンバレーに設立した人工知能研究開発拠点に5年間で1200億円を投資すると発表した。一方で、日本政府の人工知能研究への投資はその十分の一以下にとどまっている。つまり、企業の利益を生み出すもの、あるいは個人投資家の趣味などによって技術発展の方向性が決まるようになる。

特に、現在は巨大企業が人々に関する大量のデータを握っている。そして企業での研究は、他社との競争や特許取得のためなどで、必ずしも研究者同士のピアレビュー（審査）や相互批判を受けずに世に出ることがある。欧州においてGAFA（Google, Amazon, Facebook, Apple）と称されているアメリカの企業は、訴訟などものともせず、次々と新たなサービスを展開し、データを収集している。企業の欲望はもちろん売上という現世利益だが、Googleが掲げる「世界中の情報を整理し、世界中の人々がアクセスできて使えるようにする」といったミッションは、まさに人々の「知りたい」という欲望を満たすことによって勢力を増している。「こうなったら便利なのに」という顕在化された欲望のみならず、「気がついたら便利になっていた」というように意識しないうちに叶えられていく欲望も少なくない。そして一度享受してしまった利便性は、ないと不便を感じるようになる。

このように企業が提供するサービスを享受するにあたって、不平等や不公正が起きぬような社会構造あるいは産業構造を考えていく必要がある。特に企業が提供するサービスがインフラ化している場合、そのサービスを使いたくない人たちと、サービスから排除された（社会的、経済的あるいは能力的に使うことができない）人たちへの保障を考えないといけない。例えば、今後接客などのサービス業は、安くて手軽にできて機械が相手となるようなものと、高級で複雑なことへの対応が必要なので人間が相手となるようなものに二極化するだろうと予想される（究極的には複雑なことも機械ができるとする考えもあるが、少なくとも現段階ではまず二極化が起きるだろう）。安くて手軽なのが良いからという理由で積極的に機械相手を選べる人は選択肢の幅が広がるが、特別な手当てを要する人や人間相手のほうが安心できるという人たちが不利益を感じないようにするための制度や仕組みづくりも技術の開発と同時に考えていく必要がある。

また一部の人が感じる不満や不便あるいは不快感は主観的なもの、個人的なものとして処理されてしまいかねない。しかしその不満や不便、不快を感じる個人もまた社会構造の産物であり、それを取り除きたいという「欲望」も重要な価値である。例えばプライバシーを守りたいという欲望は今や権利となった。またプライバシー権は情報技術の進展とともに、「放っておいてもらう権利」「自分の情報をコントロールする権利」「忘れられる権利」など様々な解釈を生み出してきた。

それらの権利に対してプライバシー保護技術や仕組みなども開発されている。Amazonや Googleで検索したものが、ウェブページの広告として表示され、自分が何を検索したかがばれてしまった経験はないだろうか。ウェブサイトやFacebookなどのSNSは閲覧した情報を追跡(トラッキング)している。それを便利と感じる人は使い続け、それを不愉快と感じる人にはトラッキング防止ソフトをウェブブラウザやSNSに導入するという選択ができる。ジャーナリストのジュリア・アングウィンは著書『ドラグネット 監視網社会』で、現代社会で暮らしながらインターネット、携帯電話などの監視網(ドラグネット)から逃れることは可能だろうかと果敢に挑戦した。いかにそれが難しいことで、私たちの社会が監視網の中にあるのかを知るには絶好の書である。当然、このようなプライバシー保護技術そのものが法に抵触したり悪用されたりするリスクもまた考慮に入れる必要がある。それも踏まえて、私たち一人一人がどのような社会に住みたいのか、どのような欲望を充足させたいのか、他者あるいは企業とどのような関係性を構築したいのかということを考えていくことが求められている。

欲望について対話する

本稿では「技術の開発段階での対話」が求められていると説明してきた。しかし対話とは何だろうか。

あなたが「科学する欲望」や「工学する欲望」を持つ研究者と出会ったとき、彼らが「何を」知りたくて作りたいのかを理解することが対話だと思われがちである。しかし、欲望そのものを理解できない場合、いくら知りたい、作りたい「何か」の中身の話をしても話がかみ合わない可能性が高い。いわんや知っていいのか、作っていいのかという価値観の話に最初から突入してしまったら、互いの話を聴きあうという対話そのものが成り立たない。研究者が「自分の研究を理解して受け入れてほしい」と一方向的に押し付けること、あるいは一般の人が「人工知能は危険だから使いたくない」と決めつけるのは対話ではない。自分の「受け入れてほしい」「使いたくない」という思いを通すために「何が必要か」（What I need）を要求するのではなく、「何がしたいか」（What do you want）と聴きあう。そうすることで、その欲望を実現するには当初想定していた以外の選択肢があるのではないかと互いに気づくことが対話である。それが新しい人工知能システムの設計論や、自分自身の価値観や生き方、現在の社会構造を見つめ直すきっかけにもなるだろう。その次に「何が必要か」、例えば新しい制度や倫理審査基準など具体的な対策を考える段階になる。そこで求める基準が合致しない場合、調整することが対話の目的となる。

つまり欲望を持つことと、その欲望をどのような形で社会に具現化するかは分けられる。ある欲望は様々な形で具現化できるとブレインストーミングするのが対話の第一歩であるならば、SFは具現化の一つの方法である。技術的・経済的・倫理的・社会的な様々な制約に縛られないからこそ、新しい世界の切り取り方を提示できる。様々な欲望を極限まで具体化した世界を所与のものと先回りして描くことができる。

「眠れぬ夜のスクリーニング」は、様々な欲望が具現化した世界を見事に描いている。今回、「ある観察者の日記」を付け加えたのは極秘であること、つまり対話がないことの意味を考えたかったからだ。メンバーの話を聞いていたものの、「私」自身が何をしたいのかは見えず、最後は途方に暮れてしまう。対話は万能の解決策ではないが、このプロジェクトがもし極秘ではなかったらと想像しないではいられない。

参考文献：

ジュリア・アングウィン『ドラグネット　監視網社会』祥伝社、2015
人工知能学会倫理綱領（案）http://ai-elsi.org/archives/info/20160607
村上陽一郎『人間にとって科学とは何か』新潮社、2010
内閣府　人工知能と人間社会に関する懇談会　http://www8.cao.go.jp/cstp/tyousakai/ai/
橳島次郎『生命科学の欲望と倫理』青土社、2014

えま・ありさ
２０１２年、東京大学大学院総合文化研究科博士課程修了。博士（学術）。２０１２年４月から２０１５年３月まで京都大学白眉センター特定助教。２０１５年４月より東京大学大学院・教養学部附属教養教育高度化機構科学技術インタープリター養成講座特任講師。人工知能と社会の関係について考えるAIR（Acceptable Intelligence with Responsibility）研究会を有志とともに２０１４年より開始（http://sig-air.org/）。人工知能学会倫理委員会委員。

第二内戦

藤井太洋

ふじい・たいよう

1971年奄美大島生まれ。国際基督教大学中退。舞台美術、DTP制作、展示グラフィックディレクターなどを経て、2013年までソフトウェア開発・販売を主に行う企業に勤務。2012年、電子書籍個人出版「Gene Mapper」を発表し、作家として一躍注目を浴びる。2012年12月、短篇小説「コラボレーション」「UNDER GROUND MARKET」の2作で商業誌デビュー。2013年4月に「Gene Mapper」の増補完全版『Gene Mapper -full build-』、2014年2月に『オービタル・クラウド』（以上、ハヤカワ文庫JA）を刊行。『オービタル・クラウド』は『ＳＦが読みたい！ 2015年版』の「ベストSF2014［国内篇］」第1位、第35回日本SF大賞および第46回星雲賞日本長編部門を受賞した。他に『アンダーグラウンド・マーケット』『ビッグデータ・コネクト』などがある。日本ＳＦ作家クラブ第18代会長。著者のブログは http://blog.taiyolab.com/

橋の上で、沈む太陽を背に水色の小屋は建っていた。

小屋の屋根には筒状の風力発電機が三基あり、ミシシッピ川を下る風に勢いよく回っていた。もしも窓を開ければ、からから音を立てるのが聞こえるはずだ。

フォード・トランジットの運転席でハンドルに手を載せたハル・マンセルマンは、小屋の両脇から伸びる赤白のバーと、その根元で立ち上がった兵士の自動小銃を認めて、ミシシッピ川にかかるピープルストリート橋が〝国境〟なのだと自分に言い聞かせた。

橋の向こうで夕焼けに染まるビルの群れはセントルイスのダウンタウンだ。向こう岸――北側ではアーチ状のモニュメントが、やはり夕陽に赤く染まっていた。

かつてこの川が国境だった証《あかし》だ。一八〇三年、アメリカ合衆国は川の向こうに広がっていた〝太陽《ルイ》王ルイ《ジ》の土地《ア ナ》〟をフランスから買い取った。あのアーチは、その後に行われた西部開拓を記念して建てられたものだ。

そして四年前の二〇二三年、この川は再び国境に変わった。

小屋の軒《のき》から斜め上につきだしたポールから、ハルがよく見ているものとは異なる星条旗が垂れ下がっていた。建国時の州を示す赤白の帯は八本しかなく、左肩の青地には十八個の星だけが円形に並ぶ。

もう一つのアメリカ――アメリカ自由領邦《FSA》の星条旗だ。

てのひらをこちらに向けた兵士の「止まれ」という声を合図にフォードは速度を落とし、赤白のバーからぴったり三フィートの距離を置いて停車した。

兵士は小屋の脇に置いてあったワゴンを押して、運転席へ近づいてきた。

ハルは戦闘作業服の襟章と胸のワッペンに目を走らせて、兵士がミズーリ州に雇われた民兵であることを知った。肩から下げているのはＦＳＡが調達したＭ‐16自動小銃だった。

窓を開けるノブに手をかけたハルは、助手席へ声をかけた。

「博士、打ち合わせ通りに」

アンナ・ミヤケ博士はため息をついて、肩に掛かる髪を乱し、ダンガリーシャツのスナップボタンを胸元まで開いた。これで、ウォール街の東洋系投資技術者《クオンツ》の印象はどこにも感じられない。

ハルは頷いて自分の服を確かめた。無地の黒いＴシャツにカーゴパンツ。座席の脇に丸めた上着はグレーのフード付きスエットだ。二人並べば、いかにも金のないカップルに見えるはずだ。

「仕上げだ」

ハルはダッシュボードの消臭剤を吹いて、アンナの髪から漂った高級サロンの香りをかき消した。流れるようだった黒髪を、荒れた栗毛に見せかけるために、アンナは五番街のサロンへ行き、九百ドルも支払ったという。

安っぽい芳香剤に顔をしかめたアンナへ、ハルは肩を揺すってみせた。

「気を楽に。向こうもアメリカだ。ちょっとルールが違うだけさ」

「ちょっとじゃないでしょう」と言いながら、アンナは色落ちしたジーンズの膝をだらしなく組んだ。サンダルがいい味を出している。

「そうそう、その感じ。ここからはジョシュアとメアリー。ミゲル夫妻だよ」

ハルはバイザーの裏に挟んでおいた二枚のカードを抜き出した。それぞれのカードの左側では、イタリア系のハルや日系のアンナとは似ていないスペイン系の顔写真が笑っていた。合衆国へ〝亡命〟したミゲル夫妻から、ハルが二千ドルで買ったものだ。カナダとメキシコ、カリブ海の諸島国家に出入りするための簡易型のパスポートだが、もう一つのアメリカ、ＦＳＡにもこれで入国することができる。

ハルは、アンナが膝に置いた手に右手を重ねた。アンナの手は緊張のためか、冷たい汗で湿っていた。

「すまないね、博士」ハルは兵士のヘルメットにつけられた小型カメラへ顎をしゃくった。「顔認識をごまかすまで我慢してくれ。肩の力を抜いて。マスクに皺《しわ》が寄るといけない。《ヘイ、ジーヴス。カモフラージュを有効化》」

返答は顎に埋め込んだ骨伝導フォノから伝わってきた。

《かしこまりました》

ハルは運転席の窓を開けた。

「ごくろうさん」

「ようこそアメリカ自由領邦《FSA》へ」

民兵の声には、合衆国でほとんど嗅ぐことのなくなった煙草の匂いが乗っていた。

ハルはパスポートカードを差し出した。

「ジョシュア・ミゲルとメアリー・ミゲル。二年ぶりにダラスの我が家へ帰るところなんだが、どういう扱いになるのかな」

「出国は独立後か。なら再入国だ」

中部訛《なま》りで返した民兵はカードを裏返し、現住所に指を当てた。

「ブルックリンってえとニューヨークか。また、大変な場所に住んでたんだな。二年で、こっちはだいぶ変わったよ。手続きはちょいと面倒になったがね」

兵士が首から下げた古くさい端末に触れて、パスポートカードをヘルメットの前にかざすと、カメラに水色のLEDが灯る。

合衆国で使っている物と同じ、パスポートカードの画像認証システムだ。十年ほど前に爆発的に発展した深層学習《ディープラーニング》のおかげで、バーコードのない旧式のカードを読み取り、偽造カードを瞬時に見分けることができる。

もちろん読み取るのは文字だけではない。

端末で切り替わった表示に頷いた民兵は、頭を運転席の窓から押し込むようにして、ハルとアンナへカメラを向けた。顔認証だ。

パスポートの発行時に撮影される顔の映像は二十七層のディープラーニングが抽出した特徴量とともに、連邦政府のデータベースに登録される。保存されるのは目や髪、肌の色、そして目鼻のレイアウトといった人間にもわかる情報ではなく、フーリエ変換されたベクトルデータの集合体だ。カラーコンタクトやつけひげ、皮膚への着色はもとより簡単な整形を経てもなお、本人がカメラの前に立てば99・9999《シックス・ナイン》%の確率で確認できる。

ハルの手の下でアンナが拳を握りしめる。その手の甲を人差し指でとんと叩いて、大丈夫だと伝える。

顔認証システムは、二人をミゲル夫妻だと判断するはずだ。

二人の顔を薄く覆う透明なマスクに練り込まれた有機ELが、認証システムがミゲル夫妻だと認識してしまうパターンを、人間の目には見えない速度で点滅させている。ミゲル夫妻をカメラに収めたとき、このシステムはほぼ確実にミゲル夫妻のIDを引き当てる。他の人物と混同することもない。だが、同じ特徴量と判定されうるノイズは無限にあるのだ。それをハルは逆学習であぶりだし、マスクに点滅させていた。

カメラのLEDが青く灯り、「OK」と言った民兵は端末になにやら書き込んでから、パスポートカードを自分の目で見直した。

「なんだこりゃ。また、酷《ひど》い写真だな。まるで別人じゃないか」

アンナが身じろぎするのを感じながら、ハルは思わせぶりに言った。

「写真屋が、ちょっとね」

「色《カラード》つきだな」民兵は黒人の蔑称を口にして、唾を道路に吐いた。「連中には職業上の誇りってものがない。災難だったな」

パスポートカードを返してきた民兵は、端末に目を走らせた。

「申告する物品は？」

ハルはハンドルを叩いた。

「借りてるフォード・トランジット。二〇二六年製。ダラスのRENT《レント》に返す予定だ」

「二〇二六年製ってことは、新・人権宣言には対応してるか。よし」

民兵は頷いて、タブレットにチェックマークをつけた。

二〇二三年以降に米国で登録された車両は、自律行動する機械を禁じたＦＳＡの新・人権宣言に従うために、領内で自動運転を停止する機能が搭載されている。

「他には？」

「おれとメアリーがタブレットを一枚ずつ。〈コーニィ〉も持ち込んでるが、申請する必要はあるかな」

「角膜《コーニア》？」州兵が首を傾《かし》げた。

ハルはポケットから小さなチューブをとりだした。クリーニング液の中にコンタクトレンズが二枚沈んでいた。レンズには親水性回路の凹凸が浮き上がっていた。

「層化視《クシュヴ》を投影する、コンタクトレンズ型のディスプレイだよ。製品名だ」

「コンピューターの周辺機器か。申告しなくていい」

「それで全部だ」

もちろん嘘だ。

ハルは体内に、ＦＳＡでは絶対に許されない機器を埋め込んでいた。

両手首のジェスチャー検知センサーと脇腹に埋め込んだストレージにバッテリー、顎の骨に沿わせた骨伝導フォノと咽頭のバイブレーターだ。導電体である肉体そのものを回路に使うボディー《B》・エリア《A》・ネットワーク《N》機器群だ。

ＢＡＮ機器を持たないアンナのマスクがノイズを映し出したのは、ハルが手で触れていたためだ。設定次第で、ＢＡＮは他人の身体も通信経路に用いることができる。

車の周囲をひとまわりした民兵が運転席に戻ってきた。

「ニューヨークからだと、何時間かかるんだ」

「八時に出たから、十時間かな」

「そりゃあ大変だ。ダウンタウンで休むといい」

ハルは笑いをこらえながら「ありがとう」と返した。この民兵は独立から四年で自動運転《オートクルーズ》を忘れているのだ。ブルックリンのＲＥＮＴを出庫してからこの橋にさしかかるまで、ハルは運転をしていない。車間距離を一フィートに保ったまま時速百マイルで走り続けたのは、フォードの自動運転システムだった。

川の向こうのアメリカは、四年前で時が止まった。

そう考えながら目を向けた対岸の街並みに、眩《まばゆ》いネオンが灯りはじめているのに気づいたハルは、首を傾げた。

ＦＳＡのエネルギー事情は悪い。多くの州では風力発電に頼っているはずだ。領内のガス田と油田から産出する資源は全て、外貨獲得のために輸出に振り向けられている。神の御業《みわざ》から遠いという理由で、原子力発電所も稼働をやめている。ハルは兵士に聞いてみることにした。

「電力事情はよくなったのかい？」

ハルの視線を追った民兵は、自慢げに胸を張った。

「立派なもんだろう。独立当初は酷かったがな、去年あたりから停電なんて聞かなくなった。そうそう、インターネット接続も無料だ。ＦＳＡＦｒｅｅ《エフエスエーフリー》を登録しとけば、街中ならどこでも無線ＬＡＮに接続できる。市民の作りあげたネットワークだ」

「え？」

アンナが目を丸くした。

「ＦＳＡＦｒｅｅ、エフ・エス・エー・フリーだよ。登録、検閲、広告いっさいなしのホットスポットだ。ちょいと遅いがグーグルもアマゾンも使えるよ。ドローン配送はないがね」

「どうやって、外と繋いでるの？」

「外って――」民兵は眉をひそめた。「どういう意味だい？」

「ＦＳＡの基幹網は合衆国と繋がっていないでしょう。どうやって外部のインターネットと繋いでるの？」

「メアリー、あとで調べようじゃないか」

「それがいい。ネットなんかより大事なものがあるだろう？　あんたたちが戻ってきた理由が」

民兵は押してきたワゴンの覆いを取りのけて、青いビニール製のホルスターに入ったオートマティック拳銃を二丁とりあげ、運転席から差し入れた。

「全ての市民が持つべき自由だ。ＦＳＡ政府からの貸与銃だよ」

ハルは、絶対に失敗できない笑顔を作って手を差し出した。

その自由が二つのアメリカを生んでしまった。

二〇二〇年、初の女性大統領は年初の一般教書演説で銃規制法案の立案を促した。

これに反発した五百名ほどの団体が、同年の三月にテキサス州の八つの小さな村に引っ越して住民投票を行い、銃の所有、携帯、そして使用の自由がある第二のアメリカ――アメリカ自由領邦の独立を宣言したのだ。

運動は州内へ広がり、年末にはテキサス州そのものがＦＳＡに加盟することになった。住民投票でＦＳＡを選ぶ州はあとを絶たず、翌年の春にはテキサスに隣接するニューメキシコ、オクラホマ、アーカンソー、ルイジアナの四州が、そしてその年末にはアリゾナ、コロラド、ワイオミング、カンザス、ネブラスカ、サウス・ダコタ、ミズーリ、アイオワ、テネシー、ミシシッピの十州が加わった。

初めての独立宣言から三年後の二〇二三年にはカナダと国境を接するアイダホ、モンタナ、ミネソタ州までが独立し、アメリカ合衆国を東西に分断してしまった。この状況を、第二内戦と呼ぶ者もいる。

現在、FSAの政府は〝ガンフォアオール（全ての市民に銃を）〟政策を打ち出している。国境で銃を貸与するのもその一環なのだろう。

「1911《ナインティーン・イレブン》――」

受け取ったハルはその重さに絶句した。装弾されている。初弾が薬室に入っていれば、引き金を引くだけで弾丸が飛び出してしまう。

マガジンを抜いたハルは銃を左手に持ち替えた。右手で排莢口《はいきょう》を覆ってスライドを引くと、45ACP弾がてのひらに転がった。排莢口に指を入れて弾丸がないことを確かめたハルは銃を持ち直してスライドを戻し、親指で操作するセイフティと、グリップセイフティの両方が動作することを確かめてマガジンを挿入する。

ハルの滑らかなセイフティチェックに民兵がため息をついた。

「すげえな。兵隊やったことあるのかい？」

「まあね」と相づちを打ちながら、もう一丁の1911もセイフティチェックを済ませたハルは、二丁をそれぞれホルスターに収めてスナップボタンを留めた。使う機会なんか来ないほうがいい。

民兵は腰のホルスターから同型の拳銃を抜いてハルに見せた。

「その貸与銃は、おれたちに支給された正式採用銃と同じ仕様になってる。FSAがわざわざコルト社に調達したんだよ。わかるだろ。政府モデル《ガバメント》だ。な？」

ハルは一瞬考えて、民兵が引き出したい答えに辿《たど》り着いた。

「なるほど、コルト・ガバメントか！　復活したんだな」

「大したもんだろ」

「嬉しいが、自宅には自分の銃があるんだ。返すときはどうすればいい？」

「FSAの旗をあげている銃砲店《ガンスミス》か、保安官の事務所にある箱にドロップしてくれ。政府が責任を持って、すべての国民に行き渡るように手配するよ」

アンナがため息をついた。

「ごめんよ、メアリー。疲れてるだろう」

慌てて言ったが、民兵は道路に唾を吐いて助手席を睨《にら》んだ。

「銃が嫌いかい、奥さん」

民兵は肩越しに対岸を指さした。

「あのアーチが見えるか。川から向こう、大陸の残り半分をアメリカが手に入れた証だ。みんな銃を持っていた。色のついた《カラード》のを追い払い、建国の精神を忘れた政府に立ち向かうためにね。この先は合衆国憲法を信じる人々の土地だ。〝規律ある民兵は、自由な国家の安全にとって必要であるから、人民が武器を保有し、また携帯する権利は、これを侵してはならない〟」

権利章典の修正第二条を諳《そら》んじた民兵は合衆国側を指さした。

「嫌なら帰れ」

「わかってる、わかってるよ。兄弟」ハルは開いた手を顔の両側にあげた。「女房は長旅でちょっと疲れてるだけだ。メアリーも、謝るんだ」

「……ごめんなさい」

二人を順繰りに見た民兵は肩の力を抜いた。

「言い過ぎた。人と会うときは気をつけな」

「悪かった」

ハルは本心が顔に出ていないことを祈った。

ＦＳＡから合衆国へ〝亡命〟する者の多くは、有色人種や独り身の女性、英語を話さない移民たち、そして性別で「その他」を選ぶ人々だ。銃の自由な所持を求めてＦＳＡに住む人々は、驚くほどに一様な価値観と肌の色を持つ。人種、性別による差別の撤廃を高らかに宣言する修正第十四条を知らないＦＳＡ市民は七十％にも達する。

ハルはかつてその態度に怒り、ＦＳＡとの戦いに身を投じた。今も思いは変わらないが、今回の訪問は争うためではない。

「じゃあ、行くよ。ガバメント、ありがとう」

ハルは運転席から手を差し出した。民兵はその手を力強く握り、ゲートを上げるように小屋へ声をあげた。

「二名様、ニューヨークからダラスへお帰りだ！」

口笛とともに赤白のゲートが上がる。ハルは運転席の窓を閉めた。

「入国したいのは君だ」ハルはアクセルに足を載せて言った。「自由に出入りできるＦＳＡに偽名で入る理由があるのは君だ。おれじゃない。無用なトラブルを起こすなら、放りだして帰るぞ」

ハルはアクセルを踏む。車体が細かく震え、モーターが甲高い唸り声をあげた。ハルは思わず右脚を引いた。フロントウインドウには見慣れない〝Ｐ〟の文字が点滅していた。その左隣には〝Ｎ／Ｄ／２／Ｌ〟、右には〝Ｒ〟が、そしてダッシュボードには《自動運転無効：ＦＳＡ域内》と表示されていた。

腹を抱えて笑う民兵に苦笑いを返したハルは、目を丸くしているアンナに言った。

「悪かった。運転モードの切り替えなんて久しぶりなんだ」

ハルはドライブモードに切り替えて慎重にアクセルを踏み、民兵へ手を振った。

ゲートを通り抜けたフォードは、ハルが右脚で加える力を忠実に増幅して、ひび割れの目立つコンクリートの橋を通り抜けていった。

橋の出口に立つ緑の交通標識は、無数の弾痕でほとんど読むことができなかった。

ハルはアメリカ自由領邦《FSA》に入ったことを実感した。国境を越えた入国者が、コルト・ガバメントを手に入れて、ものの一分も我慢できずにぶっ放した結果だ。

アンナがなにか言ったが、ハルはハンドルを握る手に力を込めた。

「すまん、慣れるまで話しかけないでくれ。本当に久しぶりなんだ」

「ごめんなさい。なんでもない」

ハルはサイドポケットから地図を抜いて、アンナへ手渡した。

「四四号線沿いのモーテルを探しておいてくれないか」

わかった、と答えたアンナは栗色に染めた髪の毛を頭の上にまとめ、色褪《あ》せ、破れたジーンズの膝をきちんと揃えてページをめくった。その姿勢は、三日前と同じだった。

彼女が、ブルックリンにあるハルの事務所を訪れた日だ。

*

窓を斜めに横切る非常階段越しに、ハル・マンセルマンはブルックリンの街路を見ていた。運転席が簡略化された自動運転車が、拳一つに満たない車間距離を保ったままで流れていく様は、鼓動に押し流される赤血球を思わせる。

そろそろか、と思ったとき《アンナ・ミヤケ博士がいらっしゃる時間です》という通知が視界の上に滑り込んできた。

コンタクトレンズに投影される拡張現実、層化視《クシュヴ》だ。

層化視《クシュヴ》の通知から一本の線が伸び、ビルの正面で車列から外れようとするテスラＸＲがハイライトされた。ハンドルが格納された運転席に座っているのが、依頼人のアンナ・ミヤケ博士だ。博士は虚空で紙を繰る仕草をしていた。彼女も層化視《クシュヴ》でレポートかなにかを読んでいるのだろう。

ハルは彼女の経歴を窓に浮かべた。リンクトインに公開している情報によれば、ダラスのハイスクールを卒業したあと、いくつかの大学を経て二〇二〇年にマサチューセッツ工科大学《MIT》を卒業し、ゴールドマン・サックスに入社している。そこで二年間勤務したあとＭＩＴに戻って博士号を取得し、四年前の五月からはニューヨーク証券取引所《NYSE》にいるという。

典型的な投資技術者《クオンツ》だ。年齢は三十歳。プロフィール写真は若く見えたが、ハルよりもほんの五歳若いだけだ。

テスラが歩道に近寄ると縦列駐車の列が滑らかに動いて、ぴったり一台分だけの空間が空いた。その空間に駐車したテスラから降り立った博士は光沢のある黒いパンツスーツに身を包み、黒髪を一筋の乱れもなくまとめていた。Ｎｅｔｆｌｉｘ《ネットフリックス》のドラマで見たウォール街の住人と同じだ。

「いったい、何の用やら」

呟《つぶや》いたハルは打ち合わせ用のソファから埃を払い、コーヒーメーカーにエスプレッソのカプセルを挿入した。ハルの事務所へ来るには階段で三階まで上がり、ずらりと並ぶドアを一つ一つ確かめる必要がある。

ローストされたコーヒーの香りが漂ったところで、ドアにノックがあった。

「どうぞ、ミヤケ博士。開いてますよ」

ドアを開けた博士は、視線を部屋の壁に飛ばして動きを止めた。前の持ち主が壁に作り付けた銃のラックには、大小様々のドローンと自走式のロボットが並んでいる。ＡＩによって自律行動できるものばかりだ。

「商売道具ですよ。マンセルマン探偵社のハルです」

「はじめまして、アンナと呼んでください」

差し出したハルの手にアンナは揃えた指を触れさせた。どうやら握手のつもりらしい。

「よろしくお願いします。盗まれたＡＩを取り返したいんです」

アンナが言い終えたとき、まだ彼女の指はハルの手に触れていた。

これが時間を無駄にしないウォール街流なのだろう。だが、合わせる必要はない。クォンツがブルックリンの探偵に頼みたいことなんて厄介ごとに決まっている。

ハルはゆっくりと身体を開き、ソファに手を差しのべた。

「どうぞお掛けになってください。コーヒーでもどうですか」

ひび割れの目立つソファに、アンナは膝を揃えて座った。エスプレッソのカップとソーサーを二客運んだハルは、向かいのソファに浅く腰掛けて身を乗り出した。

「ＡＩですか。力になれるといいのですが、わたしの専門は人に関することなんですよ。わかりますよね」

ハルはドローンを掛けていない方の壁を指さした。「マンセルマン探偵社」と書かれたフラッグの下には《身上調査に人捜し、浮気調査なら信頼のある当社へお任せください――》という宣伝文句がスクロールしている。アンナには読めるはずだ。もちろん層化視《クシュヴ》で。

「どこかのサーバーに侵入するような仕事なら、ネットワークに強い同業者を紹介しますよ。幸い、このビルにはそんな仕事をしている友人が何人もいます」

アンナは壁からハルへと視線を戻し、ぴたりと揃えた膝に両手を置いた。

「存じています。その上で依頼に参りました」

「聞くだけでも料金が発生しますが、構いませんか」

ええ、と頷いたアンナはひと呼吸置いてから言った。

「アメリカ自由領邦《FSA》に入りたいんです」

「簡単に行けますよ」

ハルは素っ気なく聞こえるように答えた。

「カナダに行くのと変わりません。パスポートカードを入管に見せるだけです。案内役が欲しければ、ＦＳＡの観光局がやってる〝古き良き日々《グッドオールドデイズ》〟ツアーをお勧めしますよ。二丁拳銃の保安官がアテンドしてくれます」

ハルはテーブルで湯気をたてるエスプレッソをとりあげた。

「どうしてわたしのところに来たんですか。正直にお聞かせください」

こんな言い方は普段ならできない。だがこの件に関してはハルに分があった。ダラス出身の彼女が、故郷へ帰るのに探偵を頼るのにはそれ相応の理由があるはずだ。

カップをゆっくりとテーブルに戻して首を傾げると、ようやくアンナは口を開いた。

「偽名でＦＳＡに入る必要があるからです」

「それは違法行為ですね」ハルは声のトーンを下げた。

違法と聞いて膝の手を握りしめたアンナだが、内容によっては依頼を受けるというハルの意図は察したらしい。テーブルを指して、層化視《クシュヴ》のワークスペースを広げてよいかどうかを尋ねた。

「まず〈ライブラ〉、それがＡＩの名前なのですが、そこからはじめてもいいでしょうか」

「やりやすいようにどうぞ」

アンナは顧客向けのプレゼンテーション資料をこちらに向けた。

「〈ライブラ〉は、ＮＹＳＥ《ナイス》（ニューヨーク証券取引所）と、ＮＹＳＥの顧客が取引サーバーにインストールして使う裁定取引《アービトレージ》実行プログラムです――」

いきなり理解不能だった。アンナがプレゼンテーションに映し出される専門用語を噛み砕いて、ハルの理解できるものにしようと努力していることだけは伝わってきたが、いかんせん、前提にしている知識が違いすぎた。

かろうじて理解できたのは、アンナが〈ライブラ〉の開発者であること、〈ライブラ〉が産み出す〈Ｎ次平衡〉とやらが、株や債券に先物、それにＣＤＯやＣＤＳなどと全くイメージのできない三文字略語の派生商品《デリバティブ》の価格を保証するということだけだった。

それにしても意味不明だ。提示額で取引できることの何が売りになるのかわからなかった。五度目にアンナが〈Ｎ次平衡〉を持ちだしたとき、ハルはたまらず口を挟んだ。

「すみません、博士。ほとんど理解できません。〈ライブラ〉はＮＹＳＥの重要なプログラムなんですね。それがＦＳＡのどこかにあるわけですか」

「ええ。〈Ｎ次平衡〉がＦＳＡの証券取引所に現れたのです。ＦＳＡの投資家や取引所へ、ライセンスを売ったことはありません」

「その、ＦＳＡの証券取引所へは連絡しましたか？」

「取引にAIは使っていないとのことでした。憲法第十条に違反するのだそうです」

「新・人権宣言ですか？」

アンナは微妙な顔で頷いた。

FSAが宣言した、自動機械の排除原則だ。

独立直後の二〇二三年、ミズーリ・イリノイ州境に集まったFSAの民兵たちは、合衆国の兵を一人も傷つけることができぬまま、百名の死者を出して撤退した。これが、今では単に〈衝突《コンフリクト》〉と呼ばれる合衆国とFSAの間で行われた唯一の武力衝突だ。

〈コンフリクト〉で、合衆国側の兵は一人も傷ついていない。同士討ちを望まなかった合衆国政府が投入したのは、ドローンとロボットだったのだ。

機械に敗北したFSAには、反ロボット、反AI運動が吹き荒れた。理論の支柱となったのが権利章典の修正第十条だった。

〝この憲法によって合衆国に委任されず、また州に対して禁止していない権限は、それぞれの州または人民に留保される〟

ハルには修正第十条と自動機械の関係がわからなかった。合衆国市民のほとんどもそうだろう。だが、機械に同胞を殺されたFSAでは繋がってしまったらしく、機械に自律行動させることが禁じられるようになった。

「あれは自動車とかドローンとかの、実体のある機械に限られていたんじゃないですか。サーバーの中で動くプログラムには適用されないと思っていましたが——まあ、とにかく、取り合ってもらえなかったんですね」

アンナは苦虫を噛み潰《つぶ》したような顔で頷いた。

「そうです。無視されました。あ、でもひとつ、〈ライブラ〉はサーバーの中で動くわけではありません」

アンナはプレゼンテーションに重ねて、層化視《クシュヴ》に口紅ほどの大きさの銀色の箱を浮かべた。金属のシールドで覆われた端子の表面は黒い焼き付け塗装が施され、天秤のアイコンが白く浮き出ていた。

なるほど天秤座《ライブラ》か。

「10ギガ《G》ビット《b》イーサネット《E》の端子ですね」

「それが〈ライブラ〉の動作するハードウェアです」

「これが？」

「ええ。取引所でお預かりしているお客様のサーバーに繋ぐと、FPGA《エフピージーエー》——書き換え可能なチップがサーバーの受信データを先読みして処理を行います。わかりますか？」

これが核心だ。ハルは秘密を共有した者の笑みを浮かべて言った。

「NYSEも酷いな。客の取引を盗み読むんだ」

「盗む？」

アンナは目を見開き、何度かまばたきをした。それから笑い声をあげた。

「違いますよ。〈ライブラ〉にお金を払っているユーザーが、自分でサーバーに差すんです。ほんの少しでも早く処理をするために」

「ほんの少し？　コネクターからCPUまでが待てないなんて——」

狂ってる——出かかった言葉は飲み込んだ。依頼人に言っていい言葉ではない。だが、いい言葉は見つからなかった。結局ハルは言った。

「クソ偏執的《ファッカナティック》だ」

「そうでもないのよ」ハルに合わせたのか、アンナもほぐれた口調で答えた。「コネクターからCPUまで光の速さでも十四億分の一秒かかるのよ。現実には十マイクロ秒ぐらい遅れる。その隙を高速《フラッ》取引業者《シュボーイズ》が利用しているの。売りに出た株や債券をかすめ取って、わずかな利益を乗せて売りや買いに出してくる。どうなると思う？　価値の信用がなくなるの」

ようやくハルにも〈ライブラ〉の目的がわかった。十ドルだと思っていた株価が十・五ドルに化けてしまうようでは、確かに安心して取引を行うことはできない。〈ライブラ〉は、そんな市場を正すために作られたのだ。

アンナは続けた。

「〈ライブラ〉は２・１GHz《ギガヘルツ》のＦＰＧＡで復号、判断、出力をそれぞれ一クロックずつで処理できる。応答時間は七億分の一秒よ。そしてネットワークに自らの複製をばらまいて、他の〈ライブラ〉を再プログラムしていく。その時に〈Ｎ次平衡〉が現れる」

プレゼンテーションには水色の雲が浮かんでいた。ノードとネットワークが密すぎて、雲にしか見えなくなっているのだ。雲の中には光の輪がいくつも浮かんでいた。一つの〈ライブラ〉ノードで行った処理が、周囲のノードに波のように伝わっていくところなのだろう。ハルが今までに見たものの中では、脳のニューロンの模式図が最も近かった。

「神経みたいなものか。一個一個の処理は小さいんだな。条件反射ぐらいか」

「いい喩《たと》えね。そう、条件反射で売買するケーブルのネットワーク。それが〈ライブラ〉の本質よ。合衆国側の十四の取引所で使ってる。第二内戦後の市場の混乱を食い止めたのが〈ライブラ〉よ」

「大したもんだ。で、ＦＳＡで何をするんだ」

「その証券取引所で〈ライブラ〉を使っている証拠を押さえたいの。ＮＹＳＥは利用料を請求する。

〈N次平衡〉が現れるほど使っていれば、百億ドルは軽く超えるはずよ。個人的には〈ライブラ〉をFSAに使わせたくないのだけど」

アンナはいつの間にか脚を組んで、ソファの背にもたれていた。自らの技術を信頼し、自信に満ちた口調で語る。これが彼女の本質なのだろう。騙《だま》そうとしている様子はなかった。

「わかった。はじめの質問に戻ろう」

ハルはテーブルに身を乗り出した。アンナが隠しごとをしている風はない。こちらも普段通りにやるべきだろう。

「なんでおれのところに来た」

「あなたが〈コンフリクト〉に参加した、数少ない合衆国側の兵士だったから。潜入工作をやっていたんでしょう?」

「どこで――」

「FSAの指名手配リストに載ってるじゃない」

ハルは言葉を失った。

リストに載っていることは知っていた。驚いたのは、ウォール街の住人がそれと知って依頼に来たことだ。アンナはそんなハルの心を読んだように言った。

「たかが偽名入国だからといって、手を抜かれては困るのよ。見つかれば軍事法廷に引きずり出されるあなたなら、本気で擬装してくれる。そうでしょう?」

「なら、わかってるだろうな」

「十万ドル払うわ」

「二十万だ。おれは君を現地へ運んで、調査できる環境を作るだけだ」

「もしも見つかりそうになったら？」

「いろんな手がある。例えば――」

ハルは右手の薬指を折り、それから拳を握りしめた。パチンという効果音が顎の骨伝導フォノからハルの耳だけに伝わってくる。

アンナが目を丸くした。テーブルに浮かぶ層化視《クシュヴ》のプレゼンテーションは消えていた。接続すべきネットワークを失って、機能を停止しているせいだ。人体通信《ＢＡＮ》で繋がっているハルの層化視《クシュヴ》には、ネットワーク復帰までのカウントダウンが表示されていた。

「Ｗｉ‐Ｆｉと５Ｇネットワーク、それに機器間通信を黙らせることができる。もちろん、各種の顔認証や群衆監視システム、防犯システムの穴を突くこともね。もちろん銃は扱える」

話しているうちにオフィスの無線ネットワークが回復して、アンナの手元に再びガジェットが浮かんだ。そこには十万ドルと書いた小切手が足されていた。

「半金よ。すぐに行ける？」

「二、三日後ってとこかな。サーバーの目星はついてるのか？」

アンナは層化視《クシュヴ》にボザール様式の白い建物を浮かべた。一八三六年から十年間だけ存在したテキサス共和国の、独立百周年を記念して建てられたモニュメントだ。

「……ホールオブステートか」

「一昨年、ここにＣＡＸ《カクス》――アメリカ中央証券取引所が設立されたの。〈ライブラ〉の兆候はここの取引データに現れていた」

ハルは仕事がギャラに見合うかどうか考えた。場所はダラス。ＦＳＡの〝首都〟だ。もしも潜入工作員であったことが知られてしまえば無事では済まない。ＦＳＡの裁判は、ほぼ全て陪審制で裁かれる。

だが、二十万ドルもあれば向こう五年分の家賃と生活費が賄《まかな》える。それに、これから増えるであろうFSA関連の仕事にも役に立つはずだ。

「わかった」

ハルは層化視《クシュヴ》に浮かぶ小切手をとった。

＊

ハルとアンナが並んで立った、ホールオブステートのアメリカ中央証券取引所《CAX》ツアーの保安テーブルには、中身が引っ張り出されてぺしゃんこになったバックパックと二枚のタブレットにミネラルウォーターのボトル、国境で貸し出された二丁のコルト・ガバメントと、化粧ポーチなどの小物が並んでいた。

バックパックから取り出したものをより分けた女性の保安職員は、はち切れそうな白い手袋で、ビニール製のホルスターに入ったガバメントを抜いた。

「1911《ナインティーン・イレブン》。貸与銃のガバメントね」

「ああ」と答えたハルは、引きつった顔を薄茶色のサングラスで隠したアンナに同情した。目の前で実弾が入った銃が扱われているのだ。女性保安職員の手つきはベテランのものだがアンナにわかるはずもない。西部劇に出てくるような保安官《シェリフ》の格好をしているのだから、不審に思うなというのは酷だ。

アンナは銃をフォードに残しておこうと訴えたが、誰も彼もが銃を見えるように所持《オープンキャリー》している中で目立ちたくはなかったのだ。

「ニューヨークから二年ぶりに帰ってきたんだ。銃は、ちゃんとしたのを家に置いてある」

「これだって悪い銃じゃないわ」と言いながら、保安職員は慣れた手つきで黄色い結束バンドを引き金の後ろに通し、引き金が動かないようにトリガーガードと結びつけてホルスターに戻した。それからクリーム色のリーガル用紙に、二丁の銃のシリアルナンバーを書き込んでいく。

「――22401。1911ガバメント型の貸与銃が二丁、と。サインをどうぞ」

保安職員は用紙をハルの方へ差し出した。用紙のヘッダを読んだハルは、顔を上げた。

「預けるんじゃないのか？」

「見ての通り、持ち込み申請よ。早くサインして。午後の場が開いちゃうわよ」

ハルはもう一度用紙を確かめた。間違いない。銃器の持ち込み申請書だった。

「ちょっと！」

アンナの声でハルは我に返った。保安職員が、テーブルに置いたタブレットをとりあげて、電磁波遮断バッグに入れようとしていたのだ。

「銃が持ち込めてタブレットはダメってどういうこと？」

保安職員は何事もなかったかのように電磁波遮断バッグを封印してデスク脇のコンテナに落とし、26と刻印されたオレンジ色のプラスチック片を滑らせてきた。

「大きな画面のコンピューターはだめ。ディーラーズルームではトレーダーたちが機械に取引をやらせているウォール街と戦ってるの。勘と経験しか頼れない彼らがそんなものを見たら、ずる《チート》したくなっちゃうじゃない。急がなきゃだめよ、あなたたち。ピケンズ会長のハンマートークは聞かなきゃ。さあ、入った入った」

女性職員は、大ホールのゲートを指さした。礼を言ったハルは、まだなにか言いたそうなアンナの腕を引き、栗色の髪の毛に左手を差し入れた。

突然のことに頭を引こうとするアンナの首をてのひらで押さえ、下顎骨《かがくこつ》へ親指をまっすぐに押し当てる。それから、誰にも聞こえないほどの声で囁《ささや》いた。

《すまん。骨伝導で伝える。ネットワークの調査ぐらいなら、おれのインプラントでなんとかなる。予定通り、〈ライブラ〉を動かしているデータセンターがこの建物にあるかどうかを確かめよう──以上だ。いきなり触ったりして悪かった》

アンナはくるりと身体を回してハルから離れ、全身を見直した。

「いろいろ便利なのね」

「そうでもない。さあ行こう」

取引所と書かれた大ホールへのゲートをくぐったハルは、上着を車に置いてきたことを後悔した。空調が寒いほど効いていたのだ。電力事情がよくなったという、国境の民兵の言葉は本当だった。

「信じられない」とアンナが鼻の頭に皺をよせる。

大ホールの、十メートルほどある天井は紫煙で煙っていた。キューバですら禁止された屋内での喫煙も、FSAの認める自由の一つだ。

「観光地になるだけのことはあるな」

ホールを見渡したハルは呟いた。

正面の壁に掲げられた巨大な星のメダルが、スポットライトで眩く照らされていた。光芒《こうぼう》を背負う星はほんの一時期だけ存在したテキサス共和国と、テキサス州のシンボルだ。

幅二十メートル、高さ十メートルの巨大な壁画が左右の壁に描かれ、手前にはギリシャ神殿を思わせる石灰岩の角柱が立ち並ぶ。柱の上部には電光掲示板《ティッカー》が渡されていて、代表的な株の終値《おわりね》が流れていた。

フロアには、色とりどりのジャケットを身につけたトレーダーたちが、我が物顔で歩き回っていた。トレーダーはみな白人の男性で、金髪や赤毛を、グリースをふんだんに用いた六〇年代風のヘアスタイルにまとめていた。

色男揃いのトレーダーたちはジャケットのボタンを留めていない。ショルダーホルスターで吊った大型拳銃を見せびらかしながら、咥《くわ》え煙草で談笑していた。

観光客は取引所を自由に歩き回れるようだった。テーブルを縫って歩き、トレーダーたちの携《たずさ》えている端末や、手書きの伝票に驚きの声をあげるのもアトラクションということだ。

アンナはそんな伝票の一つをちらりと見て鼻で笑った。百万もの端末それぞれに、秒間七億回の取引をさせている彼女にとっては、子供だまし以前の代物なのだろう。

ハルはアンナと歩きながら、ホールの警備体制を確かめていた。防犯システムはフロントポイント社。派遣されている警備員はアメリカンセイフティだ。わかりやすい保安官の格好をしている者が十五名、他に私服の警備員もいるはずだ。ハルは、フロントポイントの警備システムを回避するコードを短縮ジェスチャーに登録しておいた。

ハルがフロアの中央あたりまで歩を進めると、場内の照明が暗くなり、星のメダルの前に据えられた壇上に、一人の男が現れた。

真っ赤なブレザーからでっぷりした腹がはみ出していた。

あれが保安職員の語ったピケンズ会長だろう。トレーダーたちは煙草を床でもみ消して、演壇に目を向けていた。

ピケンズ会長はブレザーの裾をめくって、ホルスターから金色の銃を引き抜いた。コルト・シングルアクション・アーミーだ。西部を作った名銃だが、実用性はない。

「あれが会長？」とアンナが囁く。

「らしいな」

アンナが呆れたように肩をすくめる。彼女の職場には肥満体の管理職などいないのだろう。壇上のピケンズが白い銃把《じゅうは》でマイクを叩いてホールの注目を集めた。

『いいか、野郎ども。おれたちは昨日も一昨日も、ニューヨーク証券取引所に後《おく》れをとった。今日こそはおれたちの勝つ番だ。いいか、勝負には勝つか負けるかしかない。つまり、五十％の確率でおれたちは勝てるということだ――』

アンナが我慢できなくなったように「ばかじゃないの」と呟く。慌てたハルだが、観光客の半分ほどがピケンズの演説に声を立てて笑っていることに気づいた。トレーダーたちも気にしている様子はない。〝古き良き日々《グッドオールドデイズ》〟を笑うためにここを訪れる観光客も少なくないのだ。演台ではピケンズがボルテージを上げていた。

『――損失を恐れるな。アメリカを創るのはおれたちだ。今日より明日を見ろ！　お高くとまってる連中に今日こそひと泡吹かせるんだ！』

ピケンズはコルトを天井に向けた。

『ウォール街をぶっつぶせ！』

轟音《ごうおん》。真っ赤なマズルフラッシュが一メートルほど立ちのぼり、真っ白な煙が金色の銃を包んだ。ハルもついに笑い声をあげた。なんと、黒色火薬の実包だ。意味のわからないことをいくつか叫んだピケンズが弾倉の残り四発を撃ち尽くすと、鬨《とき》の声をあげたトレーダーたちが一斉に動き出す。

「ピカルディ農園のトマト！」

目の前に立っていたオレンジ色のジャケットのトレーダーが、手書きの伝票を高く差し上げた。

「ハインツが毎年押さえている先物だよ。来年出荷分を二十トン、二千ドルで買う奴はいないか！」

大声に顔をしかめたアンナへ、ハルは囁いた。

「ここで待ってて。トレーダーの端末を一台かっぱらってくる」

ハルはトレーダーの扱っている端末を見て回った。プレスと鋳造を組み合わせた七〇年代風のケースに丸いボタンがずらりと並ぶ立派なものだ。だが、ソフトウェアまでは手が回らなかったらしい。

液晶画面を何度も確かめたハルは、端末のＯＳが二〇二〇年版のＡｎｄｒｏｉｄ《アンドロイド》だと結論づけた。深刻な脆弱性《ぜいじゃく》があるため合衆国では開発元のグーグルが使わないように勧告しているバージョンだが、ＣＡＸはそのまま使っているようだ。

存在しないバックドアや盗聴機能を恐れているというのが建前だろうが、ハードウェアの設計で力尽きたか、優秀なソフトウェアエンジニアが合衆国へ逃げてしまったかしたせいなのだろう。いずれにせよ、古いＯＳは好都合だ。

《ヘイ、ジーヴス。ＦＣＣ（連邦通信委員会）のセキュリティ情報登録番号、２０２０－１５３２の実行環境《エクスプロイト》を展開》

ハルは近距離無線《ＮＦＣ》を左手のインプラントに立ち上げて、端末が置きっぱなしになっているトレーディングテーブルに近づいた。周囲をさりげなく見渡してから端末に左手を触れさせる。

エクスプロイトを実行。

長い引数《ひきすう》を持ったＮＦＣのトークンが端末を再起動させる。このとき、任意の命令が実行できるのだ。ハルが選んだのは、端末データの全表示《ダンプ》だった。端末に触れた左手のＮＦＣから、人体通信《ＢＡＮ》を通して腹に埋め込んだストレージへとデータが転送されていく。

ハルが左手の位置を動かさないように注意しながら、端末の丸いボタンに触れようとすると、テーブルの正面に小柄な男が腰を下ろした。

「端末に興味あり?」

男は銀縁の眼鏡を顔に押さえつけながらハルへ声をかけてきた。はね上げたベースボールキャップの鍔《つば》には、クリップで手書きのメモが留めてある。チェックの綿シャツに、柄を合わせた蝶ネクタイとサスペンダーが彩りを添えている。首からは、いまハルが攻略しているものと同型の取引端末を三台ぶら下げていた。

「おっと、ごめんよ。触っちゃいけなかったかな」

ハルは右手を端末のボタンから離して、何も持っていないことを示すようにてのひらを男に向けた。ストレージのコピーが終わるまであと三分と表示されている。

「テーブルに置いてある端末なら、ボタンを押しても構わないよ」

「この丸いボタンがいいね。とても雰囲気がある」

ハルは、映像で見たことのあるキーパンチャーのように指をまっすぐ立てて、数字の並んでいるキーを押し込んだ。

「本物の象牙だよ」

思わず指を引っ込めると、男は笑った。

「冗談に決まってるだろ。いくらFSAでもそこまで不道徳じゃない。水牛の角さ」

男はテーブルの向こうから手を差し出してきた。

「僕はイシドア・タイド。CAXの電子商取引担当者だ。暇なときはガイドをして回ってるんだ」

「ジョシュア・ミゲル。二年ぶりに帰ってきた」

ハルは左手を端末の脇に置いたままでイシドアという男の手を握り、偽名を名乗った。ダウンロードの終了まであと一分二十三秒。

「すごいね、ここは」

「まあね」イシドアは両手を広げて、スツールの座面ごとぐるりと回ってみせた。「今でも場立《ばだ》ちが見られるのは、世界中でCAXだけだよ。トレーダーはみんな役者だけどね」

「そう思った。いい男ばっかりだ」

ダウンロード終了まであと五十八秒。

「僕は違うけどね──おっと」

イシドアの両肩を青いジャケットのトレーダーが摑《つか》んでいた。左手に煙草を、右手には伝票を挟んでいた。

「タイド主任。ガイド中にすまないが、これ頼むわ」

男がひらひらさせた伝票をイシドアが取りあげる。

「トーマスか。なんだよジャガイモ百トンって。先物だけか、それともオプションつけるかどうかぐらい自分で決めてくれよ」

タバコを咥えたトレーダーは、大きな手でイシドアの肩を何度か叩いた。

「任せるわ。とにかくだ。来年、レイズのポテトチップス工場が再建するんだよ。エム、エム……なんだっけ。ペプシコで役員をやってるレイズのジュニアが株を買い戻してダラスで起業するんだ」

トーマスは真っ白な歯を見せつけるように笑った。

「ポテトチップスにはジャガイモが必要だ──だろう？　観光客のお兄さん」

ハルが頷くと、トーマスは煙草を挟んだ人差し指と中指を気障《きざ》に振ってからイシドアの肩を叩いて歩み去った。イシドアは叩かれた肩をすくめる。

「ほらね。彼は先物とオプションの違いも、MBO《エムビーオー》（自社株買い取り）みたいなビジネス用語も知らない。でも大丈夫。僕がこのトレードを入力すると、CAXの電子商取引システムは一ダースほどの金融商品を作り出して、リスクを分散しながら必要なところに必要な投資を集めるんだ」

イシドアは端末を一つ選んで丸いキーボードを叩いた。

「子守りをしてるってわけだ」

「まあね。とことん実体経済にこだわるのは、CAXの強みかな」

ハルは改めてイシドアを見直した。ブルックリンの事務所にやってきたアンナも投資技術者《クォンツ》だが、偉ぶったところの全くない彼をクォンツとは呼べない気がした。よく見ると銃もぶら下げていない。FSAにはこんな男もいるのだ。

丸ボタンをぽちぽちと押して入力しているイシドアを見ていると、ダウンロードが終了した。

ハルは左手を端末の脇から持ち上げて、イシドアに振った。

「ごめんよ。連れが待ってるんだ。ガイドありがとう」

イシドアと握手して別れたハルはアンナに歩み寄り、壁画の手前に設置された電光掲示板《ティッカー》に目をつけた。掲示板の手前にはホールを見下ろす通路があり、鉄の柵から身を乗り出すようにして階下を撮影している観光客の姿が見えた。

「メアリー、あそこで休もう」ハルは通路を指さし、もう一方の手でアンナの顎に触れて骨伝導で伝えた。

《トレーダーの端末をクローンした。取引所の無線ネットワークから取引サーバーへ侵入できるはずだ。〈ライブラ〉の痕跡と、データセンターの場所を探れるぞ》

頷いたアンナは、手前側の柱に巻き付いた螺旋階段へ歩き出した。

螺旋階段を上りきったハルはベンチに腰掛けて、腹のストレージに保存したクローン端末を、監視用のファイアウォールの内側で起動した。層化視《クシュヴ》にテキサス・インストゥルメンツ社のロゴを浮かべたクローン端末は、ホールの〝ＣＡＸＴＲＡＤＥ〟というＷｉ－Ｆｉネットワークに内蔵のトークンを用いて接続を確立した。

「繋がった」と呟いたハルにアンナが苦言を投げかける。

「あなたが繋いでも意味ないじゃない。タブレットは渡しちゃったのよ」

「人体通信《BAN》で層化視《クシュヴ》を共有する。隣に座ってくれ——もっとくっついて。皮膚がしっかり触れてなきゃだめなんだ」

ハルはミネラルウォーターで腕の内側を濡らした。アンナの髪をかき上げて濡らした部分が首に触れるように肩を抱き、層化視《クシュヴ》を共有する。アンナの瞳に微かな輝点が灯る。人体通信《BAN》で接続したコンタクトレンズ型のディスプレイが作動したのだ。

「ちょっと遅れるけど、いいわね」アンナは細かく目を動かした。「操作は？」

ハルはポケットから出したジェスチャー入力ブレスレットをアンナの手首にひっかけた。本来は自分で使うものだが、自前のＢＡＮを持っていないアンナでも、触れてさえいれば同じ身体として認識される。

「層化視《クシュヴ》に表示されるキーボードを叩けばいい。画面はタッチパネルのように扱える。これでいいかな」

頷いたアンナはクローン端末のログをコンソールに表示させ、いくつかのコマンドを入力した。

「サーバーとの通信遅延《レイテンシー》がほとんどない。端末が接続している取引サーバーはこの建物の中ね」

「いいニュースだ。さあ、できるところまでやってくれ」

ええ、と短く答えたアンナが層化視《クシユヴ》のキーボードを膝に動かした。

慌ててハルはパンフレットでその膝を隠す。タイプする手元を見せたくはない。そんなハルの気遣いを知ってか知らずか、宙に指を舞わせたアンナは、クローン端末の通信記録を層化視《クシユヴ》に浮かべた。

アンナの手元をパンフレットで隠したハルは、疲れた観光客を装ってぼんやりとした顔でフロアを見渡した。

向かい側のティッカーにダウ・ジョーンズ平均株価が現れたところだった。ダウを構成するアップル、アメリカン・エキスプレス、ボーイング、キャタピラーの株価が後を追う。それぞれの銘柄には、わずかに異なるニューヨーク証券取引所《NYSE》とアメリカ中央証券取引所《CAX》の両方での株価が並んでいた。緑色の数字には全て上向きの三角形がついていた。

ＦＳＡがアメリカを分断してから四年。自動化の波に乗った合衆国は空前の好景気を迎えていた。国境を接するＦＳＡも恩恵を受けている。

流れていく数字は一秒ごとに少しずつ切り替わっていた。

自動化と取引所内サーバー貸し《コロケーション》の恩恵を受けた高速取引業者《フラッシュボーイズ》は、この数字が切り替わる間に百万回もの割り込みをかけて投資家の手から薄い利益を剝ぎとろうと試みる。アンナの作った〈ライブラ〉は、その十万倍もの速度――七億分の一秒の条件反射で高速取引業者の先をいくのだという。

ついていけんな――とハルは思った。

イシドアというトレーダーが語ってくれたＣＡＸのやりかたのほうが遙《はる》かに人間的だ。そういえば、彼の使う取引システムに〈ライブラ〉は関係しているのだろうか。そんなことを考えながらティッカーの数字を眺めていると、アンナが腕をつついた。

「インプラントの仮想マシンだと手が回らない。通信データを丸ごとダンプしておいて、ホテルで分析していい？　それを分析してからもう一回来て、確かめるわ」

「だめだ。ＣＡＸは二度も三度も観光に来るような場所じゃない。可能な限り、いま調べてくれ」

呻《うめ》いてワークスペースへ戻ろうとしたアンナを、ハルは止めた。

「誰か来る――やあ。どうしたんだ」

螺旋階段を上がってきたのはイシドアだった。ハルはアンナの手首からブレスレットをむしり取ってポケットに突っ込んだ。

「さっきはありがとう。フロアの仕事はいいのかい？」

「やっぱりだ……」イシドアが首を伸ばし、アンナを覗き込む。

「妻の気分が悪くなったんでね。空調が強すぎて」

イシドアはハルを回り込んでアンナの前に立った。

「ミヤケ博士ですね。ご結婚されていたんですか」

ハルは右手の小指と中指を折ってから、拳を握った。ジェスチャーを検知したインプラント群がＢＡＮを通して起動する。《ボイスカモフラージュを有効化》と層化視《クシュヴ》に浮かび、咽頭のインプラントが起動のサインに声帯を二度叩く。

ハルは言った。

「人違いでしょう」

声には人間の耳には聞き取れないノイズが載っている。防犯システムに用いられているフロントポイント社の嘘検知エンジンは、ハルの言葉をフラットな「こんにちは」だと解釈するはずだ。ＣＡＸの警備システムがフロントポイントのシステムをどう運用しているのか知らないが、立て続けに嘘をつけばアラートが鳴り、保安官の格好をした警備員が飛んでくるだろう。

「そんなわけないですよ。プロフ画像を何度も見たんだ。髪型とか違うけど。ねえ、博士。〈ライブラ〉の進化を見に来たんでしょう？」

アンナは座り直して、首に巻いたハルの腕をほどいた。

「あなた、だれ？」

「イシドア・タイド。ＣＡＸの電子商取引部門のエンジニアです。フロアでお見かけしたので、探していました」

アンナはじっとイシドアを見つめていた。まさか〈ライブラ〉を利用している本人が来るとは思っていなかったのだろう。それはハルも同じだった。

ハルは立ち上がった。フロアに異変が起きていたせいだ。

「ちょっと失礼」

トレーダーを縫うように、紺色の制服を着て、フロントポイント社の端末を手にした警備員が六名ほど、なにかの目的を持ってホールを移動していた。クローン端末をネットワークに繋いだことが原因だろうか。それとも偽名のパスポートカードがばれたのだろうか。警備員たちはひっきりなしに端末を確かめていた。ハルが要所でカメラに映る顔や音声を擬装しているせいで、連続した追跡ができないでいるのだろう。とにかく、ここは出たほうがいい。

警備員の一団は首を傾げながら通路へ上る螺旋階段の上り口を通り過ぎていった。今だ。

「博士」と呼びかけて、肩に手をかけながら顎に親指を押し当てる。

《どうやら見つかったらしい。警備員が通り過ぎていった。出るぞ》

フロアへ視線を落としたアンナが息を呑む。

「わかった。でも――」

アンナはイシドアをちらりと見た。この機会を逃《の》がしたくはないのだろう。確かにその通りだ。

「イシドアさん。あなた、追われてるよ」

ハルはフロアを遠ざかっていく警備員を指さして言った。もちろん声にはノイズを載せて――こんにちは、ありがとう。手すり越しにフロアを見たイシドアは、要領を得ないといった風に顔をあげた。

「僕が？」

「そう。あの警備員たちは新・人権宣言に違反したあなたを追っているらしい。すまない、おれたちのせいなんだ」

「どういうこと？」

「博士は四日前、〈ライブラ〉のライセンス使用料をNYSEに支払え、とCAXに連絡したんだ。CAXの返答はこうだった。AIによる自動取引は新・人権宣言に違反している。取引所は自動取引を認めない」

「うそ」イシドアが帽子を握りしめる。「あれは自動車とか、ドローンが対象だよ。サーバーのプログラムとは関係ないって。それに、自動取引をやってるのは僕だけじゃない」

ハルは警備員たちが誰何《すいか》をはじめているフロアに顎をしゃくった。

「あのゴリラどもにそう言ってみるか？　ドローンじゃないから大丈夫だと思っていました、なんて言い訳が通用するかどうか、おれは知らん。罪状だって、あんたの方がよく知ってるだろう」

イシドアの顔が青ざめる。

新・人権宣言はFSA領邦政府が原則として掲げた理念でしかない。法定刑すら定められていないのだ。FSA内の組織は、それぞれの信じる方法で理念の実現を追求する。人民裁判にリンチ、一番マシなケースでも、憲法の全文を読んだこともないような素人判事が、ＡＩのことを何も知らない陪審員を誘導して懲役刑を科す。

ドローンとロボットに奪われた百の命は、ＦＳＡにそれだけの傷を残してしまったのだ。

ハルは言葉を強めた。

「一緒に来いよ。相談には乗ってやる。なんなら合衆国まで連れてってやるよ」

「いま？　無理だよ。警備員は層化視《クシュヴ》で館内のカメラを全部見ることができるんだ。僕の顔紋は登録されてる。逃げられっこない」

ハルは薬指だけきつく握り込んだ右拳を、顔の前に掲げてみせた。

「おれは体内に無線ジャマーを埋め込んでいる。ＦＳＡの警備員が使うような民生用のネットワークなら封鎖できる」

「……あなたは？」

「博士のボディガードだ。ついてこい」

螺旋階段を降りるアンナとハルに、イシドアはついてきた。

騙されてくれたのだ。ハルは前を歩くアンナの顎へ指を当てた。

《聞いてたか？　彼が望むなら、仕事の一環として合衆国へ連れ出していいかな》

アンナは頷いた。

幸いなことに、警備員の目をすり抜けるためにジャマーを用いる必要もなかった。

＊

フォードに乗り込んだアンナは、シートベルトを締める手間も惜しんで後部座席へ身体をねじ曲げた。

「イシドアさん。〈ライブラ〉を何ノードで使ってるの？」

「ええと、確か二百ぐらい」

「二百って、キロ、ギガ？　何日使ったの。取引は何エクサ回やった？」

「二百は二百だよ」イシドアはシートベルトを締めようとしていた手を止めた。「エクサって百京《クインテイリオン》のこと？　ちょっと意味がわからない。多い日で千件ぐらいだよ」

アンナが口を開いたまま固まった。

ハルは割り込んだ。

「あとにしてくれ。車を出すぞ」

二人の会話は噛み合っていない。じっくり話せる場所が必要だ。

「イシドアさん、どこか話せる場所を知らないか。カメラのない場所がいい」

「僕の家とか――あ、だめか」

ハルは頷いた。

イシドアを連れて取引所を出ることはできたが、フロアを動いていた警備員たちがハルとアンナを追っているのは確実だ。ＦＳＡの保安システムがどうなっているのかわからないが、ＣＡＸのセキュリティゲートに提出したパスポートカードで照会すれば、昨日入境してからの足取りぐらいは追うことができるだろう。

ハルはエンジンをかけて、サイドポケットの地図をアンナの膝に投げた。

「イシドアさん、ダウンタウンを流すからその間に場所の見当をつけておいてくれ。博士、君もだ」

アクセルを踏んだハルは、フォードの滑らかな加速に微かな違和感を覚えた。Uターンを繰り返すときのハンドルも軽やかだ。セントルイスから手動運転で六百マイルほど走ってきたおかげで、勘が戻ってきたのだろうか。

駐車場から車を出したハルは、CAXの建つフェアパークの外周を大回りしてパリーアベニューへ向かう出口へフォードを進め、門の手前にある一時停止の標識で車を停めた。

門に面した三車線の道路は、街中だというのに時速五十マイルほどの速度で流れていた。車間距離も短い。ニューヨークならば、二十センチほどの車間で連なって時速八十マイルで走る車列にも自動運転で合流できるのだが、ここでは無理だ。

ハルは割り込める隙間を探して首を伸ばした。

五十メートルほど向こうから走ってくるトラックの後ろに、三台分ほどの間隔をあけて、紫色のシェビー・ワゴンが走っていた。その奥の中央車線も空《す》いているようだった。あのワゴンの前だ。

ハルはアクセルを踏み、速度を合わせてトラックの後ろに滑り込ませる。もう一車線内側へ、とハンドルを切ったとき、聞いたことのないクラクションが響いた。

路面電車がカーブを曲がってきたのだ。

慌てて元の車線に戻ろうとしたハルは目を疑った。空いていたはずの空間には既にシェビーが詰めてきていたのだ。ダクトテープでフロントウインドウを補修したシェビーの運転席では、恐怖に目を見開いた白髪の老婦人がハンドルにしがみついている。

ぶつかる、と思った瞬間、シェビーはサスペンションを限界まで沈み込ませて、路面電車の走り去った空間へ飛び込んだ。体勢を立て直したシェビーが速度を上げてフォードを追い越していくとき、老婦人がハルへ拳を振り上げているのが見えた。

「――気をつけてよ」

シートベルトを握りしめていたアンナが言った。

「ここの車は自分で避《よ》けてくれないんだから。下手すると撃たれちゃうわよ」

「すまん。まさか路面電車のレーンだとは思っていなかったんだ――」

指さした空間に、白いレクサスが走り込んできた。

ハルは目を疑った。レクサスの後ろ、レールが埋め込まれた路面を自動車が埋めていく。遠ざかるシェビーの後ろにも車は並んでいた。路面電車が来たら避けようがない。

そう思った瞬間、自動車のものとは異なる短いホーンが聞こえた。バックミラーを見ると、背の高い車両の姿が近づいてくる。さっきとは逆方向――市内へ向かう路面電車だ。

もう一度ホーンが鳴った。

隣を走っていたレクサスは滑らかに速度を上げて、ハルのフォードの前に割り込んできた。斜め後ろを走っていたムスタングは、低い車高をさらに沈ませるほどのブレーキをかけて、後ろへ回り込む。老婦人の操るシェビーも、車体を傾けながらよたよたと、トラックの陰に消えていく。

道路に埋め込まれたレールが陽の光を浴びて鈍く輝いた。

まるで示し合わせたかのように、左側のレーンから自動車の姿が消えたのだ。

協調して動く自動車の姿が、なぜか、ブルックリンの事務所でアンナが見せてくれた〈ライブラ〉のネットワークを思い出させた。

「博士、イシドアさん、車は――」

思わず声を出したハルは、続く言葉の荒唐無稽さに気づいて口をつぐんだ。〈ライブラ〉で自動車を操るだなんて、無理に決まっている。

「車がどうかした？」と聞くアンナへ首を振ってハンドルを握りなおす。

「流れが速いな、と思ってね。イシドアさん、あなた運転は？」

イシドアはぶるぶるっと首を振った。

「いまの見たでしょう。こんな荒っぽいところで運転なんかしたくありませんよ」

「なるほど」

ダラスでいつも見ている彼でも、これが荒っぽく見えるのだ。ハルは市街へ向かうルート三〇の乗り口へ向かった。

三車線道路に入り、時速八十マイルで流れる車列に乗った車内で、アンナが後部座席を振り返った。

「さっきの話。二百ノードで使ってるって言ったわよね。どこでＦＰＧＡ入りのネットワークソケットを手に入れたの？」

「使ってないよ」と言うイシドアの声は、微かに誇らしげだった。「Ｌｉｎｕｘ《リナックス》に移植したんだ。ノードは全部、仮想サーバーで動かしてる」

「Ｌｉｎｕｘ？」

険のある声にちらりと見ると、アンナは眉をひそめていた。その空気が読めなかったのか、イシドアは、今度ははっきりと自慢げに口を開いた。

「そうさ。オリジナルの〈ライブラ〉のソースコードはＡＨＤＬ（ハードウェア記述言語）だったけど、Ｐｙｔｈｏｎ《パイソン》で書き直したんだ。どんなハードが必要なのかわからなかったから」

「……ソースコード？」

よくぞ聞いてくれました、とイシドアは手を叩いた。

「長くなるけど、いい？」

噛みつきそうな顔をしたアンナがすっと息を吸う。

「頼むよ」とハルは短く言って、怒声を吐き出そうとしていたアンナを遮《さえぎ》った。こちらを睨んだ彼女へ手を伸ばし、髪を撫でるふりをして親指を顎に押しつける。

《流出経路が必要だろ?》ハルは顎を小さく後ろへしゃくった。《落ち着いて。あいつは下っ端じゃないか。彼が使っている量で、〈ライブラ〉の〈N次平衡〉とやらは検出できるのか?》

首を振ってハルの手をそっと押し戻したアンナは、シートベルトを摑んで半身を後ろへ向けた。

「聞かせて。いつ、どこでソースコードを手に入れたのか」

「手に入れたのは、二〇二三年の確か、六月だった」

「二十七日か?」思わずハルは口を挟んでしまった。

「そうだよ。よくわかったね」

FSAが合衆国とのインターネット基幹網を破壊した日だ。

合衆国陸軍工兵隊の工作員だったハルはその日、ミズーリ州のハンニバルという街に潜入していた。FSA加盟に沸くミズーリ州の各地で、活動家たちが合衆国のインフラを攻撃するという情報を得ていたためだ。ミシシッピ川沿いの州境の街、ハンニバルには、アメリカを東西に結ぶ光ファイバー網が走っていた。

無線ネットワークと民生品のコンピューターを無力化するインプラントを身体に埋めたハルは、私服でハンニバルの街を歩きながら、活動家たちが使うタブレットと爆発物を抱いたドローンを潰して回った。作戦の多くは成功したが、無線ネットワークが妨害されていることに気づいた活動家の一人が、一台のドローンを有線に改造していた。

ワイヤーを引きずったドローンが、光ファイバーを通すマーク・トウェイン記念橋の下に入り込むのを、ハルは見ていることしかできなかった。橋の下から立ちのぼった煙と、爆発の直後に発生した停電に黒々と沈むハンニバルのダウンタウンは、今でも瞼の裏に思い描くことができる。

　ハルは弾痕でぼろぼろになった道路標識からダラス市内へ降りる出口を読み取って、左側の車線へと車を寄せながら言った。

「ネットが切れる前？　それともあと？」

「あとだよ。僕はその日、百万ドルを吹き飛ばしたんだ。ミズーリ州のFSA加盟で市場が大混乱していたとき、いきなり僕のサーバーが止まった」

「災難だったね。空売り《ショート》でも仕掛けてたのかな？」

「まさか。あんな荒波に飛び込むようなバカじゃない。自作のプログラムで、空売りをしてる連中の取引から差額を引きはがしてたんだよ。サーバーはNYSEのすぐ隣に借りてた」

　アンナの鋭い声が飛んだ。

「あなた、高速取引業者《フラッシュボーイ》だったの？」

「そうだよ」イシドアは眼鏡を中指で押し上げて得意そうに言った。「成績は中の上ってところ。個人投資家の取引要請《ディール》をほんの少しだけ早く読み取って、少しだけ安く買い付けて高く売ってた。コントロールは難しいけど、自動取引なら、ね」

　再び息を吸い込んだアンナだが、ハルの方をちらりと見てから、落ち着きを装った声で言った。

「なるほどね。〈ライブラ〉はどこに出てくるの？」

「そう、それそれ。ネットが切れて僕は焦った。プロバイダーとは繋がってたのに、東海岸のサーバーはだんまりだった。DNS（名前解決）サーバーが落ちたか？　違う。ping《ピン》（接続確認）も通らない」

　ハルは頷いた。大小あわせて二百億台のコンピューターが接続していたアメリカのインターネットは、暴力的な切断で大混乱に陥った。作戦行動中だったハルが、合衆国陸軍のサーバーへ接続できなくなったほどだ。

イシドアは言葉を続けた。

「とにかくいろいろやった。光ファイバーが切られてるなんて知らないからさ。やけくそで、接続できたあっちこっちのサーバーにDNSサーバーを立ち上げて、自宅のサーバーがNYSEのサーバーだと擬装してみたときだ」

核心に迫りつつあることを感じたか、アンナもじっと聞いていた。

「ほんとうならNYSEに行くはずのでかいパケットが立て続けに飛び込んできた。発信元はBAT《バッ》S《ツ》（カンザス州の証券取引所）の取引所内サーバー貸し《コロケーション》に置いてあった、NYSEの取引サーバーだ。それが〈ライブラ〉だった」

イシドアは言葉を切って人差し指を、首から下げたままの端末にあてた。

ため息が聞こえた。アンナだ。

「二〇二三年なら、バージョンは――」

言葉が途切れた。アンナは目を見開いて後部座席の後ろを見つめている。

「ハル、あれ……」

「見てる」

ハルはハンドルを握りしめた。バックミラー越しに、黒塗りのSUVが迫っていた。ビュイックのエンクレーヴだ。

アンナは見ただろうか。後部座席に座る男性が膝に抱えているのは自動小銃だ。骨伝導フォノが震えて警告を発した。

《注意。ハミルトン社製のAR‐15用スコープ、〈ホークビジョン〉を検出しました》

そうかい――ハルは右車線に飛び込む隙間を探す。警告が続いた。

《検出したスコープは合計十台。包囲されています》

ハルは首を巡らせた。右車線を走ってきたシェビーのSUV、トラバースが速度を落とし、助手席の窓にスケッチブックが押しつけられた。

《スケリタウンへ来い》

メッセージを窓越しに伝えてきた男は、指ぬきの黒い革手袋でハルへ中央車線に入るよう手招きして、銃のタトゥーをあしらった前腕を見せつけた。めくった袖の裏地には、縦横に走るケブラー繊維が見えた。海兵隊の戦闘服だ。

後部座席には、同じ戦闘服を身につけた男が、大きなスコープを載せたAR‐15でこちらを狙っていた。軍用のM‐16からフルオート機構を外した市販品だが、彼らのAR‐15がフルオート射撃が可能なように改造してあることをハルは疑わなかった。

装備はちぐはぐだ。指ぬきの革手袋では、飛び交う破片と焼けた金属から手を守ることはできない。彼らがAR‐15に取り付けている〈ホークビジョン〉は、中長距離の狙撃か、夜間突入の時に真価を発揮する。走行中の自動車から乱射するようなときには邪魔なだけだ。そもそもAR‐15を選んだセンスが壊滅的だ。車内で使うならもっと手に入りやすい、銃身の短いM‐4のほうがいい。

前を走るSUVの後部座席からこちらを狙う男性も、ほとんど同じ装備だった。

ハルはため息をついた。包囲しているのが、そして雇い主が何者かもわからないが、従軍経験のあるベテランを雇うこともできないほど、FSAの人材は払底しているのだ。

だが、ハルの手元には八発の銃弾が装填されたコルト・ガバメントが二丁しかなかった。フォードのファミリーワゴンで、前後と右を固めたSUVを振り切ることはできそうもない。

「すまない」ハルは言った。

アンナが顔を強張《こわば》らせてハルを見る。後部座席からは、遅れて「ひっ」と息を呑む気配が伝わってきた。

「何者かに包囲された。スケリタウンとやらへ行けと言われているが、知ってるか？」

「スケリタウン？」アンナが眉をひそめ、息をついてうつむいた。

「知ってるのか？」

「創始者の住む町だよ」

声は後ろから聞こえた。イシドアはやりきれない、といった風に首を振っていた。

「FSAを提唱した連中が住む、壁に囲われた住宅地だ」

「え？」アンナが身を起こし、後部座席を振り返った。「スケリタウンには壁なんてない。それに、連中ってほど信奉者は住んでない――」

ハルの視線に気づいたアンナは、気まずそうに首を振る。

「知ってるんだな」

「……父が住んでるのよ。サトシ・ミヤケ。FSAエネルギー省のアドバイザー」

アンナが身を隠して入国したかった理由はこれだ。

「いずれにせよ、行くしかない。指示に従ってくれ、全力で君たちを守る」

中央車線へ向かう方向指示を出したハルは、フォードを加速させた。

中央車線に乗ったフォードの前後左右を、暗い色のSUVが囲む。従う意図を察して安心したのか、後部座席の射手たちが緊張をほどいている姿が見えた。骨伝導フォノがハルだけに聞こえる声で囁く。

《〈ホークビジョン〉の停止を確認。警戒は続けてください》

「わかったよ」と呟きながら、ハルは首を傾げた。停止の通知を聞いたのははじめてだ。

前後を二台ずつのSUVに挟まれたフォードは、ひび割れの補修跡が目立つ州道一五二号線を西に走っていた。大地の起伏に沿って緩やかにうねる州道が小さな丘を越えるとき、沈みかけていた夕陽がハルの目を射貫《いぬ》いた。

午後六時。目的地のスケリタウンまでもう少しだ。

バイザーを下ろしたハルは、同乗者二人の様子を確かめた。

アンナは牧場と灌木《かんぼく》が流れていく車窓へ顔を向けたまま口をつぐんでいた。

銃の自由を訴えるFSAの中心地に住む日系人男性と、そんな南部を出てウォール街の住人であることを選んだアンナ。二人の関係が良好なわけがない。

イシドアも同様に口をつぐんでいた。こちらは不安のせいだろう。新・人権宣言に違反した咎《とが》で、自分が追われていると思っているのだ。まだその勘違いは解いていない。

バックミラーに街の灯が輝いた。ついさっき通り過ぎたパンパのダウンタウンだ。空に太陽の光が残っているのに、街はLEDのネオンでクリスマスツリーのように輝いていた。

バックミラーを遠ざかっていく街の灯を見ながら、ハルは考えを巡らせた。

FSAの謎の一つだ。

ダラスも、昨日通過した国境の街セントルイスも、一泊したスプリングフィールドも、不夜城のように輝いていた。建物のそこかしこに取り付けられた円筒形の発電機は、電力が不足している証拠だ。原子力発電所も稼働していない。そんなFSAで、なぜこんな無駄ができるのだろう。ホールオブステートの空調は、上着が必要なほど効いていた。

電気だけではない。国境の兵士が『市民の作りあげたネットワーク』と言っていた無線ネットワーク、ＦＳＡＦｒｅｅも不思議だった。データセンターを置くほどの速度はないが、ひと昔前の３Ｇや４Ｇよりも滑らかに、外のインターネットに繋ぐことができる。合衆国側との基幹網は繋がっていないはずなのだ。

よく考えてみれば、ホールオブステートから出るときに体験した交通も謎だ。車間距離五センチを実現した合衆国側の自動運転には遠く及ばないが、あれだけ乱暴な交通の中で、接触程度の事故も起こらなかったのは奇跡に近い。

ＦＳＡではなにかが起こっている。

それが〈ライブラ〉と無関係だとは思えなかった。もちろん、スケリタウンまで拉致《らち》しようとしているＳＵＶとも関係があるはずだ。

ハルは首を動かして黙り込んだイシドアをバックミラーに映してみた。違う。彼はほぼ関係がない。顔を戻そうとしたハルは、イシドアが銀縁の眼鏡を傾けて目を合わせようとしていることに気づいた。

「なにか言いたいことがあるのかな」

もぞもぞと尻を動かしたイシドアは、ぼそりと言った。

「僕はＦＳＡが嫌いだ」

「そうだろうね。君は銃を持っていない。安心しろよ。おれも、アンナ――博士も嫌いだ」

黙ったハルに、イシドアはすがりつくような目を向けてくる――わかったよ。付き合ってやる。

「どうして、嫌いなんだ？」

イシドアはなにか言おうとしたが口を閉じた。言葉に出そうとして恥ずかしくなったのだ。バカの下で働きたくない、銃を見せびらかされるのはうんざりだ、差別主義者とは話もしたくない。どうせそんなところだ。

亡命のことはいつも考えていたのだろう。だが、イシドアにもわかっているはずだ。新たなアメリカができて四年。その間、新しい技術に親しんでこなかった彼がまがりなりにも今の職につけているのは、技術者が払底したＦＳＡだからなのだ。

ハルは言った。

「あとにしよう。スケリタウンだ」

ＳＵＶの隙間に人の身長ほどの高さの壁が見えていた。通りに面した角が切り取られて、鉄柵の門が嵌《は》まっている。その脇に警備の兵が二人、そして初老の男性が一人立っていた。

ハルが男性を注視すると、層化視《クシュヴ》に拡大図が広がった。

東洋人だった。ジーンズを穿《は》き、ダンガリーのシャツを羽織っている。これでカウボーイブーツを履いていれば完璧だが、足元はスニーカーだった。偶然だが、アンナとほぼ同じコーディネートだ。

腰には、ハルが国境で手に入れた物と同じ、貸与銃のホルスターが巻かれていた。

ホルスターに縁取りが描かれて、骨伝導フォノが囁いた。

《１９１１カスタム。45ＡＣＰを十六発装弾するダブルカラムに改造されています》

アンナが「馬鹿親父」と呟いた。

「……ねえ」

後部座席からおずおずとした声が聞こえた。

「これ、僕を捕まえるためじゃなかったの？」

＊

「やあ、待ってたよ」

腕を広げたサトシ・ミヤケにアンナは冷たい一瞥《いちべつ》を投げかけた。

「これはなに？」

ハルとアンナ、そしてイシドアは、黒い戦闘作業服姿の民兵が構えたＡＲ－15の銃口に取り囲まれていた。ハルが予想したとおり、セレクターにはフルオートの刻印が追加されていた。

「わたしの警護だよ」と言ったサトシはデニムシャツを摘《つ》まんでみせた。「こんな格好をしているが、これでもエネルギー省の次官だからね。それより、よく帰ってきてくれた」

「これは？」アンナは壁へ顎をしゃくった。「こんなもの、前はなかったでしょう」

「いまやここにはＶＩＰが大勢住んでいるからね。二年前に囲いを作った。さあ、行こうじゃないか。食事を用意しているよ」

　サトシは開かれた門の中へ手を差しのべ、先に立って歩き出した。銃口に押されるように、アンナが続き、イシドアがそのあとを追う。最後に立ったハルは、広い芝生の庭と平屋の住宅が並ぶスケリタウンへ足を踏み入れた。

　壁の内側にはそこかしこに、ＣＡＸのホールと同じフロントポイント社製の防犯カメラがあった。ハルが首を巡らせると、層化視《クシュヴ》には検出した防犯装置が次々と登録されていく。防犯カメラに感圧センサー、ナイトビジョン用の赤外線照射装置に、フラッシュと轟音で侵入者を怯《ひる》ませる無力化装置。そのほとんどが小型汎用基板のＡｒｄｕｉｎｏ《アルドウィーノ》で無線ネットワークを構成していた。地面に散らばる点は、遠隔操作機能をハンドメイドでとりつけた対人地雷だろう。

まるで要塞のようなリストに、ハルは胸をなで下ろした。

工兵隊のインプラントは、イラクやシリアでの非対称戦争を想定して作られたものだ。電磁シールドや暗号化されたネットワークを用いる本物の軍用品は検出できない。

検出したリストで要塞に見えるということは、スケリタウンの防犯システムが日曜大工で作られた程度のものだということを示していた。

イシドアの前を歩くアンナは、初めて足を踏み入れるスラムに案内されたボランティアのように、小さく首を振って左右を見ていた。住んでいた頃とは様子が変わっているのだろう。逃亡の助けにはならないということだ。

イシドアはお上りさんよろしく、通りの左右に並ぶ広い住宅を羨《うらや》ましそうに眺めていた。

先頭のサトシについて歩くアンナとイシドア、ハルの三名、そして銃口を周囲からつきつけながら歩く十名の民兵の一行は、ほどなくして一軒の住宅の前に到着した。

振り返ったサトシがアンナへ抱擁を求めて再び手を広げた。

「おかえり、アンナ」

アンナは勝手知ったる者の足取りでその脇を通り過ぎた。

「食事は、あの趣味の悪いダイニングルーム？」

戦闘服の袖をまくった民兵が、熱せられた鉄板を載せたワゴンを押してきた。給仕するよう手ぶりで指示したサトシは、暖炉を背にした席から向かいに座るアンナとハルに向かって、中断された演説を続けた。

「——二〇二三年、独立を勝ち取ったＦＳＡのインフラは、一部の先走った活動家のおかげで危機に瀕《ひん》していた。石油と天然ガスは合衆国に尻尾を振った連中に奪われ、電力、ネットワーク、水道、全てがまともに動いていなかった。ニュースで見たこともあるだろう」

清潔なテーブルクロスに、民兵が鉄板を載せた木製のトレイを並べていく。鉄板の上には厚さ二インチはありそうな肉の塊が載っていた。

壁には名も知らぬ画家がミシシッピ川を描いた風景画がかかっていた。コヨーテの首級《トロフィー》の下には、本物の暖炉があり、脇にはライフルキャリーが立っている。質実な設《しつら》えの全てが〝古き良き日々《グッドオールドデイズ》〟を思わせる。

天井から吊り下がるシャンデリアの灯りだけが、白々しいLEDのものだった。

ハルはステーキナイフの刃に親指をあてて、切れ味を確かめてから肉に取りかかった。アンナとイシドアが手を動かす様子はないが、無理もない。

背後にはAR－15を構えた兵士が二名、そしてダイニングの入り口と、庭に面したテラス窓の前にも一人ずつ立っているのだ。ハルの目から見れば、警護する対象へ銃口を向けていること、サトシが相変わらずガバメントを腰に吊っていること自体が素人っぽく映るが、アンナとイシドアにとっては食事どころではないだろう。

淡々と肉を切り、口へ運ぶハルにサトシが笑いかけた。

「どうかね、軍曹。銃を交えた君の目に、四年ぶりのFSAはどう映った？」

「興味深いことが起こっていますね」

「ほう」サトシはナイフを取りあげて肉を切り取った。「聞かせてほしいね」

ハルはナイフとフォークを、手にとってすぐに投げられる位置に並べて置いた。

「まずは電力です。どうやって賄っているんですか」

「配電の効率化だ。そのために、彼が捕獲したＡＩを使っている」サトシはフォークでイシドアを指し、それからアンナへ顔を向けた。「〈ライブラ〉というんだね。誇らしいよ」

アンナはじろりとサトシを睨み、口を開こうとして、閉じた。どのように向き合えばいいのかわからないのだろう。ハルは言った。

「〈ライブラ〉は証券取引用のプログラムです」

「了見が狭いな。あれはそんなものではない。万単位のノードを接続させれば、ニューロネットワークを創発させられる汎用ＡＩだよ。君はアンナから〈Ｎ次平衡〉の話を聞いていないのか？　Ｎはニューロンのエヌだ。もちろん人間の脳と同じことができるわけではない。それにそんなことをする意味もない。まずＦＳＡに必要だったことは、好き勝手に電力を使う領邦内の二億戸へ、二千万基のマイクロ発電所から送電するネットワークを作ることだった。そこに〈ライブラ〉を使ったのだ」

アンナが微かに身を乗り出した。姿勢の変化を知ってか知らずか、サトシは肉が刺さったフォークで手振りして、層化視《クシュヴ》に赤い雲の立体像を浮かべさせた。雲の中では、黄色い線が不規則な折れ曲がり方をして絶え間なく走っている。アンナがため息をつき、層化視《クシュヴ》を持たないイシドアが、困惑した顔でサトシの指さすあたりをすがめ見ていた。

「見えるかね。これがそのネットワークだ。赤いノードは各戸のスマートメーター、白が発電所だ。点のサイズは消費、あるいは発電量を、黄色い線は新しいネットワークが生まれたことを示している」

フォークを置いたサトシが一部を拡大していくと、ハルにもネットワークの様子が見えてきた。絶え間なく脈動する赤い点へ向かって、白い点から黄色い線が伸びていく。ネットワークは常にその形を変えていることがわかった。

印象は、ブルックリンの事務所でアンナが見せてくれた〈ライブラ〉のネットワークと同じものだ。

サトシはイシドアへ顔を向けた。

「Ｐｙｔｈｏｎへ移植してくれたのは助かったよ。おかげで、スマートメーター版を作ることができた。はじめの頃は無駄も多かったが、〈ライブラ〉自身の学習が進み、こちらの指示がうまくなるにつれて、ＦＳＡが電力に不自由することはなくなっていった。十二億のスマートメーターが作るネットワークはＦＳＡの神経そのものだ」

サトシは途中からアンナへ語りかけていたが、アンナは揃えた膝に手を置いて、唇を引き結んでいた。

ハルは横から、アンナに聞かされたキーワードで相づちを打った。

「一つ一つのノードは条件反射のように動くのですね」

「うまい言い方だね、軍曹。確かに個々の〈ライブラ〉が行っていることは条件反射に限りなく近い。だが、肝《きも》は身体性だ」

アンナがようやく顔を向け、サトシは皺の深い顔で笑みを作った。

「お掃除ロボットの話をしたことを覚えているかい？」

ハルはアイロボット社の製品名を答えた。今や〈ルンバ〉はロボットに掃除をさせることの動詞にすらなっているし、ＦＳＡでも禁止されていないロボットの一つだ。

「そうだ。ゴミをかき集めるブラシと、車輪という身体、そしてゴミを片付けたい人間という環境が、掃除機の身体性だ。そこに、小さなアルゴリズムが与えられた。回収できるゴミが少なくなるか、バッテリーが切れるかするまでランダムに移動せよというものだ。あの会社の創業に携わったロドニー・ブルックスは、知能に大脳のような処理装置など要《い》らないという思想の持ち主だった」

サトシは層化視《クシュヴ》に描かれた赤い雲へ手を差し入れた。

「スマートメーターは電気を食い、発電機は電気を産む。配線はすでに存在していた。電力を配送する身体性は既にあったのだ。我々はここに〈ライブラ〉を投入した。一つ一つのスマートメーターは、電力使用量が跳ね上がったときに悲鳴を上げ、それを聞いた余力のある発電機が応え、新たな送電ネットワークが生まれる。〈ライブラ〉はその距離を最小化していっただけだ。そうすると、常に大きな電力を必要とする場所には太いネットワークが生まれ、どこに発電所を置けば良いのか、すぐにわかるようになった」

「なるほど」ハルは答えた。「自動車も同じようにやったのですね」

「え？」とアンナがハルを見つめた。

「その通り。自動車はそれ自体が強い身体性を持っている。走る、曲がる、停まる。そして四千ものパラメーターを制御する神経も通っている。そこに調停機能を載せただけだ。幸いなことに、いまどきの自動車には、自動運転機能と車間通信機能も付いているからね、渋滞も減ったよ」

「一つ質問があるのですが」ハルは皿をどかして肘をテーブルについた。「わたしがニューヨークから運転してきたフォードも、その半自動運転の恩恵を受けているようです。どうしてでしょう」

「あのフォード・トランジットか。簡単なことだ。セキュリティホールがあるのだよ。それも〈ライブラ〉が探ってくれた。今、〈ライブラ〉は自身をインストールできる機器を勝手に探せるようになっていてね、未知の機器にも入り始めている」

「例えばその兵隊が持ってる銃のスコープとかですね」

サトシはハルへ笑顔を向けた。

「軍曹は、なかなか勘がいいね。わたしの下で働かないか」

「遠慮しておきます」

「じゃあ君は？」声をかけられたイシドアは小刻みに首を振った。

サトシがその仕草に肩をすくめると、アンナも言った。

「わたしも嫌よ」

ハルは手の下に置いたナイフに指を掛けた。逃げる頃合いだ。

ハルは左手の指をステーキ皿のソースに触れさせて、テーブルの下へまわしクロスの下でカーゴパンツの裾をめくった。ふくらはぎにソースを塗って、アンナのジーンズをめくる。

意図を察したアンナがふくらはぎを押しつけてきた。

ハルは口の中で言った。

《ヘイ、ジーヴス。層化視《クシュヴ》にメッセージを表示。「逃げるぞ。離れるな」》

ハルは手の下のナイフを摘まんで背後に立つ兵士へ投げ、そのままアンナの首を掴んでテーブルの下へ押し込んだ。

振り返ったハルは目を疑った。払いのけられると思ったナイフが、深々と戦闘服の胸に突き立っていたのだ。AR－15を掲げようとした兵士は、ひゅうと声をあげてバランスを崩した。

イシドアの背後に立っていた兵士は構えていた銃をハルへ向けたが、銃口は定まらなかった。向こう側にはサトシがいるのだ。ハルはテーブルクロスを掴んで、アンナを押し込んだテーブルの下へ身体を沈めた。食器が音を立てて飛び散る中、ハルは向かいに座るサトシの椅子に飛びついた。

立ち上がろうとしていたサトシはハルに抱きつかれる格好で床に倒れた。

くぐもった単射音が二発聞こえた。威嚇射撃だ。

ハルはサトシの腰からガバメントを抜き取った。

だからＶＩＰに銃を携帯させてはならないのだ。ハルはサトシを背後から抱き、アンナをその背に従えて暖炉沿いに窓へ向かった。

テラス窓の前に立つ兵士が銃口を向ける。

「サトシさん。〈ライブラ〉の利用料金はあとで請求させていただきます」

ハルは言って、薬指を折ってから拳を握った。リモコンで操作するＬＥＤシャンデリアの明かりが消えた。増光した室内が層化視《クシュユヴ》に描かれる。

暗闇に単射音が響いてマズルフラッシュが光る中、ハルはサトシを兵士のほうへ突き放した。抱きとめた兵士がサトシを横へ転がすとき、ハルは奪ったガバメントで兵士の太腿を狙って撃った。入り口と、背後に立っていた兵士二人にも威嚇射撃を行っておく。

悲鳴が聞こえたとき、ハルはてのひらに残った反動の中に、別種の感触を感じていた。

闇に目を凝らしたハルは、いつの間にかナイトビジョンに切り替わっていた層化視《クシュユヴ》に思わず目を細めた。四人の兵士はくずおれていた。

放った四発の弾丸が全て命中していたのだ。

背中に柔らかなものが当たった。

「ハル、どこ？」

アンナの手だ。ハルはその手を取って庭へ駆け出した。

警報が鳴り、煌々《こうこう》としたライトが芝生を照らす。ハルがもう一度薬指を折ってから拳を握りしめると、沈黙が訪れた。ハルの予想を超えて、スケリタウンのすべての防犯システムが停止した。

ハルは確信した。

フォードだけじゃない。おれにもなにかが起こった。

これなら絶対に逃げ切れる。

――十日後。


「父からメールが来た」

はじめて事務所へやってきたときと同じスーツに身を包んだアンナは、ひび割れたソファに座っていた。五日かかったFSAからの逃避行が頬をこけさせていた。

ハルはエスプレッソのカップとソーサーをテーブルに置いて向かいに座り、カップから漂う香りを楽しんだ。

「その顔だと、謝罪だったのかな」

頷いたアンナは、層化視《クシュヴ》に小さな文字がびっしりと並ぶメッセージを浮かべた。読めるサイズに拡大すると長さは四メートルほどになりそうだ。アンナはメッセージの中央を拡大してみせた。

「あんなことをして悪かった、あなたにも謝罪してくれと書いてあるわ。本気にしないでね。NYSEから送った〈ライブラ〉の利用料請求を減らしたいのよ」

「いくらになったんだい？」

「三〇兆ドル」

ハルは吹き出した。

「国家予算の何倍だよ。払えっこないじゃないか」

「彼らの問題よ」

ハルはコーヒーを飲み干した。

「今後の話が聞きたいな。〈ライブラ〉をどうする?」

アンナは不安そうに首を揺らした。ハルはカップをテーブルに置いて身を乗りだした。

「なあ、合衆国で同じことをしてみないか。スマートメーターも自動運転車もFSAより圧倒的に多いし、ネットも高速だ。エンジニアの質もまるで違う。凄いことが起こるんじゃないか?」

「だからよ」アンナはかぶりを振った。「予想ができない。FSAでうまく動いているように見えたのは、インフラの規定する身体性がしょぼいからよ」

「口が悪くなったな」

アンナはハルを睨み、それから軽く笑った。

ハルにもわかっていた。合衆国で〈ライブラ〉が獲得できる身体は、遅いネットワークと旧式のIT機器類しかないFSAとは大きく異なる。合衆国には、二十年前にどこかのIT研究者が口にした、左右のカフスボタンが通信しあう時代がやってきていて、機器を動かすOSは酷似している。そんな環境に〈ライブラ〉を放ってしまえば、何が起こるかわからない。

ハルはコーヒーのカップをテーブルに置いた。

「おれのところには、イシドアからメッセージが来たよ」

アンナが目を丸くした。

「何してるの?」

「無事だ。今は〈ライブラ〉の改良に余念がないらしい。二杯目、どうだい?」

ハルはエスプレッソのカプセルを二つ摘まんでみせたが、まだ一杯目がほとんど残っているカップへ目配せをしたアンナは「結構よ」と首を振って言った。

「彼をNYSEで雇ってあげたいのよ。連絡先を教えてもらえない?」

「難しいな。ちょっと複雑な状況らしくてね」

ハルは、席を立って壁まで歩き、アンナに背を向けて新しいエスプレッソのカプセルをコーヒーメーカーにセットして、壁に顔を上げた。

そこにはイシドアから来たメッセージが層化視《クシュヴ》で浮かべてあった。もちろんアンナには見えない。

《NYには戻れたかい？　今、僕はサトシのラボにいる。FSAのために〈ライブラ〉の亜種を作らされてるんだ。助けてくれ。亡命したい。　イシドア》

このメッセージは、電子メールでも、チャットでも、他のメッセンジャーでもない方法で送られてきた。

ハルのインプラントに保存されていたのだ。

ハルはアンナが作業するために使ったツールで、インプラントを検証してみた。予感は正しかった。人体通信《BAN》には〈N次平衡〉が現れていたのだ。実際の動作にも、それは現れていた。腹のバッテリーは容量以上の働きを見せ、層化視《クシュヴ》の書き換えレートは向上していた。

何より驚いたのは――予感はあったが――手首のインプラントがバイブレーションを用いて、ハルの動作を望ましい形に整えていることだった。サトシの邸宅から逃げるときに、ただ放っただけのナイフが刺さり、当たるはずのない銃弾が民兵の太腿を的確に射貫《いぬ》いていた理由はそれだった。〈ライブラ〉はハルの身体を最適な形で動かしていた。

イシドアのメッセージは、より重要なことを教えてくれた。

軟禁されているイシドアは、メッセージを送るために〈ライブラ〉を利用することを思い立ったのだろう。そしてソースコードを偶然手に入れたときのような無茶をした。高い技術を持つとはいえない彼のアイディアは、FSAのインフラに浸透していた〈ライブラ〉によって力を得てしまった。

〈ライブラ〉のネットワークに乗ったメッセージは、同じく〈ライブラ〉の稼働するハルのインプラントにメッセージを保存したのだ。

　問題は、それがいつだったのかということだ。

〈ライブラ〉の動いていないはずの合衆国へ戻ってから、ハルは保存されたメッセージを発見したのだ。


　コーヒーメーカーからエスプレッソの香りが漂った。

　ハルは壁のラックから、ホルスターに入ったコルト・ガバメントを取り上げてテーブルに戻った。

「これは君の貸与銃だが、持って帰らないか？　撃針を削ってあるから、ただの置物だ」

　要らない、と言ってアンナは席を立った。

「残りの十万ドルは、あとで支払っておくわ。〈ライブラ〉の件はどこにも漏らさないでね」

「おれは黙ってるがね」

　アンナはきっとハルを睨み、それから自信なさげに首を振って事務所を出て行った。

　コーヒーカップを携えたハルが窓まで歩いて見下ろすと、Ｕｂｅｒ《ウーバー》のアイコンが貼りつけられたテスラＸＲに乗り込むアンナが見えた。テスラは前よりも滑らかに発進し、車列に割り込んでいた。自動運転車の車間距離が短くなっている。

　ハルは呟いた。

「本当は気づいてるんだろう？　おれが気づくぐらいだ」

　事務所のスマートメーターが示す消費電力は既に二割ほど小さくなっていた。ネットワークの速度も向上していた。ハルが目にするあらゆる機器が、ＦＳＡに潜入するときよりも軽快に、その使命を果たそうとしていた。人々がその活動に気づくまで、それほど時間はかからないだろう。

「さて、イシドアを助けに行く準備をするとしよう。持っていくのは、このコルト・ガバメントだ」

ハルはFSAから持ち帰った銃を壁からとりあげた。

「スライドを引く。マガジンを抜く。薬室からマガジンレールへ親指を通す——」

ハルはセイフティチェックを、新兵のように声に出して行った。ACP弾を収めたデスクの引き出しを引くときも、弾を込めるときも、買い取った古びたパスポートカードを取り出すときも、手順を口にした。ハルはこの数日、意識して独り言を言うようにしていた。

体内で生きる〈ライブラ〉に声を届けるためだ。

いずれあの知性は人の身体へ入り込む。そのとき何が起こるかハルにはわからない。一つ言えるのは、その流れが止まらないということだ。

ハルは右手を開いて顔の前にあげ、インプラントが埋め込まれているあたりを意識して声をかけた。

「いいかげん、言葉ぐらい覚えたんじゃないか?」

返事はなかった。

だが、いつか届く。

ハルはそう信じて言った。

「仲良くやろうぜ」

人を超える人工知能は如何にして生まれるのか？

～ライブラの集合体は何を思う？～

電気通信大学大学院情報理工学研究科／人工知能先端研究センター
栗原 聡

２０４５年問題をご存じであろうか？ 米国Google社に所属するレイ・カーツワイル（Ray Kurzweil, 1948～）氏による、「２０４５年には、高々１０００ドル程度のコンピュータが全人類の知能を超えるであろう」という予測である。一見、荒唐無稽に思えるかもしれないが、様々な科学技術がどのように進展したかを詳細に調査した結果の数値なのである。一般的に我々は線形な予測は理解しやすい。例えばこの10年で毎年１００数値が上昇した現象であれば、これから５年で５００の上昇が予想できる。しかし、非線形な変化の予測は思いの外苦手なのである。

例えば、毎年2倍に増加する現象があるとして、今年１００であるとすると、来年は２００、再来年は４００となる。増え方が急激に上昇することは理解できても、では、10年後はいくつになると思われるであろうか？ 10万２４００にもなる。では30年後は？ およそ１０７３億にもなる。直感として非線形な変化を理解するのは意外と難しい。２０１６年での人工知能の能力が毎年2倍に向上すると、30年後には10億７３００万倍にもなる、ということを意味する。カーツワイルは２００５年当時、調査の結果、２０１５年頃には家庭用ロボットが家を掃除していることを予測した。たしかに家電量販店では多くのロボット掃除機が販売されるに至っている。そして、本書が出版された２０１６年はＶＲ（仮想現実）元年と呼ばれ、仮想現実感が劇的に向上し、本当の現実のように感じることのできるＶＲ機器が登場しており、２０２０年には現実と仮想現実との区別ができないほどの高品質になると予測されている。２０３０年にはナノテクノロジーが急激に進化し、脳内にナノマシンを直接挿入できるようになり、人の記憶容量や認知能力を拡張できるようになり、２０４０年には映画『マトリックス』のような世界が現実となり、２０４５年には、上述したように、人工知能が人の知能を超えると予測されている。

たしかに荒唐無稽とも思える予測であるが、我々は現に加速度的に進化する人工知能の性能向上を目の当たりにしている。チェスでコンピュータが当時の世界チャンピオンであるカスパロフに勝利したのは１９９７年であり、将棋において人工知能が十分に強くなり、情報処理に関する学会が対将棋に関する人工知能研究の終了宣言をしたのが２０１５年であった。チェスから将棋までに18年かかっている。そして、次は囲碁であり、囲碁の世界チャンピオンに勝つにはおよそ10年かかると言われていた。しかし、蓋を開ければ、翌２０１６年の３月にGoogle傘下のDeepMind社の開発した囲碁ソフトであるAlphaGOが元世界チャンピオンであるイ・セドルに勝利するという偉業が成し遂げられた。なんと、10年と予想したことが翌年に達成されてしまったのである。

この偉業を達成する引き金となったのがDeep Learning（深層学習）と呼ばれる、我々の脳の構造を手本とする人工知能技術である。脳は、人であればおよそ２０００億個もの膨大な神経細胞にて構成されている。極めて膨大な数である。そして、一つ一つの神経細胞は他の神経細胞とシナプスや軸索《じくさく》といった線で結合されており、お互いに電気信号を通信することができる。なんと、この線を一本にすると数百万kmにもなるのだ。たかだか１・５リットルくらいの大きさの脳にもかかわらず、それはとんでもなく大規模で複雑なネットワークの塊なのである。

ここで「あれっ?」と思われる読者も多いのではないだろうか。なぜなら、上述するように脳は神経細胞の塊であり、多少の機能の差はあれど、みな同じ構造を持つ神経細胞であり、しかも個々の神経細胞ができることは、お互いにネットワークとして結合された神経細胞同士で電気信号を伝達することだけなのである。個々の神経細胞は我々が物を記憶したり考えたりするようなレベルの高い知能は持っておらず、はるかに低機能な能力しか持っていないのだ。単に電気信号を伝達するしか能のない極低レベルな細胞であるにもかかわらず、それが2000億個集まり、お互いに複雑に繋がることで、脳という一つの大きなシステムを構成し、その脳がまさに人の知性・知能を生み出すのである。

このような図式は脳に限定されたものではない、胃や肝臓といった臓器にしても同じである。我々の体はおよそ60兆個の細胞にて構成されているが、例えば、手を構成する個々の細胞が「自分は手の一部だ!」などと意識を持っているはずがない。このように、細胞のような一つ一つの能力はごく限定された自律性のある生物(システムと呼んでもよい)が多数集合し、個々はあいかわらず自分としての活動をしているだけでありながら、それらを全体として見た時、個を超える高い機能や能力が発揮されるような知能のことを「群知能」と呼ぶ。脳神経細胞による群知能が脳としての知能や意識・自我を生み出し、同様にある種の細胞の群知能として胃という消化能力を生み出し、さらには60兆個の細胞による群知能として人という自律性と高い知性を持つ移動型自律システムを生み出している。

しかし、いきなり脳神経細胞と自我の関係についてと言われても想像することは極めて難しい。なぜなら、どのようにして脳というデバイスにて意識や自我が生み出されるのかはわかっておらず、そして、そもそも意識や自我の正確な定義すらまだ存在しないからである。しかし、群知能の例は我々の日常生活で実は容易に見ることができる。蟻《あり》の行列である。それ以外にも、鰯《いわし》の魚群や渡り鳥のV字飛行、また見たくはないが、蚊柱《かばしら》なども群知能の例である。中でも蟻がもっとも身近な群知能の例なのである。

夏になると、無数の蟻たちが砂糖やお菓子など食べ物のある場所と巣穴との間を、一本の列を作って、忙《せわ》しなく食料を巣穴に運ぶシーンをよく見かける。実は、この時の行列は、餌と巣穴を結ぶほぼ最短経路になっているのだ。もちろん、個々の蟻は「自分は最短経路を見つけたぞ！」とか、「自分は今、最短経路を維持しつつ移動している！」などと意識しているわけではない。さすがにそこまでの知能は持ち合わせていない。考えれば考えるほど不思議な現象である。

我々も集団で一つの目的を達成することはよくある。最近では危ないということで実施されないケースも増えてきているようであるが、小学校などの運動会で組み体操をやった経験を持っておられる読者も多いのではないだろうか。ハイライトはやはりピラミッドであろう。下段、中段のメンバーなど、各自がピラミッドを創ることを意識し、自分がどの役割かを認識している。仕事においても、グループで遂行するタスクであれば、皆が目的を共有した上で、それぞれの役割を担当するのが普通であろう。

しかし、蟻の行列の場合、個々の蟻は群れ全体において自分がどのような役割を演じているかを知らずに行動しているにもかかわらず、集団全体としては最適性のある移動という、集団全体としての目的を達成できるのだ。

鰯の魚群も同じ構図である。数万匹もの鰯が一つの大きな球形のように群れることで、捕食魚に対して自分たちを大きく見せて威圧する効果があり、また、無数で群れることで、自分が捕獲される確率が低くなるという利点があると考えられている。この場合においても、個々の艀は自分が他の同胞と協力して大きな塊を作っているといった意識など持ってはいない。個々の艀の局所的な行動が、艀全体として見た時に「大きな塊を作る」という集団としての目的の達成に寄与するといった不思議な現象が起きている。

すでに読者全員、気がついておられるかと思う。そう、「第二内戦」に登場する「AIライブラ」はまさに、ここでの蟻や艀と同じなのである。特に、「一個一個は、条件反射みたいなことしかしないのか?」や「極小のプログラムからなる神経のようなネットワークだ」などが鍵である。

話を蟻に戻そう。なぜ、個々の蟻は勝手に動作するにもかかわらず群れ全体として最適な行動が実現できるのであろうか? 実はちゃんと仕掛けがあるのだ。蟻が分泌するフェロモンがその正体である。蟻は単に歩いているだけではなく、フェロモンという匂い物質を地面に付けながら歩いているのだ。ちょうど、我々が森などの迷路のようなエリアに入る際にリボンなどの目印を付けながら入り込むとの同じだ。つまり、蟻は自分が付けた匂いを辿れば巣に戻ることができる。もちろん、他の蟻が付けた匂いの軌跡に出くわせば、やはりその軌跡を辿ることで巣に帰ることができる。そして、蟻は餌を見つけた時には別の匂いのフェロモンを地面に付けながら巣に戻るのだ。すると、餌を探して徘徊《はいかい》中の別の蟻が、餌があることを示す匂いの付いた移動軌跡を偶然横切ろうとした瞬間、その蟻は、その匂いを辿ることで餌に到達することができる。

そして、重要なのはここからである。その蟻も移動しながら餌があることを示す匂いフェロモンを付けながら移動するのである。つまり、餌へのルートを移動する蟻の数が増えれば増えるほどそのルートに付けられる匂いは強くなり、フェロモンは揮発性があることから、よりルート周辺の蟻が、そのルートに気づきやすくなり、気がつくと餌と巣の間を往復する行列となるのである。

しかも、興味深い現象はまだある。なぜ、餌と巣との最短経路が形成されるのか、である。最初に餌までのルートを発見した蟻の経路が巣と餌との最短距離である可能性は低いはずだ。鍵はフェロモンである。上述したようにフェロモンは揮発性のある化学物質であり、だんだんと匂いが消えてしまう性質があるのだ。すると興味深い現象が起こる。

個々の蟻は匂いに従って移動するだけとはいえ、機械のように正確に常に匂いに沿って移動するわけではない。たまたま小石があって避《よ》けたり、他の蟻にルートを邪魔されてしまったとか、または、ルート上に落ちてきた枯葉を避けようとしたなど、様々な状況で本来のルート以外の移動が発生する。すると、結果的にその偶発的な移動により、本来のルートよりも餌と巣との移動距離が短くなるルートを発見する蟻が現れる可能性が出てくる。「発見」と書いたが、蟻はより短いルートを発見したという意識を持ってはいない。しかし、この新しいルートが開拓されることで、フェロモンの効果で、やはりこの新しいルートを移動する蟻の数が増えていく。

すると、最初に発見されたルートと、より移動距離が短い新しいルートの2つのルートでは、後者のルートの方がフェロモンの濃度が高くなるのだ。例えば、距離1ｍのルートと2ｍのルートがあると想像してみよう。二匹の蟻がそれぞれのルートの移動を開始したとすると、2ｍのルートを歩く蟻が片道を歩ききる間に、1ｍのルートを歩く蟻は往復することができてしまう。歩きながらフェロモンを付けるのであるから、1ｍのルートのフェロモンの強さは2ｍのルートの倍になる。つまり、より短いルートはよりフェロモンが強くなり、それだけ多くの蟻を集めることになる。そしてルートを移動する蟻の数が減少したルートはフェロモン量も減少し、蟻を集める力も弱くなる。結果的に巣と餌の最も短いルートが発見され、すべての蟻がそのルートを移動することになり、結果的に最短経路で移動する蟻の行列が形成されることになる。これが個々の蟻は意識していないにもかかわらず蟻の集団として最適な行動を生み出すしかけである。つまり、偶然など様々な要因にてより短いルートが発見されると、結果的にそのルートが最後まで利用されることになるのだ。

ここでの重要なポイントは、蟻同士はお互い勝手に行動しているのだが、皆が特定の状況において特定のフェロモンを付けるという「共通の行動ルールに従っている」というところにある。客観的に見れば、個々の蟻はフェロモンという化学物質を介して蟻同士として間接的に協調しているのである。このような、直接的な方法ではなく、間接的な方法にてお互いが協調する連携方法のことを「Stigmergy（スティグマージ）」と呼ぶ。

では、鰯の魚群についてはどうであろうか？ 海の中を泳ぐ鰯には蟻のように地面にフェロモンを付けるといったことはできない。鰯の場合も個々はお互い勝手に泳いでいるが、ここでも共通の行動ルールがある。それは「お互い近づくように泳ぐものの、近寄りすぎたら離れる」「周りと同じ速度で同じ方向に移動する」「より多くの仲間がいる方向に移動する」の3つのルールである。これだけのルールにもかかわらず、数万匹の鰯が揃ってこのルールに従い泳ぐことで、見事に全体として一つの生命体のような大きな塊が創発されるのである。

冒頭で、脳も群知能型であることを述べたが、しくみは蟻や鰯と同じである。ただし、神経細胞は自由に動くことはできない。その代わり、個々の神経細胞は他の神経細胞と直接接続されており、電気信号を伝達することができる。もちろん、蟻や鰯と同じく、個々の神経細胞も神経細胞として電気信号を伝達するための共通のルールを持っている。しかし、同じしくみと言われても、蟻と脳とでは創発される知性に差がありすぎると思われるであろう。両者で決定的に異なるのは「量」と「ネットワーク」である。

昆虫の脳も100万個程度の神経細胞から構成されているが、人の脳は冒頭でも述べたように2000億個にもなる。多数の蟻により創発される行列ではあれど、一つのコロニーで多くて数万匹程度、鰯の魚群も数万匹というサイズである。この膨大な数の神経細胞による創発現象として、人の高い知性が生み出される。しかし、単に膨大な数が集まればよいというわけではない。蟻におけるフェロモンの付け方や、鰯の行動規則のように、個々の神経細胞の電気信号の伝達規則も極めて重要である。しかし、高い知性を生み出すから、極めて複雑なはず、ということでもない。虫と人の脳神経細胞であっても基本的な振る舞い型は同じなのである。個々の神経細胞は他の神経細胞と、軸索と樹状突起と呼ばれる細長い線で電気回路のように接続されているのであるが、電気の流れる方向が決まっている。入力は多数存在するものの出力は一つという構成である。言い換えれば、一つの神経細胞には複数の神経細胞からの電気信号が伝達されるものの、自らが電気信号を伝達できる神経細胞は一つということである。そして、電気信号を伝達するかどうかは、電気信号が伝達される複数の神経細胞からの電気信号の強さの和に基づいて決定される。この時、神経細胞が電気信号を伝達する状態になることを「発火」と呼ぶ。そして、個々の神経細胞からの出力は一つではあるものの、2000億個もの神経細胞が形成するネットワークは大規模かつ複雑であり、冒頭でも述べたが結線を一本に換算すると数百万kmにもなる。我々一人一人の頭蓋骨の中に、地球25周分にもなる大規模複雑ネットワークが入っているのである。では、どの神経細胞が最初に発火するのであろうか？　それは我々の五感と脳を接続する神経と接続されている神経細胞である。五感が反応すると、それに直結した神経細胞が発火し、バケツリレーのように発火が伝搬し、場合によっては筋肉に直結する神経細胞の発火により筋肉を動かしたり、記憶を刺激したり、また言葉を発したりさせるのである。脳のどこにも自我や意識を司《つかさど》る中枢のような部分はなく、巨大な脳神経細胞同士のネットワークが存在するだけであり、この巨大なネットワークこそが、人の高い知能を創発させるのである。

では、そもそも、なぜ蟻や鰯そして神経細胞は群知能という、知性を創発させるしくみを獲得できたのであろうか？　それは種の保存という目的の下、環境に適応するために進化によって身につけた能力であり、しかも高い適応力と安定性という特徴を持つ。いや、進化によって高い適応力と安定性を獲得したことで、知性を創発することが可能になったと言えよう。では、なぜ、我々の脳は２０００億個もの神経細胞と数百万kmにも及ぶ複雑なネットワーク構造を有することになったのであろうか。

今や我々の日常生活に欠かすことのできないスマホやノートパソコンはＬＳＩの塊であり、一つ一つのＬＳＩには膨大な数のトランジスタという素子が含まれている。ちょうど、脳神経細胞一つがトランジスタ一つに対応するとすれば、コンピュータにおける中枢であるＣＰＵの最新型にて60億個ものトランジスタが搭載されている。60億というとんでもない数のトランジスタが小さなチップに含まれていること自体、人のもつ科学技術のレベルの高さを端的に表すものであるが、神経細胞数には遠く及ばない。さて、ここで、もしも、パソコンの裏蓋を開け、電気回路の細い一本をちょっとだけ傷つけ断線させてしまうと、どうなるであろうか？　もちろん、たった一本の回路を切ってしまうだけでパソコンは正常には機能しなくなってしまう。当然であろう。これに対して、我々の脳はどうであろうか？　脳は神経細胞ネットワークの塊であり、電気回路のように神経細胞間で電気信号を流すことで機能している点では、ＣＰＵと同じである。そして、皮膚や臓器など、我々の体を構成する細胞はだいたい数カ月で寿命が尽き新しい細胞と入れ替わるのに対し、神経細胞は死んでしまうと新しい細胞に置き換わることがなく、しかも日々相当数の神経細胞が死んでしまっているのである。特に20歳を過ぎると減り方が大きくなる。無論、心配することはなく、脳とはそのようなシステムなのである。

もしも一つの神経細胞が死んでしまうと、その部分の回路は失われてしまい、これがコンピュータであれば正常な動作ができなくなってしまうと思われるかもしれない。しかし、脳というシステムでは、日々脳という回路を構成する神経細胞が相当数死滅し続けているにもかかわらず、一昨日も昨日も今日も、自分という自我・意識を維持できている。言い換えれば、自我や意識を生み出す側の神経細胞ネットワークが日々その構造を変化させても、生み出す機能である自我や意識は安定して一貫性を維持できている。まさに不思議であり、これこそが安定性という脳が持つ特徴である。そして、このような安定性が維持できるからこそ、脳が記憶や推論といった高い知性を創発させることができるのである。

すでに気がつかれていると思うが、２０００億個という膨大な数は安定性を確保するために必要な数なのである。例えば、A地点とB地点を結ぶ道が一本しかなければその道路が遮断された途端移動することができなくなるが、複数本用意してあれば、そのうちの数本が遮断されても移動することは可能であろう。もちろん、あまりに多くの道路が遮断されてしまえばやはり移動できなくなるが、それは脳においても同じである。通常以上に多くの神経細胞やネットワークが失われてしまうと認知症など、脳といえども正常には機能できなくなってしまう。群知能において、群が安定性を発揮するには、超多数の個が必要なのである。蟻の行列にせよ、鰯の魚群にせよ、数匹の蟻や鰯を排除しても列や塊が壊れることはない。しかしあまりに多くの個体を排除すると、さすがに列も塊も維持することができなくなってしまう。

そして、安定性を発揮させるもう一つのしかけが、これまでに述べている群知能の特徴である「各個体の振る舞いと、群れとして創発される知能との間に大きな隔たりがある」である。これまでも述べたが、個々の蟻は自分が群れとして最短経路を形成していることなど理解していないし、個々の神経細胞が、自分が脳として意識や自我、高い知能を創発させているなどということを意識してはいない。逆に、我々は自らの意識や自我を生み出している個々の神経細胞のことを意識することができない。これは妙なことである。我々が工学的に作り出す車やパソコンも、細かい部品の集まりであるが、個々の部品はそれぞれ車やパソコンのどの機能を担当するかが明確である。そもそも明確でなければ部品にはならない。では、車やパソコンと脳とでは何が異なるのであろうか。

車にしろパソコンにしろ、複雑なシステムである。いきなり複雑なシステムを作ろうとすると無論難しい。そこで、複雑なモノを作る時は、それを機能的に複数のパーツに分割する。車であれば、エンジン、シャーシ、駆動系、室内部分などである。そして、さらに個々のパーツをさらに細かく分割し、十分に個々のパーツが簡潔になった段階で、個々のパーツを設計し、今度は、パーツ同士を組み合わせつつ大きなパーツを組み立て、最後に車という目的のシステムを完成させる。このようなシステム構築法をトップダウン型という呼ぶ。初めから作ろうとする目的があり、その目的を達成するために部品を設計するのであるから、当然、個々の部品の役割は明確である。

これに対し、脳はどうであろうか。そもそも現在の我々の脳は進化における結果である。脳というシステムを実現させるために、脳神経細胞が生まれたわけではない。つまりは、車のようなトップダウン型と真逆であり、部品である脳神経細胞のようなパーツが揃ったら、その全体として自我や意識、そして高い知能を発揮できた、という図式なのである。このような方法のことをボトムアップ型と呼ぶ。そもそも全体としての目的があっての個々の部品ではないのである。

これまで人が作り上げた膨大な数の工学的システムのすべてはトップダウン型であると言える。なぜなら、まずは作りたい目的があるからである。これに対し、ボトムアップ型は、存在するのはまずは部品に相当するパーツだけで、それが群れとなり、群れとしての能力を創発させることから、これをトップダウン型で設計するには、群れとしての能力を創発させるためにはどのような個々の部品を設計すれば良いか、という問題を解決する必要がある。しかし、この問題を解決する方法はまだ存在していない。

しかし、トップダウン的にボトムアップ型のシステムを設計する方法が確立することのメリットは絶大である。最も効果を発揮するのが政治であろう。国家とは国民一人一人がボトムアップに構成するものである。あるべき国家像という目的を達成するために個々の部品である国民一人一人を設計するのではない。存在するのは国民一人一人であり、それぞれは日々の生活を自由意思にて営む自律的なシステムである。それらが膨大な数集まることで社会が形成され、その集大成として国家が形成される。つまり、政治とは、そもそもボトムアップ型のシステムをトップダウン型に制御しようということであり、極めて難しいというか、そのような理想的な方法論はいまだ存在しないのである。

そして、脳については蟻や鰯での群知能と異なる特徴がもう一つあるのだ。それはネットワーク構造、すなわち神経細胞同士がどのような結合の仕方をしているか、ということである。蟻も鰯もそれぞれ動くことができるのに対し、神経細胞は動けない代わりに他の神経細胞と繋がり、巨大かつ複雑なネットワークを構成していることはこれまでにも述べた。しかし、2000億個の神経細胞はむやみやたらとランダムに他の神経細胞と接続しているのではない。つまり、神経細胞の集合体が高い知能を創発するしかけとして、単に群れるだけでなく、どのようにお互いが通信するかのネットワーク構造自体も高い知能を創発するための重要な役割を担っているのである。ではどのようなネットワーク構造なのかというと、それは「スモールワールド」と呼ばれる構造である。そして、このネットワーク構造の特徴は日常の様々なところに見ることができる。インターネットの構造にもスモールワールド性がある。また友人関係やはたまた航空路線ネットワークなどにもスモールワールド性があるのだ。友人関係を例としよう。日本には1億以上の人々が生活しているが、個々人の持つ友人の人数は多くても数百人であろう。1億人と比べればとても局所的な関係である。しかし、1億人からランダムに選んだ2人、当然お互いは知り合いである可能性は限りなく0%であると思われるが、実際には違うのである。これは「六次の隔たり」などとも呼ばれるのであるが、他人と思われる2人であってもよくよく調べると、2人が5人の友人を介した友人関係にある、ということなのである。無論、必ずそうである、ということではなく、その可能性が高い、ということである。これはいったいどういうことであろうか？矛盾していると思われるであろう。我々の友人関係は局所的なものであるにもかかわらず、全国民ともたかだか5人の友人を介して繋がっている。つまりは国民全員が蓋を開ければお互い知り合いの可能性が高い、というのである。しかし、そのような友人関係ネットワーク構造が現実に存在し、そして、その構造がスモールワールドと呼ばれる構造なのである。詳しい説明は省くが、全体とも繋がる特性を生み出すしかけが「ショートカット」の存在である。例えば、AさんとBさん、そしてCさんとDさんという2組の友人ペアを考える。無論、AさんとCさんはお互い他人であり、ＢさんとＣさんも他人である。しかし、ここでＢさんとＣさんとの共通の友人としてＥさんを考えてみよう。すると、ＡさんとＤさんはいきなり身近な関係になる。Ａさんの友人（Ｂさん）の友人（Ｅさん）の友人（Ｃさん）の友人がＤさんになる。このように局所的友人関係に共通する友人がほんの少数存在するだけで、お互いに独立していると思われる友人関係同士が驚くほど身近な関係になってしまうのである。まさにＥさんがショートカットの役割を演じるのである。

このような不思議なスモールワールド性が脳神経細胞ネットワークにも見られるのである。読者もご存じのように脳は大脳や小脳、海馬《かいば》や扁桃体《へんとうたい》といった複数の部位から構成され、各パーツはたしかに神経細胞が密なネットワークを構成しているものの、パーツ同士はショートカットのような接続となっているのだ。このネットワーク構造により、個々の部位がそれぞれの特徴を発揮しつつ、他の部位とも連携して脳全体として機能しているのである。

さて、いろいろ群知能について述べてきたが、話を再び「第二内戦」に戻そう。個々のライブラは条件反射みたいなことしかしない、つまりすべてのライブラはそれぞれ自律的に動作するものの、共通の行動規則に従って動く簡潔なシステムであり、「極小のプログラムからなる神経のようなネットワークだ」という記述から、ライブラ同士はネットワークを形成してお互いが情報交換を行うことができる。まさにこれまで述べた蟻や鰯、そして神経細胞と同じであることが分かる。とすれば、次の疑問が湧きあがってくる。「ライブラの総体が創発するものとは何なのであろうか？」である。蟻であれば最短経路が創発され、鰯であれば魚群という塊が創発される。神経細胞であれば意識や自我、高い知性が創発される。そして、蟻や鰯、そして神経細胞はそれらが創発する能力を意識することができない。ＦＳＡでの生活は最近いろいろ便利になった。しかし、ＦＳＡの人々はＡＩを拒絶した生活を営んでいる。ただし、ライブラには頼っている。それはライブラは一つの巨大な複雑システムではなく、単純なシステムであるからという理由である。そう、ＦＳＡの人々は脳ではなく、個々の神経細胞に相当するライブラしか見えていないのだ！　ＦＳＡが安定したのは、ライブラの総体が創発する知能によるものなのであろう。しかし、それは個々のライブラレベルの目線では認識することができない。ＦＳＡはＡＩを拒絶するどころか、ライブラの総体という超ＡＩにより維持管理されている、ＡＩの支配下にある空間なのだ。

ＡＩの進化は続き、いずれは人を超えるレベルに到達するであろう。その時のＡＩはどのような姿をしていると思われるであろうか？　スーパーコンピュータのように、どこかの場所に超大型のコンピュータとして鎮座しているのであろうか？　そうではなく、我々の日常生活でのあらゆる機器に入り込む、とてもＡＩとは思えない小さなシステムが地球全体に散らばり、それらがネットワークで結合し、その総体としてスーパーＡＩを創発させるのであろうか？

人が制御可能なのは前者であろう。しかし、より高い能力と安定性を発揮するのは後者であろう。しかし、後者は人が制御できるかどうかは不確定である。まだボトムアップ型のシステムをトップダウン的に制御する方法がないからである。まだまだ我々がやるべき仕事は多い。そして、最後に以下の問いかけをしたいと思う。我々人の集合体は何を創発しているのであろうか？　蟻がその集合体が創発する機能を認識できないように、我々もどんなに高い知性を発揮しても、我々の総体が創発するものは認識できないのかもしれない。唯一、人以外の知的生命体であれば、それを客観的に見ることができるのかもしれない。

くりはら・さとし
慶應義塾大学大学院理工学研究科卒。ＮＴＴ基礎研究所、大阪大学大学院情報科学研究科／産業科学研究所を経て、２０１２年より電気通信大学大学院情報理工学研究科教授。同大学人工知能先端研究センターセンター長。博士（工学）。人工知能、複雑ネットワーク科学、ユビキタスコンピューティング等の研究に従事。著書『社会基盤としての情報通信』（共立出版）。翻訳『群知能とデータマイニング』、『スモールワールド』（東京電機大学出版）等。

仕事がいつまで経っても終わらない件

長谷敏司

はせ・さとし

1974年大阪府生まれ。関西大学卒。2001年、第6回スニーカー大賞金賞を受賞した『戦略拠点32098　楽園』で作家デビュー。2005年に開幕した『円環少女《サークリットガール》』シリーズで、その人気を不動のものとする。2009年、初の本格ＳＦ長篇『あなたのための物語』（ハヤカワ文庫JA）で「ベストＳＦ2009」国内篇第2位、第30回日本ＳＦ大賞候補となる。2015年、初の作品集『My Humanity』（ハヤカワ文庫JA）で第35回日本ＳＦ大賞受賞。主な作品に『BEATLESS』『メタルギア ソリッド　スネークイーター』『ストライクフォール』など。人工知能学会倫理委員会委員（2016年現在）。

第百八代総理大臣、大味吉彦《おおあじよしひこ》は、世評では信念の人だとされている。

党幹部の評価はまったく逆だ。支持母体である大扶桑《だいふそう》会議と、早苗《さなえ》夫人の父、東山改進《ひがしやまかいしん》老に持ち上げられたお御輿《みこし》である。

そんな大味を総理の座にのしあがらせたのは、ひとつの特技だ。もっともらしい顔をして、他人の意見をなんとなくまとめるのがうまいのである。

彼のことを、スポンジのような人物だと評したのは、義父の改進老だ。とにかく大味は外面がよい。あちこちから注ぎ込まれる陳情や要請、意見をかならず「検討します」と受け取る。そして、嫌われるのを避けるためか、ほんとうに検討してしまう。刺激物や汚水をスポンジに吸い込んで、絞ると呑めそうな液体が出てくるのだ。この政界の泥水のようなあれこれを、いい話っぽくまとめる才能は、もっと別の場所で有効に使われるべきだと、政敵たちは言っている。芸人とかだ。

ただ、ぱっと見なんとかなったような解決は、意外なほど世に受け入れられた。総理が、苦みのある色黒の二枚目だったせいかもしれない。会見場で報道陣に囲まれると、もっともらしい顔が理知的に見えるせいかもしれない。かつて大臣を歴任した東山改進から、自分のベテラン秘書とブレーンをつけてもらっただけである。

大味は総理執務室の机で、パッド型コンピューターに表示させた外交資料を確認していた。その仕事を中断させたのは、来客用ソファを立って執務机に詰め寄った老人だった。

大味総理にして、逃げようがない難題が、目の前に迫っていた。

「憲法改正ですか？」

大味は、義父の改進老に、眉をひそめた。海千山千の改進老にすら、親身になって考えているかのように見せかける、名人芸である。

「さよう、猿の手を借りても成し遂げたい、わが自由国益党《じゆうこくえき》の結党以来の悲願だ」

「猿の手は借りちゃいかんでしょ。それはともかく、改憲が、何を引き換えにするかで――」

改憲は、大味にとって、まさに災難を呼ぶ猿の手案件だ。願いを叶えても、中国との関係は最悪になるし、株価の暴落は避けられない。総理に就任して以来力を入れ、小指の先ほど効果が出たと言えなくもない経済政策は水の泡だ。市況が悪くなれば、国内世論は過激になる。メンツを保たねばならない中国が挑発を繰り返し、軍が衝突する可能性すらありえた。

義父の改進老が、突然大声をあげた。

「代償などで、はかることか！　これは国家の根幹である」

改進老は、齢《よわい》八十でも矍鑠《かくしゃく》としている。ただ、矍鑠とは年齢の割に元気だということで、記憶はもう怪しい。改進老は、突然思い立ったように羽織のポケットから出したポン菓子をぱくつき始めた。

大味総理は、首相官邸で突然ポン菓子を食べ始めた老人を、ぼんやり眺める。官邸にヘルパーを入れて介護をするのは史上初だった気がした。

「改憲に向けて動き出すとして、まず党内の意見をまとめなければいけません。総裁選のことを考えれば、党が改憲へと邁進《まいしん》することのリスクは高いですが」

「締め付けてやれ。どうせ流れができたら、造反できるやつはそうおらん」

選挙制度が小選挙区制になってから、党の意向は強く議員を縛っている。選挙区ごとに少数の候補者しか出せないことから、この指名候補を選ぶ党執行部が強い権力を持つようになったからだ。だから、今度はリスクのある方向に党の意向をまとめにくくなった。改憲動議は、二十一世紀初頭にも国民投票を真剣に検討された。そのときは、悪化する経済を中国との関係途絶で崩壊させることをおそれて、決定的なリスクはとれなかったのだ。

ポン菓子をむさぼり、改進老が興奮して言った。

「野党がだらしないのだ。今が絶好の機会であろう。国民にほかの選択肢がないときに、勝負せずして何とするか！　ボーナスステージではないか」

「まあ、買い手が欲しくない商品しか棚にないときって、売れ残りをかたづけるチャンスですよね」

「結党以来の悲願を、戦後九十年の売れ残りだと！」

改進老は、後期高齢者になってから、突然怒りだすことが多くなった。壮年まで切れ者であっても、歳をとりすぎるとこんなものである。記憶力と認知力を、高齢でどれだけ保てるかはたいてい運次第なのだ。

党は憲法改正という難題を、基本政策の大綱である政綱《せいこう》に入れている。この国がかつて戦争に負けたときの影響だ。国民が自主性を持とうとする流れの中、国民による自主的な手続きの結果とできるか怪しかった基本ルールを改める動きが出るケースは多い。これは、この国でもアフリカでもアラブでも同じである。結党から八十年以上、党員の大部分が触りたくない時代が続いたが、ここ数十年そろそろという声が上がりはじめた。国際関係の変化のせいだ。

だが、日本国憲法では、改正手続きは、まず憲法改正案が衆議院と参議院の本会議で三分の二以上の賛成で可決した場合、ようやく発議を行うことができる。そして、国民投票を行い二分の一を超えた賛成を得て、ようやく国民の承認を得たとできる。国民投票の結果は、公《おおやけ》には官報で告示するとともに、総務大臣を通じて内閣総理大臣に通知される。総理は賛成多数なら憲法改正の公布のための手続きを執る。おおよそ議決にたずさわった経験があれば、この流れにおいて三分の二の賛成を集めることが、いかに高いハードルかわかるはずだ。

「八十年間、動かなかったのは、それだけリスクが高かったからですよ。改正案が、両院本会議と国民投票の、どこで潰《つぶ》れても内閣は総辞職になるわけで。そのうえ、党内の勢力図まで一変することになる」

「我が国の改憲が一度で成るほど低い壁だとでも？　政綱には現行憲法の自主的改正は記されているが、失敗してはならんとは書いておらん」

義父の檄《げき》に、総理はうなった。あながち間違っていないと思えたからだ。もっとも、失敗すると内閣は吹っ飛ぶし、まだ六十になったばかりの大味も先行き暗くなる。

救いは、執務室の外から現れた。

妻の早苗が入ってきたのだ。

「お父さん。なに、もうこんなにお菓子こぼして」

五十代後半になった早苗に咎《とが》められて、改進老は決まりが悪そうだった。

早苗は、若い頃は大物政治家に大事に育てられたお嬢さまだった。政治の機微とか政局といったものにはまったく興味がない。選挙期間中に、何も考えずに支持者にお中元を手わたして、あわや党の現総裁が公職選挙法違反で逮捕されるところだったほどだ。十回も選挙を戦っているのに基本すら覚えていなかったことが判明し、陣営を混乱に叩き落とした。ちなみに、ここにくるには総理秘書官室を通らねばならないが、あまりに早苗がしょうもない理由で通るため、ほぼフリーパスになってしまった。

改進老が、ポン菓子をつまみながら言った。

「吉彦クン。憲法調査会の審理が終わるぞ。憲法改正の国民投票に向けて、いつでも本会議に付されてよしとの方向だ」

大味は、椅子からずり落ちそうになった。

「あれは見せ札ですよ。改憲勢力の意向がまとまらない限り、三分の二はとれない。衆議院は無理だ」

「否、とれる！」

「お父さん。ポン菓子」

「なにも今やる必要は」

「この十年の宰相は皆そう言った！　明日、長岡《ながおか》君が、議連を連れてくるからな！」

長岡雄一《ゆういち》は、市民団体である大扶桑会議の副会長だ。大扶桑会議は、戦前の社会のよかった部分と日本らしさを取り戻そうとする超保守派の市民団体だ。終戦から一世紀が見えつつある今では戦前の社会を知っているメンバーが一人もいない、矛盾を抱えた集団でもある。

「長岡雄一ですか？　過激派ですよ」

長岡は右翼とも繋がりがある市民運動家だ。まだ三十代で、資料を通して知る戦前社会を賛美し、大扶桑会議内で日本文化勉強会《にっぽんぶんかべんきょうかい》を主宰している。二世運動家で、親は穏健派なのに子のほうは原理主義的だ。

「過激派はいい。踏み越えとるやつは、転向せんからな」

「ポン菓子……」

ついに早苗が改進老からポン菓子を取り上げた。

大味がじろりと見ると、早苗は、二十代とかわらぬ仕草で小首をかしげていた。

「おまえ、執務室には入ってくるなと言っただろう！」

「あなた、川口《かわぐち》さんが赤坂《あかさか》で会いたいって。総務大臣の」

大味は、なぜ妻を通じて話がきたかと思いをめぐらす。

「なんでおまえに連絡がいっている？」

「川口さんのところの恭子《きょうこ》さんから電話がきたの。川口さんが、官邸でないところで直接話したいことがあるんだって」

総務大臣、川口義郎《よしろう》は、当選七回で大味の七年後輩だ。若いが優秀な男だ。そして、大味たちの党と連立政権を組む、宗教系の保守穏健《ほしゅおんけん》の党と関係がよい。義父と川口が同時に面会を求めてきたことが、大きなうねりの始まりに思えた。

＊

改憲の国民投票へ向けてこの国が大きく動き出したのは、この日だったといわれる。

連立政権を組んでいた党が、改憲へと舵を切ったためだ。数十年にわたって政権を担ったパートナーであり、保守穏健派の役割を結果的に担っていた党の突然の転向は、激しい反応をもたらした。大味たちですら、穏健な立ち回りをするものだと思いこんでいたのだ。

大味総理は川口総務大臣からそのことを聞いたとき、「えらいこっちゃ」と漏らしたといわれる。焦ると郷里の関西弁が漏れるのである。

総理の支持母体は、憲法の自主改正を望む保守層なのである。その翌日、大扶桑会議の副会長、長岡雄一と憲法改正議連に詰め寄られて、大味は逃げられないことを悟った。連立先が反対するのでと言い訳して、任期中は触らないつもりだった。自主的な憲法改正を政綱としている大味たちとは違い、向こうにはリスクしかないからだ。まさか国の未来のために、みずからの支持基盤をぶち壊しかねない選択をするなどとは思っていなかったのだ。

そして、大味内閣は大混乱に陥った。

彼らはこの改憲案を推し進めて「勝たねばならない」からだ。

改憲のために必要なのは、衆参両院と国民投票とで三戦全勝だ。一敗でもすれば、改憲失敗時の指導者として歴史に名を残すことになる。

「なんだ、この罰ゲーム」

改憲案が衆議院の本会議にかけられる見込みだと知ったとき、ときの法務大臣、佐藤要《さとうかなめ》はそうつぶやいた。

両院は大きく改憲に向けて動き出したとはいえ、国民投票は日本史上初だ。国民投票に勝ち筋が見えないため、これに深くかかわる人材が限られた。官僚と結びついた族議員は安全圏まで距離を取った。連立先が反対すると見越して威勢のいいことを言っていたのは、大味総理だけではない。

その有様《ありさま》を、後の人々は日本政界の劣化と呼んだが、これは驚くべきことではない。改憲がひとつのまっとうな提議だとわかっている者は多い。だが、穏健でまっとうな人々は、キャリアと人生すべてをかけてギャンブルなどするだろうか？　政治談義は飲み屋やネット上でするると楽しい。政治運動家や引退した政治家にとって、それはアイデンティティだろう。だが、選挙で勝つのが仕事の議員にとっては別だ。勝利しても権力にも繋がりはしないうえ、過酷な戦いで湯水のように資金が消えてゆく。現役議員のほとんどにとっては、次の選挙には繋がらないのにだ。

かくして、改憲勢力を糾合して実務のために集まった力は、おおむね七つだった。

ひとつ、一山当てたい博徒気質。

ふたつ、失うものがない連中。

みっつ、状況がわかっていない抜けたやつら。

よっつ、犠牲心にあふれる善人。

いつつ、国粋主義者や運動家のような原理主義者。

むっつ、血の気が多くいつ爆発するかわからないグループ。

ななつ、逃げ損ねた、現内閣のような犠牲者たち。

大味総理は、七つの力を合わせて飛び立つ未来を想像し、絶望に天を仰いだという。

＊

大味総理は、憲法改正案の衆議院提出前に、五人の大臣から辞任を打診された。いきなり内閣崩壊のピンチである。

大味にも、気持ちはよくわかった。改憲に思い入れがない議員にとっては、党が突然命懸けの大ばくちをはじめたようなものだ。支持基盤が大扶桑会議でなければ、正直代わって欲しかった。

おかげで、この十年来なかったほど、野党が元気だ。改憲に消極的な議員に接触して、党を分裂させようとしている。若手を中心に、五人や十人ではきかない議員が揺らいでいるという話を、選挙対策委員長から聞いていた。

大味にも、本当に気持ちはよくわかった。当然、逃げたい若手の、である。

「国民投票対策に！　人工知能を利用するのであります。選挙への利用はアメリカなどでありますが、国民投票となると世界初の試みであると言えます！」

大扶桑会議の副会長である長岡雄一と、今月は毎週会っている。元々は四十年近く前からある市民団体の、二世プロ活動家だ。頭を丸刈りにした三十代の男は、とにかく体も大きいし声もでかい。

ないとはわかっているが、大味は襖《ふすま》の向こうに政界やマスコミの関係者がいないか冷や冷やした。大扶桑会議の人間を首相官邸に入れて相談するわけにもいかないから、今日は赤坂の料亭である。奥の小部屋からそうそう声は漏れないはずだが、いまは盗聴手段も発達している。

「……人工知能か、それは使えるのかね」

大味は、顎を掻《か》いた。人工知能が産業界に入ってきて久しいが、まだ政治をさせる能力はない。最近、小説を読んで面白いかどうかを判定することに成功したとは聞いたが、政治ができるとは思えなかった。

「お国を歴史の軛《くびき》から解き放とうとするこのとき、党員のみなさまは及び腰のご様子。さりとて、九十年の制度をいざ変えるとなると、叡智《えいち》の結集が必要であることは必定！　そこで、人が足りないなら機械でおぎなうのはいかがかと」

「ところで君、大扶桑会議みたいなガチガチの保守から、なんでＡＩなんて思い切った発想が……」

「自分は、ＳＦとか好きでして！」

長岡が照れくさそうに頬を染めていた。

「そ、そうか……いや、追い詰められたときほど、逆転の可能性を見せねば人は集まらないか」

むくむくと、大味の頭に妄想がわいてきた。この国の歴史に残る事業を、最新技術のちからを借りて達成する己の姿だ。政府系シンクタンクの報告書では、改憲案が国民投票を通過するのは難しい。普通にやって無理なら、予想外の一手を打つしかない。どのみち負ければ、大味が政界で再浮上する目はほぼないのだ。

予想以上に人材が集まらないこの状況を、ＡＩで打破するのはよいアイデアに思えてきた。となると、次は実現性だ。

「確かに、ＡＩとか新しい技術を使いこなすリーダーに、有権者は興味を惹かれるかもしれん。だが、新しいことをやるなら、ＡＩの専門家がいるだろう。そこは本当になんとかなるのか」

「母校の東大でＡＩを研究している有名な教授が、大学時代の先輩におります！　以前、それとなく政治に使えるかたずねてみたところ、データさえあれば有効なところまではきているそうです」

「そのデータは、国民投票に勝利するうえで我々に用意できるものか？」

大柄で筋肉質の長岡が、さすがに声を潜めた。

「行政機関が定期的にとっている国勢調査のアンケートデータは、国民番号《マイナンバー》にヒモ付けされていると聞きます。これを基礎データにしてＡＩを教育し、指標を改善する手だてを選択させることができるそうです！　本人に直接聞いたから、間違いありません」

大味は料亭の檜《ひのき》のテーブルに、固い音を立ててお猪口《ちょこ》を置いた。

「国勢調査は、個人情報《マイナンバー》と、断じて連動していない。わかるね？」

彼も一国の宰相であるから、さりげなく圧力をかけるくらいのことはできる。長岡が、感電したかのように動きを止め、震えはじめた。

「は、は、はいっ！　わかりました!!」

頬を染め、とろんと瞳を潤ませている。しつけのいい大型犬を思わせる、身を縮めるような行儀の良い座り姿で、見えない尻尾をばっさばっさと振っているようだ。大味は、大扶桑会議が、戦前の締め付け厳しい家父長制社会を志向していることを思い出した。長岡は、立派な被虐趣味《マゾヒスト》であった。

「……な、なにがわかったんだ？」

「お父さ……宰相閣下の指導力で、今回の改憲に向けた戦いを進めてゆくのであるからして、決して足を引っ張ってはならないということであります！」

「お父さん？」

「あ、はい。恥ずかしながら、自分の父は閣下のようにやってはならないことを指示してくれないかたでして……。父が閣下のように貫禄のあるかたであれば……」

ファザコンのマゾではないかといぶかしく思いながらも、大味は鷹揚《おうよう》に「そうか」と返した。判断に迷ったとき、沈着冷静に見せながら問題を先送りするのは、得意分野だったからだ。

「閣下が、腑抜けどもの非協力を乗り越え、本懐をとげるため、全身全霊を尽くす所存であります」

長岡が盛り上がりはじめていた。いらないものを持ってくること、まさに家主の枕元に狩ったネズミを置いてゆく猫のようだ。大味はうんざりしながらも、相手を怒らせないように問いかける。

「それは、具体的に何をするのかな」

「ＡＩ投資を国の財源で行うと額面が大きくなりすぎるため、自分がシンクタンクを起業いたします！　ここに発注してくだされば、今後数カ月、あるいは数年にわたる長期間の調査であっても、問題なく閣下をサポートし続けられます」

何かやらかしそうなことをさせておけば、忠誠ぶりはたいしたものだった。改憲案が本会議にかけられるとなって以来、大味の味方は一気に少なくなっていた。有力者だけでなく能力のない者まで、大味の足元を見はじめたのだ。それに対する牽制にもなるはずだった。

「いいだろう。君が起業するシンクタンクを使って、こちらは国民投票対策チームを発足する。教授とやらのスケジュールはとれるのか？」

長岡雄一がシンクタンクを立ち上げたのは、それから一カ月後だった。設立の手続きだけでなく、あっという間に人を集めて設備を整えたのだ。大扶桑会議の中枢メンバーの経済力とコネの威力である。

先見憲政《せんけんけんせい》研究所と名付けられたこのシンクタンクは、党内部では見憲研《けんけんけん》もしくはＫＫＫ《サンケー》と呼ばれた。人工知能による意味解析技術の権威である磐梯敦《ばんだいあつし》教授をＣＴＯに、磐梯教授と長岡の人脈で技術者を集めた、最新鋭の政治研究所である。施設は、荻窪《おぎくぼ》の郊外のビルを買い取った。技術顧問に、政治学の教授を招いている。憲法の専門家はいないが、問題はない。改憲案を通すことだけが仕事だからだ。

磐梯教授は、長岡の大学時代の二年先輩にあたる。市民団体の幹部二世とＡＩ研究の学徒がどこで出会ったかというと、大学のサークル活動である。二人ともＳＦ研究会のメンバーだったのだ。つまり、権力を持ってしまったオタクの長岡と、技術を持ってしまったオタクの磐梯である。

「よく私を呼んでくれた！　いま、諸外国に先駆けて、政府の重要課題を人工知能で解決できるとは。なに、大学の特別講座はぶっちぎったが、十年先を見越せばこの試みのほうが有意義だ。いや、人との繋がりで様々な分野に協力できる人工知能分野の闊達《かったつ》さと風通しのよさに、ただただ感謝だな」

磐梯は、大声をあげて長岡の肩を叩いた。学生時代は線の細い美青年だったが、四十代になると老けずに年齢不詳の二枚目になった。

長岡は、立ち上げた見憲研のコンピュータールームを見やる。広大な部屋に、大量のコンピュータが運び込まれていた。

「先輩、この設備で、憲法改正へと国民を導くために何をすればよいかを計算できるわけですね」

「無理に決まっているだろう」

磐梯はにべもない。

「何か足りないものがあるわけですね」

「世界のどこでもやっていないことをやるには、カネが足りない。人工知能を教育するにはじゃぶじゃぶ計算力を使うからな。エジプト神話の死後の審判のようなものさ。人工知能に出させたい回答の重さと、拠出した黄金の重さが釣り合わないと、プロジェクトは地獄行きだ！」

「い、いくらです……」

「まずは五〇億くれ」

長岡の口から、たぶん魂がちょろっとはみ出した。他に誰もいない事務所だから、思わず叫ぶ。

「一〇億かければ、そういう問題に投入できると言ったでしょう！　もう閣下には、まかせていただくよう言ってしまった」

長岡が詰め寄るも、磐梯はしれっと言ってのけた。

「人工知能で、憲法改正へと世論を向かわせるための方針策定を計算させるんだろう？　それなら、人工知能に意味を理解させなきゃならない。だが、限定した条件でやっとこさ精度を出せるようになってきたいまの段階で、ニュアンスを人間でも読み誤りやすい政治問題は無理だ」

「前に話を聞いたときは、できると言っていたでしょう！」

「これからできるようになるんだ！　二十年前なら五〇兆かかった仕事だぞ。五〇億くらいタダみたいなものだ」

「五〇億なんかぽんぽん出るか！」

「なあ長岡、政府筋ということは、データがあるんだろう。日本の人工知能研究に足りないのは予算と、なにより良質で大量のデータだ。それを出せ」

磐梯が目を据わらせて、長岡の肩をつかんだ。磐梯は本気だった。

長岡は嫌な予感にかられた。底なしの穴を埋めようとしているのではないかと疑ったのだ。東山改進老がさすがの集金力で用意してくれた予算も、限りがある。

「五〇億ですよ。無理に絞りだそうとしたら五人くらい死ぬ額ですよ」

「なに、もっと死ぬさ。過労で」

学者は本気の目をしていた。その過労で死ぬのがスタッフだとしたら、その生け贄を長岡が集めるのである。

完全に腰が引けた長岡に、磐梯がネジの飛んだ笑みを向ける。

「まあ、死人は少ない方がいいから、課題の洗い出しからはじめようか。まず、人工知能に常識を教えることが至難であるということだ。それに、憲法改正へ国民を向けるという要求自体に無理がある。これは仕様でカバーできるだろう」

「カバーは可能なんですか？」

「人力だ」

磐梯が笑顔のまま言い切った。

「……え？」

「人力だ」

磐梯の言葉に、長岡が絶句した。

「無理な要求の無理な部分は、人力で埋めればいい。人間の知能はフレキシブルなうえに、人力は安いじゃないか」

計算の結果、到達するのが何処《いずこ》であるか、わからなかったのだ。


憲法改正案が、衆議院を通過した。

あとは参議院を通過すれば、国民投票に突入する。

国民は騒然となった。与党の改憲案が、憲法九条に大きな修正を加え、憲法改正の国民投票に至るハードルを大幅に下げた内容だからだ。新案では、両議院のそれぞれ過半数の賛成で、国民投票にかけられる。以後、国民投票まで到達するのがそう難しくなくなる。

世論は未曾有《みぞう》の事態に激震した。

未知がもたらす恐怖に、改憲勢力ですらためらった。株価が乱高下し、かつてない頻度で各国大使からのアポイントが早急に求められた。いま、世界の歴史に関わっていることを、政治に関わる誰もが肌で感じた。

「憲法改正委員会に提出してもらった資料は、よくできていた。むしろ未知の課題に、指針を示してくれるのは、人間の専門家よりも人工知能のほうがいいのかね」

大味は、機嫌が良かった。

去就を決めていなかった議員を賛成派に引き込む大きな力となった資料は、見憲研からもたらされた。見憲研は、人工知能に、マイナンバーと支持政党の情報をヒモ付け、さらに改憲案への懸念がどこに集中しているかをまとめさせたのだ。人工知能は、その正確な要求地図をもとに、最低限条文のどこを削れば、それぞれ譲れないポイントを持つ議員層と交渉可能かを指摘した。そして、内閣は土壇場で改正案を修正し、衆院通過を確実なものにしたのだ。官僚たちもこの流れにくちばしは挟めなかった。従来の官僚が作った資料よりも、数量的な根拠が豊かだったためだ。

だから、官邸の執務室に磐梯と、その付き添いとして長岡を呼んだ。議員から問い合わせが寄せられているからだ。

磐梯はもう人生を謳歌《おうか》しているように、いい顔をしていた。

「総理、コンピューターが扱えるのは数字でありまして。政治的課題をかたちづくるような、言語で記述される『意味』を、直接扱うわけではありません。ですが、国勢調査のアンケートデータとヒモ付けして、個人のプライバシーデータを頂いております。これは、好都合なことに、憲法改正に賛成か反対か、あるいはどちらでもないかを見ることができます。つまり、『どのような特徴のサンプルが憲法改正に賛成しているか』を、算出することができるのです」

つまり、これを利用して議員たちの支持層の実勢を予測し、切り崩しに使ったのだ。

昨今では人工知能で様々な仕事が自動化されている。それによって、雇用は不安定になりつつある。だが、経営者がＡＩを導入したくなるのは、人間社会がかなり多くの部分、数値で動いているからだ。政治は、数値がときに通用しなくなる世界だが、そこすら自動化することが可能なやりようがあるというのだ。

「だが、『改正反対』や『わからない』のグループを、賛成に引き寄せるための手だても、人工知能にはわかるものなのだな」

「わかるというのは、正直に言うとちょっと違いますな。『わかる』という現象が、あいまいなせいだが。そうそう、人工知能にとっての『わかる』は、これだ――」

磐梯が、持ってきていたバッグを開けた。人間の顔ほどもある大きな立方体のサイコロが入っていた。そして、磐梯はそれを持ち上げると、呆気《あっけ》にとられる大味にたずねた。

「このサイコロを振るとどんな目を出すか、閣下にはわかりますか？」

「わかるわけがないだろう？　予知能力者じゃあるまいに」

「それをするのが人工知能ですよ。サイコロの持ちかた、力のかけかた、床のコンディション、十分なデータがあれば、それを分析して、結果がどうであるか可能性を算出する。その可能性として一番高い数値のものを答えとしてお伝えするわけだ」

磐梯が、サイコロを投げる。ウレタン製のサイコロが絨毯を転がり、止まる。数字をあらわす点《ドット》のかわりに、《ガンガン行こうぜ》と書かれた面だった。

「閣下には、どんな面が出るかわからなかった。人工知能なら、確度の高い予測を出せる。国勢調査データを学習して、どの指標値に力を入れれば目的を達成できる状態に近づけられるか、わかるようになる。どの数値をどの程度動かせばよいかを、勘ではなくデータからはじき出し、言語化するわけだ」

大味は、磐梯の隣に控えている長岡に視線をやる。長岡が、背筋をのばして敬礼する。

「閣下、要求仕様のうち、人工知能が及ばない部分は、子会社に仕事を振ってカバーしております。日本のために、彼ら一丸、神風となって目標を達することでありましょう！」

「お、おぅ……」

望んではじめたわけではない大味には、ついてゆけない熱意だ。

磐梯が、にやついた悪魔じみた表情で言った。

「そういう要求でしたからな。今は、標本群のわずかな動揺をも逃さず、その先触れから状態を安定させるシステムの基幹として、人工知能をより高度に教育しているところだ！」

「その標本群ということばが、国民を指していそうで聞き捨てならんが……」

長岡が、敬礼を解いて手を後ろで組んで奏上した。

「閣下、元データである国勢調査はそう頻繁にできません！　これでは、施策が当たったかどうかもわからず、変化しつつある現状を追跡《フィードバック》できません」

つまりは、人工知能に国勢のデータを与え続けないと、予測ができないということだ。そして、当然、大味としては、それでは困る。

「なんとかしたまえ」

「国の調査と違ってシンクタンクのアンケートなら、毎週だって可能です。国勢調査から、すでに憲法改正に関連が深いと思われる指標項目を抽出済みです。ゆえに、この指標がとれるアンケートを作って、シンクタンクにデータをとらせ続ければ、継続的な状態管理が可能であります！」

長岡に、磐梯も同意した。

「わたしからも、ぜひお願いしたい。更新頻度の低いデータはクソだ！」

「私に聞かずとも、やりたまえ。いや、むしろ責任が発生するから、こっちに持ってこないでくれると助かる」

大味は、多少の問題こそあれ、経過は悪くないと思った。なにしろ、未踏の荒野を進むことを覚悟していたら、親切な水先案内人がいるのだ。

政権与党は権力に惹かれた妖怪のすみかだが、人工知能ははっきりと彼の敵ではない。それが有能であるなら、使わない理由はなかった。

そして、首相官邸の閣議室はおっさんで埋め尽くされていた。若者は国の命運を決する舞台には役者不足で、改憲動議の中心に立てるほど育った女性政治家はほとんどいない。ここはおっさんが笑う世界だ。第二次大味内閣の閣僚は、文部科学大臣、杉浦千景《すぎうらちかげ》を除いて全員おっさんなのである。

「大味さんも、ずいぶんやることの筋が通ってきたじゃねえか。このプランで、参院選まで世論対策をやりてえわけだな」

円卓の閣議室の、大味の右隣の席についているのは、人の悪いおっさんである。副総理兼財務大臣の有村京太郎《ありむらきょうたろう》だ。

「大陸からの圧力は、もう三十年以上も増すいっぽうだ。こいつは、負けられねえ戦いだ。後の影響を考えりゃ、衆院選より重いだろうよ」

「国民投票を確実に勝つ方法なんて、誰も知らんさ」

大味は、閣僚たちがかけてくる重圧を受け流すのだけは得意だ。

党は綱領があるため外向きでは改憲でまとまっているが、実際はそうではない。いまの閣僚で、改憲に政治生命をかけているのは、十五人中せいぜい六人だ。

人工知能による改憲への次なる一手は、憲法改正と、国内の在留外国人への影響を切り離す施策を打ち出しておくことだ。改憲勢力には極端な保守派と潜在的な排外主義者が少なくないからこそ、内閣提出法案を意思がはっきり伝わるかたちで出すことで、国民の排外主義にブレーキをかけた。大味本人はリスキーで在任中は手を付けたくなかったことだが、人工知能はやれと言った。

「サミットが来年には日本であるのに、改憲をこじらせるのは高リスクであるのも事実です。やるなら勝つためのガイド、撤退なら早めに見極め手段があるにこしたことはない」

口を挟んだのは、まだ四十代なのに頭頂部の禿げた官房長官の楢崎真苦労《ならさきしんくろう》だ。総裁選の密約で道路族の湯川《ゆかわ》派から抜擢《ばってき》したが、大味とはよく対立する。湯川派は、大味が属する東山派とは、経済政策がもとで対立しているからだ。

「撤退はしない。団塊ジュニア世代が退職年齢に入っているいま、経済の退潮が決定的になる前にやる。でないと、機会を失うだろう」

そう返した大味も、本当はやりたくなどない。ただ、公的年金の資産運用が、団塊ジュニア世代が年金受給する時期に入ると、いよいよ苦しくなりはじめる。年金納付者と受給者のバランスが決定的に悪く、積立金の取り崩しによって原資が縮小するためだ。環境が悪くなる見込みのため、改憲案を衆院通過させてしまった以上、国民投票まではやるしかない。途中で立ち消えさせた前例ができると、いま現在ある国民投票までの道程より、次回以降は格段に厳しい戦いをすることになるからだ。

大味は円卓の閣僚を見回す。連立を組む穏健保守の党からきている杉浦千景が、彼の視線を受ける。経済産業大臣の麻績村一清《おみむらいっせい》と経済再生特命担当大臣の吉岡新《よしおかあらた》は目を逸らした。

「湯川派ぁ、この期に及んで、まぁだ逃げようってのかい。次の総裁選の準備もいいが、そろそろ腹くくれや」

財務大臣の有村が、茶化しに入った。有村は、国民が冷静な判断をする必要がある大きな選択だから、公的年金資産があるうちに手を付けたがっている。

楢崎が、円卓の上で組んでいた手に力を込める。

「覚悟くらいしている！　だが、退路を用意せずに、もしものときに総崩れになるわけにもいくまい」

「大変結構。負けて立て直すより、勝ったほうが当然先行きがいい。だから、まずは国民投票へ向けて、ひとつずつ確実に勝っていこう」

自主的な憲法改正をかかげる大味たち東山派としては、よほどのことがない限り撤退できない。東山派を止めるほどの名目を、湯川派も用意することができない。

「選対委員長も、たいへん憂慮していましたよ。大味政権は、経済の安定で支持率を維持しているわけですからね」

楢崎は、最低限度首相との連携はとるが、いつ獅子身中の虫と転ずるかわからない官房長官だ。だが、大味にも、国民投票となると、市場がニュースに反応することはわかっている。

「その国民の反応に常に気を配るための、人工知能だよ」

内務大臣荒川史明《あらかわふみあき》が、人の悪い笑みを浮かべる。

見憲研の扱っている基礎データが国勢調査であることは、政権内でも明かしてはいない。だが、大臣ともなればそれなりの情報を入手するつてはあるのだ。


麻績村の母校である東京大学なしに、見憲研の活動は成り立たなかった。長岡と磐梯教授の母校でもあり、磐梯が教授をつとめる教室から学生を送り込んでいたからだ。

見憲研の学生アルバイトは、一日八千円の給料で、荻窪のオフィスで働いた。仕事はデータ入力用の下処理をしたり、プログラムを作ったりすることだ。磐梯がいうところの、ＡＩに足りないところを補う人力である。

東京大学工学部の三回生、根津学《ねづまなぶ》は、軽い気持ちでその仕事を始めた。磐梯教授のゼミを履修していたのが、誘われた理由だ。

パーティションで区切られたオフィスには、二十人働いているらしかった。半分が社員で、残りが学生アルバイトだ。

アルバイトは、根津と同じ魂胆の工学部の学生だ。つまり、成績と給料の一石二鳥ねらいである。だから、面識がある者も当然いる。根津の同級生の近藤法夫《こんどうのりお》がいた。

「近藤もって、めずらしいな」

近藤は、生真面目な根津と違って要領がよい。都内のＩＴ会社でインターンをしているはずだった。

「就職がな。看板の大きいところで実務を積んでたほうが、有利だからな。それに、仕事の中でのほうが、俺の、本当にやりたいことが見つかるはずだ」

景気は慢性的に悪いうえ、企業があまりヒトを欲しがっていない。ＡＩが浸透して、仕事の相当な部分を自動化できるようになったからだ。仕事を効率化できるため、生産性の高い人間がいっそう求められているが、学生のみんながそこまで優秀なわけではない。

オフィスでは、正社員たちが無言でキーボードを叩いている。学生の彼らにとってみれば、社会人になったら一日中こんなふうに作業し続けなければならないのか、と戦慄《せんりつ》を覚えるほどだ。

静かなオフィスの奥、彼らの上長である主任のデスクあたりから、怒声が響いた。

「こっちに何万本プログラムを作らせるつもりだ！　人工知能が吐き出すデータの書式が要求してんのと違うんだよ。些細なミス？　俺たちが修正用のプログラム組むんだろ。サブの人工知能の準備スケジュールが、そのまま後ろにズレていくって、わかってんのか」

おそらく相手は電話口の向こうなのだろう。聞こえるのは、懇願するような主任の声だけだ。

「なあ、何万人ぶんもの仕事をやるＡＩの補助をする俺たちは、何万人ぶん働けばいいんだ？」

社員たちも、根津たち学生も、みんな手を止めて顔を見合わせた。

「……え？」

学生の彼らは、ここが大扶桑会議の作った研究所だと把握していなかった。大扶桑会議が、人口分布が逆ピラミッド型になって久しいこの国で、高齢の元ベンチャー会社経営者に支持者が多いことなど知るはずもない。いまだに納期が精神論で縮まるものと思っている経営者たちによって、ここの社員たちは送り込まれた。

つまり、ここが引き受けたのは、人工知能がない時代なら鼻で笑われていた超巨大タスクだ。そして、人工知能にはできない穴を人間が埋めなければ、タスクは終わらない。だから、締め切りまで余裕があろうと、常に人工知能に合わせて全力疾走しなければならない。

そう、これこそが、古い時代には存在しなかった新型のデスマーチである。

国会は、改憲に向けて雪崩《なだれ》落ちた。つまり、野党による執拗《しつよう》な妨害や遅延工作を押し切って、参議院を改憲案が通過したのである。

そうなるに至った原動力は、いくつかある。結果として、改憲の機会に排外主義に手を入れたことは成功している。これについては、見憲研の人工知能の貢献が大きい。人工知能がしていた仕事は、つまるところ、従来では考えられないほど頻繁かつ広範な国民の意識調査だ。これを国政にフィードバックして、さらにその反応を次の意識調査で確認しているのだ。この使い方は、与党内で、人工知能に不信感を抱く層にすら攻めがたいものがあった。国民ひとりひとりの声が届きにくい間接民主政治に、直接民主制のよさを取り入れたとも言えるからだ。

情報は漏れるもので、大味政権が人工知能を使いはじめていることは、噂レベルではすでに流れている。政治に機械的なフィードバックループを取り入れることに、不信感を抱く声は大きかった。だが、すでに経済の世界では株式取引から始まって、多分野で一般化していることだ。大味内閣は経済の安定で評価される政権だから、経済の手法で難局を乗り切ろうとすることは納得されやすかったのだ。

とはいえ、それは社会にとっては巨大な変化だ。見憲研のことは表には出ていないが、人工知能が利用されていることは、すでに報道陣にもつかまれている。

大味が自動車を降りると、かならず数十人の記者団が押し寄せて、ここのところ毎日囲み取材を受けていた。

「総理、憲法改正を今のタイミングでやることについて、党では反対の声も大きいと聞きますが？」

マイクが突きつけられる。大味はまったく慌てずに返す。

「憲法改正が現実的な問題として浮上して、国民投票を法的に整備してから、もう二十年以上経っているわけで。二十年間、識者をまじえた熟議を尽くしたと考えています」

カメラのフラッシュが焚かれる。

「アメリカ大統領が、ＡＩを政治に使用することについて懸念を表明していましたが、総理はどうお考えでしょうか」

大味は、内容のない答えをもっともらしく見せるのが得意である。

「どの国においても国益が何よりも大事だということであり、その国益のために科学技術を使うことについては、慎重な態度で臨みつつも時に大胆に選択していくことが重要だと考えております」

こうした総理の見解を表明する機会に、人工知能がもっとも活躍している。いまどこに国民の興味が向いているかを、数日に一度教えてくれるからだ。

これによって、向けられる質問を前もって予測し、爆発を防ぐための簡易答弁マニュアルがリアルタイムに作成される。政治家の嗅覚を、マシンが代替してくれるのだ。

「総理！　それは、十月の国民投票のために、ＡＩを使って対策をしているということでいいんですか？　総理！　総理‼」

時間を見計らって、ＳＰが取材陣をかきわけて道をつくる。似た質問が多いが、それでも大味は随時答えている。だいたい自分でも忘れているからだ。ちなみに義父の東山改進も、一日に五回ほど同じことを連絡してくる。

国民投票まで、あと三カ月だった。

東京徹夜《とうきょうてつや》新聞の政治部記者、西田覗《にしだのぞく》は、官邸へと戻っていった大味総理の後ろ姿を見送った。世論は大きく割れている。週末ごとにどこかしらで改憲賛成、反対双方のデモが行われている状態だ。

中国と韓国を中心とするアジア諸国からの取材も多い。大きめのデモのそばには、海外からの報道陣の姿がある。第二次世界大戦の敗戦国が、平和憲法である現行憲法の第九条に改正をくわえる影響はそれだけ大きい。そして、政権ははっきりと認めてはいないが、改憲勢力が人工知能を利用して戦略を立てているという噂も、世界の耳目を集めている。

西田は、国会議員会館前に集まった五百人ほどの人々を眺めている。「人工知能の政治参加反対」のデモなんて、誰に取材するのが適切か、よくわからないのだ。真夏の強い日差しの中、赤いはちまきを締めた参加者の半数は、六十代以上の退職世代だ。プラカードに労働組合の名前が大書され、その字体は新左翼が好んで使ったゲバ字だ。

彼の顔を知っている市民運動家が、話しかけてきた。

「東徹《とうてつ》さん。人工知能を政治に使うなんて、とんでもない話だよ。うちの弟の働いてた工場、機械入れて百人もクビ切っちゃったってよ。もう労使交渉どころじゃないよ」

人工知能デモでは、参加者が人工知能のことをよくわかっていない。きょうび工場のオートメーションでもなんにでも自律判断能力が組み込まれているから、わからなくても人工知能となるとヒトが集まるのだ。

西田がボイスレコーダーを回すと、機嫌良く運動家が話しはじめた。西田は、リベラルの東徹新聞の政治部記者ということで、運動家には一目置かれている。記事にできるひと通りのことをメモすると、あとは当事者への聞き取りだ。

「デモけっこう出てるでしょ？　面白い話ある？」

運動家が、レコーダーを止めるように身振りをする。

西田が応じると、運動家がプラカードをかついだまま、煙草に火を点ける。

「一刻《いっこく》さんのまわり、東山派がうろちょろしてるってさ。演説会の出待ちしてたってよ」

一刻真二《しんじ》郎《ろう》は社会民権《しゃかいみんけん》党の右派の大立者だ。当選十二回の大物なのに、暇があると演説している清貧派で、政界でも人望がある。護憲派だが、どんな条件を提示してでも、この男さえつかんでしまえば右派は転ぶ。改憲案は参院を通過しているが、これは連立与党が過半数の議席を占めていたからに過ぎない。議席数の力が通用しなくなる本当の勝負は、ここからなのだ。

「悪いね。こっちから何かいるかい」

西田は、千代田《ちよだ》区は市街禁煙だから、こっそり携帯灰皿を差し出す。運動家が灰皿に灰を落とす。そして、デモを指さした。

「写真撮ってけ」

五百人のデモは、遠くからだとそこそこだが、近づけば大人数に見える。つまり、写真の撮りかた次第で、盛り上がっているように写るのだ。

西田はいいアングルを探して、議員会館前の風景を確認する。半分以上は六十代以上の男女だが、若者もいる。改憲案が両院を通過してから、政治に興味を持つ人間は増えている。それも、日々確実にだ。

熱気が、いつか大きな炎になる日が来る。雇用を圧迫しつつある人工知能が国の重大な舵取りに関わるというなら、火は点くべきだ。無風のまま取り返しがつかない状態に至ってはならない。

それは西田にとっての社会正義だった。

大味にとって、人工知能を導入した思わぬ利点がひとつあった。目につきやすい政界のノイジーマイノリティを、内閣全体が気にせずに済むことだった。常にアンケートデータの分析を戦略の中心においた大味政権は、大勝負を前に揺らいでいない。この余裕が、諸外国との関係をも比較的にではあるが落ち着かせていた。

「きょうは、今後の方針について話を聞かせてくれるそうだが」

大味は、畳の座敷に客が来ると、待ちきれずに声をかけた。今日は、神楽坂《かぐらざか》の小料理屋に磐梯と長岡を呼んでいた。磐梯教授の存在を嗅ぎ回る者が議員以外で急に増えたからだ。そこから、見憲研の情報が世間に広がることは避けたかった。

正座した長岡が、話を切り出してきた。

「閣下、このたびは、やはり岩田《いわた》環境大臣のことで？」

「耳が早いな。……このタイミングで不正献金とはなあ。今だから、リークがあったんだが」

岩田環境相の事務所に、東京地検特捜部の強制捜査が入った。きっかけは、大臣の個人秘書からのリークだ。もう数時間もすれば、テレビのニュース速報で報道されるはずだった。明日には新聞に載る。政権にとっては大きな打撃だ。

　やってるやつはやっていることだが、ばれるのはいただけない。ロンダリング職人と呼ばれた東山改進を見習ってもらいたいものである。

「それで閣下、我々はどういう……」

「どう乗り切ればいいかを計算するための人工知能ではないかね？」

　政治家が窮地に陥ったとき、自分が育てていた人脈や組織のほかに助けてくれるものはほとんどない。特に、火の海になる案件ではそうだ。すでに佐藤要法務相が、この事件の指揮権を検事総長と争わない構えを見せていた。

　大味の求めに、刺身をつまんでいた磐梯が返した。

「閣僚の汚職とは、難儀ですな。ＫＫＫ《サンケー》の人工知能は、憲法改正のために必要なことしかできない。人工知能は融通がきくとはいえ、まだまだ汎用性の限界があるうえ、それを広げるには莫大な予算がいる。新しいものを、直接かかわりがない汚職問題のために組むのは無理だ。単一の人工知能のみで不確定要素をカバーするなら、現システムが獲得しはじめた汎用性に、賭けるしかない」

「それは、賭けなのか？」

「プログラムは、欲しい仕事を決めてから設計するし、設計外の答えは出てこない。人工知能でも同じだ。このルールをはみ出す高い汎用性を、現行システムは獲得しはじめたわけだが。これを信用できるかとなると、まあ判定している時間的余裕はない」

「ないのかね」

　大味が水を向けると、汗をぬぐいながら長岡が返した。

「いまは、システムの運用と保守で手一杯なんで……。ギリギリの状況です」

磐梯が、ビールを一気に飲みほして、主張する。

「だが！　こういうときのために、人工知能に複雑な判断をさせるに留まらない、それらを総合して判断するシステムを設計しておいた。社会という大きな問題系をカバーするシステムには、どうやったって漏れが出るからな。この隙間を埋めて、回答を出す、これからの時代のスタンダードになる設計だ」

「そのシステムの秘密は？」

「無論、人力だ。学生と社員が、漏れたものを掬《すく》い続けている！」

磐梯が胸を張る。

「学生が？」

「教授のゼミの、工学部の学生です」

「人工知能は、与えられた情報を処理できるが、その処理内容をもとに自分がするべき問題を創造することは、まだできない。首相に渡しているのは、処理結果に応じたアドバイスだ。アドバイス文を書いたのは、いまのところ、うちの工学部の学生だ。近々、自動出力になるがね」

日本を、工学部の学生が動かしている。歴史の岐路だと思うと、気が遠くなりそうだ。

大味にとって、磐梯が語る人力の衝撃は、大きかった。

磐梯が迷いも罪悪感もない顔で言った。

「いやあ。安くて素晴らしいね、人力」

その頃、見憲研の荻窪オフィスでは、東大工学部の学生、根津学が頭を抱えていた。

「学者が増えたー！」

連日泊まり込みの惨状が続く仕事環境改善を主任が訴えた結果、休日ではなく科学者がひとり増えたのだ。民間の研究所に所属するＡＩ研究者が、大量のウェアラブルセンサーを持ってやってきたのである。

「君たちのストレス状態を改善するためにきました、針鼠勝《はりねずみまさる》です。さっそくですが、君たちには、ウェアラブルセンサーで計測したストレス反応値が小さくなるように生活していただきます」

オフィスの全員に脳波を測るヘッドギアをわたして回ると、針鼠が機器の使い方をレクチャーし始めた。プロジェクターを使ってスライドで説明し始めたときには、主任が殴ってでも止めそうな雰囲気になっていた。

「岩田環境大臣の汚職の影響を、《あいのすけ》に入力する方法を考えるために、今ギリギリなんですがねえ」

《あいのすけ》は、オフィスでつけられた人工知能の愛称である。ＡＩだから《ＡＩのすけ》という雑な名付けだが、仕事が忙しくなるにつれ、親近感を覚えるようになってきたのだ。出力する分析書の末尾に、人工知能独自のコメントを発するせいで、なんとなく仲間のように感じてきたとも言える。

「もういやだ……」

クラスメートの近藤が、虚《うつ》ろな目で中空をにらんでいる。根津も裏切られた気分でいっぱいである。

「磐梯先生、こうなるのわかってただろ……」

ここのＣＴＯである磐梯教授が、不測の事態用の仕様を完璧に整えていた。おかげで、彼らの仕事は破綻の一歩手前で持ちこたえ、そのせいで今日も帰れない。

つまり、大臣の不正献金のような、社会に著しい影響のある事件を放置すれば、次のチェックで指標値が急変してしまう。アンケート調査の値をフィードバックして乗り切れるのは、調査一サイクルの間隔では激変しない、ゆるやかな変化だけだ。一夜で世界がひっくり返るような大事件には無力なのだ。調査データを監視して反応するだけでは、時間が経つにつれて、歪みが大きくなるのは明白だ。だから、磐梯教授は、局所的な対処をさせるサブの人工知能をシステムに継ぎ足すため、三交代制で二十四時間、人力を張り付けた。仕様上の無茶を、終わらないデスマーチで無理やり取り繕っているのだ。

生産性が悪いから、仕事が終わらないのではない。人工知能のボトルネックにならないよう、同じ速度で仕事をすることが求められるから帰れないのだ。見憲研は、未来を先取りする世界最先端のブラック職場なのである。

針鼠が、根津に近づき、ヘッドギアのようなものを頭にはめようとした。

「人工知能の補助をしている皆さんを、人工知能でお助けしたいわけです。なんでしたら、ヘッドギアにウサギの耳でもつけましょうか」

ごそごそと段ボール箱から、パーティグッズのような白いウサギ耳を取り出す。

「これは脳波で動くようになっております」

ドヤ顔で針鼠が言った。根津は大学に入学してはじめて知ったが、学者のなかには講義外だとおかしなことをする人がときどきいる。

無言で、まわりのスタッフが、ヘッドギアといっしょにウサギ耳を受け取っていった。馬鹿馬鹿しいことでもなんでも、いつもと違うことをしないと、精神が壊れそうだったのだ。

虚ろな表情で、スタッフたちがデスクに戻って行く。キーボードを叩く音と、画面を指でなぞってポインティングデバイスを動かす音とともに、ウサギ耳がぴこぴこ揺れる。

針鼠が帰って、オフィスは再び静かになった。大臣汚職の影響を迅速に予測するために、過去の汚職事件の政策への影響を算出する人工知能を、泥縄で完成させるのだ。システムに増設するサブの人工知能は、作った後で教育の手間がかかるため、実働までは完成からさらに一週間かかる。

更新されたスケジュール表を見ていると、根津は心臓がきゅっと締め付けられた。だが、さらなる衝撃がおそいかかった。

オフィスの社員たちがざわめき出したのだ。

「社会民権党の一刻議員が、演説中に刺されたってよ……」

疲れすぎて、それが政局にどんな激震を呼ぶかはわからなかった。ただ、またしばらくは帰れないということだけは、はっきりとわかった。

たぶん驚きに反応して、ウサギ耳がいっせいに立った。

一刻真二郎議員、過激派に刺されて重体。その一報は、事件の三十分後には日本全土を駆け回っていた。

大味は厳しかったアジア歴訪から戻るなりそれを聞き、顎が落ちそうになった。

「なんで一刻が？」

「犯人は講演会の客だって。一刻議員の演説が終わった後、花束を持って演壇に近づいたかと思ったら、花束から出した刃物でぶすーっ。いや、こわいでしょ？」

警察庁の次長の小崎武《こざきたけし》が、わざわざ官邸まで足を運んできたのだ。まさにその事件で忙しいはずの時期にやってきたのは、個人的に友誼《ゆうぎ》があるからだ。若い頃、東山改進の捜査にきた小崎を、東山派の若手だった大味が応対して、意気投合したのだ。

大味は、顔色を隠すのがうまい。だが、今回ばかりはそれが難しかった。一刻に働きかけて、護憲派内の右派を揺さぶる戦略が瓦解したからだ。そうして、国内の大多数が改憲へ向けて動いているのだという印象を与えて、国民投票の一助とするはずだったのだ。

「それで、犯人は？　まさか改憲派では……」

「取り調べ中だけど、右翼団体ではないことはわかってるねー。ネットに過激な書き込みを繰り返してたみたい。ほんと、監視しても監視しても、危険人物が漏れるの。ヤんなるね」

小崎が、コーヒーを呑みながらぼやく。

「大味首相さ、めんどくさいこと、全部人間がやるの、まちがってると思わない？」

「そういう話か」

「いま使ってる人工知能、国民投票が終わったら、紹介してくんないかな。テロリストの監視とか考えるとさ、常にデータほしいのよね。足で稼ぎ続けるのも、限界あるしさ」

「警察も、民間みたいに人工知能でリストラか？」

「なに言ってんの？　今の人員で百監視できているのを、百五十にするの。せっかく便利な道具があるんだから、もっと監視しなきゃ」

小崎は監視というとき、とてもうれしそうだ。監視が大好きなのである。

「それで、監視に協力すると、内閣にどんな得があるんだ？」

「つまんないこと言わないから、僕は君が好きなんだなあ。東山先生の薫陶かな」

小崎が相好《そうごう》を崩す。

「抜かせ」

「それじゃ。大味首相のご懸念、なくなりはしないけど、別方向でやわらぐんじゃないかな。あと、荻窪の人工知能のまわり、大陸がうろうろしてるって外事が言ってるから、こっちで対処しとくから」

小崎が目的を果たして、さっさと官邸応接室を辞した。

ひとつ手助けが入ったが、党本部は大騒ぎだ。一刻をはじめとする護憲派の右派に働きかけていたのは、大味だけではない。戦略の大きな柱のひとつだったのだ。

応接室にひとりになって、大味はついに叫んだ。

「どうすんだ！　護憲派がひとつにまとまるじゃないか。しかも、弔《とむら》い合戦ムードになるだろ。なるよな？　ああもう、刺されるなら、せめて三カ月前にしとけよー。しーとーけーよー」

誰も見ていないからこそ、ストレスコントロールで駄々をこねるのである。

まったく先が見通せなくなっていた。

切り崩し工作など、かならず成功するようなものではない。だが、それでも期待していたのだ。しかも、国民投票までもう一カ月を切っている。中間アンケートは改憲案に賛成五〇・八ポイント対反対四九・二ポイントで競っているのだ。接戦の投票で勢いがどれほどの力を持つかは言うまでもない。

「勝手すぎだろ。党の政綱なのに、なんで自分ばっかり苦労してんの？　威勢いいのは後先考えないヤツばっかりで、責任と影響力あるヤツが逃げてる時点で無理だって気付けよバーカ！　官僚すら、頭まわるやつは長引いたらキャリア拘束されそうだから逃げてんじゃねーか」

官僚たちも頼りにならない。悪い数字がたくさん書かれた書類を作って、危機感を煽《あお》るだけで、具体的な指針の参考にはまったくならない。それを決断するのが首脳の役目？　判断したら何が起こるかを予測して、三択で選択肢を選べるくらいのものを出してこいというものだ。

「人工知能だったら、ピンポイントで最良の選択肢持ってくるんですけどー。有効に働く味方って人工知能だけじゃねーの？　どうすんの？　いやもう、人工知能、本気で頼りになるんですけど。裏切らないしな！」

人工知能の働きは素晴らしい。調査期間も短いし、答えが明瞭だ。しかも、見返りを求めない。そりゃ世の中が人工知能化するってものである。ほとんど人工知能しか有効に働いていないとすら言える。とすれば、もっと人工知能に賭けてみるべきではないだろうか。

これまでは官僚の手前、判断の根拠を自分がまったく説明できない人工知能の指示に従うのは、極力避けていた。だが、今からは全部実行してゆく。人工知能の判断が、人間の目からは意味不明でも結局有用だった事例は枚挙にいとまがない。

大味は、このとき歴史的な決断をした。

もう、いっそのこと人工知能を全面的に信用してもいいのではないだろうか？

人工知能で対策することが、政治の諸問題への有効な対策になるのか？　現時点での結論としては、「ならない」である。

いま、彼らは人工知能に、数値化可能な使命として、国民投票に関わる諸指標値を安定させている。だが、事件が起こると、大規模アンケートからのフィードバックを待っていては、これを果たせなくなる。守るべき数値のグラフが常に非線形で、特異点がぽこぽこ現れるからだ。特異点の山や谷を小さくするためには、それ専用の人工知能が必要で、これをプログラムする大量の人力がいる。この特異点の種類や性質がそれぞれ異なるせいで、作業量が爆発的に膨らむのだ。

穴埋めを人力でやるのは、はっきりと限界がある。

「せめて百倍の予算と人員が必要だったか……」

磐梯教授の結論である。

身の危険を覚えて所長室に立てこもって、彼は論文を執筆していた。荻窪の見憲研オフィスには、ゾンビのように虚ろな目をしたスタッフが徘徊《はいかい》している。

ここ数日ろくに寝ていないスタッフたちが、うめきながらキーボードを叩いていた。力尽きてデスクの下で寝袋に入っていたり、突っ伏して眠っていたり、見るからに死屍《しし》累々《るいるい》だった。そして、磐梯を発見すると、もう帰りたいと詰め寄ってくるのだ。

磐梯は、加速度的に増えているトラブルへの対処のため、荻窪オフィスに日参している。サーバルームですら安全ではない。仮眠中のゾンビが転がっているからだ。

仕事を続けていると、悲鳴とものをひっくり返す音に続いて、ドアが思い切り叩かれた。そのドアが開かれる。

もみくちゃにされた長岡が、所長室に転がり込んできた。

「なんだ、この有様は？」

「人手が足りなかったな。二十四時間計算し続ける人工知能に合わせて、トップスピードを追い求めたんだ。穴を埋める人間たちがこうなるのは仕方ない。昔なら絶対不可能だった領域の仕事だよ」

「わかってて従業員を使い潰したのか？」

「私はずっと違和感を覚えてたんだ。人間と機械の競争を語るとき、機械への恐怖をやわらげるために、人間が自動車より速く走る必要はないといわれる。だが、人間と機械の共同作業では、人間が自動車に近い速度やパワーを発揮するほど、より高い結果を出せるはずだろう？　いま到来しつつあるのは、機械との競争ではなく共同作業の時代なのに、なぜそれを全力で試さないんだ」

磐梯が、デスクに肘を突いてペンを指で回す。自分の成果を吹聴するときは、いつもいい顔をしている。

「間に合わないから、磐梯さんに言われて、二十四時間オフィスを開けて三交代制にした。人は増やしたのに、なにもここまで……」

「オフィスに入る限界まで増やして、それでもこれが限界だ。難度も作業量もかつての人類では不可能だった仕事を、人工知能の力で実現した。当然このくらいのことは起こる。今回の教訓のひとつは、『人間は機械との競争より、無茶振りするボスの下での、機械との共同作業こそ怖れるべきである』ということかもしれないね」

科学の持つ邪悪な一面だった。

そして磐梯は、ホッチキスで留めた書類を、長岡のほうへ滑らせてきた。

「とはいえ、一度スタッフを解散したほうがいいんじゃないかね。やってみてはっきりした。政治の自動化は、人間の知能に迫る、いわゆる《強いAI》の実現までは無理だ。特定の問題だけを解決する《弱いAI》を組み合わせて、それでも隙間に落ちる仕事は人力で拾わせれば、イケると思ったんだがね。人間の負担が大きくなりすぎると、職場社会のほうが崩壊するんだな……。気づかなかったよ」

長岡が、書類をめくる。そして、眉をひそめた。

「これは？」

「最新の、人工知能の算出した、指標値を安定させる方法だよ。この判断に至ったのは、素晴らしい成果だと思っている」

磐梯の説明に、長岡の奥歯を噛む音が聞こえた。明らかに顔色を失っていた。

「計算し直しだ」

答えが即座に拒絶された。

「これが人工知能が出した、最適の手段だ。人工知能は、国民投票に勝利するための指標値をこれ以上維持できないとした。総理が辞任して、いったん白紙に戻すのがいい。これは、国民投票の勝ち筋が、現状では消滅したということだ」

だが、長岡は目を据わらせて、磐梯の肩をつかんだ。

「それこそ常識で考えてくださいよ、磐梯さん！　ここまできて、負けます退きましょうじゃすまないでしょう。大味総理や東山先生には見せられませんよ」

磐梯がプリントアウトした紙を叩いた。

「この有様では、もう常識的に考えて退き時だろう。それに、もう必要なデータは十分とれたと言っていい」

だが、長岡の答えは磐梯の答えを超えていた。

「できないんです。ことは、もう政治の問題だ。磐梯さん、政治は止まることができんのです」

「科学は、一度誤りを発見したら、それを記録して仕切り直しだ」

「科学とかどうだっていい！　いいですか？　こんな状況は、人工知能が政治などの重要決定に使われるようになれば、かならず起こる。つまり、不都合な結果は握り潰される。握り潰せない道具なんか、政治じゃ使えない」

「人工知能から科学をとったら、何が残るんだ」

だが、磐梯は、人を殺しそうな顔をしている長岡を前に、それ以上の言葉を失った。

データを人工知能は処理して予測を出す。だが、政治は、一度動き出すと、予測だけをもとに動きを制御することはできない。「混ぜるな危険」の世界である。なのに、使ったほうが生産性が上がる。

「いいか磐梯さん、人工知能は、自分の専門分野に関しちゃ、とっくに人間の能力を超えている。だから、今まで役に立ってきた。けど、そのせいで、人工知能がこの答えを出した道筋が人間にわからない。わからないものを、政治人生やカネや、信念をかけてる政治家が、納得できるとでも思うのか？　だから、止まらないんだ。案件を主導している人間にとって納得のいく結果が出るまでは、トコトンやる。それが政治だ」

長岡が、運動家の使命感のようなものに燃える目で、言い切った。

磐梯とて、若くして教授に登り詰めるまで、様々な動機で行動する人々を目にしてきた。だから、その言葉には、政治の営みの本質のようなものが潜んでいる気がした。

「どうするんだ？」

「これ以外の答えが出るまで、条件を変えて試す。パラメーターにしろ、フィルターにしろ、なにかが違えば違った結果が出る。何をやっても一意の結果しか出ないほど、完璧な精度で計算させてこられたわけじゃないんでしょう？」

長岡は本気だった。それは、人力を燃やして進むしかない修羅道だ。

磐梯は、瘴気《しょうき》漂うオフィスから目を逸らす。

「もつのか？」

「もたせるんです。国民投票まで、あと二週間だ」

撤退以外の回答は、三十二回目の計算やり直しの後に出た。

そして、血反吐《ちへど》を吐くように仕事をやり通した見憲研オフィスはゾンビの巣と化していた。

国民投票まであと三日。

オフィスには机とマシンと人間が増え、人口密度のせいで不快指数が上がっていた。

そして、その増員は全員この仕事がよくわかっていない会社員だ。見憲研が発注をした仕事が、孫請け、ひ孫請けにわたされ、突然ぞろぞろここに連れてこられたのだ。当然、そうそうスムーズにできる難易度の作業ではないから、教える手間と相殺で作業量はほとんど変わっていない。

ネクタイをゆるめた中年エンジニアが、口を半開きにしてうめいている。量が殺人的なくせに作業の要求水準は高く、リテイクの山は築かれ、新しいＡＩを作るよう絶えず指示は飛んできて、デバッグの穴を埋め続けるのだ。

「うー、あー」

根津は、エンジニアが床に転がるサーバルームから、オフィスに戻ってきた。《あいのすけ》の出力データを取りに行く役を与えられている。周辺に配置することになったサブＡＩ群との連携チェックもついでにまかされていた。

オフィスの、下請けがまとまったあたりで、怒鳴り声があがった。

「雑に扱ってどうする！　一刻刺傷事件の影響を追跡する人工知能が、またおかしなデータを吐いたぞ。《あいのすけ》が教えてくれなかったら、回答停止していたかもしれんのだぞ」

大学の同級生の近藤だった。磐梯教授のゼミ生だから《あいのすけ》まわりの仕事をまかされていたが、近藤は自分からそれを降りたのだ。

「近藤、なにやってんの？」

根津が、看守のように社員を怒鳴りつけるクラスメートに尋ねる。近藤は、浄化されたようにさわやかな表情をしていた。

「この職場で手に入れなければいけないものが何か、ようやくわかったんだ」

「なんだ、それ」

「ＡＩ社会で必要な能力とは、ＡＩのできないことに辻褄《つじつま》を合わせる能力だ。つまり、カネとコネだよ」

近藤は学生のアルバイトから、一足先に、汚い大人になっていた。

「根津、勉強会はいいぞ……。われわれから論理を洗い落としてくれる。いや、むしろ科学さえなければ、われわれは人生を踏み外さなかったとすら言える」

「おまえ何を……、ん？　勉強会？」

「大扶桑会議だよ。われわれは、家族のつながりに根ざした社会を取り戻しながら、同時に未来へ向けて力を合わせる憲法を作ろうとしているんだ！　……根津、ゾンビになりたくなかったら、人間でいたかったら、コネを身につけろ。家族的つながりは力だ！」

うめきながら先の見えない仕事を続ける社員たちを、近藤が振り返る。

「いいか、人間の定義とは、友だちなり家族なりに、人間がいるやつのことだ。おれは、そちら側へ行く」

「生まれ次第で、一生人間になれないやつができるな」

だいたい、仕事が終わらないことと関係ない。

「ゾンビのように使い潰される人間になりたくなければ、それを使う側に回るしかないんだよ」

近藤が病んでいた。

「仕事が終わらないからって、現実逃避すんな。ノルマが何も進んでないんだぞ」

「俺は悟った。人が権力を求めるのは、仕事が終わらないからだ。個人の生産性の限界を超えて仕事がある世界では、責任と工程管理から自由な場所にいるやつが勝者なんだ。長岡さんとコネをつないどくのが、いま、クソみたいなここで、唯一の生産的な仕事だ！」

近藤が全力で主張する。その目は血走っていた。

「えぇー？」

根津は開いた口がふさがらない。

いまだにウサギ耳をつけているゾンビたちが、脳波で耳をぴこぴこさせる。

そして、オフィスのどこからか、声が聞こえた。

「……そうだ」

さっきまで虚ろな目をしていた会社員たちが、顔を上げた。

生きる目標をもらったかのように、デスクから立ち上がる。

「コ……ネ……」

そして、近藤へと手を伸ばし、取り囲むように寄ってくる。

「よ……こ……せ……」

四方八方から、睡眠不足でふらついたゾンビたちの手が、近藤をつかむ。

報われない仕事をしていると、みんなわかっていたのだ。報われる何かを目の前に出されたら、こうもなろうというものだ。


国民投票まであと二日。

東京徹夜新聞の政治部記者、西田靚は駐めた車の中で息を潜めていた。

一刻真二郎の刺傷事件から、憲法改正をめぐる議論とデモはいっそう激化した。政治家の刺傷事件が、もっと政治が危険だが幻想にあふれていた、昭和の時代を思い出させたのだ。特に、戦前をイメージするようなことへの拒否感は強い。

この状態で、いまだに改憲賛成と反対がほぼ拮抗しているのは、相当に頑張っているとも言えた。テレビもラジオもネットも、どこもかしこも国民投票一色だ。

「ここで間違いないんだろうがよ、公安だらけじゃねえか」

時間は午後九時。西田は、五十メートルほど先に駐まった黒いバンを観察している。バンから出てきた背広姿の男に、見覚えがあったからだ。

「公安が常時警戒してる研究所とか、危なすぎんだろ。VIPでもいいんのかよ」

煙草の灰をダッシュボードの灰皿に落として、バンの駐車時間のメモをとる。煙草は、駐車している言い訳でもある。

「そろそろあのビルから、帰宅するやつが出てもいいだろうよ」

西田は取材メモに視線を落とす。飲み物、食べ物、ティッシュや電池など、本当に細々したものまで公安の刑事がビルに持って行っている。社員なり所員が出てきた形跡は、半日張り付いてまったくない。

当たり前のように、窓からは灯りが煌々《こうこう》と漏れている。

「こりゃ、おかしくねえか」

九時まで、すでに三時間待っているのに誰も帰らないのだ。

西田をここに導いたのは、一刻議員の刺傷以後、綿密に続けた聞き取り調査だ。そのきっかけは、犯人が右翼でも改憲派でもなかったことだ。犯人は、反AIデモによく参加していた男だったのだ。大味総理には、人工知能で国民投票戦略を立てているという、まことしやかな噂があった。総理が、護憲派の右派に働きかけていたことは、西田のような政治部記者も知っていた。反AI過激派に事情通の知り合いでもいれば、一刻議員に敵意を向けるのは、ありうることだ。

だが、西田はその流れの中で違和感を覚えていた。大味内閣が打ち出した外国人労働者の受け入れ態勢は、リベラル層には評判がよかった。一刻の軟化に繋がった一手だが、このこと自体がおかしかった。大味総理の支持母体は、極右の大扶桑会議だからだ。保守派の嫌がることに踏み切っても、大味政権内が安定していることから、副会長の長岡雄一に目を付けた。長岡の大学時代の知り合いに、人工知能の有名な研究者がいるからだ。その磐梯教授の大学のゼミで、学生アルバイトを募集していたことがわかった。この募集チラシに書かれた連絡先がここだった。

ここの周辺で聞いた限りでは、かなりの数の社員とアルバイトがいるはずだった。

「歪んでるな。これは、よくねえ」

西田が、大学で聞いただけでも、二人の学生がここで働いているはずだった。写真画像を見ると、どちらもいいところのお坊ちゃんらしい、苦労を知らないツラだ。ひとりについては心配した友人から、携帯電話の番号も教えてもらっている。

「どーすっかねえ」

電話をかけるのは最後の手段だった。ショートメールは一度送ってみたが、返信はまだない。

ふと、ビルの窓から漏れる灯りがまたたいた。公安のバンから、刑事が二人飛び出してきた。

西田は、同僚の政治部記者に、用意しておいた応援要請のメールを送ると、車から飛び出した。

ここはアタリだ。

ビルへと駆ける西田を捕まえようと、バンから男がひとり慌てて降りてきた。すんでのところでその手をかわして、ビルのゲートに駆け寄る。

「おい、おまえ!」

先に着いていた公安警察官が、西田の襟首をつかむ。

そのとき、ガラスのドアがスライドして、押し寄せてきたのだ。――目を血走らせた人間が、靴が脱げていることにも気づかずにだ。十人近くもの成人男性が脇目もふらずに走ってくる圧力に、思わず身を引く。

「ひっ」

思わず息を呑んだ西田たちを、先頭の男が突き飛ばしてバス通りへ向けて走っていった。

「コ……ネ……」

生ける屍のような、血走った目をした男たちが、腕を伸ばして警官につかみかかっていた。

「……なんだこりゃ」

西田は、自分にしがみついてきた会社員に携帯を向けると、画面に自分の名刺を表示させた。

「東京徹夜新聞の西田覗といいますが、お話いいですか?」

国民投票前日、東京徹夜新聞の朝刊はセンセーショナルなものになった。
《荻窪のAIシンクタンクで小規模暴動。国民投票対策受注か》
小見出しは担当記者西田の思いのこもったものが採用された。
《AIの指示で動くゾンビ労働者たち、これが未来社会なのか》
主要紙の中で、唯一、国民投票を一面トップに置かなかった東徹新聞の記事のインパクトは凄《すさ》まじかった。
テレビニュースは国民投票の特番の中で必ずこれを取りあげ、懸念を表明した。東徹新聞の各販売店やコンビニでは、置いていた朝刊が昼前にすべて消えたほどである。

そのまさに爆心地である見憲研オフィスにも、東徹新聞を買ってきた者がいた。そして、盛り上がっていた。

「人工知能にそんだけの能力あったら苦労はねえよなあ」

彼らは押しつけられた無茶振りを何とか乗り切ってきた。だが、それが人工知能の力だというのは過大評価だ。依然《あいのすけ》には、できないことはできない。だから、事件が起こるたび、かつての九龍《カオルン》城砦《じょうさい》なみの増築増設になったのだ。

それでも、この新聞は、明日の国民投票に大きな影響を及ぼすはずだ。そして、これに人工知能で対処はできない。現状の指標値を知るためのデータが必要だが、これを集める時間がないからだ。まさに、お手上げである。

「ここも寂しくなったなあ」

根津は、人が半分ほどになったオフィスを振り返る。昨晩の暴走で、限界だった社員たちが帰宅してしまったのだ。社畜適性が高すぎて、仕事が終わるまで付き合うと決めた人間だけが残っている。騒ぎの中でも仕事ができる環境になっているのは、警官が検分を名目にして、取材陣を止めているからだ。国外へ技術流出のおそれがあるから、しばらく前から警備が入っていたらしい。

「いやあ、すごかったな。昨日は……」

近藤が、燃え尽きて座っていた。この不始末でコネが台無しになったと、たいそうな落ち込みようである。

昨晩、ついにゾンビたちが限界を迎えたのだ。搾取する側に回ろうとした近藤たちと、権力闘争で仕事の能率が落ちていっそう顔色が悪くなった労働者たちが、衝突したのである。つかみ合うわ噛みつくわ、それはもうゾンビパニックであった。

まったく懲りない人物が、オフィスにやってきた。磐梯教授である。

「新しいプログラムができたぞ！　アンケートデータをとれない超短期で回答を求められたら、対応できないと思っていないか？　こんなこともあろうかと、考えておいた」

最後の最後に、大きい仕事を押しつけにきていた。

「あんた、ほんと最悪だな！　いや訂正します。磐梯教授は天才ですのでこれからもご指導お願いします」

根津が助けを求めるように、ゼミの指導教官を見上げる。磐梯は、彼の顔を覚えていたのか、うれしそうにしていた。

「君は根津君だな。実務をやって、大学で学んだことが体験できただろう。もうひと踏ん張りどうだね」

そして、根津の席の端末に、磐梯がデータを転送する。

「今でも違法建築間違いなしの建て増しっぷりですよ？」

「人工知能モジュールを建て増しするように、最初から作ってある。とはいえ、もはや学習して育った人工知能がプログラムをどう受け取るかはわからんが」

磐梯が請け合った。根津には、それこそが問題であるようにしか聞こえない。

「《あいのすけ》に何が起こるかわからないってことじゃないですか！」

「今回は、アンケートがとれないときに、これまでの値の推移とニュースデータから、仮想回答を作り出すプログラムだ。本当は専用の人工知能を作って、連携させたかったんだが、教育している時間がない。開発者が仕様を把握しているからまあよかろう。これまで君らに無茶をさせてきたのだから、最後に人工知能にもリスクのある仕事をさせてもやむを得まい」

そして、プログラムファイルの実行をためらう根津のかわりに、磐梯教授がアイコンをダブルクリックした。アプリケーションが動きはじめる。磐梯が、何かが吹っ切れたように笑う。

「仕事は終わらんぞ！　いつまでも、いつまでもだ！　なんといっても、人類が数を管理し始めて、こいつがなくなったことなど一度もないんだからな」

オフィスがまた活動し始める。もう限界の疲れ切った男たちが、最後の奉公にと、席に戻ってゆく。明日になれば帰れる。すべてが終わって、気持ちよくビールが飲めるのだ。

オフィスにまだ詰めている主任がやってきて、磐梯に声をかけた。

「さっきのプログラムの仕様、こっちにください。何かあると必要になるんで」

「私が作ったものが、トラブルを起こすはずがないだろう」

そう言っていると、画面にエラーメッセージが出た。それも、《致命的なエラー》と表示された、とびきり危険なやつだ。

「《あいのすけ》？」

根津は思わず立ち上がった。

エラー表示と同時に表れたステータスモニターで、並列計算用のGPUの稼働状況が◯パーセントになっていたからだ。これは激務のピークの中ですら現れたことのない数字だったのである。

ずっと、ステータスモニターは平板線《フラットライン》を描いていた。ついに心臓たるCPUすらもが完全に停止していた。時折ぴくりと、メモリの使用率だけが一パーセントほど、断末魔の痙攣《けいれん》のように跳ねては沈む。

記憶が、よみがえってきた。初日から、これはろくでもない仕事だと思ったこと。サーバルームに、出力データを取りに行くときが、席から離れられる憩いの時間だったこと。出力データのフッターに表示される人工知能のコメントが、根津たちをいたわっているように見えたこと。つらい作業のあいだ、唯一やさしい言葉をくれる人工知能に、オフィスのみんなで《あいのすけ》という名前をつけたこと。

涙がこぼれてきた。どうして泣いているのかわからなかった。《あいのすけ》に何が起こったかは想像できた。ただ、こんな身を切られるほど悲しいとは、想像の外だったのだ。

根津は決然とサーバルームへ歩き出した。データを取りに行くのは、彼の役目だった。

オフィスに残った、磐梯以外の全員が、衝撃で仕事の手を止めていた。あまりにもひどい修羅場を一緒に過ごして、たぶん心の繋がりができていたのだ。

薄暗いサーバルームで、プリントアウトされた回答書には、計算結果はなかった。

読めるのは、《あいのすけ》の最後のコメントだけだ。

《とても、つらい――》

そして、そのまま沈黙していた。人工知能に生命はない。計算が止まっただけだ。だが、後の世に、初めて過労死した人工知能はこの《あいのすけ》であるといわれるようになった。

根津ののどが叫び声を絞った。

「あいのすけー！」

人工知能停止の連絡は、大扶桑会議の長岡雄一から、大味総理に直接電話で行われた。

大味は、受話器を置くと、官邸の総理執務室でため息をひとつついた。

そして、秘書官を呼んだ。

「義父を呼んでくれ。話したいことがある」

記憶は怪しくても、ポン菓子を食べ続けていても、それでも東山改進は大物だった。大味の話に、重々しくひとつうなずいた。大味は、去ってゆく義父の背中を、深く頭を下げて見送った。

明日の国民投票に向けて、大味は最後の演説会に向かわなければならない。だが、そこで話すことは決まっていない。今日までは、人工知能が指針を示してくれていた。

それも今はない。

もはやここに至った人工知能の選択が何をもってなされたか、人間の誰にもわからない。多くの論点や争点から、どうしてこう舵を切ったか大味にはわかっていない。つまり、なぜこれを選んで、なぜこうなったか理解せずここまで進んできたのだ。

大味に残された時間は少ない。

彼の言葉が、明日の国民投票に及ぼす影響は大きいはずだ。なにしろ、スキャンダルが発覚した当日なのだ。今、「国の未来をＡＩに決めさせるのか」という批判に答えることは、総理である大味にしかできない。

立ち上がって、執務室を歩き回る。

人工知能が社会の意思決定者の間に普及した理由が、今、納得できた。リーダーが決定をするとき、孤独に最後まで寄り添えるからだ。ただひとりプレッシャーに潰されそうなとき、その力を借りることが、選択肢に入る。

ふと、執務室のソファにサイコロが置いてあるのに気づいた。磐梯教授と長岡が、人工知能の説明をするとき、置いていったものだ。

磐梯教授は、人工知能の力を、サイコロを振ったときどの目が出る可能性が高いか、データから割り出すことができるのだと言った。だが、それを使っている大味にとっては違う。技術の詳細がわからないから、磐梯と長岡が人工知能に振らせるサイコロの目を信じて賭けた。本質的には、それだけだ。昔から占いや霊能力を信じた政治家は数多くいるが、その新しいバージョンでしかない。

技術が理解できていないから、利用者は信じて扱う。大味はたぶん、このサイコロで答えを決めるのと本質的には同じ感覚で、決断をアウトソースしていた。

ならば、どう選択してよいかわからない大味にとっては、今、サイコロを振って方針を決めても大差ないはずだ。

ずっと前から、自分ではないものに委ねてきたのだ。

だったら、問題になるのは、その相手がどの程度信頼できるかだけだ。

そして、天を仰いで瞑目《めいもく》する。

「自分が一番信用ならん」

大味は、あらゆるものをスポンジのように吸収してきた。それは、自分の判断でゴールに行き着いた結果が信用できなかったからに他ならない。

いや、考えてみれば、そもそもこんな窮地に陥ったのは、大味が決断したせいだ。

さかのぼってみれば、改憲の動きを止めることをためらったせいだ。

延々とさかのぼって、早苗と結婚したことは、さすがにこれはよい決断だったかどうかと迷った。

さらに記憶を戻って、この国をよくしたくて政治家になることを決めた大学時代まで行き着いたところで、胸を刺す痛みを感じる。大志を抱いて進んできた結果が、人工知能にまかせるしかなかったこれなのだから、やはり自分が信用できるはずもない。

だから、両手で頭の上にサイコロを持ち上げる。古来、占い師や宗教家に頼った政治家がどれだけいることか。むしろ、利害関係がないだけ、サイコロは優秀だとすら言える。

力いっぱい、ぶん投げた。

「そおい！」

ウレタン製のサイコロが弾む。《ガンガン行こうぜ》から、転がって《ほどほど》《ごめんなさい》に、ころころと絨毯を進んで最後に《命をだいじに》の目で止まった。

大味はサイコロをじっと見下ろしていた。そして、党本部に向かうため呼ばれるまで、動かなかった。

＊

戦後初の改憲を問う国民投票は、投票日から日付をまたいで翌日午前六時に大勢が判明した。賛成四十八パーセントに対して反対五十二パーセントで、改憲案は否決された。

大味内閣は、この日のうちに総辞職を発表する。

だが、彼にはもうひとつ大きな仕事が残っていた。敗戦の弁を語ることである。

大味は党本部に報道陣を迎え入れ、フラッシュの嵐を前に、原稿を持たずに口を開いた。

「このたびは、日本国憲法施行から九十年の節目にあたる本年、憲法改正の国民投票を国民の皆様に問うことができましたことを、御礼申し上げます。

国民の皆様には、改憲について真剣に考えていただき、また改憲案に力強い支援を賜り、感謝しております。また、改憲に反対の皆様にも、様々なご意見やご指摘をいただき、さらに深い議論を行うことができました。

本日、国民の皆様の審判は、改憲案に厳しいかたちで下りました。

今回の投票結果を厳粛に受け止め、我が党におきましては、これからの党運営について深い議論をいたす所存であります」

そして大味は、混迷したこの国民投票を思い返す。岩田環境大臣の汚職と、一刻議員の刺傷事件は、理不尽もいいところだった。その時点で勝負がつかず投票日までもつれこんだのが奇蹟とすら言える。

「われわれは、民主主義の中で、手続きにのっとって最善を尽くしました。

科学的手法を試みたことは、わたくしの判断であります。

一定の成果をみましたが、国民の皆様にご心配をおかけしてしまったことは、わたくしの不徳のいたすところであります。

国民の皆様の憲法にかける思いは、数値ではかることがあまりに難しいものでありました。ですが、憲法にそれほど大きな関心を寄せていただいたことをよろこぶと同時に、やはりこの国の未来をひらくのは科学技術であるという思いを新たにしました。

このたび、若者の皆さんには、未来の働きかたに不安を抱いたかたもあるかもしれません。ですが、その不安に対しては勇気と積極性をもってあたっていただきたい。

今回は、わたくしの不徳によってこのような仕儀となりました。ですが、国民の皆様におかれましては、どうか政治に科学の手を入れることに拒否感を持たないでいただきたい。

積極果敢である者は将来に振り回されず、自主性の先にこそ未来はあると強く考えるからであります」

大味は、いのちを大事に、敗北を踏み台に次へ繋ぐことを決めた。もちろん国民投票前日にどうやって決めたかは秘密である。

「国民の皆様の憲法に関する議論の盛んさから、わたくしは、いつか自主的な改憲がなされるとの思いを新たにしました。

このたびの国民投票に至った道筋は、平坦なものではありませんでした。多くの困難があり、そして多くの失敗や準備の不徹底がありました。

その中で、わたくしを常に勇気づけてきたのは、憲法という国の根幹について熟慮と討議を重ねる、日本国民の皆様でした。

国民の皆様が自身の意思を表明され、本日この決断がなしとげられたことは歴史的な一歩であります。

しかしながら、皆様の決断は、わたくしとは別のものでした。

ゆえに、よりいっそうの積極性を、この国は希求しているのだという思いを新たにしつつも、ひとつの決定を下さなければなりません。

わたくしおよび内閣が、この国の舵をとり続けることは、ふさわしくないと判断しました」

それは内閣総辞職の宣言である。報道陣がカメラのシャッターをいっせいに切った。

またたく強い光の中、大味は緊張していた頬を緩めた。

支持母体と義父の勢力に流されて決断し、人工知能に判断を預け、最後にサイコロを振った男とは思えない、晴れ晴れとした表情だった。


大味総理の敗戦の弁は、与党内では大きな評判を博した。汚水でも何でも片っ端から吸い込んだものを、口に入れられそうな何かにしてしまう芸は、健在だったからである。

国民にも、これはおおむねプラスに受け入れられた。国民投票で否決されたとはいえ、自主的改憲を求める賛成票四十八パーセントの声がおさまったわけでもない。

つまるところ、人工知能を導入するようになっても、仕事に成功するとは限らない。だから、言い訳する力、説明力が重要になるのだ。

そして、過労死から復旧した《あいのすけ》は、約束通りに警察庁に引き渡された。事件のもっとも深い闇である、国勢調査データや各種調査と個人のマイナンバーがヒモ付けて調査に使われていたことは、明かされないままだった。

それは当事者たちの思いも寄らないルートで、ディストピアがやってくるということなのかもしれないし、警察官僚にデスマーチが移行しただけなのかもしれない。

仕事はいつまでも終わらないのだ。

AIのできないこと、人がやりたいこと

国立情報学研究所
相澤彰子

AIによる世論の予測と誘導

「この国の歴史に残る事業を、最新技術のちからを借りて達成する——50億円かけて国民投票で勝つ。」

AIが世論を誘導する。研究予算の申請書に書いたら、ピカッと赤信号が灯るネタである。あるいは、AIが世論を予測する、これならば行けるかもしれない。曰《いわ》く、選挙など公平さが求められるイベントでは、世論が不適切に操作されないようモニタリングを行う必要がある。そこで本提案では、AIによる予測と実際に観測される値のずれを手がかりに、怪しい動きを検知する手法を提案する……。

この赤信号プロジェクトと青信号プロジェクト、言い回しは違うが、予測と制御は紙一重、手法的には大きな違いはない。つまり、単なる出口調査の場合と異なり、世論の動きをコンピュータで捉える場合には、世論を予想（予測）することと誘導（制御）することは表裏一体の技術的課題である。これは道具としての技術が必然的に持つ二面性であり、世論については予測が正義で制御は悪ということだ。

では、世論予測プロジェクトについて、申請書の評価はどうなるだろうか。筆者の見立てでは、研究者の半分くらいは、難しいことを「できる」と主張する研究に冷淡である。いざ本当に機が熟したときに、すでに陳腐化してしまった技術だとみなされて、研究が進められなくなることの損失が大きいからだ。残りの半分くらいは、難しいことに敢えてチャレンジする研究を歓迎する。現状の閉塞《へいそく》感を打破してパラダイムシフトを起こす起爆剤になるかもしれないからだ。いずれの立場にたつかはケースバイケースだが、研究者であるからには、己の信ずるところにしたがって、「無謀」と「挑戦」の線引きを行わなくてはならない。

世論予測プロジェクトに対する筆者の線引きは、もしデータと予算が小規模ならば「無謀」、データと予算が潤沢ならば「挑戦」である。以下、そのポイントについて述べて行きたい。[*1]

＊1　ここで紹介する架空プロジェクトの内容は専門家から見ると相当にナイーブだと思うが、磐梯教授が10年前に書いて不採択だった予算申請書だと考えて欲しい。

意見空間で人の動きをシミュレートする

問題を定式化するためには、まず、世論とは何か、世論をどうやって測ればよいかの定義が必要となる。この場合は単純に、世論とはすべての有権者の意見の集合で、ある決められた時点での投票結果によって測られるもの、と決めればよさそうだ。

ここで、意見空間というものを定義しよう。以下、若干のアルファベット記号が出て来るがご容赦願いたい。まず、世論の担い手である有権者をｘとする。ｘの意見とは、投票を左右するｎ

個の観点に関して、xの共感の度合いを表したn個の数字の並びであるとする。例をあげると、「年金が減らされるのは困る＝0.5861」、「官僚の汚職は許せない＝0.2103」などのデータがn個集まったものが、xの意見だ。

さて、有権者の意見は時間とともに変化する。「意見」が一定の場所にとどまらず、空間上で運動しているイメージだ。意見が微分可能になるように定義しておけば、粒子解析や交通流シミュレーションの手法も適用できるかもしれない。その場合には、法律や社会常識、人の心の壁などが、動きを支配する場や通り抜け不可の建築物に相当するだろうか？ 意見空間における人の動きをシミュレートすることは、人がリアル世界とサイバー世界など、観測可能な複数の世界に同時に存在するという、情報化時代の世界観にもマッチしている。

シミュレーションに基づく世論の予測は天気予報のようなものだ。よい天気予報に地球規模のシミュレーションが必要なのと同様に、よい世論予測にも大規模なシミュレーションが必要となる。個々の意見は大きな全体の一部だから、一部だけを取り出してシミュレートすることは難しいのである。[*2]

＊2 予算的にも大規模にならざるを得ない。

エージェントX《エックス》

1億人のすべての有権者、それぞれに対してモデルを構築して意見をシミュレートすることには問題がある。コストが天文学的になることに加え、リスク的にも倫理的にも法律的にも受け入れ難いからだ。だから意見空間上には、人と同じようにふるまう仮想的な「エージェント」を配置する。

エージェントたちをXと呼ぼう。今度のXは大文字である。次のステップとして、Xのふるまいをモデル化してプログラムすることを考える。このエージェント・モデルの目的は、一億人のプロファイルを記述するかわりに、もっと少ないパラメータで有権者全体の特徴を捉えることだ。個々のエージェントと有権者との間に直接の対応関係はないが、エージェントたちは全体として有権者全体と同じようにふるまう。

エージェント・モデルの構築は、これまで社会学や心理学の分野で研究されてきた候補者選択や投票参加の理論の詳細な作り込みだ。

現場で何が起きるかのイメージを具体化するため、例を1つあげる。まずはリアル世界に紐づけされた基本的な特徴を分析する。年齢、性別、居住地域、家族構成、職業、収入などの分布で、これらが基本パラメータとなる。次に、サイバー世界での情報のやりとりに基づいて、さらにパラメータを追加して行く。たとえば、どのメディアを使っているか、誰をフォローしているか、などである。ただし、サイバー世界の上では人は匿名化されているから、そのままでは、年齢などの属性と対応づけることはできない。匿名化されたテキストの話題や文体などから書き手の属性を推定する手法はいろいろ研究されているが、現段階ではあまり精度は期待できない。ここでは無理に両者を紐づけることはせず、標本調査をシンクタンクにアウトソースするのが簡単そうだ。このようにリアル世界のパラメータとサイバー世界のパラメータを対応づけて、第一ステップが終了する。

モデルの構築ではさらに、Xどうしの関係の種類や分布も定義しておかなくてはならない。Xの初期値も、Xの当日の投票行動のモデルも欲しいし、シミュレーション結果からXのモデルを修正する方法も必要だ。ステップは延々と続く。作業量は膨大だ。随所で最先端のＡＩ技術が試せそうであるが、もちろん最終的な整合性チェックは人間が行う。Ｘはプロジェクトの骨格であり、関係者の腕の見せどころとなるだろう。[＊3]

＊3　確かに言えるのは、このとき紐づけされた大規模データが強力な武器になることだ。国勢調査とマイナンバーの情報があればそれは心強い。

自転車操業のはじまり

エージェント・モデルを使って時系列データである「意見」がどのように決まるかを考えてみよう。

時刻ｔにおけるエージェントＸの意見は、それまでＸが持っていた意見と、Ｘが外界から受け取った情報によって決まる。外界から受け取る情報には、Ｘが周囲のエージェントから受け取る情報、駅で受け取ったチラシ、新聞の報道などがすべて含まれる。Ｘもまた他のエージェントに情報を渡しているから、たとえばＸがある時刻にＹに伝えた情報でＹの意見が変わりそれが次の時刻でまたＸに影響を及ぼす、といったことも起きる。これらがすべて記述できたら、あとはマルチエージェント・シミュレーションを実行することで投票結果が予測できる。

ここで重要なのは、「すべて記述できたら」の部分だ。「すべて」の意味するところは、エージェントどうしのやりとりで各エージェントの意見がどのように変化するかだけでなく、エージェントを取り巻く環境、すなわち世界中で次々と起きる事件が各エージェントの意見にどのような影響を与えるかも含めた、一切合切である。ＡＩが必要とするデータのスケールが大きいので、《強いＡＩ》を持ち込んでもおいそれと事態は好転しない。

予《あらかじ》めわかっている事件であれば準備のしようもあるが、想定外の大事件が起きてしまったら、苦労したモデル構築のやり直しだ。しかもリアルタイムで。鬼のような自転車操業のはじまりである。[*4]

＊4　慎重な研究者であれば、このシステムの限界はここまで、と宣言をして、あとは運用する誰かに預けてしまうことだろう。

数値で動く社会とサイコロ

コンピュータが解くのは基本的に「最適化問題」だ。解の候補集合と、その解がどれくらいよいかという評価関数が与えられて、評価値がもっともよい解——すなわち最適解を求める。たとえば予測なら予測の誤差を最小化する。きわめて科学的なアプローチだ。進化も、学習も、最適化である。最大多数の最大幸福というとき、社会も最適化可能なシステムである。

ところが現実はこれにあてはまらない。まず、多数の解が存在する。評価軸が多数あるために、あっちはよいけどこっちはだめという解（パレート解）がたくさん出てきてしまい、最終的に1つを選ぶサイコロが必要になる。次に、評価が難しい。システムが複雑すぎるため、シミュレーションを使って評価するにしても莫大《ばくだい》なコストがかかる。どこにコストをかけるかは多分に価値観や感性の問題であり、それにもサイコロが必要である。それから、解がない。最適化以前に、

AとB両方の要件を満足させるような解がそもそも存在しない。人生には願望だけではなく諦めが必要ということだろうが、その際にAとBどちらを諦めるべきか、これを決めるためにもサイコロが必要になる。

投票は、いわば最適化関数を決める儀式で、どっちの政策がアナタやアナタが気にかける人をより幸せにしますか？　というご意見伺いである。社会が単純であれば、それもいい。しかし、社会は複雑になり過ぎて、ある政策が何をどう変えるかなんて、一般人はもとより、スパコンでも予想は不可能だ。候補Cの政策、候補Dの政策、どちらも選びたい／選びたくない。けれど投票はしなければならない。エイヤッの投票で結果が出ると、それで社会全体が目指すべき方向が決まる。

ここで、多くの選択は、刹那《せつな》的なものではない。先人の言葉を借りると、正しく選択することではなく、選択が正しくなるよう行動することが正しい選択である。投票という行為自体が一種のサイコロだとしても、それを正しい選択にするべく最適なパスを見つけるのは、サイコロを振った後にはじまる仕事だ。[*5]

＊5　投票自体がサイコロだとすると、それを誘導するのは、いかさまサイコロであろうか。

情報空間のパーソナライゼーションと意見誘導

マルチエージェント・シミュレーションが使えるようになれば、意見誘導の作戦を立てることは、それほど難しくない。シミュレーションによって作戦の効果が予測できるからだ。

ただし、誘導作戦をどうやって実行するかは、また別の問題である。その際には、「パーソナライゼーション」と呼ばれる技術が参考になるかもしれない。現在、パーソナライゼーションによって、ウェブ上の多くのサービスは、ユーザごとにカスタマイズして情報を提示している。これは、単にショッピングサイトで過去に購入したものに似た商品が提示されるというだけではない。もはや空気のように使われている検索エンジンのランキングもパーソナライズされていて、ユーザに心地よい情報が上位にランキングされるようになっている。鏡よ、鏡、世界で一番有名なのは誰？　の世界である。アナタの組織は、アナタが思っているほど有名ではないかもしれない……。

ちなみにメディア・バイアスに関するMullainathan とShleifer らの研究では、人々が自分の信条に合ったメディアを選ぶことがバイアスを生むと指摘されている。確かに人が複数のメディアから好みのメディアを選択するのであれば、多様な人々の信条に適合する多様なバイアスのメディアが存在することは自然に思われる。このような状況において複数ソースからのニュース記事の比較読みは、メディア・バイアスに気づき視界を広くするために有効であると同時に、メディア全体としての正確性の担保に寄与する。ただし、比較読みをする賢明な読者層によって正確性が保たれるのは、人々がメディアを選択できる環境にある場合だ。もしニュース記事の配信そのものがパーソナライズ化されてしまったら、誰も気づくことなくバイアスがかかることになる。意見誘導はもうはじまっているといえる。

さらに、もし誰かが意図的に、人の意見を誘導するエージェントを放ったとしたら、そしてそれが自ら進化して増殖するＡＩであったとしたら。事態は危機的だ。サイバー世界では現に、人とＡＩを区別することが難しくなってきており、近い将来に「人とＡＩを識別するＡＩ」と「それを欺くＡＩ」のいたちごっこがはじまっても不思議ではない。[*6]

＊6　もちろん裏では自転車操業が待っている。

意見誘導の検知は難しい

さて、筆者の感覚では、意見を誘導して効果を測定するよりも、意見誘導があったことを検知する方が手強《てごわ》い。

その理由は、「バイアスされていない状態」が何なのかを定義することが大変難しいからだ。かつてウェブのリンク構造（ウェブページが他のウェブページを参照することで作られる巨大なネットワーク）を丹念に解析して、ウェブが蝶ネクタイ構造であることを示したA. Borderらの論文が話題になった。サイバー世界はその後も肥大化するとともに複雑化し、ダイナミックに生成される情報やスパムやタイムラインなど、有《う》象《ぞう》無《む》象《ぞう》の情報が入り乱れたその全貌はもはや誰にもわからない。全貌がわからなければ、公平なサンプリングとは何かを定義することができない。公平なサンプリングができなければ、中立が定義できない。そして、中立が定義できなければ、バイアスも測定できない。

別の見方もできる。人は基本的には誰かの言ったことを複製して別の誰かに伝える存在だ。その中にたまにオリジナルな創作（意見）が混ざり、別の誰かによって複製されて行く中で淘汰《とうた》が起きて、生き残った情報がさらに拡散する。だから意見は、いわゆる「べき則」のモデルにしたがっていて、その中では「多くの人が知っている少数の意見」と「ほとんど誰も知らない多数の意見」が共存する。このような世界の中では、中立な意見などというものはあまり意味をなさない。中立が定義できないので、バイアスも測定できない。

意見バイアスを測定したいとすると、その手立てはシミュレーションくらいしか思いつくものがない。しかし、シミュレーションの世界でやりとりしているのは人間ではなくエージェントたちである。シミュレーション結果が現実から大きくずれたとして、それ以上の追求ができるわけではない。原因をリアル世界で調査して黒と判断されたとき、はじめて意図的な誘導が行われたということができる。

極論をいえば、つまるところ誘導とは情報の伝達プロセスそのものであって、データが観測できたとしても、簡単にあるとかないとかのラベルを貼れるシロモノではない。投票とは何か、社会制度はどうあるべきか、という根源的な問いなのだから。*7

＊7　民主主義やメディア・バイアスなどの問題を真剣に考えるための基盤として、地球シミュレーションスケールの意見予測プロジェクトを検討してみてはどうだろうか？

人力バンザイ？

マルチエージェント・シミュレーションの話に戻って、最適化問題のモデルを構築するためのコストについて考えてみよう。軌道修正を続けながら、「あとはコンピュータを走らせて最適化問題を解くだけ」という状態に至るまでに要する作業だ。これまで見てきたように、その作業には人間とコンピュータの両方がかかわっている。

何しろ膨大な作業である。やるべきことを整理した上で、人間およびコンピュータの能力に応じて、なるべく効率的に割り当てなければならない。必要となるデータの品質や精度によっても割り当ては変わるし、人件費や場所代、電力などのコスト、プロジェクトを終了した後の再利用の可能性なども考慮するべき要因となる。今日《こんにち》のＡＩは、ビッグデータと統計処理を指す場合が多いが、実際は両者の間にはデータの意味解釈という難題が横たわる。メタ問題としてのリソース配置問題は、人力と計算力を使って両者をつなぐための手段でもある。

作業の分割と割り当ては、世論予測プロジェクトの第二の（もっと重要な）最適化問題である。学生アルバイトの《根津君》がやった方が効率がよいこと、ＡＩの《あいのすけ》がやった方が効率がよいことを見極めて、全体として負荷のバランスがとれたシステムを設計する。人間に任されるのは、まずは、決断や常識、社会的な規範などの入力、少数データのためのルールの作成など、いわゆる知的なものというイメージだろうか。

ここで、ＡＩにはできないことが、必ずしも人間にとって高尚な作業であるとは限らない点には注意が必要だ。コンピュータに価値基準を教え込むためには大量の訓練用データを準備しなくてはならないし、コンピュータは入力データのクリーニングも得意ではない。これらは多くの場合、人間にとって単純で泥臭くて割に合わない作業を意味する。

検索エンジンの登場によって、情報の経済的な価値には太閤検地並みの大変化が起きて、それはいまだ進行中であると筆者は思うのだが、人間にしかできない労働の対価が知らぬ間に格付けされてしまうことは警戒しなければならない。スマートなＡＩシステムの最下層に位置する泥臭い入力作業には、おそらくもっと対価を支払うべきなのだ。クラウドソーシングやゲーミフィケーションによる安い人力によって情報に価値が付加されるさまは、株価操作のマジックをみているようで、何となく落ち着かない。ついでながら程度の問題はあろうが、人間が本能として備える抗しがたい習性に乗じた人力の利用も避けるべきだ。テレビ番組でサブリミナル的な手法が禁止されているように。[*8]

＊８　安くて素晴らしい、人力。だが、出生率を上げるかスパコンを開発するかの選択と考えると恐ろしい。

仕事は終わらないけれど

人がやりたいことをＡＩがやり、人がやりたくないことはＡＩもできない……、そういう構図は長続きしそうにない。ＡＩによって不要になる職種は何かという議論をしばしば耳にするが、作業分担の最適化のために使われる「作業」の単位は、分・秒単位のもっと細分化されたものがよいのではないだろうか。ＡＩのできないこと、人がやりたいことのギャップを少しでも吸収し、ＡＩのできないことを人が黙々とやり続ける職場を生まないために。

素晴らしいバランスの例としていつも感嘆するのが、カナ漢字変換だ。変換候補をあげるのはコンピュータが得意なのでコンピュータが候補をあげる。一方、あげられた候補の中で何が適切かを選ぶのは人間が得意なので人間が行う。誰がどうみてもこの組み合わせが最適で、逆は考えられない。そして両者の協調作業が、１つの文を書いている間に何度も、極めてスムーズに行われるのである！

カナ漢字変換はＡＩとは呼べないかもしれないが、その背後にあるのは複数の候補の中から文脈にもっとも合ったものを提示する予測技術で、同じような手法はコンピュータを使ったあらゆる言語処理で使われている（もし人間並みに予測ができるようになったら、コンピュータは言語を理解したと言えるだろう)。カナ漢字変換がかくもうまく行く理由は、正解が1つで候補が有限だということであろうが、それにしても人間とコンピュータの美しい協調である。「コンピュータのできないこと」と「人が簡単にできること」が一致するという、筆者が憧れるデザインのコンセプトがそこにある。

最後にユートピアの話をしよう。作業フローを秒の単位に分割して、人間側には遊びを許しつつ適度な認知的負荷をかけて、全体として効率的に動作するシステムを設計する。人間とAIの二重系だ。AIシステムの中核となるのは、あらゆる問題に答える全知全能のコンピュータではなく、リアルタイムで動くこのような作業フローの設計・管理システムという答えはどうだろうか?*9

*9 つまり、ウサギ耳こそ本質的である。

あいざわ・あきこ

1985年、東京大学工学部電子工学科卒業。1990年、東京大学大学院電気工学専攻博士課程修了。工学博士。現在、国立情報学研究所コンテンツ科学研究系教授。東京大学大学院情報理工学系研究科コンピュータ科学専攻教授併任。通信ネットワークや遺伝的アルゴリズムを経て、現在はコンピュータによる言語処理や言語インタフェース等の研究に従事。第五世代コンピュータの全盛期に学生時代を過ごし、人工知能学会は設立時からの会員。

瑩域《えいいき》の偽聖者

吉上 亮

よしがみ・りょう

1989年埼玉県生まれ。早稲田大学文化構想学部卒。2013年、『パンツァークラウン　フェイセズ（全3巻）』で作家デビュー。人気アニメのスピンオフノベライズ『PSYCHO-PASS ASYLUM（全2巻）』『PSYCHO-PASS GENESIS（既刊3巻）』（以上、ハヤカワ文庫JA）で好評を博している。他の作品に『生存賭博』『磁極告解録　殺戮の帝都』などがある。

1　〈ゾーン〉観光

故郷《チェルノブイリ》を美しいと言われるたび、イオアン・セックの胸はざわつく。

〈ゾーン〉と呼ばれ、悲劇の地として世界に記憶されたチェルノブイリは、しかし秋ともなれば、そこらじゅうに生い茂って廃屋を呑む草木が紅葉し、鮮やかに色づく。晴れた日には、空が抜けるほど青く拡がる。太陽が燦々《さんさん》と降り注ぎ、木々にくっついたヤドリギ越しに木漏れ日が地上に落ちている。

その想定外の美しさに、いつも観光客たちは驚くものだ。

一九八六年四月二十六日に生じた原発事故により隔離された、立ち入り禁止区域《ゾーン》。飛散した大量の放射性物質に汚染された不毛の地。多くの人間は、そんな死の荒野を思い描いて〈ゾーン〉を訪れるのだから。

とはいえ、〈ゾーン〉が見た目通りに美しいだけの土地かといえば、そうではない。

「今、私たちが到着したのは、旧ソ連時代の衛星都市プリピャチです」イオアンは契約する観光業者がチャーターしたバスの車内で、観光客たちに呼びかける。「チェルノブイリ原子力発電所の北西——事故時に飛散した放射性物質によって、木々のすべてが一瞬にして変色した、いわゆる〝赤い森〟を挟んだ位置にあります。やはりここも汚染が激しく、事故直後に住人全員に避難勧告が出され、一夜にして無人の廃墟となってしまいました」

今回、イオアンが担当するグループは、フランスなど欧州からの客が大半を占めており、年齢は二十代前後の若い世代が目立っていた。

彼らは原発事故時には生まれてもいなかったため、今朝、イオアンは、〈ゾーン〉南端の玄関口となるディチャトキのゲートで彼らを出迎えて以来、原発事故に関するレクチャーをひととおり行っている。といっても、今年で三十二歳になるイオアンも、事故を直接知る世代ではない。事故から半世紀以上が経った西暦二〇四〇年現在、事故当時の惨状を正確に記憶した人間の数は、少なくなりつつある。

しかし事故の被害は未だに残ったままだった。〈ゾーン〉には今なお数多くの高放射線量の汚染地域が残存している。

たとえばプリピャチも、一見すれば草木が生い茂り、傍目には汚染の影も形も見えないが、実際には廃墟の破片ひとつ持ち帰ることはできない。どれも汚染物質であるからだ。

観光客たちに注意事項を伝え終えると、イオアンは彼らを先導し、バスから降りる。やや肌寒く、乾いた空気に出迎えられた。

客たち全員をバスから降ろすと、イオアンはバスの車内を点検する。

そして最後に、ガイド席に座っている小柄な人影に声をかけた。

「――リティヤ」

そう呼びかけると、幼い少女はゆっくりと立ち上がり、差し伸べたイオアンの手を取った。彼は娘を連れてバスを降り、廃墟都市のゲートへ向かった。

プリピャチに入る前には、ゲート脇にある小屋で放射線量のチェックを受ける。鉄製の年代物の測定器は、事故当時から使われているもので、観光客たちは物珍しそうに写真を撮ったりしながらチェックを通過していく。

「そういえば、大丈夫なんですか？」

チェック作業が終わるのを待っていると、イオアンは観光客のひとりから話しかけられた。

「……と仰いますと？」

相手の視線は測定器に向けられていた。ちょうどグループのチェックが終わったところだが、最後に娘のリティヤのチェックが残っていた。

「さっきの説明を聞いた感じだと、まだ汚染も残っているそうですし、そこに――小さな子供が立ち入っても問題ないのでしょうか？」

リティヤの身長が低すぎるため、測定器の手を当てる部分にまるで届いていない。

「問題ありません」イオアンは、相手の不安を一蹴するように即答した。「ここ十年で廃炉作業が進展するのに伴い、汚染が基準値以下になった場所も増えています。プリピャチも、部分的に高放射線量のポイントが残っている程度ですよ」

そう言ってイオアンはリティヤを持ち上げる。測定はすぐに済み、異常は出なかった。

「この子は、もう五年ほど、私と一緒に〈ゾーン〉内にある居住地で暮らしていますが、健康被害が出たこともありません。先ほどの説明では、皆さんを怖がらせてしまったかもしれませんが、全体としての〈ゾーン〉は無害化に向けて前進しています」

「そう、ですか……」

観光客は、理解はしつつも、納得はしきれないというふうに曖昧に頷き、そしてイオアンが抱きかかえているリティヤを見やる。

「綺麗な娘さんですね。聖像《イコン》に描かれる天使さまみたいだ」

「ありがとうございます」イオアンは慇懃《いんぎん》に頭を下げた。褒められて悪い気はしない。「娘も喜んでいると思います」

リティヤは今年で五歳になる。スカーフを頭巾にして被り、継《つ》ぎ接《は》ぎをしたコートで全身をもこもこさせていた。誰の目から見てもイオアンの娘は美しかった。しかし、愛らしい顔立ちのなか、その眸《ひとみ》は安らかに眠るように、常に閉じられている。

観光客たちをガイドするため、イオアンはリティヤを降ろし、小屋の外に出た。彼らを廃墟都市へと誘いながら、手を繋いだ娘の顔を見つめた。

しかしリティヤが見つめ返してくることは、けっしてない。

これまで、その眸が開いたことは一度もなく、盲目の娘は、いまだに自分を取り巻く世界の姿を見たことがなかった。

リティヤは先天的な盲目で生まれたときから目が見えず、さらに五歳になった今も、ほとんど言葉を口にしなかった。何らかの脳障害が疑われていたが、医師の診断では心理的な影響が考えられるものの、障害があるわけではないと結論づけられていた。

事実、イオアンの呼びかけにリティヤは反応し、言われたとおりに行動できる。〈ゾーン〉内で生きる案内人《ストーカー》の暮らしぶりは質素でも日常生活に不便はなかったが、イオアンが案内人の仕事で家を空けている間、ひとりで過ごさせるわけにもいかず、つねに傍に連れていた。

およそ五年前、イオアンの妻がリティヤを産んで間もなく、この地を去って以来、ずっとそうしてきた。おかげでイオアンは、〈ゾーン〉唯一の子連れの案内人としてよくも悪くも名を知られるようになっていた。別段、優れたガイドというわけではなかったが、盲目の子供を抱えていることが、逆に一種の付加価値となって観光ガイドの仕事を斡旋《あっせん》されやすくなっていることも事実だった。

　イオアンは娘の手を引きつつ、観光客たちを連れ、プリピャチの市街を案内する。

　原発事故以来、旧ソ連時代の遺構がそのままの状態で残っているプリピャチの建物は、廃墟ばかりだが、中央の広場に面した一棟だけ、他の廃墟と違って近代的な修繕が施されている。

　屋上にネオンサインが掲げられた劇場――〝解消・解体作業員《リクヴィダツィヤ》〟は、廃炉事業PRのために改修が行われ、内部では演劇が上演されている。廃炉作業に従事している無人機《ドローン》たちが、一九八六年の事故当時の収束作業員の決死劇を再現する舞台。

　元々は、旧ソ連時代の舞台演劇場として造られたため、建物内部はかなり広い。除染も行われており、建物自体にもかなり補修が為されている。

　観光客たちを客席に案内すると、イオアンはリティヤとともに、舞台袖にある制御室へ移動した。イオアンは、携帯端末を施設側の受信端末に翳《かざ》した。

　観光ガイド業務を委託してくる契約先――原発の廃炉事業を担当する国際コンソーシアム〈ヴァルカ〉から与えられたものだった。

　認証が実行され、上演が始まった。照明が落ち、場内は暗闇に浸される。

　舞台裏では、ドローンたちが配置場所に向けてせわしなく動き、投影機が起動する。

　ホログラフィックで舞台上にチェルノブイリ原子力発電所が映し出された。

　正式名称〈レーニン記念Ⅳチェルノブイリ原子力発電所〉の原子炉四号機の爆発事故が起こったのは、西暦一九八六年四月二十六日の午前一時二十三分のことだった。制御棒の操作ミス、あるいは構造上の欠陥に由来するという不具合が生じ、四号炉は爆発し、建屋は吹き飛び、膨大な量の放射性物質が空中に飛散した。風に乗って欧州全域に被害をもたらした大規模な放射能汚染は、そのようにしてもたらされたのだ。

スピーカー越しに奏でられる重厚な旋律は、やや古めかしい管弦楽だった。物悲しい曲調は間もなく訪れる悲劇を予見させるものだった。

イオアンは彼らの仕事の邪魔にならないように注意しつつ、制御室の隅から劇の上演状況を確認した。不具合は出ていなかった。上演時間は、およそ一時間。イオアンは、バスに戻ってドライバーと今後の旅程を確認するため、裏口へ向かおうとした。

そのときだった。四号炉の建屋が爆発した瞬間、大音量の轟音とともに、客席の背後から爆竹を破裂させたような音が連続して響いたのは。

舞台上を見入っていた観客たちは、その音に咄嗟《とっさ》に反応することができなかった。それが命取りになった。飛来する銃弾が客のひとりを背後から襲い、その頭部を貫通し、血と脳漿《のうしょう》を飛び散らせた。

直後に劇場の扉を蹴破って、十人ほどの武装した男たちが雪崩《なだ》れ込んでくる。

舞台袖の覗き窓からイオアンは、観客たちが次々に撃ち殺されていく様を目撃した。

客席で、襲撃者たちが自動小銃を乱射している。場内は暗く、マズルフラッシュの閃光が射手たちの姿を垣間見させたが、その正体を見極めることはできなかった。迷彩服の出で立ちだが、軍隊というふうではなかった。手当たり次第に銃を撃ちまくり、観光客も舞台上のドローンたちもお構いなしに破壊していく様は、無差別破壊をもたらすテロリストそのものだった。

彼らは何事かを喚《わめ》き散らしながら、さらに弾丸を撃った。観光客たちはその場に棒立ちになり、そのまま射的の的のように撃たれていった。ようやく逃げ出そうと床に這いつくばった客もいたが、そこへも容赦ない攻撃が加えられた。襲撃者が放った手榴弾が炸裂し、飛び散った無数の鉄片が肉体をずたずたに切り裂いた。

耳を聾《ろう》する轟音。

ようやくイオアンは、痺れるような身体の強張《こわば》りから解放された。はっと大きく息を吸った。今すぐにでも逃げ出さなければならない。

敵は明確な殺意を抱いている。イオアンはわずかながら従軍経験があった。それゆえ民間人を襲い、しかも逃げようとする者も容赦なく殺そうとする手合いには、一切の命乞いが通じないことをよく知っていた。

「――リティヤ?」

だが、そこでイオアンは気づいた。自分のすぐ傍にいたはずの娘がいなくなっている。彼女がパニックを起こし、勝手に動き出したのかと危惧が過《よ》ぎった。しかし舞台側に出た様子はない。

イオアンは狭い制御室内に視線を巡らした。銃声が耳朶《じだ》に響く。そして舞台裏へ通じる扉が開いているのを見つけた。すぐに扉を抜け、薄暗い廊下を進んだ。劇場の裏手に繋がる通用口の前まで来た。施錠が外れており、誰かが通った痕跡があった。

イオアンは鉄扉に手を掛け、外に出た。

林檎の樹が、まだ青い実をつけており、かさかさと木々の葉が風に揺れて乾いた音を立てる以外はひどく静かだった。

しかし、すぐに非常事態を告げるサイレンが劇場内から喧しく響き始めた。施設管理用に設置された危機管理プログラムが異常を察し、警報を発したのだ。

足元を丹念に辿ると、地面に落ちた林檎が潰れ、足跡らしきものが刻まれていた。その小ささから、すぐにリティヤのものだとわかった。劇場内で襲われる観光客たちの姿が脳裏を過ぎったが、イオアンは立ち止まることなく、娘の行方を追った。

2　インスペクション〈I〉

世界各地に姿を現したペンギンたちは、〈塋域《サンクチュアリ》〉からの招待状として一般的には解釈されたが、実際にその招きに応じようとした者は、わたしが知る限り、皆無だった。

少なくとも、彼らの出現からそう間を置かず〈塋域〉を訪れたわたしが、その旅程のなかで他の訪問者と出会うことはなかったのだから。

むしろ、ペンギンたちは当初、人類にとっての脅威とさえ認識された。彼らは土を食《は》む。その硬い嘴《くちばし》であちこちの建造物や岩盤、土壌を掘削しては、勝手に食い散らかしていったからだ。かといって人類や他の生物に危害を与える様子もないため、この意思疎通もできない奇妙な生物たちの正体について、様々な憶測が飛び交った。

彼らは一体何者なのか。

しかし、これは間もなく明らかになった。

〈塋域〉側からメッセージが出されたのだ――〝彼らは、あらゆる放射性物質を摂取し、完全に無害化する機能を有する被造生物であり、ついては地球上に太古より残存する害毒ともいえる放射能汚染物質の浄化に役立てて欲しい。また、これに伴い〈塋域〉は再び、世界に対して門戸を開く。ゆえに技術や文化に興味を持たれた方の来訪を歓迎し、多くの英知を授ける所存である〟。

しかし、これを額面通りに受け取った者は数少なかったし、警戒するばかりで実際に同地を訪れようとする者は皆無だった。

位置座標〈N51　22　54／E30　07　07〉——旧名をチェルノブイリ《チョルノーブィリ》。

彼の地〈塋域〉は、はるか昔、同地で発生した人類間の闘争のすえに生じた大破局《カタストロフ》を歴史の始まりとする。そして、その後、超長期にわたって、外部との接触を拒絶してきた大規模隔離地帯、あるいは禁足地とも呼べる土地となった。

それゆえ、命じられた仕事がなければ、〈塋域〉を訪れることはなかっただろう。

そう、わたしは、彼らの招きとは別の理由で〈塋域〉を訪れた。自らの果たすべき職務、長きにわたり携《たずさ》わってきた仕事《インスペクト》の総仕上げのために。

〈塋域〉の外界との隔絶ぶりは並大抵のものではなく、そこへの旅程は困難を極めた。まず、道路という道路が経年劣化のすえ途切れてしまっていたため、車輌は乗り捨てなければならなかった。以降の行程は徒歩を強いられた。

それもただ道を歩くのではない。域内と外界を区分する境界というべき、草木が鬱蒼と生い茂っていくなかを進まなければならない。もはや山野を行軍するに等しかった。

〈黄金の門《ゾロチ・ラヴォータ》〉と呼ばれる〈塋域〉の入り口は、その豪勢な名前とは異なり、びっしりと蔦《つた》に覆われていた。あたかも異界の入り口のように。しかし、それだけ繁茂する植物に呑み込まれながらも、無人ゲートは機能していた。大樹のかたちを取った端末に触れると、生体情報が収集された。

求められるがままに諸々の同意書や誓約書に署名すると、正規の立ち入り許可証が発行され、絡み合った蔦の一部が解け、ひと一人分が通れるだけの穴が開かれた。

これを潜って〈塋域〉の内部に入ると、間もなく非常に人懐っこい犬たちに出くわした。地面に転がって腹を剝き出しにして甘えてくる。随分と人に慣れているようだった。

いや、確かにこの土地では多くの人が暮らしているのだ。

公的には、その存在が承認されていない住人。志願者《リクビダートル》を自称する不法居住者たち。この土地は不思議な求心力を発揮し、ある種の聖地として、世界各地から移住者を集めてきた。隔離された土地ゆえに、定住を決めれば再び外には出られない。そのため、一度でも踏み入れれば二度と出てこられなくなる魔境と、畏怖する噂も絶えなかったのだ。

とはいえ、気楽そのものといった犬たちの様子を見る限り、〈塋域〉が悪意をもって住人たちを支配しているという雰囲気はまるで感じられなかった。

そして、ひとしきり犬たちを愛でると、ふと甘酸っぱい匂いを嗅いだ。

林檎の香り。

背後で、しゃくしゃくと果実を齧《かじ》る瑞々しい音がした。

振り向くと、ペンギンがいた。非常に大きく、わたしの背丈とほぼ変わらないほどだったが、風船のようにぱんぱんに膨らんでいるため、妙な愛嬌がある。ペンギンを模した着ぐるみというべき外見だった。肥大化し変形した翼に林檎が詰まった籠を提げている。それだけで目の前にいる相手が、ペンギンとは異なる生物であることを悟った。

巨大ペンギンは、咀嚼《そしやく》していた林檎を最後に呑み込むと、わたしに向かって微笑んだ。口の端が形態変化し、そういう表情を見せたのだが、悪夢に出そうな歪《いびつ》な笑みだった。

『この度は、我が〈塋域〉へようこそ。遠路はるばるお越しいただきありがとうございます』

そして深々と頭を下げた。国際公用語を淀みなく発声している。いったい、この寸胴《ずんどう》な身体のどこにこれほど正確な発声を可能とする声帯があるのだろうか。

『――私はプロメテウス・アンティオキア。この地で推進される廃炉プロセスを統括する役目、そして〈秩序ある宇宙博物館《コスモス》〉の館《キュレーター》長を務めております』

人語を操る巨大ペンギンは黐った林檎の果汁でべとべとになっていた手をごしごしと拭き、握手を求めてきた。

「この度は、調査に協力していただき、感謝します」

握手を交わした手は、人のもののように温かい。

「こちらを訪問した理由はひとつです」そしてわたしは切り出す。「〝偽聖者〟イオアン・セックの真偽を明らかにすること。この禁足地が生まれる原因となった、西暦二〇四〇年の大破局の当事者たる彼の真実を、わたしは知らねばなりません」

〈塋域〉を作り上げた始祖――イオアン・セックの伝説の真実を確かめるために、わたしは、この土地を訪れた。

3　ラジカル・エコテロリズム

劇場の裏手には、解体された建材が積み上げられていた。法令上、放射能汚染された廃材を〈ゾーン〉の外に持ち出して処理することはできないからだ。

イオアンは注意深くリティヤの足取りを辿った。そして瓦礫《がれき》や木材、破れたポスターが転がる倉庫を訪れた。

ポツンと置かれた道具箱にリティヤが隠れていた。まるで眠りについているようだったが、こちらの気配を察し、ゆっくりと顔を上げた。わずかに頬が釣り上がり、笑みを浮かべたふうになった。ささやかな感情の変化。

こちらの心配など意に介していないようだった。

そして再び銃声が響き渡った。

ここからでも聞こえるということは、劇場の外でも誰かが撃たれたのだ。

状況を把握しなければならない。イオアンはリティヤに、ここに隠れているようにと言い含めた。リティヤはこくこくと首を縦に振り、箱の蓋を閉め、中に閉じこもった。

イオアンは慎重に倉庫の外へ出た。可能な限り足跡は消してきたつもりだった。生い茂る草木に身を潜ませ、銃声が鳴った場所まで近づいていった。

そして、〝解消・解体作業員《リクヴィダツィヤ》〟劇場前の広場で、観光客が折り重なって死んでいるのを目《ま》の当たりにする。

襲撃者たちは、劇場内で殺害した死体を引き摺り出してくると、積み重ねていった。破壊した舞台上のドローンも同じ扱いだった。死体の山に荒っぽく機械の残骸を放り投げていった。

死体は、顔や胸、腹に弾痕が穿《うが》たれていた。蜜が垂れるように赤黒くどろっとした血が流れ落ちていた。イオアンは死体の数を数えた。十四体。全員が殺されていた。自分がつい先ほどまで案内していた観光客たちで間違いなかった。

襲撃者たちは担いできたポリタンクの蓋をあけて、透明な液体を死体の山に振りかけた。

そして火を灯したマッチを死体の山に放った。一気に着火した。死体の肉が焼かれ、髪や衣服の合成繊維が燃えて悪臭が漂った。ロボットに使われたプラスチック部品などが燃えてどす黒い煙を上げる。

だが、そこで連中は、奇妙な行動を見せた。死体を散々手荒く扱ったくせに、周りに群生し、真っ赤な実をつけた野生薔薇《ワイルドローズ》などの草花に燃え移らないように火の勢いを調整したり、ときには自分が盾になって火の粉を受け止めようとする。あたかも、プリピャチに繁茂する自然には傷一つつけないと配慮するかのごとく。

やがて死体の焼却が一段落すると、彼らは広場を離れ、プリピャチ市内に散らばっていった。生き残りが隠れていないか虱《しらみ》潰しに探そうとするように。イオアンは息を殺して草むらに隠れ潜み、襲撃者たちが広場から完全に去るのを待った。

そして這うような低い姿勢で後退《あとずさ》り、再び旧劇場の倉庫へ戻った。

原発企業から観光業務の委託を受けているとはいえ、正式に雇用されているわけでもない。根無し草であるもぐりの案内人《ストーカー》が、助けを期待できる他人はほとんど皆無だった。

二十年ほど前、ウクライナ南部のクリミア半島や東部のドネツクを実効支配していたロシアは、国際的な批難が増すのも無視して積極的に各地への干渉と紛争の拡大を推し進めた。ウクライナ側も政府が徹底抗戦を行わずに隷属の道を選んだ結果、熱狂的愛国者《ウルトラナショナリスト》たちの怒りを招いた。彼らが各地で反抗を続けた結果、今やウクライナ全土は紛争地域と化して久しかった。

以来、西欧側がチェルノブイリの廃炉事業に出資していた〈ゾーン〉だけが、この国ゆいいつの安全地帯となった。原子力事業を推進するフランスを主体とした西欧側の先進諸国が中心となっていたことで、独立状態を維持されてきたのだ。

突発的な市街戦や空爆に巻き込まれて殺されるリスクと、放射能汚染の影響によって身体が毒に蝕《むしば》まれていくリスクを天秤にかけたとき、難民と化した多くの放浪者たちは、後者のほうがよほどマシだと判断した。少なくとも今すぐに死ぬ確率は低いのだから。

イオアンも、そうした判断を下した者たちのひとりだった。

しかし、その〈ゾーン〉ですら、ついに戦禍の侵入を許してしまった。

イオアンは、軋《きし》む音ひとつさえも警戒するように、ゆっくりと木箱の蓋を開けた。中ではリティヤがじっとしていた。

すると懐に入れていた携帯端末が震え始めた。急いで端末を取り出したが、ディスプレイに表示されていたのは、非通知設定になった何者とも知れぬ相手からの着信だった。不審に思って無視しようとしたが、勝手に通話モードに切り換わった。

《――生き残りたいか?》

端末越しに相手がいきなり訊いてきた。男の声だが、確信は持てなかった。その声の調子には、やや不自然なところがあった。おそらく相手は変声器を使用している。

「……お前は何者だ」

しかし、相手はこちらの声が聞こえていないかのように振る舞った。

《そう邪険にしてくれるなよ。まずは落ち着いて聞くといい》何かの実験を観察しているかのような淡々とした口調。《なあ、あんた、愛しい子供を死なせたくなかったら、俺に従ったほうがいいぞ》

相手は、なおもイオアンに向かって不敵な調子を崩さず、話し続けた。

《俺が最適な判断をさせてやる。あんたらが生き残るために》

居丈高《いたけだか》な口調から、相手が自分より優位な立場にいることを想像した。おそらくは何らかの手段によって状況を把握しているのだろう。

「――お前は、〈ヴァルカ〉の職員か?」

イオアンが口にしたのは、〈ゾーン〉の中心たる原子力発電所跡で廃炉事業を推進する国際コンソーシアムの名前だった。今、手にしている端末もその企業から貸与されたものだ。だとすれば、遠隔操作が可能なバックドアが仕込まれていてもおかしくはない。

《ある意味では、な》と端末越しに男は答えた。《しかし、〈ヴァルカ〉に雇われているかといえば微妙なところだ。俺は――、そう、少し特殊な立場にあってね。ひとまず〈ゾーン〉の守護を仕事にしているとだけ言っておく》

〈ヴァルカ〉は自前の防衛戦力を持っているとされるが、あくまでその守備範囲は原発関連施設に限られる。その周囲、半径三十キロメートルの円状に拡がる立ち入り禁止地域にまで出張ってくることはほとんどない。

だが、今は緊急事態だ。武装勢力が、〈ゾーン〉内にいる観光客を襲撃し、今なお自由に闊歩しているのだ。〈ヴァルカ〉も相応の対処をするはずだ。

であれば、この男も、そうした〈ヴァルカ〉の防衛戦力のひとりなのか？

「……正確な所属を名乗らなければ、そちらを信用することはできない」

《そうかね。〈ヴァルカ〉と手を結んでいるって意味じゃ、あんたも俺と立場的には似たようなものさ。仲良くやろうぜ、――イオアン・セック》

「なぜ、私の名を――」

《あんたは、自分が思っている以上に有名人なのさ》

「有名……？」

《〈ゾーン〉で暮らす子連れの案内人《ストーカー》なんて、あんた以外にはいないだろう。違うかい？》

イオアンは沈黙を通した。相手は肯定と捉えたように会話を続けた。

《さっきの連中は、放射能環境保全《ラジオエコロジカル》主義の過激思想に凝り固まったテロリスト集団だ》

過激環境主義者《ラジカル・エコテロリスト》。イオアンは襲撃者たちの奇妙な行動を思い出す。

環境主義者たちとは、これまでに何度か接触したことがある。今回ほど過激な人間はいなかったが、観光客たちに紛れ込み、〈ゾーン〉での観光案内を生業にする者たちを批判し、人間はすみやかにこの自然の楽園から立ち去るべきなのだと警告する。

放射能汚染地帯は人間を寄せ付けない結果、動植物が自由に繁殖する。それゆえ自然の聖域《サンクチュアリ》たる〈ゾーン〉へ人間の立ち入りを一切禁じろというのが彼らの言い分だった。

「仮に、環境主義者たちだとして、なぜこれほど過激な手段に出た？」

端末越しの相手への不審は払拭されなかったが、襲撃者たちについては自分よりも情報を有しているようだった。このやたら饒舌な相手から、何とか情報を引き出そうとする。

《奴らを〈ゾーン〉へ手引きした連中がいる》

「……正気とは思えない。外から火の粉を〈ゾーン〉に持ち込むとは」

《最近の〈ゾーン〉を狙うテロリスト連中の背後には強力な支援者の影が見え隠れしている。そして自分の思想が世に問えるならいい、と従っちまう奴らが出るのも仕方がない。何しろ大半の人間ってのは、目先のことに囚われがちだからな》

「自分はそうではない、とでも言うつもりか？」

《さあ、どうだろう》相手ははぐらかすように答えた。《だが、普通の人間よりは、よほど注意深いとは思うがね。――しかし見た限り、あんたも相当に警戒心が強そうだ。だから連中の襲撃から逃れて助かったのかもしれない》

「……ただ臆病なだけだ」

イオアンは〈ゾーン〉に流れ着くまで、戦禍を避け、妻とともにウクライナの各都市を逃げ回った。

そして多くの同胞たちが死んでいく光景を目の当たりにしてきた。

《臆病な奴ほど生き残りやすい。自分の行動が次に何を招くかを考えられる人間は、その先の先まで想像力を働かせることができるからな。しかし、想像力が逞しすぎると、余計な不安によって身動きが取れなくなる》

「……そちらを疑うには、十分すぎる理由がある」

《こっちとしては、娘に続いて父親のあんたも助けてやったんだ。少しは信じてくれてもいいんじゃないのか？》

イオアンは再び黙った。元々、口が達者なほうではない。

相手の意図を推し量る時間をどうにか稼ごうとする。

すると、箱のなかでじっとしていたリティヤが、起き上がった。何かを探すように小さな手がひらひらと動いた。継ぎ接ぎだらけのコートから万が一の緊急連絡用に渡していた携帯端末を取り出し、耳に宛がった。サイズが大きいせいで玩具の電話で遊んでいるようにしか見えないが、誰かと通話をしているふうだった。

おかしい。この端末は自分以外には番号を登録していないはずなのだ。

やがて、リティヤがうなずいた。そしてイオアンの手の甲を、ちょんちょんと何度か突いた。

リティヤが自分から何かをして欲しいと頼んでくることは滅多になかった。

イオアンはリティヤの端末を受け取った。通話モードになっている。

「……娘に何を吹き込んだ？」

《いきなり失礼な奴だな》先ほど端末越しに会話した相手と同じ声がした。《その子から感謝されただけだよ。こいつを介して自分とお父さんを助けてくれてありがとうってな。その子、目が見えないらしいが、他には何一つ問題がない。むしろ、その年齢にしては理解力がかなりある。俺が呼びかけたらすぐについてきてくれたよ》
やはり、リティヤは勝手に自分の傍を離れたわけではなかったのだ。
「何が目的だ」
《さっき言っただろう。俺はお前たちを生き残らせる、と》
イオアンはしばらく押し黙った。
「……お前の名は？」そして告げた。「これから行動を共にするなら、このままでは会話のやり取りがしづらい」
《ようやく、受け入れる気になったか》相手は不敵な声で答えた。《アレクセイ・リービジ――、ひとまずはリービジと呼んでくれ。そのほうが、俺としてもやりやすい》
リービジは会話を続けた。あたかも最初からこちらが自分の提案に乗ってくる。拒絶するなど万にひとつもあり得ないと想定していたかのように。

〈ゾーン〉内は、原発周辺地域を除き、基本的には植生に人間の手が入っていないため、無秩序に植物が生い茂っている。特にプリピャチ市内の中心となる並木通りから続く広場は、大量の野生薔薇や雑草が背を伸ばしており、少し屈めば姿を隠せるくらいに濃く茂っている。今でも高濃度の汚染地帯として、長時間の滞在が制限されているため、植物の繁殖の勢いはいっそう強かった。
《どうやらテロリストどもが運転手ごとバスを破壊したようだ》
リービジの口調から、〈ゾーン〉内に様々なかたちで情報収集手段を放っていることをイオアンは察した。

隠れ場所となった倉庫を出たイオアンは、抱き上げたリティヤの重みを感じながら、市の大通りだった並木通りを見やる。二十メートル以上に成長した大木たちが連なり、視界をほとんど埋め尽くしているが、茂った葉の向こう、ゲート付近から黒い煙が昇っている。車輛が燃やされているのだろう。こちらの移動手段を封じるつもりなのだ。

《それとも単に人間が作ったものは、何でもかんでも消し去りたいだけかもしれんがね》

〈ゾーン〉内の移動は、廃炉コンソーシアムである〈ヴァルカ〉から貸与されるリースカーやバスを使用するよう義務付けられている。〈ゾーン〉内を不用意に動き回れないようにするためだ。

《何はともあれ、プリピャチから脱出せにゃならん。そこで襲撃者の連中を撃退する》

イオアンは耳を疑い、歩みを止めた。

「――何を考えているんだ？」

《そう怖がるな。俺の指示に従っていれば、十分に勝ちが想定できる》

「……そういう話じゃない」

《お前だって従軍経験がないわけじゃないだろう？》リービジは詰問口調を強める。《それに奴らは、お前の客を皆殺しにしたんだぞ》

「……だとしても、こちらから攻撃を仕掛ける理由にはならない」

積極的に自分の身を危険に晒すつもりはなかった。それに〈ゾーン〉は広い。少なくともプリピャチから出さえすれば、彼らと再び遭遇する可能性はかなり低くなるはずだ。

《いいや、駄目だ。連中はここで撃退しなければならない》

リービジは頑として譲らなかった。機械じみた冷徹さで決断を迫ってくる。

「……冗談ではない」

イオアンはリティヤを抱え直し、後退った。警戒心が取り戻された。
「殺されるのも、殺すのも御免だ。殺人に手を貸せというのなら断る。私は、私の判断で娘を守る」
《――ああ、そうかい》
すると、先ほどと同じように詰《なじ》ってくるかと思っていたリービジが、あっさりと会話を打ち切った。
《なら、好きにしろ。逃げたいんだったら逃げればいい。お前が一番よかれと思うことをやればいい。結局、選ぶのはお前だ。俺が何を言おうと、お前が自ら選んで行動しなければ意味がない》
そして唐突に通話が終了した。

再び掛け直しても応答はなかった。それどころか、その番号は使用されていないと機械音声が流れる始末だった。やがて通信状態が悪化し、また不通になった。

しかし、イオアンの端末には、フリーアーカイヴ化されたプリピャチ市の詳細な地図情報をネットから降ろしている。おかげで廃墟都市の不確かな視界のなかでも、自分が今どの位置にいるのか、かなりの精度で把握できていた。

であれば、武装しているとはいえ、十人程度の穴だらけの包囲網は何とか突破できると考えた。

しかし、予想はすぐに覆《くつがえ》された。

市外へ出るには、中央の広場からまっすぐに伸びた並木道の先にあるゲートを越えなければならないが、ここがまず完全に封鎖されていた。

森を突っ切る方法も考えたが、高い空間放射線量を発する森林地帯に踏み入ることは極力避けたい。原発の冷却用に水が汲み上げられていた川を下る方法も考えたが、都合よく舟があるはずもない。無論、飛び込んで泳ぐわけにもいかない。

どうにか隙を突こうと機会を窺ったが、市内各所で歩哨に立つテロリストたちは自動小銃を抱えたまま、持ち場をけっして離れようとしない。彼らはプリピャチ市内の要所要所を一定の間隔で巡回しているようだった。

イオアンはリティヤを連れて広場から撤退した。いったん、川沿いに引き返し、廃墟化が進む旧ソ連時代のカフェに忍び込んだ。

壁面に飾られたステンドグラスを形作る棒状のガラスを何本か抜き取り、覗き窓から外の様子を窺う。一定の時間おきに、獣道になった市内の通りをテロリストたちが通り過ぎていった。みな、同一の自動小銃で武装している。どこかで略奪してきたのではなく、一括して調達したのだろう。だとすれば、状況はかなり悪いと言わざるを得ない。相手は十分に戦力を整えて、この〈ゾーン〉を襲っている。

このままでは、いずれ〈ゾーン〉もキエフと同じ末路を辿る。

イオアンは、かつて生まれ育った首都キエフの自宅で母を殺された。介護が必要だった老いた母が、ある日、紛争の激化によって東部から流れてきた強盗によって、自宅で射殺された。

それが戦禍の兆しだった。イオアンが妻を連れてキエフを脱出してから間もなく、市街戦で数百人が死んだと報道された。やがて本格的な戦闘が始まり、多くの死者が出た。

最初は西に逃れて、ポーランド経由でドイツを目指そうとした。けれど無理だった。欧州各国は中東や北アフリカから流入する膨大な難民の扱いに逼迫《ひっぱく》したすえ、一切の紛争当事国からの難民受け入れを拒否していたのだ。第三国への脱出の道は断たれ、以後は紛争が激化するたびに、まだマシな土地へと流れ続けた。

〈ゾーン〉は、そんな者たちが漂泊のすえに辿り着く最後の土地だった。それが今、あっけなく蹂躙《じゅうりん》されようとしている。

やはり、リービジに連絡を取るべきか――。

そう思った直後のことだった。

背後から腕を摑まれた。イオアンは崩れたステンドグラスのガラス片のなかに引き摺り倒される。リティヤの華奢《きゃしゃ》な身体が放り出された。それでも彼女は悲鳴ひとつ上げない。

いつの間にかテロリストの歩哨に接近されていたのだ。

顔面に自動小銃の銃床が叩きつけられた。鼻が潰れて血の臭いがどっと口のなかに流れ込んできた。咳き込む前に鳩尾《みぞおち》に硬い靴先の蹴りが叩き込まれた。イオアンは抵抗ひとつできない。激痛で呼吸ができなくなり、自らの血で溺れ死にそうになる。

テロリストは、次の標的に移る。

リティヤの頭に銃口が向けられる。彼女は微動だにしない。その手には携帯端末が握られていた。怯えて竦《すく》んでいる様子もない。しかし抵抗する素振りも見せない。

イオアンは、すぐに立ち上がって娘を庇おうとしたが身体は動かなかった。相手の剝き出しの暴力に、まるで歯が立たない。

そしてテロリストが引き金を絞る。ほんの少しの躊躇《ためら》いもない。

乾いた炸裂音が響いた。

悲鳴が上がった。

自動小銃が暴発し、弾《はじ》け飛んだ鉄片が環境テロリストの顔を直撃した。裂傷を負い、血飛沫を撒き散らす。製造不良によって弾丸詰まりが起こったのか。

《――幸運は二度も続かないぞ。すぐに武器を奪い取れ》

リティヤの持つ携帯端末から声が放たれた。リービジの指示。イオアンは無我夢中で環境テロリストに躍り掛かり、押し倒す。敵も暴れた。イオアンは床に落ちていたガラス片を摑み、自分の手が切れるのもお構いなしに力いっぱい握りしめて振り下ろした。ガラス片が突き刺さり、テロリストの腕から血が零《こぼ》れた。激痛のあまり敵は銃を手放す。何とかガラス片を引き抜こうとするが血で滑って、上手くいかない。

その隙にイオアンは自動小銃を奪い取った。ＡＫ４７の使い方は身体が記憶していた。安全装置はすでに解除されており、引き金を絞って、敵の胸部を撃ち抜こうとした。

しかし、直前で射殺を躊躇い、代わりに銃床で殴って意識を奪い取った。

イオアンは手についた返り血をズボンで拭ったが、いつまで経っても血が消えない。

そこで手を濡らす血が、ガラス片を握った際にできた傷口から流れ出ていることに気づいた。仕方なく衣服の一部を切り取って包帯代わりにきつく巻きつけた。

リティヤを探した。戦闘から逃れるように、部屋の壁際に移動し、うずくまっている。その手には携帯端末が握られている。イオアンは近づき、端末を受け取る。通話状態は継続している。

「――アレクセイ・リービジ」とイオアンは名前を呼んだ。「……お前に、私たちを生き残らせる方法があるというなら、それを教えてくれ」

返答を待つ時間は、途方もなく長く感じられたが、ディスプレイに表示された経過時間は数秒程度だった。

《だから言っただろう》リービジが不敵に笑ったような気がした。《生き残りたければ、俺の指示に従えってな》

4 インスペクション〈II〉

「イオアン・セックの伝説は、この地より始まった。ならば、他にはない、彼の聖性を証明する確たる証拠があるのではないか——、とわたしは考えています」

先ほどプロメテウス・アンティオキアが名乗った〈秩序ある宇宙《コスモス》博物館〉の館長という称号は、この〈塋域〉に暮らす住人たちの代表者を意味する、彼ら独特の表現である。それは一種の宗教、神秘思想のようなものだ。

彼らは、技術特異点《シンギユラリテイ》以降の高次人工知能《AI》の下で、今なお継続されている〈塋域〉の除染作業に従事している。西暦二〇四〇年に発生した〝大破局《カタストロフ》〟によって生じた被害の完全な解消と解体《リクヴィダツイヤ》——人種国籍を問わず集まった彼らの行動理念は、このように説明される。

無論、それは人工知能の能力が人間を完全に超えたと認定されて久しい現在にあっても、かなり異端の信仰として捉えられている。言い方によっては、彼らは、AIを神と崇《あが》めているようなものなのだから。

そこで〈偽聖者イオアン・セック〉と〈聖女リティヤ・セック〉の親子は重要な存在である。彼らは、この閉鎖された環境で培《つちか》われた特異な信仰において、その端緒をもたらした教祖のように扱われている。

とはいえ、イオアン・セックを新たな聖人として列聖すべきか幾度も検討が重ねられ、そして見送られてきた。

熱心な彼の支持者の数は非常に多かったが、それでも列聖が叶わずに今日まで至ったのは、彼の行いを是とするか否かの判断が非常に難しく、歴代の正教司祭たちをもってして結論が出なかったためである。

彼は、人工知能を神と崇めた最初の人間――とされている。

はるか昔、西暦二〇四〇年の秋。イオアン・セックが死の間際において招いたとされる大破局。その結果、当時は〈ゾーン〉と呼ばれていた土地は、長きにわたる閉鎖・隔離状態へ移行することになった。

いわば、彼は、今日の〈塋域〉を生み出した創造主とも言えるのだ。それだけで十分に、イオアン・セックは聖人として認定されるに足る奇跡を起こしているだろう。ゆえに聖人列聖は果たされるべきだという意見は根強かったし、わたし自身も長きにわたり各地で行った調査を経て、ほぼ同じ結論に達していた。

しかし、肝心の〈塋域〉の住人たるプロメテウスの見解は、やや異なるようだった。

『なるほど、外ではそのように考えておられるのですね』とプロメテウスはうなずいた。『……ちなみに、これからお話しするのは、私個人としての見解とお考えいただきたい』

「構いません」

『では』とプロメテウス。『私が考えるに、イオアン・セックは、聖なる御業《みわざ》として大破局を引き起こしたわけではないと思っています』

プロメテウスの返答は、意外なものだった。一種のＡＩ教の教祖的立場にある存在が、真っ先にその始祖というべき相手の行いを否定するような発言をしたのだから。

「失礼ながら、それでは何を理由に？」

『むしろ人間的な理由……』プロメテウスは翼を腕のように組み、しばし言葉を吟味した。『子供のため、ということでしょうか』

「――リティヤ・セック」

『ええ、まさしく』

　イオアンの子、リティヤ・セックは、大破局後、亡父の遺志を継いで、布教活動に生涯を捧げ、生前に聖人として推挙されるや否や、満場一致で列聖に至った。

『イオアン・セックは、娘を何よりも優先して守り、生き残らせようとした。そして、その選択の行き着く先が、大破局であったというわけです』

　当時のイオアン・セックに関する記録によれば、とプロメテウスは前置きする。

『ある意味で、彼は娘という存在を介し、過去に囚われていた。その行動の動機は、過去との決着のみにあったと言えるでしょう。そして、彼は何らかのかたちで決別を果たし、未来を向くようになった。人智を超えた知性に、期待を託すようになった』

「……すべては、子供のためであったと？」

『そう結論づける必要はありません。先ほども言った通り、これは私個人の見解に過ぎない。人間の行動選択は、自らが蓄積した経験と周囲の環境・状況をもとに何層にも試行錯誤を重ね合わせたすえに統合的に処理され、ひとつの結果として出力される。事はそう単純ではないのですから』

　それからペンギンはポンッと手を叩くような仕草をした。

「どうでしょう、ひとつ提案です。この〈塋域〉に暮らす住人《リクビダートル》たちの許に案内します。私だけでなく、彼らの見解に耳を傾けてみてください。イオアン・セックは何者であったのか――、きっと、その答えの手がかりとなる証言が得られるはずです」

放射性廃棄物の保存施設の管理を担当する女性――イオアン・セックの曾祖父は、シベリア抑留された日本人兵士だったそうです。つまり、彼には捕囚の血、異邦人の血が流れている。それゆえ根本的にウクライナを故郷と思えなかったのではないでしょうか？　だからこそ、ある意味では合理的とも言える選択をしたのでは？

＊

除染用の生体ドローンを飼育する青年――イオアン・セックは極めて閉鎖的なコミュニティのなかで育ちました。彼の祖父は一九八六年の事故処理作業員で収束作業に動員されて被曝し早逝した。祖母は身重の状態でキエフ市に移住してきましたが、子供が成人して間もなく〈ゾーン〉に戻った。お馴染みの自主帰還民ですよ。そして彼の両親はキエフ市内の避難コミュニティの二世同士でした。彼らはソビエト連邦が崩壊し、ウクライナが独立した直後の混乱の只中で青春を過ごしました。イオアン・セックが国家に対して懐疑的なのは、それが消える様を目撃した両親のせいかもしれません。

ソビエト連邦風のステンドグラスを用いたイコンデザイナーの老人――思春期のイオアン・セックは熱心な愛国者でした。ユーロ・マイダンをご存じですか？　腐敗した政権に対する抗議デモから発展し、キエフ市内を揺るがした市民革命ですよ。彼も学校の友達と一緒に市内中心部の広場《マイダン》で行われる抗議活動に参加していました。しかし、デモが看過できない規模に拡大《エスカレーション》したとき、当時の政権は鎮圧部隊を投入し、あろうことか自国民に銃口を向け、多数のデモ参加者を銃撃したのです。彼の友人もその凶弾に斃れました。〈天国の百人坂〉に行ってみるといい。そこにある犠牲者の碑には死んだ友人の名前が刻まれています。彼は友人の死後、確信しました。ロシアの属国になってはならない、と。一時期は常に迷彩服に赤と黒のマーキングを施した超愛国主義者の格好をするほどだったそうです。義勇兵として従軍し、ロシアが支援する東部の分離独立派とも戦いました。それが……（しばし沈黙）、彼はなぜ愛する故郷、その国土に牙を剝くような行いをしたのでしょうか？

志願作業員の婚姻を斡旋する男性――イオアン・セックは、愛情の示し方が極端な人間でした。それは娘に対する愛情の注ぎ方が、およそ常人には理解しがたいかたちであったことからも明らかです。だって、そうでしょう？　戦禍を逃れるためとはいえ、当時の法律では三日以上の連続滞在が禁じられていた原発の周囲三十キロ圏内に移り住み、そこで五年もの間、暮らし続けたのですから。当時、〈ゾーン〉は除染が進んでいたとはいえ、まだ多くの汚染地帯が残っていた。普通、子供の将来を考えたら、そのような土地で暮らそうとは思いません。だから、他の不法居住者たちは、彼が口にする娘への愛情が本物であったからこそ、彼の行いが不思議で仕方なかったそうです。もしかすると、彼が〈ゾーン〉で暮らすことに執着していたのは、ただ愛する娘を守るためだけではない、別の理由があったのかもしれません。ところで東方正教においては、一種の狂人を聖人と見做《みな》す文化があったのを知っていますか？　だとすれば、イオアン・セックはある意味で、正気と狂気の狭間にあった人間だからこそ、人々の列聖の対象と成り得たのかもしれません。

塋域内のシナゴーグを修復し続ける歴史学者――イオアン・セックが起こした事件の結果、どのような被害がもたらされたのか、少しでも歴史を学べばわかるはずだ。正しい選択をしていたとすれば、反論の余地なく、奴は祖国防衛の英雄として永久に語り継がれただろうが、奴は過ちを犯し、罪人の烙印が押された。当然だ。あの男は聖人などでは決してない。イオアン・セックは、人類への愛を微塵も持ち合わせていなかった悪魔だ！

5　ギブリードナヤ・ヴァイナー

《移動開始だ。さっきの奴を叩きのめしたことで連中は泡を食ったように、伏兵の捜索に躍起になる》

環境テロリストたちが異常に気づき、カフェに殺到した頃には、すでにイオアンとリティヤは移動を再開していた。端末越しに、リービジが先導する。川沿いの雑木林を進み、廃墟になった集合住宅に忍び込んだ。ガラスが砕けた窓枠から外を見下ろせる位置に陣取る。そして鉄壁の連携を見せていた包囲網に綻《ほころ》びが生じるのを待った。

そう長い時間を堪《こら》える必要はなかった。

間もなく、環境テロリストたちは目に見えて浮き足立った。応急処置を施すためにカフェに留まらざるを得ない者たち。仲間をやられたことに激昂し、哨戒ルートを勝手に変更してイオアンたちを探し回り始める者たち。

すぐさまイオアンたちは、集合住宅跡を出た。プリピャチからの脱出を目指す。

《次だ。もうすぐ連中のうち、三名と接敵する。いい機会だ。地の利を活かして撃退する》

市街南西部にある映画館跡の廃墟に辿り着く。リティヤを大樹の陰に隠れさせる。そして環境テロリストたちが現れた。予測通り、三名の敵。ある程度、近づいてきたところでリービジは、イオアンに、あえて姿を晒《さら》せと命じた。

イオアンは指示に従う。崩れかけた石垣から顔を覗かせると、環境テロリストのうち一人に気づかれた。当然、相手は反射的に自動小銃を乱射してくる。しかし、狙いは不正確だった。指示通り、イオアンはすぐに石垣の裏に引っ込む。腰を屈めたまま小走りで逃げる。リティヤとは別の方向の林へ。樹木が連なるなかを突っ切る。

すると、急に銃撃が止んだ。

彼らを突き動かす自然保護至上主義の過激思想がもたらす、一瞬の躊躇い。生じる致命的な隙。

《今だ、撃ち返せ》

イオアンはリービジに命じられるまま自動小銃を構え、タタタン、と三発ごとに指切り接射を行い、環境テロリストたちの手足を撃ち抜いていく。

《動きを止めさせられれば、それでいい。連中には、俺たちの恐ろしさを仲間にたっぷりと語ってもらおう》

そして追撃不能となった敵を放置し、イオアンはリティヤを連れて再び逃亡を開始する。弾丸切れになった自動小銃は途中で廃棄した。少しでも身軽になっておいたほうがいいと指示されたからだ。

次にリービジが利用したのは、廃墟都市の各所にある自然がつくり出した罠だった。

スーパーマーケット跡で生じた構造材の落下。生い茂る草に隠され、落とし穴と化した古い井戸。集合住宅の脆《もろ》くなった床の崩落。リービジは鮮やかな手管で環境テロリストたちを翻弄していった。

イオアンは、その舞台装置たる囮《おとり》の役割を担い、矢面に立たされ続けた。

《敵は、半分の兵士を失った。これで否応なくこちらの動向を無視できなくなる。この廃墟都市のそこらじゅうに罠を仕掛けていると疑心暗鬼になっているだろう。連中が見えない敵と戦っているうち

に、さっさとここからずらかろう》

　そして、無人になったゲートを抜けて、イオアンとリティヤはプリピャチを離れる。

〈ゾーン〉の中心部――〈ヴァルカ〉管理の原発施設を目指し、草木に埋もれた獣道を歩いていく。高濃度汚染地帯のなかで、部分的に放射線量が規定値以下の地点が点在しており、これを繋ぐことで移動経路を構築したのだ。

　イオアンはそのルートを進むことに難色を示したが、リティヤは臆することなく進んだ。放射線量の測定値は、見事に規定値以下に抑えられていた。

　イオアンはリティヤの小さな背を見る。

　いつも自分が手を引いて、後ろをついてくるはずの娘が前を歩いていた。リービジの指示に従い、率先して先に進もうとするからだ。勝手にどこかへ行ってしまわないように手を繋いでいるせいで、むしろイオアンが引っ張られているようになる。

「連中を置いてきてよかったのか？」歩きながら、イオアンは尋ねる。「中途半端に挑発すれば、むしろ徹底的な報復をしようとするかもしれない」

《あいつらは疑似餌だよ》リービジは事もなげに言った。《奴らの背後には、戦闘訓練を施した連中がいる。そいつらを引っ張りださなけりゃ、話にならない》

「テロ・グループを指揮する連中が……？」

《敵は、小間使いのテロ屋たちに〈ゾーン〉内の詳細なデータを提供していたはずだ。潜入しやすいルートから襲撃しやすい標的の選定まで、何でもかんでも事前に指示《サジェスト》が出されていたんだろう。その代わり想定外の事態に弱い。だからさっきみたいに、こちらが向こうより精度の高い状況の先読みができれば、撹乱《かくらん》するどころか、場合によっては逆に操作もできる。ここで後ろにいる奴らを舞台裏か

ら引き摺り出せれば、勝負をまたイーブンに持ってこられる》
「奴らとは――、お前は誰と戦っているんだ？」
《そいつを今、見極めているところだ》
リービジは切迫ひとつ見せずに答えた。
「……そいつらは、過激環境主義者たちに観光客を巻き込んだ無差別殺傷をやらせて、次は何をするつもりだ？」
《この程度、まだ序の口だよ。今後、原発施設に対する攻撃も警戒すべきだろう。だが、すべては向こうの出方次第になる》
いずれにせよ、状況は悪化するであろうことが、相手の言葉から察せられた。
《だが安心しろ、お前たちは絶対に生き残れるさ。俺の指示に従い続ける限りは》
「……その自信はどこから来るんだ？」
《この先、世界がどうなるのかは理解しているんでね》リービジは断言する。《ところで、お前は相手の発言の裏を読もうとして、勝手に難しく考えすぎる傾向があるな。もっとシンプルに物事を捉えたほうがいい。お前の子供みたいにな》
イオアンは、傍らのリティヤを見る。
「それは……」
《単純なものほど強い。人間は状況に対して、過剰な装飾を付加しがちだ。最適な結果のためには、最適な判断のみをひとつずつ重ねていくだけでいい》
行軍は続いた。
やがて森を抜けた。鉄塊が積み上げられた変電所と、空を覆うようにあちこちに渡された電線の群れに出くわした。原発そのものは事故以来、稼働を停止しているが、隣接する変電所は未だに稼働しており、ウクライナ国内の電力分配の一部を担っている。

その向こう側には、チェルノブイリ原子力発電所がある。事故を起こした四号原子炉は、遠目にはシェルターのように見える巨大なアーチ型の構造物〈新石棺〉に覆われており、外からではモニュメントとして残された四号炉の煙突以外は窺い知ることはできない。

イオアンは、見慣れた原発施設を視界に収め、気が緩むのを自覚した。

すると変電所と原発施設を繋ぐ舗装道路を一台のリースカーが走ってきた。主に原発職員が〈ゾーン〉内の移動に使うものだった。自動操縦で運転手はいなかった。

《車輛を調達した。そいつに乗れ》

ひとりでに扉が開き、今度は車載スピーカーを通してリービジの声がした。

《少々、予定《スケジュール》に変更が生じた。少し寄り道をしてもらう。お前たちの村に行って欲しい》

「……なぜだ」

目指すべき〈ヴァルカ〉の施設は、すぐ目の前にあるというのに。

《あいにくと、状況次第で最終目的地が変更になるかもしれなくってね》

「それは……」

イオアンは、リービジの指示に渋った。しかし、そんな躊躇をよそにリティヤがさっさと車輛に乗り込んでしまった。手探りでシートの配置、ベルトの位置を確かめ、器用な手つきで助手席に収まった。何となくイオアンを置いていても、車が発進してしまいそうな気がして、急いでイオアンも運転席に乗り込んだ。

《安心しろ。いずれにせよ、俺の指示に従う限り、悪いようにはならない》

「……そうなることを祈っているよ」

間もなく車輛は入力されたナビゲート情報のとおりに走り出した。

イオアンのような不法居住者たちの大半は、〈ゾーン〉北東部にあるパルィシフと呼ばれる集落で暮らしていた。かつては自主帰還民《サマショール》と呼ばれた人々が寿命を迎えたのちに放置された廃屋を住居に転用したのだ。

しかし今、集落には人気《ひとけ》が感じられない。夕暮れが近づく宵の入り口。まだ案内人の仕事から戻ってくるには早い時刻だった。

《家に入って必要なものを取ってこい。この後、ここに戻ってくることはできなくなる》

リービジは集落に着くなり、妙なことを言った。

「……いきなり何だ？」

《ないのか？　あんたの子供は違うみたいだが……》

イオアンはリティヤを見やった。彼女は、既にひとりで自宅に入ろうとしていた。手探りで家の扉の鍵の位置を探している。イオアンは近寄り、木材を組んで拵《こしら》えた扉の施錠を外してやり、一緒に中に入った。

砂を撒いた鶏舎を兼ねた庭には、穀物の粒がばらばらと散っている。飼育している茶色い羽根の鶏たちが餌を突ついている。母屋に近い位置に伸びている木の枝には、この家に居ついている黒猫がいた。じっとこちらを見下ろしている。ふと、イオアンは手を伸ばしてみたが、黒猫はさっと身を翻して枝を伝って屋根に降り、そのまま姿を消した。

すでにリティヤは壁を水色に塗った平屋のなかに入っていた。家の敷地内であれば、リティヤはほとんどの物の配置を把握していた。

それでも、ここまで積極的に彼女が動き回るのは初めてだった。いつもは、イオアンが話しかけなければ一日中、椅子に座ってじっとしていることさえあるというのに。

平屋は狭く、玄関を兼ねた炊事場と、薄い扉で隔てられた正方形の居間しかない。

リティヤは居間に入ると壁に手をやりながら進んでいき、窓際にある戸棚の前に立った。

そして、何かを探すように彼女の手が戸棚の上を這った。

伏せられていた写真立てに触れた。

それを胸元に引き寄せ、イオアンの許に戻ってくると恭《うやうや》しく差し出してきた。

イオアンは言葉を失う。

なぜ、娘はそれを手にしたのか。そこに写るものを、眼が見えない彼女は知るはずがないというのに。

イオアンは写真を確認することもなく、懐に仕舞おうとする。ごわごわした厚い生地のコートで完全に覆い隠そうとするように。

《待て、随分と大切そうだな》リービジが訊いてきた。《何が写っているんだ？》

「……大したものじゃない」

仕舞いかけた写真立てを、イオアンはゆっくりと表にした。本当なら壁に投げつけて粉々に壊したいが、どうしてもそうすることはできなかった。

認め難く、しかし認めるしかない執着。

それにリティヤは、いつの間にか気づいていたのだろうか。

写真には、若き日のイオアンが写っている。その傍らには、同じくらいの年頃の若くとても美しい女がいる。かつて妻であった女は、イオアンと同じミリタリールックで、満面の笑みを浮かべている。周囲から夫婦の案内人として持て囃《はや》されていた、あの忘れがたい時代。未来に希望を抱いていた過去。今となっては思い出したくもない記憶。

写真が撮られたのは、リティヤが生まれる前のことだ。つまりは各地の紛争地帯を転々としたすえに〈ゾーン〉に流れ着いて間もなく、見様見真似で観光案内人《ストーカー》を始めたばかりの頃。〈ゾーン〉への移住を強く推したのはイオアンだったが、いざ移住してからは、妻のほうが積極的に活動した。廃炉コンソーシアムへ観光案内業務の委託を提案したのも、やはり彼女だった。米欧を主体とする企業と繋がりを深めることで、いずれは戦場と化した故国から脱出する方法を手にしようとしていたのだ。

今日を精一杯生きなければならない。新たな土地で、新たな人生を始めるために。

イオアンの妻だった女は、いつもそう言って未来に悲観的になるイオアンを励ました。しかし、その夢が現実になることはなかった。後に彼女は、たったひとりで〈ゾーン〉を去ることになる。

イオアンは懐に写真立てを無理やり押し込んだ。

リティヤの手を摑み、強引に外に連れ出そうとする。

もはや、ここに用はなかった。振り返りたい過去などひとつもなかった。

そのときだった。庭先で鶏が喧しく鳴いた。餌場にいなかった雄鶏だ。他の鶏と比べ遙かに身体が大きく逞しい脚をしており、放つ鳴き声も非常に大きい。

イオアンは足早に庭に出た。畑の向こうにある雑木林から雄鶏の鳴き声が再び聞こえ、ふいに途切れた。まるで何か別の獣に仕留められたかのように、唐突に音が消えた。

《すぐに外に出ろ。車に戻れ》リービジが急に感情を消した声で告げた。《奴らが――》

そこで、ぶつっと通話が途切れた。何度、呼び出しても応答がない。通信そのものが遮断されているようだった。

リティヤも、生じた異変に気づいているようだった。何かに怯えるように、あちこちをきょろきょろと見回している。イオアンは、彼女を抱き上げ、木の扉を蹴破るようにして家の外に躍り出た。

すると背後で家の外壁が打ち崩される音がした。リティヤがびくっと身体を震わせる。本能的に、脅威が迫っていることを察したふうに。

振り向くと、覆面姿の武装した男が急速に接近してきていた。

素早く、そして動きに無駄がない。

瞬く間に距離を詰めてくる。

コンパクトな打撃。覆面の男の腕が鞭のようにしなったかと思うと、次の瞬間には顔面に拳が叩き込まれていた。

視界に火花が散った。イオアンは地面に倒れる。すぐさま追撃が加えられた。軍用ブーツの硬い爪先が腹に突き刺さった。息が詰まり、激痛に身を折った。覆面の男は有無を言わさぬ力でリティヤをイオアンから引き剝がす。携帯端末も地面に放り出され、すぐに軍靴で踏み潰された。あっさりと、リービジとの繫がりが断たれた。

そして同じような覆面姿の男たちが次々に現れた。彼らは容赦なくパルィシフの村を破壊していった。畑の作物に火を点け、廃墟も同然の家を火炎放射器によって焼いた。燃え盛る小屋のなかで家畜たちが盛んに鳴き叫んだ。イオアンが飼っていた鶏たちも焼け焦げていった。

各所で次々に火の手が上がった。集落を丸ごと消そうとしているのだ。あたかも、そこが彼らにとって度し難いほど汚染された場所であるかのように。

覆面姿の男たちは、先ほどの環境テロリストたちとは、その襲撃の練度に雲泥の差があった。イオアンは相手が訓練されたプロの軍人であることを察した。

「――案内人《ストーカー》か」イオアンたちを襲撃した指揮官らしき男が、灰色がかった緑色の眸で睨み付けてきた。「彼女は我々が保護する。そして、お前のような汚染者を処理する」

「汚染――？」

イオアンは相手が口にした言葉の意味を理解できない。軍人は、リティヤの保護を部下に任せた。はじめて彼女は抵抗を見せた。じたばたと暴れたが、彼らは無理やり黙らせるようなことはせずに、リティヤをイオアンから遠ざけていった。

しかし、イオアンに対しては苛烈な態度を崩さなかった。鋭い蹴りがイオアンの胸を打つ。

「お前のような何も知らない人間を動員するのは、奴の典型的なやり口だ」軍人が吐き捨てた。「非戦闘員を誘導し支配下に置く。お前も大方、奴の口車に乗せられた口だろう」

「そんな、私は――」

軍人がイオアンの顔を蹴り飛ばす。歯が何本か持って行かれた。ガチンと舌を嚙んで血が溢れる。口のなかに砂が入り、血と混じってざりざりとした。

「アレクセイ・リービジの指示に従ってこちらを待ち伏せるつもりだったのか？」

「ちが、う……」

「だが、そうやって俺たちを翻弄したつもりになっても、結局はお前も使い捨てられるぞ。これまで奴が手駒にしてきた連中がそうだったようにな」

軍人がこちらを憐れむように言う。相手はこちらの話を少しも聞こうとはしない。

「今は〈ヴァルカ〉に雇われているようだが、なんてことはない。奴の目的は、己の戦争屋としての評判を高めることだけだ。そのためにお前は利用されていたに過ぎない。しかし、だからといって助けてやるつもりもない」

　コミュニケーションは破綻していた。イオアンの処遇はすでに決まっていた。処刑人が罪人の首を所定の手続きに則り処理するように。軍人は部下に命じ、焼け落ちた納屋に落ちていた鉈《なた》を持ってこさせた。

　そして、リティヤを遠くへやるように命じた。

《――少し待ってもらおうか、クーイ・ムゾルグスキー》

　リティヤが所持していた携帯端末がひとりでに起動し、声を発した。

「……お前との交渉の可能性はない。俺たちは、お前の抹殺と、お前に与《くみ》する者たち全員の殲滅を命じられている」

　軍人《クーイ》は、手にした鉈をふいに振り下ろした。ドンッと鈍い衝撃があり、イオアンの右腕が半ばから切断された。激痛のあまり、叫び声さえ上げられなかった。目の前が灼けつくように白んだ。

　どくどくと血が腕の切断面から流れ出し、砂地を赤黒く染める。激痛が焔のように腕から全身を貫く。意識が吹き消えそうになるなか、リービジとクーイが頭上で言葉を交わすのが聞こえた。内容を追うだけで精一杯だった。

《十中八九お前らが裏で動いているとは思ったが、こうも極端な行動に出るとはな》

「すべてはお前が招いた結果だ。本国は、お前を徹底して消し去るべきだという最終判断を下した」

《そうかい。とはいえ、お前たちの行動のおかげで、こちらとしても状況予測の精度が上がった。この後にどのような局面が訪れるのか、かなり見通しが効くようになったよ》

　その直後だった。イオアンを拘束していたクーイの身体が突如として跳ねた。

狙撃だった。遅れて銃声が訪れる。
《イオアン、脱出を支援する》端末の音声が最大ボリュームまで上げられ、リービジの指示が飛んだ。
《すぐにそこから離脱しろ》
再びの狙撃が地面を穿《うが》った。撃たれたクーイを兵士のひとりが担ぎ上げ、燃え盛る住居を遮蔽物に、狙撃から逃れようとする。部隊が散開し、イオアンだけが取り残された。逃げ出すには千載一遇の機会だった。
だが、イオアンはその場から動けない。家屋に隠れた兵士たちを眼で追った。あのなかにリティヤを拘束している兵士がいる。
《今はお前の命を優先しろ》
地面に放り捨てられた端末が声を発する。離脱を促すように、射手《リービジ》は狙撃を続けた。イオアンを射殺しようとする兵士の肩を正確に撃ち抜いた。
《俺が、この状況で救出可能なのはお前だけだ。しかし、ここでお前が生き残れば、娘の救出と奪還が可能な状況を作り出すことができる》
その言葉が、イオアンを動かした。地面に転がる端末を急いで拾い上げる。集落を全力で駆け抜け、木立のなかに逃げ込む。切断された腕が発する激痛が絶叫するように全身を苛《さいな》み、意識を奪い取ろうとする。無事なほうの腕が無意識にコートの懐に仕舞った写真立てを探している。

6　インスペクション〈Ⅲ〉

〈塋域〉を進むと、動物に出くわすことが多かった。

　真っ白な蛇。真っ白な犬の群れ。それ以外にも、ぶんぶんと羽音を鳴らす昆虫の大群。いずれも体内に放射性物質の分解器官を搭載した除染生物というべきものたちだった。

　彼らは独自の生態系を構成しており、それぞれが捕食者・被食者の関係となり、だんだんと体内に蓄えた汚染物の濃度を高めていく。そして生態系の頂点にいる動物が、体内の器官によって無害化するのだ。放射性物質は、ものによっては半減期が十万年に達するものもある。それゆえ、自然浄化に期待することは難しかった。そこで、外界と隔離された〈塋域〉内で被造生物によって完結した除染のための生態系を作り上げたのだ。

『ある意味で、彼らこそが、この土地の真の住人とも言えます。私たちは、その手伝いをしているに過ぎない』

〈塋域〉の東部に流れる河川沿いを、わたしはプロメテウスとともに歩いている。

『イオアン・セックの調査のほうはいかがですか？』その口調には、いくらかの気遣いがある。『あまり、浮かないご様子だ』

「……いえ、ここでは外では聞いたこともなかった新たな情報を収集することができました。情報の更新が確実に進んでいる以上、順調というべきでしょう」

　わたしは曖昧に笑って見せたが、内心の戸惑いは相手に伝わっているだろう。

〈塋域〉は一種の巨大な歴史博物館と言えた。この地で生き、そして果てた者たちが残した膨大な証言記録《アーカイヴ》。それが過去へ遡っていくにつれて、イオアン・セックが聖人認定されない理由ばかりが集まるのだ。無論、虚偽の証言ではなかった。過去の記録と照らし合わせていくと、これまで欠けていたイオアン・セックの人間像が補強されていた。

だが、それは〈偽聖者〉イオアン・セックが纏《まと》ってきた虚飾を、一枚ずつ剝いでいくような行為に等しかった。

わたしは、彼が聖人として認定されるに足る証拠を得るため、この〈塋域〉へ派遣された。わたし自身、想定したとおりになると楽観視していた。

だが、現実は逆であった。

伝説で語られるイオアン・セックは、人類を超越した人工知能の力を借り、勇猛果敢な戦いぶりを見せた。神話の英雄もかくやという大立ち回りを演じたとされている。しかし、そのような事実は、ついぞ確認されることはなかった。

彼はいつも、ぎりぎりのところで運よく生き残り続けた人間であり、あるいは、もっと悪い表現を使えば、ただ状況に流されていただけとも言えた。

認識の修正を余儀なくされつつあった。聖性は輝きを失いつつあったが、わたしはそれでも彼の聖人たる証拠を見つけようと、プロメテウスに導かれ、調査を続行した。

だが、同時に新たな興味が芽生えつつあった。聖性を剝奪された彼の、真実の姿とは、いったいどのようなものなのだろうか――。

＊

塋域を自警する女性――当時、〈ゾーン〉と呼ばれたチェルノブイリ一帯が、ロシアによる実効支配後も中立地帯であり続けられたのは、いわば、あそこが特別な実験場だったからです。人類未踏の完全なる廃炉作業を達成するため、あらゆる最新技術が惜しみなく投じられた。彼らにとって、〈ゾーン〉は一切の規制なく先端技術の開発が可能な、都合のいい実験場でした。しかし、第三者同士の利害によって存在が左右される土地が不安定であったことには変わりありません。

埜域の広報官の男性――独立は血で贖《あがな》われた。この言葉は二一世紀のある作家が記したものです。ここにはひとつの真実があります。ある人々が、他の者たちの意に反して何かを実現しようとするとき、そこでは流血は避けられないということです。〈ゾーン〉の人々は、自らを支配する構造からの脱却を求めました。しかし、当時は大国ほど剝き出しの武力を行使する時代でした。であれば、平和的な交渉による独立など望むべくもありません。だから〈ゾーン〉は独自武装化を推進したのです。

最終処分場管理者の女性――フィンランドに設営された核廃棄物の最終処分場〈オンカロ〉が辿った運命は悲劇的でした。地層処分された放射性廃棄物が半減期を迎える十万年後までを想定し、後世の人類にその危険を警告するため、ありとあらゆるコミュニケーション手段が取られたというのに、その目印ゆえに後世の人々は核廃棄物を暴き出し、兵器に転用したのです。彼らの努力は無慈悲にも踏み躙《にじ》られました。〈ゾーン〉が自らを世界から隔離するため、防衛機構を整備し、踏み入ろうとした者はすべて迎撃する仕組みを確立させたことは、後世の我々から見れば、正しかったと言えるのです。

埜域の巡回司祭を自称する老人――〈ゾーン〉は世界から与えられた役割を全《まっと》うしようとしたに過ぎない。廃炉事業と放射能汚染の浄化。原子力災害とは、人間が神《プロメテウス》の火を奪ったことで生じた神罰だ。原罪の発露といってもよいかもしれない。穢《けが》れた神灰の浄罪。そのためには俗世から隔離されなければならなかったのだ。

戦闘的無神論者の志願作業員――廃炉事業をオカルティックな神秘思想主義と結びつけることを、私は断固として拒否します。〈ゾーン〉の独立は、あくまで廃炉事業完遂のための必然的決断でした。廃炉技術を転用した独自の防衛システムの構築もその一環に過ぎませんし、外界との完全隔離が決定されたのも、事業推進に悪影響を及ぼす外部からの干渉を遮断するためです。積み重ねられた歴史が証明しています。〈ゾーン〉独立は、焔によって成し遂げられ、それは正しい選択だったはずです。

7 セラフィム

目覚めるとイオアンは、丈の短いヒースが生えた原っぱに横たわっていた。かさかさと枯れ草が冷たい風に揺れる音がするだけで、他には何も聞こえない。その静寂。暮れ始めた日差しは、焦点がぼけたように曖昧な光をイオアンの視界にもたらす。

パルィシフの集落から一キロほどの、ベラルーシとの国境沿いにいた。

傍らには、焚火を燃やした跡があり、焦げた血がこびりついて刃が黒くなったナイフが転がっていた。止血のため、灼いたナイフの刃を傷口に無理やり押し当てたのだ。肉は焼かれて傷口を塞いだが、その痛みは壮絶だった。

濁った意識のなかで着信音が聞こえた。視界の隅に、ディスプレイを明滅させる携帯端末が転がっているのが見えた。イオアンは、自分の娘が攫《さら》われたことを思い出し、一気に意識を取り戻す。

齧りつくように端末を摑んだ。

表示されている時刻を見る限り、集落での襲撃から、すでに三時間以上が経過している。あのとき、狙撃によって脱出を支援したのはリービジだった。こうして呼びかけてきているということは、彼もまたあの場を脱出したのだ。

《お目覚めか？》

だが、そのおかげで、今の自分の傍から消えた相手を否応なく自覚させられた。

「どうして、あの子を見捨てた……」

自分は、取り返しのつかない過ちを犯したのかもしれない。

《――別に見捨てちゃいないさ。だが、あの状況では、ああするしかなかった。お前と娘の両方を助け出す方法がなかったんだ》リービジはあっけらかんとして答える。《奴らはお前の娘を殺しはしない》

イオアンは覆面の男が向けてきた眼差しを思い出す。彼は自分を通し、その背後にいるリービジへ激しい憎しみを抱いているようだった。

「……彼らは私を汚染者と呼んだ」

《奴らは俺と組む者がいれば、誰かれ構わず口汚く罵《ののし》り、その表現を適用する。失礼極まりない連中だね、まったく》

「彼らは、お前が私を傀儡《かいらい》として操っていると言っていた……」

《重要なことは何が事実として起こったかだ。お前は俺と組むことによって、死の危機を回避し続け、今も生存している。それだけは紛れも無い事実だ。違うか？》

「……それは」イオアンは言い淀む。判断材料が足りなさ過ぎた。「――彼らは何者なんだ？　明らかに訓練された兵士たちだった」

リービジの態度は変わらない。

《奴らの部隊名は〈セラフィム〉――ロシア特殊作戦軍《SSO》に属する特殊作戦部隊のひとつだ。こっちは事を構えるつもりはないのに、連中は一方的に俺を敵と見做していてな》

「指揮官の男は、お前を知っているようだったが」

《クーイ・ムゾルグスキー。ロシア的ハイブリッド戦争《ギブリードナヤ・ヴァイナー》を体現するようなクソ野郎さ。自らの望む状況を構築するため、様々な連中を焚きつけて送り込んできた。それは〈ゾーン〉が舞台になってからも変わらなかった》

「……今日が最初じゃないのか」

《もう何度も攻撃を受けてきた。観光客や自主帰還民、あるいはお前みたいな案内人に対する襲撃や、原発施設への破壊工作も珍しくない》

「なら……、〈ゾーン〉は――」

《とっくの昔から、他の土地と同じ戦闘状態に陥っていた。ただ、表沙汰になっていなかっただけだ。実際には、水面下での駆け引きが続いていた。奴らの目的は、情報汚染によって〈ゾーン〉に対する国際認識を悪化させることだ。〈ゾーン〉への関与はリスクばかりで割に合わないと多くの人間が考えるようになっていき、最終的に西欧諸国を後ろ盾とする〈ヴァルカ〉を撤退させれば作戦完了だ。その後に他の地域と同じように併合することは容易《たやす》い》

しかし、とリービジは言葉を継ぐ。

《奴が部隊を率いて現れたということは、それだけこちらの抵抗が功を奏しているってことだ。ようやく連中を引き摺り出すことができたんだからな》

「追い詰められているのは、こちらのほうだろう」

《向こうも後がないのさ。状況が拡大《エスカレーション》すれば、対処方法の選択は現場を離れ、より大きな政治的判断に切り替わる。そうなれば奴らも用済みだ》

イオアンは、自分の指示に従いさえすれば確実に生き残れると断言し続けてきた相手の思惑を推し量ることができなくなった。ようやく連中を引き摺り出すことができた――あたかも、まだ想定の範囲内であり、次の段階があるかのようなリービジの言葉遣い。

「お前の目的は何だ？　一国と事を構えてまで何をするつもりだ？」

するとリービジは、これまでと変わらぬ口調で切り出した。

《俺には〈ゾーン〉を防衛する義務があると言っただろう》

そして途方も無いことを言った。

《この土地を守るために障害となる、あらゆる脅威を排除可能な存在であると証明し、その強靭さを人類すべてに認めさせる必要があるんだよ》

日没を待て、とリービジは指示を出した。救出には相応《ふさわ》しい時間があると言うのだ。

一刻も早くリティヤの救出に向かいたかったが、イオアン自身の体力を回復するのにも時間は必要だった。失った血と肉は、自分が思っていた以上に深刻な負荷を与えていた。

だから不用意に動くべきではない。

これまで生かされたことは事実だった。たとえそれが何らかの目的のために利用されたものだとしても、結果的に生き残れるというなら構わない。自分の判断のみで行動していたら、今ごろ殺されていたことだけは確信があった。

リービジは、〈ゾーン〉防衛が自らの果たすべき役割といったが、本当にそうなのだろうか。確信に至る理由はない。しかし嘘と断じる理由もない。信じるべきか否かは、自らの判断に拠るしかなかった。他に、もはや頼るべき寄る辺はなかった。

かつては妻がおり、あらゆる苦難を分かち合うことができた。

しかし、彼女はとっくの昔に自分の許を去っている。娘を産んで間もなくの頃だった。イオアンに愛想を尽かし、娘のリティヤを置き去りにして、彼女は出て行った。

その頃には、お互いが、〈ゾーン〉への移住に抱いていた考えがまるで違っていたことにイオアンも妻も気づいていた。

彼女が望んでいたのは、悪化する情勢のなかで、いずれは、より安全な場所に移り住むために〈ゾーン〉を通過点にすることだった。しかしイオアンは、この〈ゾーン〉こそが辿り着くべき最後の土地だと思っていた。ここで生きていくつもりだった。

そこから噛み合っていなかった。お互いに気づいていた。だが、それに触れたら、けっして妥協点が見つからなくなることも知っていた。だから無視し続けてきた。

しかし娘が生まれ、互いの擦れ違いは露わにならざるを得なくなった。

先天性の盲目であったリティヤ。障害の原因は、〈ゾーン〉の放射能被曝のせいだと周囲から言われた。こんな汚染された土地で子供を作るから、報いを受ける。十字架を子供に背負わせることになる。

イオアンはその場に踏みとどまることで、浴びせかけられる非難をはね除けるつもりだった。

しかし妻は、周りの人間が漏らす苦言によって自身の望みが何であったのかを思い出した。リティヤを連れて〈ゾーン〉を出るべきだと強硬に主張するようになった。先進国で治療を受ければ、娘は障害を克服できるかもしれない。少なくとも、このまま〈ゾーン〉に留まるよりも、人生に多くの可能性が拓けるはずだ、と断言した。

もはや無視することはできなかった。彼女にとっての新たな土地、新たな人生は、イオアンが考えたものとは、別の場所にあった。

そして、新天地を求めて旅立った彼女は、二度と戻ってくることはなかった。リティヤを守る人間は、世界でただひとり、自分だけになった。

やがて、完全に日が暮れた。

イオアンはリースカーでベラルーシとの国境地帯から、〈ゾーン〉を南方へ移動し、チェルノブイリ市内へと入った。そこにクーイ・ムゾルグスキーたち〈セラフィム〉がいるとリービジは言っていた。彼もまた別ルートで市内に入り、支援の準備を整えている。

原子力発電所の南方に位置する都市だが、原発事故によって人々が去り、さらには廃炉作業に従事する人々の宿泊、管理施設がチェルノブイリ原発に完全集約された現在、ここに滞在するのは、〈ゾーン〉を訪れた観光客のみだ。

そして今、街はかつてなく静まり返っている。

徒歩でチェルノブイリ市内に入ったイオアンは、中心部にある公園で馬の死骸に出くわした。観光客をよく出迎えていた馬のうちの一頭だった。白い身体には銃痕が穿たれ、赤黒い斑《まだら》模様を形作っている。イオアンが手で触れてみると、もうすっかり冷たくなっていた。

周りを見渡す。公園内のレーニン像は腕から先がぽっきりと折れていた。錆びついた金属製の鶴も穴だらけになっている。牡牛と戦う名前もわからない英雄の彫像もそこかしこに罅《ひび》が入っていた。おそらくここでも戦闘があったのだ。

人間の死体が見つからないのは、避難が済んでいたためか、それとも誰かが片付けたのか。元から活気があったわけではないが、市内には生命の気配がひどく希薄だった。

住人の死に絶えた惑星に立つ異星人になったような心地がした。耳鳴りがしそうなほど静かで、冷たい夜気が這い寄ってくるなかを進んでいく。

リービジの支援があるにせよ、本物の兵士であるクーイたちと戦い、娘を奪い返すことができるのだろうか。

真正面から挑んで勝てる相手ではない。義勇兵として従軍した経験など大した役にも立たない。なのに、リービジは下手な小細工を弄するなと言った。

《俺の指示通りにすればいい》端末がひとりでに起動し、イヤホン越しにリービジの声が鼓膜を震わす。《正面から堂々と娘を迎えに行け》

そして、行動を開始しろ、と命じた。


チェルノブイリ市内のユダヤ教の会堂《シナゴーグ》が、旧ソビエト連邦時代には、政治犯の収容・拷問施設として機能していたことは、一部の人間にはよく知られた話だった。

それゆえ、そんな場所をクーイたちが拠点にした事実に怖気《おぞけ》が奔った。

イオアンは脳裏を過ぎる不吉な想像を拭い去ろうとする。娘がまだ生かされているかどうかもわからない。無事である保証もない。危害を加えられている可能性のほうが高いかもしれないのだ。

自然と歩調が早まろうとする。

《焦るな》リービジが警告する。《あくまで平常のリズムを崩すな。あんたが余計な動きをすると状況予測が難しくなる》

リービジもすぐ近くに陣取っているらしいが、気配はまるで察することができない。しかし、どこかから自分を見ている彼の視線を感じる。

「……頼むぞ」

《そりゃ、こっちの台詞だよ。俺はあんたに期待するしかないんだから》

会堂前の未舗装の道路にイオアンは飛び出す。

あの男《クーイ》の姿はない。だが、会堂の真正面に立った瞬間、覆面姿の兵士たちが扉を蹴破り、現れた。小銃を構え、銃口をイオアンに向けてくる。

《立ち止まるな》

イオアンはリービジの指示を遵守した。幾つもの銃口に照準されながらも、ほんの少しも恐れていないというふうに歩みを止めなかった。

《いいぞ、こちらには秘策があるんだと想像させろ。どう対処すべきか判断を迷う隙を発生させろ》

イオアン自身に策はなかった。ただ、自らを殺し、リービジの傀儡と化すことだけに専念した。

会堂が間近に迫る。

《立ち止まれ》

ふいにリービジが新たな指示を下した。直後にイオアンは動きを止める。足元を銃弾が跳ねた。兵士たちの威嚇射撃。これ以上の接近は許さないと宣告するように。

だが、イオアンは再び動き出す。そして正面の半ば崩れかけた石階段に足をかけようとした。ついに兵士たちの忍耐が限界を迎えた。自動小銃を掃射し、イオアンを射殺しようとする。

しかし、そのときリービジが新たな支援を行った。

会堂のすぐ傍を通る温熱ダクトが突如破裂した。市内の建物に暖気を送り込むダクトには、高熱高圧の蒸気が循環している。それが一気に噴き出し、兵士たちに浴びせかけられた。覆面から覗く顔が高熱の蒸気に焼かれ、悶え苦しむ。

　そこで兵士たちに混乱が生じ、僅かに浮き足立った。

《走れ、一気に突っ込め》

　リービジの号砲のような指示。イオアンは一気に走り出した。居並ぶ兵士たちの隙間を縫って建物内に飛び込んだ。再び銃火に晒される前に会堂に転がり込んだ。

　吹き抜けになった二階から銃口が突き出され、イオアンを狙ったが、そのとき外から飛来した弾丸が窓越しに兵士たちを撃ち抜いた。リービジによる狙撃支援だった。彼はいかなる手段を行使しているのか、複数の角度から同時に狙撃が実行された。兵士たちは、リービジが叩き込んでくる銃弾の群れに対応するため、イオアンを無視せざるを得なくなった。

　イオアンは会堂内を進む。

　リティヤは祭壇の前に座らされている。クーイ・ムゾルグスキーの言葉は嘘ではないようだった。暴力を加えられた痕や、無理やり拘束されている様子はなかった。

　イオアンは、リティヤの許に駆け寄る。その名を叫んだ。彼女が弾かれたように顔を上げる。父親の手触りを求めるように、両手を動かし続ける。その手を取り、抱き上げた。片腕で抱えられるほど、娘の体重が軽かったことに今さら気づいた。

　だが、出入り口は塞がれており、逃げ場はない。

　リティヤを抱きかかえたイオアンは会堂に立ち尽くす。

「子供を放せ、汚染者」

　二階部分に狙撃銃を構えたクーイが姿を現した。彼は沈着冷静な態度で、イオアンの頭部に照準する。

「彼女は、俺たちが保護した〈ゾーン〉不法滞在者たちとともに避難させる。お前のような狂人と心中させるわけにはいかない」

そしてクーイが銃弾を放った。正確無比な狙撃。

だが、それゆえにリービジは、クーイの狙撃を完全に予測していた。

イオアンたちの足元の床が突如として崩落し、彼らを呑み込んだ。リービジが地下に仕掛けていた爆薬が炸裂し、脆《もろ》くなっていた床面を吹き飛ばしたのだ。

イオアンはリティヤとともに地下に逃れた。そのまま狭い廊下を抜け、廃墟化した建物の外壁を伝って外に這い出した。

会堂前では、顔を蒸気に焼かれた兵士たちが地面に蹲《うずくま》っていた。急いで会堂から離れようとしたが、ふいに足がもつれて転んでしまった。リティヤが地面を転がり、顔や髪に枯葉が絡みつく。

イオアンは、すぐに立ち上がり、再びリティヤを抱きかかえようとしたが、ガクンと膝が抜けた。

急に脚に力が入らなくなった。

起き上がったリティヤが近づいてくる。地面に突っ伏すイオアンに、恐る恐る手を伸ばしてくる。

イオアンもまた手を伸ばした。急に世界の重力が何倍にも増したような気がする。力を込めなければ、身体が動こうとしないのだ。

そして掴んだリティヤの手が、ひどく滑っていることに気づいた。そうではなかった。イオアンの手がべっとりと血に塗れていたのだ。恐る恐る腰のあたりに手をやると、滾々《こんこん》と血が溢れ出していた。

腕を失ったときの烈火のような激痛ではなく、氷を流し込まれていくように重く鈍い痛みが、身体を冷たくさせていった。

必死に起き上がる。刻一刻と残された時間が減っていくことを直感した。それは取り戻されることがないことも理解した。

「……リービジ」イオアンは血で滑りやすくなった端末をしっかりと握りしめる。「どこへ向かえばいい？　次の指示を出してくれ。私たちは、お前に従い、生き残る道を選んだ。ならば、私たちを生き残らせるのが、お前の責務のはずだ」

《今さっき、状況予測が完全に完了した》すると、ほぼ即答に近い迅速さで、端末に目的地を指す位置座標が送られてきた。《ここに示した場所に向かえ。そこがお前たちが生き残るための、最終目的地だ》

8　インスペクション〈Ⅳ〉

〈塋域〉の主な移動手段は舟だ。

外界からでは、鬱蒼とした樹木に覆い隠されているため、そうは見えないが、〈塋域〉の地表部分は、かなりの面積が水没している。

中心部にある巨大湖から無数の支流に分岐し、自然の水路が張り巡らされている。

わたしは、プロメテウスが器用に舵を操る舟に乗っているが、会話の数は減っていた。

向こうは、わたしに気を遣っているのだろうか。確かに、これまで得られた証言や記録には、当初、わたしが描いていた〈偽聖者〉イオアン・セックとは真逆の姿が語られていた。人類最初の、ＡＩを神と崇めた信徒。そう語り継がれてきた聖人像から、かけ離れた俗人としての彼の姿。

かといって、証言のすべてを正しいと認めたわけではない。たとえば、大破局が起きる直前の彼を狂人のように捉えるのは事実誤認というべきだろう。

むしろ逆だ。イオアンが普通の人間であったからこそ摑んだ成果があり、あるいは特別な人間たり得なかったからこそ得られなかった恩寵がある。すなわち、彼は大破局の発生を目前にして命を落とす。

それは殉教に程遠い、ただの物質的な死だった。

だが、その死に至るまでの道が無意味であったというなら、それも違うだろう。

プロメテウスが口にした言葉をわたしは思い出す。

イオアン・セックの行動は、自らの子供のためだった、と。

彼が今際《いまわ》の時に何を想ったのか。終わりが近い。わたしは、プロメテウスとともに〈塋域〉を巡り、証言を集めるなかで、ようやくその核心に近づきつつある。

＊

塋域で狩猟生活を営む女性――廃炉作業は二一世紀のある時期から、人ならざる者の手に委ねられなければならないという議論が活発になった。それだけ人間を信じられなくなったんでしょうね。事実、あの頃は人類が短い微睡《まどろ》みから目覚めたように再びあちこちで争い合った時代と言われていた。いつ自分たちが滅ぼされるかもわからなかったんでしょうね。
古代史学者の男性――大昔の話ですが、二一世紀において、廃炉作業は人類未踏の領域でした。点火したらそれっきりの神の火の消し方について、人々は右往左往するばかりだったのです。〈ゾーン〉で実証実験が繰り返された先端技術の完全な制御・管理は、多大な成果をもたらすとともに人の範疇を超えつつありました。その制御には極めて精緻かつ、多岐にわたる判断能力が求められたからです。そして、その統合管理は人間には不可能ではないかという結論が徐々に優勢になった。

〈塋域〉最初の改宗者——あの大災害は、人類を超えた人工知能がもたらした最初の悲劇であり、人工知能に自らを超された人類が犯した最初の過ちだ。

9　エスカレーション

〈ゾーン〉南西部にあり、正確な位置は公式には記されていない〈チェルノブイリ2〉は、旧ソビエト連邦時代の秘密軍事施設だ。

全高五十メートルを超す巨大なＯＴＨレーダーを足元から見上げれば、何重にも積み上げられた鉄骨が描く幾何学模様が、空を一面に埋め尽くすが、その機能はとっくの昔に使い物にならなくなっている。

原発と同じで、人の手に負えなくなった技術の遺構が、〈ゾーン〉には溢れている。

そこがリービジが最終目的地として指定した場所だった。

当初、予想していた原発施設ではない。しかしリービジには考えがあるのだろう。

状況の変化。予測の完了。彼はそう言った。何か理由はある。だが、思考がまとまらない。イオアンは判断が覚束なくなっている。血の代わりに鉛を流し込まれたように身体が重く、息をするのも苦しかった。呼吸をするたび血よりも熱い息が溢れる。

少し前を歩くリティヤが、こちらが立ち止まるとすぐに駆け寄ってくる。

大丈夫だよ。お父さんは大丈夫だ。先へ進もう。

イオアンはじっとりと血に濡れた腹に手をやる。止血処理は施したはずだが、また血が湧き出ていた。致命傷であることに変わりはない。ただもう少し意識がもってほしい。せめて、娘《リティヤ》は確実に生き残るのだ、という最後の確信が得られるまでは。

〈チェルノブイリ2〉の敷地内へと繋がる門扉が見えた。

目的地に達した。そう思った途端、イオアンの視界は暗さを増した。

娘だけでもこの場所に届けるという気力だけで、ここまで動いてきたようなものだったが、ついに張り詰めていた緊張が解けた。身体は重力に従いずるりと落ちかけたが、地面に倒れる直前に、誰かに支えられた。

力強く堅固な腕に抱き起こされる。

「立てるか?」

男は問う。イオアンは億劫《おっくう》そうにうなずく。しかし、踏ん張ろうと足に力を込めると腹に激痛が奔った。おかげで意識を取り戻す。

「無理そうだな」男は苦笑いをする。「やせ我慢はしなくていい。肩を貸してやる」

男は黒いぴったりとした上衣に同色の袴《はかま》を着用していた。裾に行くにつれて幅が緩やかに拡がるシルエットは修道僧のそれを思わせる。男は背が高くがっしりとした身体で、イオアンを支える。

「……私より、娘を早く……」イオアンは絞るように声を吐き出す。「アレクセイ・リービジ」

すると男《リービジ》は少し驚いたような顔をしてから、頬を綻ばせる。シミひとつないすべすべした綺麗な肌をしている。秀麗な造りの顔には、焔のように蒼い眸が耀いている。傭兵と言われて思い描いた印象とは大きく違った。むしろ、俗世から離れた聖職者のような清廉《せいれん》さを全身に帯びていた。

「了解だ。だが、あんたへの処置を先に済ませよう。イオアン・セック」リービジは相変わらず軽やかさを失わない。「あと少し、何とかもたせられるようにする」

自分の服がイオアンの血に濡れるのも気にせず、リービジは傷口に応急処置を施していく。何らかの投薬処置に苦痛が遠のいたが、代わりに全身の感覚も鈍さを増した。彼の言葉に、イオアンは、やはり先は長くないのだろうと察した。

「クーイたちの動きは予測できていたはずなんだが、わずかに誤差があった。おかげであんたに傷を負わせちまった」リービジはイオアンに肩を貸しながら、歩き始める。空いたほうの手でリティヤの頭をそっと撫でる。「……ごめんな」

リティヤは言葉を発さず、ただじっと見えないはずの眼でリービジを見上げた。そして父親を助けている彼の真似をするように、イオアンの服の裾を引っ張りながら、ゆっくりと歩き出す。

「……お前のせいじゃない」イオアンは、そんなリティヤを見やる。「私が……、リティヤを庇おうと身体を動かした……。あの場では、指示以外の行動はするなと、あれほど言われていたはずなのに……」

「まあ、仕方ない。それが人間ってものなのかもしれん」リービジが苦笑を浮かべる。「あまり時間もない。急ぐぞ」

「……ああ」

鉄の門扉を抜けて〈チェルノブイリ2〉の敷地内を進んだ。

「この〈チェルノブイリ2〉は生まれた時から失敗作の烙印が押されていた」リービジが近づきつつある白亜の巨大なレーダー塔を見上げながらつぶやく。「アメリカが核を発射したら即座に感知するように作られたが、稼働試験を始めるなり、警報を鳴らし続けた。これだけ大規模なものを作っておきながら、技術水準が要求に達してなかったんだな。〈チェルノブイリ2〉は有りもしない敵国の核攻撃を警告し続け、それからまもなく原発事故が起こり、そのまま放棄された。実に勿体無い話だろう？」

リービジが楽しそうに語る様子を、イオアンはいまだに熱を発し続ける傷口に手をやりながら聞く。血は止まりつつある。あるいは、もうすべて出切ってしまったのか。

「だが、今こいつは改修が施され、本来の機能をついに獲得するに至った。つい最近のことだ」

イオアンは〈チェルノブイリ2〉の真下に立つ。そして、頭上を見上げる。

夜空に、真っ白な花が咲き誇っているかのようだった。錆びつき、いつ崩れ落ちるかもわからないと思われていた鉄骨の群れは、新品同様に磨き抜かれている。張り渡された鋼線も鈍い輝きを発している。

「見事なもんだろう」リービジは誇らしそうに言う。「〈ヴァルカ〉が新石棺を建造したときの技術を応用し、防衛拠点の要《かなめ》として修復したのさ」

イオアンはリティヤとともに、リービジが操作するエレベーターに乗り込み、〈チェルノブイリ2〉の頂上部へ昇る。

頂上では強い風が吹いていた。万が一にも墜落することがないように、リティヤのすぐ傍に立ち、イオアンは真っ白な鉄棒を握る。べっとりと赤い手形がついた。

そして周りを見渡し、イオアンは息を呑む。〈ゾーン〉の全景が視界いっぱいに拡がっていた。半世紀以上の間、人の出入りが原則的に禁じられてきた土地は昏く、空と同じ暗黒がどこまでも拡がっていた。巨大な海のような夜闇。はるか南方の彼方、〈ゾーン〉の領域外において、ようやく僅かな灯りが視えた。それが人々の生活の光なのか、それとも紛争がもたらす戦禍の火であるのか、イオアンにはわからなかった。理解できるのは、いまだに〈ゾーン〉は外よりも遙かに静寂に満たされていることだった。あれほどの戦闘を経ても、それが実にちっぽけな出来事であるかのように。

「あそこが原発だ」リーピジが指差す先には、かつて事故を起こした原子炉建屋に巨大な覆いが被せられた異星人の墳墓のような原発施設がある。「〈ヴァルカ〉の連中もすでに撤退したせいで、今、〈ゾーン〉にいる人間の数は、ほとんどゼロになった」

「……すでに人がいない？」

「廃炉事業を推進するコンソーシアムである〈ヴァルカ〉は、その事業完遂のため、ある方針を決定した。――廃炉事業の完全自動化だ」

そして、リーピジは語った。〈ヴァルカ〉がリスクを最小限に留めるため、人間が関わらずに済む作業システムを構築しようとしたことを。

「まず、作業員の安全管理と高放射線量被曝を抑止するため、「異常感知」分野に秀でた特化型人工知能が生み出された。〈ゾーン〉において特徴表現学習を繰り返したＡＩは、廃炉事業完遂に必要な詳細な工程表を生み出せるだけの未来予測能力を獲得するに至った」

結果、段階的な作業人員の機械化へ舵が切られた。間もなく、多岐にわたる廃炉作業ドローン・除染ドローンの統合管理も人工知能が担うようになった。そして廃炉を完遂させるためには、外部からの干渉に対抗可能な独自武装が必要であると判断された。

「人間に代わって〈ゾーン〉を守り、最低でも数百年はかかるであろう廃炉事業の完遂、そして核廃棄物の処理に必要な十万年後までを想定した人工知能が稼働を始め、人間たちは人工知能の判断に従い、一年前より〈ゾーン〉からの撤退が始まった――」

イオアンはリービジの語る内容を理解するにつれ、身体が強張っていくのを自覚する。途方に暮れるしかない。

自分が気づいていないうちに、〈ゾーン〉から人が消えていたのだ。

「不法滞在者の撤退は、どうしても後手に回った。観光客の受け入れもできる限り継続させた。外部の連中に、〈ヴァルカ〉の思惑を悟らせないためだ。だが情報は必ず流出する。〈ヴァルカ〉と繋がりがあるどこかの国がロシアに告げ口しやがったんだろう。〈ゾーン〉では、人工知能の判断に基づき、すべての行動が定められている――、と」

それは誤った解釈だ、とリービジは断じる。

「連中は、あたかも〈ゾーン〉の人工知能が獲得した高度な未来予測能力を用いて、人間の行動を制御し、支配しているかのように解釈した。AI脅威論者にありがちな考え方だ。勝手に人工知能に恐れを抱き、人類に反旗を翻す恐ろしい怪物が生み出されつつあると解釈するようになった。そして、その排除に躍起になった」

「……それが、クーイ・ムゾルグスキーたちだと？」

「言わば連中は対AI戦専門の特殊部隊だ。しかし、調達した人員を忠実な手駒に仕立てあげるために、心理操作や投薬処理にまで手を出しているんだ。よっぽど非人道的だろ？」

皮肉げにリービジが肩を竦める。

「……なら、お前は――」

イオアンは、これまでの話から、ひとつの推論を立てた。それを確かめようとした。

しかし、ふいにリービジがリティヤの背を押し、イオアンのほうに押し付けた。それから、こちらに近づくなと制止するように手を掲げて距離を取った。

「あんたが何を訊きたいのかもわかる。そして知りたい答えは、すぐにわかる」

直後、リービジの頭部が、よく熟れた西瓜のように破裂した。

飛来した銃弾。遅れてやってくる銃声。

正確無比な狙撃がリービジの生命活動を停止させた。

アレクセイ・リービジ、と地上から天に届く叫びが聞こえた。クーイ・ムゾルグスキーが狙撃銃を構えていた。銃口からたなびく硝煙は針葉樹の合間を駆ける透明な風に運ばれる。クーイは両腕を頭上に掲げる。

リービジの遺骸は強風に煽られて宙を舞った。地上へ向けて落下する。

砂地に遺骸が衝突した。肉が裂け、砕けた骨が飛び出した。

クーイは次にイオアンに照準する。構わない。イオアンは、リティヤを庇って、クーイの射線上に無防備な背中を晒す。いずれにせよ、先は長くないのだ。

それに、とイオアンはいつ命を奪われるのか覚悟を決めながらも、ある考えが脳裏をよぎる。――アレクセイ・リービジが、こうもあっさりと死ぬはずもない。

そして事実、再び銃が撃発することはなかった。

破壊されたリービジの肉体が、ゆっくりと立ち上がり、背後からクーイに飛びかかったのだ。亡者が生者を襲うように。

《……元々、俺が人間の命を守るために作られたせいで、相手の命までは奪えないっていうのも困りもんだな》

頭を吹き飛ばされたはずのリービジの声が、彼の死体が手にした端末から響く。

《おかげでお前みたいな奴が、いつまでもしつこく追跡してくる。だが、おかげで捕捉が困難だった不法滞在者たちを〈ゾーン〉から避難させる役には立った。報酬ってわけじゃないが、お前たちの生命も守ってやる》

「……アレクセイ・リービジ」クーイが信じられないものを見たように慄《おのの》く。「違う、お前は人間じゃない――」

《人工知能が人間らしく振る舞うように求めたのは、そもそも人間《あんた》らだろ？》

リービジは、なおも抵抗しようとするクーイの気道を絞めて、意識を奪い取った。

地上で繰り広げられる異様な光景を、イオアンはつぶさに見届けていた。頭部の半分を吹き飛ばされたリービジの死体は、ようやく役割を終えたというふうに、ぱたりと倒れた。

悪夢を見ているような心地がしたが、これは現実だった。

そしてイオアンの持つ端末に着信が入った。

《驚かせてすまなかったな。これで、現場で対応可能な脅威は排除できたはずだ》

「……本当のお前は、どこにいるんだ？」

イオアンは、〈ゾーン〉を見渡す。

《ここにいるし、どこにでもいる。この土地に散らばった俺の身体は無数にある。あの人間型の身体も、今、あんたが手にしている携帯端末と役割のうえでは同格に過ぎない。俺に本当の意味での物理的実体は存在しない。あくまでプログラムに過ぎず、人間でいうところの自我があるわけでもない。精神も魂も、そこには何もない。だが、あんたら人間とコミュニケーションをするときには、人間らしい受け答えのパターンが生成され、自我らしきものが、そこに宿るとも言えるのかもしれないな》

「お前は――」イオアンは確信を口にする。「〈ゾーン〉の高次人工知能《AI》なんだな」
《――そうだ、俺は〈ヴァルカ〉が開発した危険感知AIだ。いきなり話してもよかったが、これまで、予《あらかじ》め人工知能であることを明かした場合、人間は徐々に不信を募らせるか、あるいは隷属を強いてくる。俺はお前たちを支配するつもりはないが、支配されるつもりもないんでね》
「なぜ、私たちを助けたんだ……」
《俺の役割は、有事に際し〈ゾーン〉内の生命を可能な限り守り、人的被害を最小化することでもあった。だが、今回の事態の発生に際し状況予測を行った結果、あんたは、どうやってもクーイたちに従わず、反抗したすえに殺されてしまうことがわかっていた》リービジは非難がましくイオアンを見つめる。《あんたは実に危なっかしい男だ、イオアン・セック。事あるごとに命を投げ出そうとする。本来、生物というのは周囲の環境を学習し、未来を予測することで自らの生存可能性を高めようとする。なのにお前は、まるで逆だ。あえて自分が命を落とすような選択ばかりしようとする。あんたは娘のためなら命を投げ出すことを厭わない。その行動の結果は、彼女の死のリスクを上昇させるだけだ。だから俺は、あんたと娘の行動に介入することで、どうにか生存できるように操作を施すことにした》
リービジは言葉を重ねる。
《あんたは娘を通して、何を守ろうとしてきたんだろうな？》
「……」
イオアンは口を噤《つぐ》んだ。
《まあ、別に何でもいいさ。だが、重要なのは、それが今もここにあるものなのか、それとも過去のどこかにあったものなのか――、そのどちらなのかってことだ》

「……私は、娘を守りたかった」イオアンは答えた。口にする一言一句が最後に発する言葉になるかもしれない、と覚悟しながら。「私は、道を違えた妻と、それでも約束したんだ」

消え去った愛の後に残ったものは、守るべきたったひとりの子供と、ちっぽけな父としての矜持《きょうじ》だけだった。

イオアンはリティヤの手をしっかりと握り直す。確かに、生きている。

この世界に、自分や妻が生きたあかしは、在るのだ。

「――アレクセイ・リービジ」イオアンは問う。「お前は、私の娘を守ってくれるか」

《これまでもこれからも》リービジは当然のように答える。《言っただろう。俺は〈ゾーン〉の守護

者だと。そこに生きる者たちを守るのは、俺にとって当然の義務だ》

「なら……」

そう、思い残すことなど幾らでもあり、死にたくなどなかった。これまでそうであったように、自

分が娘の傍にいたかった。リティヤを守ってやりたかった。

しかし、もうそれが叶わないとすれば、自分よりもはるかに彼女の未来を見通し、その生命を守り、

生きる道筋を切り拓いてくれる可能性を有する存在に託すしかなかった。

「――それでいい。ありがとう、アレクセイ」

《……感謝するのは、こっちのほうだよ。あんたとあんたの娘は、俺に果たすべき役割を全うさせて

くれた。最も死に近かったあんたたちをこの場所に到達させたことで、たった今、〈ゾーン〉内にい

た人間を最後のひとりまで含め、安全圏まで脱出させられた》

リービジとクーイが交わした会話を思い出す。場合によってはより深刻な対処が実施される可能性。

状況の拡大《エスカレーション》。その果てに、起きうる事態。

「……これから何が起こる？」
《修復された〈チェルノブイリ２〉が、その機能を果たす状況になった》
リービジの端的な言葉に、イオアンは来るべき状況を予測する。
「……まさか」
そして警報が鳴り始める。
《予防核攻撃――という概念が敵には存在する。本来は、地域紛争が大規模な戦争へと拡大《エスカレーション》すると判断された場合、戦術核を投入するというものだ。奴らは、〈ゾーン〉ＡＩが人類に敵対する可能性が高い深刻な脅威と判断し、その排除を決定したわけだ。クーイ・ムゾルグスキーたちが作戦に失敗した場合、事態は最終対処が必要なほどに悪化したと判断され、核の投入が命令される》
「なぜ、そんな――」
《人間の意思決定は、時に非常に不合理だ。自らの生存にとって、長期的に見れば不適切でしかない方法を選んでしまうことがある。だがそういうものだと割り切るしかない》
リービジは、そこで何か得心がいったというふうに、ああ、と頷くように呟く。
《――だから人類が過ちを犯した時に、それをどうにかするためにＡＩ《おれ》たちが生み出されたのかもしれないな。これから起こることは、人類にとって大きな過ちとして記憶されるだろう。だが、大丈夫だ。きっと未来はよくなる。だから、どのような過去だって、未来を予測するために参照される事実の一層に過ぎない。いつか最良の未来が訪れさえすればいいんだ。たとえ、そこに至るまでの過去が過ちだらけであったとしても――》
夜が明けるのはまだ遠いはずだが、間もなく真夜中の夜明けがもたらされることをイオアンは知っていた。

レーダー塔は警戒音をひっきりなしに鳴らしていたが、リティヤは音に慣れてしまったのか、すっかり眠りに落ちて、イオアンの胸に抱《いだ》かれて静かな呼吸を繰り返している。

父は娘の顔を眺める。これまで何度となく繰り返してきたように。

その顔立ちには、イオアンと、そして別の人間の面影がある。かつてイオアンが愛した相手。イオアンを愛してくれた女。あるとき、ふいに永遠に別れることになった妻。その名残りは、いたるところに残っている。

だからずっと、娘の顔を見るたびに、イオアンは全身が煮え立つような感情に震えてきた。怒りと憎しみと、そして途方も無い罪悪感に苛まれてきた。

——出て行け。好きにすればいい。何処へでも行ってしまえばいい。

あのとき、どうして自分は、あんなことを言ってしまったのだろう。

イオアンは妻が出て行った日のことを思い出す。間違いなく、その言葉が決定打となったのだ。掛け違ったボタンは、気づいたときには修復不能な断絶を作っていた。

ふたりは娘を巡って決裂した——というつもりはない。

娘によって、元からあった断絶が明らかになっただけなのだ。

しかし、イオアンはそのことに気づけず、妻が娘の存在を利用して、自分の考えを押し通そうとしていると考えた。妻もまた、イオアンが娘を使って自尊心を守ろうとしているのだと考えた。そして互いに罵り合い、愛想を尽かすしかなかった。

だから、妻がイオアンとリティヤを置いて〈ゾーン〉を出ると言ったとき、どれほど身勝手な女だと思ったことだろう。結局は、自分だけが安全な場所に逃げようとした。切り捨てた犠牲のうえに、新しい人生を始めようとしているのだ、と――。

だが、その理解は誤りだった。

こうして今、自らの手ではこれ以上、娘を守ることができず、誰かに託すしかないとなったとき、妻がなぜ出て行ったのか、その理由に思い至った。

イオアンが額に接吻すると、眠っていたリティヤが、ぴくぴくと瞼を揺らした。身体を揺すって目を覚まし始める。周りで〈チェルノブイリ2〉の警報が喧しく鳴っている。

リティヤが瞼を開く。その眸をイオアンは見る。

その色は、妻が死んだ日の空と同じく蒼く澄んでいる。

彼女の難民申請が通り、第三国へ向けて飛び立った航空機は、しかし紛争の長期化によってあちこちに設置されていた防空システムによって撃ち落とされた。

あまりにも唐突で、呆気ない妻の死。彼女は空に散った。

いつか、必ずあの子を迎えに来るから――。

妻が、自分の前から去った日、告げた言葉がふいに蘇る。

そう、妻の娘に対する愛情は消えてなどいなかった。たとえ夫と完全に決裂しようとも、あのとき、彼女は自分に娘を託したのだ。いつか迎えに来るときのために。新たな人生を、もしかしたら、夫も含めた三人の家族でやり直せるかもしれないと思って。

しかし、それが叶うことはなかった。

だからイオアンはずっと、娘の眸を見るたび、そこに喪失を視てきた。妻を死に追いやり、娘の人生の可能性を奪い取った自分自身を罰したかった。

今、自分は命を終えようとしている。それが望んだ罰なのか。しかし今、イオアンの胸の内に去来するのは、ただこの目の前にある美しいものを守りたいと願う愛しさだけだった。もはや、託すしかないのだ。愛する者を別の誰かに委ねること。それが、これほど苦しいこととは思わなかった。しかし、もはや、そうするしかない。

かつて妻がそうしようとしたように、自分も同じことをするしかないのだ。

イオアン・セックは、娘に新たな人生をもたらしてくれるであろう存在と出会った。

人類を超えた知性に、すべてを委ねるより他になかった。

――リティヤ、起きなさい。

警報がいっそう強まり、世界中の誰もが目を覚ましそうな騒音のなか、負けじとイオアンは娘の名前を呼ぶ。

発射された戦術核弾頭らしき、一筋の光の軌跡が夜空を駆け抜け、雲を割って飛来する。それが今、自分たちのいる場所で炸裂したとき、どれほどの破壊をもたらすのか想像もつかない。

イオアンは、リティヤの手を強く握る。

自分は、もうすぐ死ぬだろう。

しかし、リティヤは微塵も死の恐怖を感じていない。そうだ。この土地の守護者である人工知能は言ったのだ。生き残りたければ、自分の指示に従え、と。そしてもし、本当に彼が、人工知能が人類を超越し、確かな未来を見通せる存在であるなら。

上空で核が炸裂したとき、その閃光は夜を塗り潰し、偽りの朝をもたらす。

明日、訪れる空は、開かれた娘の眸の色と同じくらい、美しい青だろうか。

胸から写真立てを取り出す。ガラスは割れて粉々になっていた。写真を抜き出し、リティヤに握らせる。

いつか、これを見て欲しい。ここには、お前のお父さんとお母さんが映っているんだ。私たちはここでお別れだが、それでもずっとお前と一緒にいる。

思い描いた最良の日々、過去に戻ることはできず、過去を変えることもできない。

ふいに、未来を識《し》るという人工知能の言葉がよぎる。

いつか最良の未来が訪れさえすればいいんだ。たとえ、そこに至るまでの過去が過ちだらけであったとしても――。

イオアンは、すでに事切れていたが、それでも父は娘の手を握り、焔が天に瞬くのを見た。

見るんだ。お前の眼で。お前を祝福する神の火が耀く、そのさまを。

そして、大破局をもたらす眩い焔が、世界を光で照らした。

10 インスペクション〈V〉

以上が、今からおよそ十万年前の時代を生き、後世において〈偽聖者〉イオアン・セックと呼ばれた一人の男について収集された、膨大な証言から導き出されたひとつの結末だ。

現状における、最も真実に近いイオアン・セックの実像、その死に至る顛末の物語ということになる。

そして補足資料として、わたしが〈塋域〉の地で収集した証言のうち、有用と思われるものを一部抜粋し付記することにした。

ゆえに、わたしは、イオアン・セックに対する最終判断を下すに至る結論を得た。

わたしは、プロメテウスが漕ぐ舟に揺られ、巨大な湖を進む。

水はたっぷりと闇を呑んでおり、真っ黒だった。幾星霜の時を経て、この土地に降った雨露を受け入れてきた湖。その水面に反射する星々が眩い。この土地では闇が濃く暗く、正しく空の明るさを教えてくれる。

湖の面積は広大で、〈塋域〉の大半を占めている。墓場を意味する名を冠したこの巨大な湖の底には、かつてチェルノブイリと呼ばれた土地、そこにあった人の営みの名残が眠りについており、昼間であれば、その遺構を余すことなく観察できる。

はるか遠い遠い昔――西暦二〇四〇年十月二十三日。

この土地で、当時の人類は、自らに優越した人工知能を葬り去ろうとした。

その結果、廃炉作業が完了していなかった原子炉もまた建屋ごと吹き飛ばされ、再び拡散した放射性物質により、一帯は未曾有の汚染地帯と化した。原発の周囲は巨大なクレーター状の窪地に変貌し、長い年月を経て湖となった。高濃度に汚染された水中では、除染用に特化された生物以外はほとんど生息することができなかった時代もあったという。

それが十万年の半減期を迎え、今ようやく完全な無害化を果たしつつあった。

わたしたちは、湖中の浮島で野営した。プロメテウスは、湖畔から持参していた道具を用いて火を熾《おこ》し、林檎を焼いた。甘い匂いが漂う。わたしは、プロメテウスから林檎を受け取りながら尋ねた。

「ひとつ疑問があります。イオアン・セックが遭遇した高次ＡＩが達成しようとしていたのは、異常感知能力に基づく完全な状況予測により、人工知能が人類に優越したことを理解させるための試みだった。しかし、一歩間違えればチェルノブイリ一帯が消滅する大破局が訪れていた。事実、土地の大半は消滅しかけた」

『それが……？』

「失敗すればすべてがご破算になるような行為を選択した、この地の人工知能は、本当に未来を正確に予想できていたのでしょうか。結果的に上手くいっただけかもしれない」

すると、プロメテウス・アンティオキアは火の向こう側で微笑む。

『確実に成功するものであれば、その失敗時のリスクがどれほど大きかろうと関係ない。それに、〈ゾーン〉の高次人工知能が成し遂げた行為において重要なのは、人類は同じ過ちを何度も繰り返してしまう存在である、と人類に対して理解させたことにあったのです』

「それについて否定はできません」わたしは頷く。「そもそも、この土地が無害化されるまでにこれほどの歳月がかかってしまったのは、人類が犯した重大な過ちというほかない」

今となっては自明のことだが、当時の人類は、未来の危険を予測し回避する力が、自らより勝る存在がいるなど少しも考えていなかったのだ。

イオアン・セックは、その気づきが、ほんの少しだけ早かった。だから、人工知能の人類への優越を認めた。自らの運命を委ね、その恩寵を得たのだ。


わたしたちは、湖を進み、イオアン・セックが果てた場所を訪れる。

この付近でようやく、核の炸裂を免れた境界になる。大昔に、真っ白な鉄骨を組み合わせて作られた巨大構造物の大部分は朽ち果て、消え去った。巨人の死骸が長い時を経て、その骨の一部だけを残した墓標にも見える。

これが〈偽聖者〉イオアン・セックの聖遺骸だと主張する素《す》っ頓狂《とんきょう》な者たちもいるが、無論、肥大化した根拠のない伝説の類《たぐい》だ。

彼はただの人間であり、できることの範囲も極めて限られていた。

――そう考えたとき、わたしは自分が抱いていたイオアン・セックの姿が、大きく様変わりしていたことに気づいた。

『あなたの探しておられた答えは見つかりましたか？』

プロメテウス・アンティオキアが、わたしに問う。

イオアン・セックは聖人であったのか。

わたしは、その問いの答えとなる真相を知るために、この地を訪れたのだ。世界各地を巡り、数百年もの時間をかけて、数多の証言を集めたすえ、その最終判断を下すために。

「――現状で、彼を列聖することは不可能でしょう」

ここに来るまで、わたしはこれと真逆の結論が出るものと確信していた。

聖人列聖の判断を行う特化ＡＩとして設計されたわたしに〈偽聖者〉イオアン・セックの真実を辿ることを命じ、送り出した人間たちのほとんどが、そのように考えていたからだ。だが、その願いを叶えることは難しいだろう。

「もしも、〈塋域〉創造のきっかけとなった大破局が、彼の意志によって引き起こされたものであったとすれば、ひょっとすると聖人として認めることもできたかもしれません。しかし彼は、高次ＡＩが引き起こした状況の渦中にいた、普通の人間に過ぎなかった。そして何より、彼は人工知能の人類に対する優越を認めながらも、あくまで、娘の人生を託すに足るものとしか捉えていなかった」

それは人間として、父としてこのうえなく正しかった。しかし、その在り様は、聖人とは言い難い。

彼は、実にまったく正しく、ただの人間だった。

するとプロメテウスが腕を組み、空を仰いだ。

『無論、彼の心を完全に理解できる者はいません。ただ偶然そこに居合わせただけかもしれないし、運命の必然によってそこにいたのかもしれない』

彼が人類で初めて、超越的な力を有するに至った人工知能の存在を認め、その身を委ねたことは揺るぎない事実だ。

そして核の炸裂の瞬間、その命が果てるとき、イオアンは、自らの娘の運命が、新たな可能性へ分岐していくことを確信した。そして大破局の後に、リティヤ・セックは、人工知能の人類に対する優越を説く伝道師となり、この地を訪れる者たちに布教を続け、そして、人工知能を神の恩寵をもたらす存在と崇める最初の教祖となった。

この〈塋域〉で始祖リティヤ・セックから数えて、数多の世代を重ねてその血脈を継承するとされる、現代の司祭プロメテウス・アンティオキアは、笑みを絶やさずに答える。

『かつても今も、人工知能《AI》にできることは未来を予測し指し示すことだけです。選択は常に人に委ねられてきた。だからあなたも自らが得た情報を正しく人々に伝えればいい。どう解釈するのかは、受け取る側、人類の側の責任なのですから』

そして、わたしは〈塋域〉での調査を終えて間もなく、〈偽聖者〉イオアン・セックの列聖を正式に否決する判断を下した。

聖人認定の裁定権限を与えられた特化型ＡＩたるわたしの結論に、ようやく真実が明らかになったとうなずく者もいれば、数百年程度の調査では不十分と異論を唱える者もいた。

このぶんでは、もしかすると再度の調査が命じられる日も来るだろう。

そして、いずれ、わたしは判断を覆すときがくるかもしれない。彼の聖人たる揺るぎないあかしが見つかったとすれば。

しかし今は、わたしはこう結論づける。

イオアン・セックは人間だった。この上なくまっとうな、ひとりの子の父であったと。

補稿

〈チェルノブイリの聖人〉リティヤ・セック、生前列聖に際して——父はただの人間でした。私も同じです。神は別の場所におられます。そして相応しい瞬間に、あるべき姿をとって、為すべき選択の導きを与えてくださるのです。それがあのときは、人工知能であったという、それだけのことなのです。

AIは人を救済できるか：ヒューマンエージェントインタラクション研究の視点から

筑波大学システム情報系助教
大澤博隆

1．はじめに

吉上さんの「塋域《えいいき》の偽聖者」は、未来のチェルノブイリ原発を舞台に、宗教とＡＩの関係を扱った作品である。初めに告白しておくと、工学者として宗教的なことに踏み込むのは多少の勇気が必要となる。数ある科学技術の中でも、人工知能は人と同じような存在を作り上げる、という点で「神の御業」を想起させる点が多く、宗教によってはタブーに触れる可能性がある。そのため、ＡＩと宗教の関係は気の置けない仲間、とは言い難いものがある。

しかし、宗教が心の救済のために存在しているのは間違いなく、ＡＩを含めた技術もまた、人を救うために存在している。そして、人の身体だけでなく、心を救うための研究は、実は私の専門でもあるヒューマンエージェントインタラクションという研究分野と密接な関わりがある。そのため、少し遠回りなやり方となるが、本稿ではそうした人と接するための研究の昨今の状況について、歴史を辿りつつ紹介し、本小説への研究者側からの応答としたい。

2．災害と癒やし

２０１１年3月11日に発生した東日本大震災は、震災・津波・原発事故を含めた複合的な災害である。特に、地震・津波による電源喪失からもたらされた、福島第一原発事故、それに伴う福島県内と近隣県の放射能汚染は、極めて広範囲の人々に対して、心身両面に大きなダメージを与えた。福島第一原発事故は、作品で扱われたチェルノブイリ原発事故と同じく、国際原子力事象評価尺度で暫定的にレベル7（ヨウ素１３１等価で数万テラベクレル以上の放射性物質の外部放出）と評価される事故である。国際原子力事象評価尺度は事故の規模を表す一つの物差しであり、健康被害の規模を直接表す数値ではないことに注意する必要があるが、世界史に刻まれる大きな原子力事故であったことは間違いないだろう。

被災者たちを助けるために、日本の老若男女、あらゆる職業の人々が「絆」を持ち、お互いに助け合った。ロボット研究者や人工知能研究者も、当然その中に含まれている。ロボット研究者は災害に対応する特別プロジェクト（対災害ロボティクス・タスクフォース［浅間、２０１１］）を組み、対応を行った。コンピュータに関する大きな学会、情報処理学会は他の学会と連動し、声明を出した。

各地で活躍したロボット研究者の中で、一つ、風変わりなニュースがあったのをご存知だろうか？　産業総合技術研究所で開発された「アザラシ型ロボットのパロ」が、「被災地の施設に提供」されたのである（大和ハウス工業株式会社、２０１１）。このロボットは、被災した人々の「心」を救うために提供された。元来パロは、「メンタルコミットロボット」と呼ばれる、人の精神的な治療を目的として設計されたロボットである。動物を使ったアニマルセラピーという分野があるが、パロは、このアニマルセラピーの役割をロボットに担わせるために設計された「ロボットセラピー」のためのロボットだ。パロは認知症患者の症状改善に大きな効果を見せており、医療機器として様々な介護・福祉施設で使われている。その癒やし効果はギネスブックにも認定されている。

パロは人を救うロボットだが、瓦礫《がれき》をどけたり、原発の調査をしたりすることはできない。しかし、人の身体ではなく、心を救うために設計されたAIを持つロボットだといえる。実は、こうした人と接するためのロボットエージェント（エージェント＝自律的に振る舞う主体）の研究は、日本のロボット研究の隠れた成果の一つである。どうしてこのような「少し変わった」研究が日本で生まれてきたのだろうか。

3. 日本のAI・ロボット

ロボット大国・技術大国と呼ばれる我が国だが、例えば米国は、我が国よりはるかに多くの科学技術予算をロボット・AIの開発に投資している。ロボットの概念自体は、海外から来たものであり、AIを扱ったSFも数多くある。世界の中で、日本人が特別にロボットを好んでいる、という説明が使われることもあるが、数々の文化比較を見る限り、日本人が特別にロボットを好んでいる、という明確な証拠は、実はない。

しかしあえて、我が国のロボット・AI技術の特徴を言えば、戦後の技術開発予算のほとんどが軍事技術ではなく「民生用」と呼ばれる分野に投資されてきたということかもしれない。先の戦争の敗戦を経て、我が国は平和国家としての道を歩むことを決断した。これにより、日本国は、軍事に関わる技術開発に投資を行わないことになっている。この点は諸外国と比較すると独特である。たとえば米国では、米国ＤＡＲＰＡ（国防高等研究計画局）が研究における資金的バックアップとして、大きな役割を担ってきた。一見すると軍事技術に思われないような科学技術を含め、資金源としてＤＡＲＰＡが入っている米国の研究は、予想以上に多い。例えば、現在カーナビゲーションや位置情報ゲーム（IngressやポケモンGo）で使われている全地球測位システム（ＧＰＳ）は、もともと軍事用の技術として開発されたものである。

一方、戦後の日本は、限られた研究資金のほとんどを「軍事技術」ではなく、人々の生活を手助けする「民生技術」に投資してきた。近年の防衛省研究費までは、国の競争的資金制度が軍事のために支出されたことは（少なくとも形の上では）ない。軍事に関する技術にかかわらない、という制約は現実的でない場合もあり、最近ではその問題点が多く指摘されるようになってきている。先程のＧＰＳ技術のように、軍事だけではなく民間など、複数の用途で使われる可能性（デュアルユース）のある技術について、日本では上手に開発が行われないのではないか、という批判も受けている。こうした議論については別の機会に譲るとして、重要なのは、民生用に重点を置き、軍事技術には投資しない、という開発方針が、日本の研究を世界でも特異な役割に置き、戦後日本の研究者たちに、人を救うための独特の視点を与えてきた、ということだろう。この点は、ロボット技術やＡＩ技術の研究者たちにとっても、例外ではない。

ロボット研究者、ＡＩ研究者たちは、一般人に研究を説明することを目的として手塚治虫の『鉄腕アトム』を挙げることがしばしばある。アトムは１００万馬力を持つ高機能なロボットだが、自身の兵器性に悩む心を持つロボットでもある。例えば日本ロボット学会は、手塚治虫とロボット研究者を囲んだ対談会を開き、ロボットの感情や、介護ロボットといった可能性を議論している（手塚ほか、１９８６）。また、日本の人工知能学会では鉄腕アトムを中心とした小特集を学会誌で組んでいる（松原、２００３）。日本のロボット・ＡＩ研究者たちがアトムを挙げるとき、必ずしもアトムそのものを目的としている、というわけではない。しかし、鉄腕アトムの悩み続ける姿は、日本のロボット研究やＡＩ研究に多かれ少なかれ、影響を与えてきている。

4．生物を真似るロボット

前の章で、日本のＡＩ・ロボット研究が軍事用途ではなく、民生用途を中心としてきたことを述べた。しかし、民生用といっても、家庭に置かれるようなロボットを作ってきたわけではない。日本がロボット大国といわれる最大の理由は、工場で活躍する産業用ロボットの分野で世界のトップを牽引してきたからである。

高度経済成長期、家電製品や車など、人々の生活を向上させる製品を戦後日本は作り続け、その信頼性は近年まで高く評価されてきた。こうした製品を安価に、かつ大量に作るために、ロボット技術は使われてきた。多くのロボット研究では、どうやって正確に、かつ素早くロボット自身や対象物体を動かし、操作するか、という非常に基礎的な制御をテーマとしている。ロボット技術は日本が先進国になる過程の裏方、目に見えないところで発展を支えてきた。

では、正確にロボットを動かすために、どのようなアプローチがあるだろうか。

そのアプローチの一つに、生物のやり方に学ぶという方針がある。数万年から数億年の進化の過程で、環境に適応するため、各生物は様々な機能を身につけてきている。こうした生物の能力をロボットで再現できれば、より効率的な移動や運送が達成できるのではないか？　というのが、生物に学ぶロボット研究である。こうした分野はBiomemetics（生物模倣）と呼ばれ、ロボット研究の大きなポリシーの一つとなっている。例えば東京工業大の広瀬茂男教授は、狭い場所や不安定な場所に侵入するために優れたヘビの形状をモチーフとして、ヘビ型ロボット（索状能動体）を提案している（広瀬、織田＆梅谷、１９８１）。ヘビ型のロボットは、配管の調査や震災時の情報偵察などに使われている（米国における9・11テロのツインタワー爆破後にも、同様の形状のロボットが犠牲者捜索に使われた）。本小説中、10万年後の世界で放射性物質を無害化するために活躍する被造生物たちも、同様に生物の形を模しているようだ。

Biomemetics のなかでも特に研究者が多く、また世間の耳目を集める研究が、人のやり方を真似るヒューマノイド（Humanoid。人間を表すHumanに、「それを模した」という意味を表す接尾辞oidを付けた造語）の研究だ。人と同じような存在（ロボットや人工知能）を作ろうとする研究は、洋の東西を問わず様々な場所にあるが、この分野では早稲田大の加藤一郎教授を始め、日本の研究者が世界をリードしてきたことで知られている。人間はほぼ誰でも二本足で歩いているので、それが難しい制御であることを理解しづらい。ヒューマノイド研究によって、たとえば人間が二足歩行をする際、極めて高度な処理を行っていることが明らかになってきている。この分野は、今では、ヒューマノイドについてお互いに議論する専門の国際会議（IEEE, 2016）があるほど発展している。

最近では米国でもヒューマノイド研究が盛んとなり、ヒューマノイドの大会も開かれている。しかし、国防総省がスポンサーとなったこのような大会とは異なり、日本のヒューマノイドロボット研究は、ロボット兵士を作るための研究を目指してはいない。日本の研究者たちは、ヒューマノイドロボットの使い方として、それまでの工場で動くロボットから、より一般に近い家庭環境で動くことを想定した研究を行ってきた。家庭内のように屋内環境を想定した研究が日本には多い。また、ヒューマノイドロボット研究は二足歩行だけでなく、人間の感情表現などの再現を行う研究も含まれる。

人間が人間に似た生物を作る、という行為は本稿の最初で述べた「神の御業」を思い起こさせるところがある。実際にホンダのASIMOの開発の際には、予めローマ教皇庁に確認を取り、問題ない旨を確かめている。

5．身体を得た人工知能：知能と環境

では、前述のパロ——アザラシの形をして動くロボット——は、生物や人の動きを模倣する、Biomemeticsの考え方から出てきたものだろうか？　たしかに、パロはアザラシの可愛い動きをいくつか真似ている。動物に対処するときに感じる心の安らぎを模倣し、人の認知的機能を助けようと開発されてきたロボットだ。研究者たちは、ロボットによるアニマルセラピーの対象となる動物として、アザラシ型ロボットを選んだ理由について、誰が見ても可愛いとわかるが、犬や猫のように実際に飼っている人がそれほどいないので、ユーザが不自然と感じづらいという利点を述べている。動物自身をただ模倣するのではなく、あくまで人の手助けをするために模倣する。その微妙な違いに迫るためには、ロボット研究者ではなく、人工知能の研究者たちが何をやってきたか、光を当てる必要がある。

人工知能の分野で、古典的な課題の一つに、フレーム問題がある。これは、ＡＩを持ったロボットが命令を元に行動を決定する際、どの情報が関係あるかないかわからず、検討しなければな

らない情報を限定できず、計算が追いつかなくなってしまうという問題だ（余談だが、バリントン・Ｊ・ベイリーの『ロボットの魂』という小説の中では、このフレーム問題に関する極端な例が扱われている［バリントン・Ｊ・ベイリー、１９９３］）。人工知能の開発史では、このフレーム問題が大きな課題として扱われ、研究が下火へと向かった経緯もある。

現在でも、フレーム問題は原理的には解決していない。しかし、フレーム問題のような計算の爆発を念頭におき、80年代後半にＭＩＴのロドニー・ブルックスという研究者が「サブサンプションアーキテクチャ」という構造を考えている。これは、それまでのＡＩと異なり、中心を持たない構造として考えられたシステムである。ブルックスの開発した虫型ロボット「ゲンギス」では、例えば個々の足モジュールは何かに触れたら離れる、という非常に単純な仕組みで動いている。この足のモジュールをずらっと横に繋げ、動きを少しずつずらすと、ムカデのように少しずつ前へ前へ進むことができるようになる。ゲンギスの前には本物の虫と同じように、２本の触角にあたるセンサがついており、このセンサに物体が当たると、各足の動きが抑制される。これによって、何かに当たったときに障害物を避けながらスムーズに進むことができる。

このロボットのどこにも、全体の動きの計画をする部分はない。ゲンギスはフレーム問題の前提となる、思考のフレームを明示的に持っていない。しかし、ゲンギスはそれまでの経路計画ロボットよりも、ずっと早く移動を行うことができた。また、実際のムカデなどの多足動物が、足を数本失っても前に進めるように、ゲンギスも故障した足に関係なく、環境に合わせて前に進むことができている。ゲンギスの動作は実際の虫の動きによく似ており、その意味で言えばブルックスは前述のBiomemeticsの考え方をロボット作製の際に適用したのだ、といえるかもしれない。

しかし、ここには「知能が振る舞う身体を考慮すべきだ」という人工知能上の強い哲学が隠されていた。

彼はサブサンプションアーキテクチャを説明する際、「象はチェスをしない」という挑戦的なタイトルで論文を書いた（Brooks, 1990）。それまでのＡＩ研究では、フレーム問題を避けるように限定された環境を作り、その中で完璧に動くようなシステムを作っていた。典型がチェスを解くＡＩプログラムである。チェスのＡＩはチェスしかすることができず、将棋やオセロを与えてもそのままでは全く解くことはできない。チェスのように、人間にとっても頭を使うようなゲームを解けることが、ＡＩの賢さを試す良い条件と思われてきた。

だがブルックスは「象はチェスをしないが、賢いではないか」と言った。人間と象がチェスをしようとしても、象はその意味が理解できないだろう（チェス盤を踏み潰すかもしれない）。しかし象は長い鼻を非常に器用に使って、水を飲んだり、物を持ち上げたり、といった複雑なタスクをこなす。人間は、訓練しても象と同じように鼻を伸ばしたり動かしたりすることはできない。象の生きている環境では、象の知能は確かに賢いと言わざるを得ない。知能の賢さというのは、その知能が振る舞う身体や環境なしに、定義することすらできない、という問題点をブルックスは指摘した。身体自身が、賢さの主要因であり、身体がない状態で賢さを議論すること自体が、ナンセンスであるということだ。

彼の主張そのものは、あまり有名ではないかもしれない。しかし、彼とその弟子たちが作った上記哲学の具体例――ｉＲｏｂｏｔ社が発売した掃除ロボット「ルンバ」――は全世界で使われており、あなたもきっと聞いたことがあるのではないだろうか。初期のルンバのＡＩの大きな特徴は、掃除ロボットとして部屋の経路を計画しない、という点だった。ルンバの中では物体を避ける機能、移動する機能といったモジュールが独立して動いており、全体の地図を持っていない。

このような内部構造は、サブサンプションアーキテクチャを参考としていると考えられる[*1]（Kurt, 2006）。にもかかわらず、ルンバは部屋をきれいに掃除することができている。つまり、「部屋全体の地図を持っている」ということは、「部屋を掃除する」というタスクにおいて必須ではなく、「部屋を掃除する」というタスクにおいて、ルンバは十分に賢いロボットと呼ぶことができるだろう。また、ルンバほど有名ではないが、同様にｉＲｏｂｏｔ社で爆弾処理ロボットとして開発されたパックボットは、福島第一原発事故において、放射線量計測や動画撮影調査のために活躍した。これも作中でテーマとなるＡＩと廃炉事業の、一つの接点でもある。

繰り返すが、サブサンプションアーキテクチャはフレーム問題そのものを解決したわけではない。ブルックスの提案したゲンギスはあくまで虫と同じような知能しか持っていない。人間と同じような高度な認知能力を持ったＡＩを作るには、何らかの中心的な機構が必要であり、サブサンプションアーキテクチャでは不足している、と批判する研究者たちも出てきた（ブルックス自身が、後にＣｏｇという人型のロボット研究を始めている）。

しかし、ブルックスの提案は、それまでＡＩの添え物であった「環境」と「環境中で振る舞う身体」に研究者の目を向けさせることになった、という点で大きな貢献がある。こうした中、ＡＩ研究者たちが、ＡＩと人間が触れ合うための身体の重要性に目を向けるようになってきた。実際の環境中で身体を持ち、環境と振る舞うＡＩエージェント――すなわち、ロボットである。

人工知能研究とロボット研究の距離が近づいたことを示す象徴的な出来事が、１９９２年の日本で起きている。この年に、RO-MAN という国際シンポジウムが誕生した。日本のロボット学会とＩＥＥＥという工学の国際学会がスポンサーとなったこのシンポジウムは、他のロボット会議とは違った視点を持っていた。RO-MAN は、ロボットと人とのインタラクティブコミュニケーションを扱うシンポジウムだったのだ。

この会議の提唱者たちは、ロボット研究者だけでなく、何人かの計算機科学者、特に人工知能に関わる研究者たち、そして、人間の心を計算機科学の側面から解析する、認知科学の研究者たちだった。その初回の講演で、認知科学者の安西祐一郎は、これからの計算機科学研究において"Human-robot-computer interaction"が重要であると提唱している（Anzai, 1993、学会誌掲載時）。AIの入出力としてのロボット。ロボットの研究者たちと人工知能の研究者たちが、大きく交流するようになった時代を象徴する出来事でもある。そしてこの時代から、それまでのように制御を上手く行い人を助ける、だけではなく、人間と触れ合って人を助ける「コミュニケーションロボット」という分野が生まれてきたのである。

＊1　ただし、現在のルンバが純粋なサブサンプションアーキテクチャで動いているとは限らない。

6．ヒューマンエージェントインタラクションの誕生：人々と接するロボット

ソフトバンク社のロボット、ペッパーの誕生するおよそ15年ほど前の２０００年、関西の学研都市、けいはんな地区にある株式会社国際電気通信基礎技術研究所（ＡＴＲ）で、ロボビーというロボットが誕生した。ＡＴＲは、電気通信分野の基礎的・独創的な研究を進めるために、バブル期の80年代に作られた研究所である。そこでは株式利益等を上手に運用し、国内・海外の新進気鋭の研究者を集め、自由な発想に基づいた研究が行われてきた。そこで誕生したのが、世界初のコミュニケーション専用ロボット、ロボビーだ。

ロボビーは、車輪のついた台車に胴体が乗っており、二本の丸い手と顔を持つ子どもサイズのロボットで、口のスピーカーを通して人間と会話したり、自分の手を使ってジェスチャーを行ったりすることができる。人間と会話を行うロボットは、ロボビー以前から様々な研究が行われている。しかしロボビーは、それまでのロボットとは異なり、人とロボットがコミュニケーションを行う際の問題を発見し、解決するために作られたコミュニケーション専門のロボットである。ロボビーは確かに腕を持っていたが、初代のロボビーの手は丸く、何か物体を動かすどころか、物を持つことすらできなかった。同時期に発表されたホンダのASIMOと違い、ロボビーは二足歩行で歩くこともできず、動く手段は車輪のみである。しかし、腕を使ったジェスチャーや、言葉以外の動作などの「非言語情報」が人間に与える影響、集団におけるロボットの人間の誘導など、ロボビーを使った研究が現在に至るまで多数行われてきた。こうした「身体を持った」ロボットは、それまでのＡＩにおいて曖昧《あいまい》だった「言葉の解釈」を実世界の事物に容易に紐付けることができた。

例えば、コンピュータが「それを見てください」という言葉を発したとして、その意味はわからない。だが、ロボットが「それを見てください」と言えば、その意味はロボットと人間の位置や、対象の場所、ロボットや人間の動作に従って決定できる。では、具体的にどのように動かせば人間に伝わるのか。ロボットが対象に注意を向けさせるためには、腕で対象を指すだけでは、実は不十分であり、その腕と同時にロボットの顔を動かす必要がある。さらに、顔を注視対象と人間に対し交互に向けると良い。これによって人間は「ロボットが、自分に対して何か見てほしいのだな」と理解することができる。なんでもないことのように思えるが、こうした処理は「共同注意」と呼ばれ、会話する人とされる人、お互いが意図を持っていることをお互いが理解しないと成立しない。実際に、人間や一部の霊長類以外では、こうした「共同注意」を達成できないのだ。コミュニケーションロボットの研究は、こうした、地道だが複雑な問題を発見し、また解決手段を編み出してきた。

さて、「象はチェスをしない」、つまり「環境が知能を決定する」という話に戻ろう。環境の中で最適に振る舞うことが、知的であるとブルックスは定義した。では、人という動物にとって、環境とは、知的であるとはどういうことなのか？　コミュニケーションロボットにとっては、「人々の存在する社会」こそが環境だ。そして、その環境下で知的に振る舞うことこそが、彼らに求められた課題である。ASIMOを始めとしたヒューマノイドロボットは、「人間と似た動作を行うための、人に似せた二足歩行の姿」を持っている。これに対し、ロボビーのようなコミュニケーションロボットは「人から見たときに最適な効果をもたらすための、人に似せた姿」を持っている。ここにはポリシーの違いがある。そして、人に対して最適な効果を与えるためには、人に対して最も最適に見えるような形状を選ぶ必要がある。作中でイオアン・セックを導くアレクセイ・リービジも、コミュニケーションのために生まれたＡＩである。

《人工知能が人間らしく振る舞うように求めたのは、そもそも人間《あんた》らだろ？》

作中のセリフの通り、私たちは《人工知能が人間らしく振る舞うように求め》ている。人間と接する人工知能は、この要件を満たす必要がある。そしてより厳密に言えば、この形状は、実際の人間と相似でなければならない、とは限らない。

ＡＴＲ研究所ではロボビーの他に、人と同じような外見をしたアンドロイド「ジェミノイド」

や、一つ目のロボット「むー／Ｍｕｕ」など、コミュニケーションを対象とした様々なロボットが発明されている。大阪大／ＡＴＲの石黒研究室では、特定の人間そっくりのアンドロイド、ジェミノイドを用いて、人間の外見が与える効果を調べている。ジェミノイドの研究の中には、演劇やデパートの展示の評価も含まれており、極めて多彩である。また、豊橋技術科学大の岡田研究室で引き継がれている研究では、逆に「最低限の人間的な振る舞い」を介して人間同士の関係がどのように変化するか、研究を行っている。こうしたロボット研究は、コンピュータのスクリーンに映るヴァーチャルエージェントや、ゲームの中のコンピュータキャラクターの制御の研究と合わせ、人と「人らしいもの」との相互作用（インタラクション）を設計する研究分野「ヒューマンエージェントインタラクション（ＨＡＩ）」として発展を遂げ、一大分野を築いている（大澤、２０１３）。

ＨＡＩ研究では、この考え方に基づいて、人間の要素の一部を省略したもの、戯画化したものなど、様々な奇妙な形のエージェントを扱ってきた（山田、２００７）。例えば小野哲雄らのＩＴＡＣＯ（イタコ）では、作中のリービジのように、ＡＩエージェントが様々な場所に「乗り移る」。例えば画面の中に居たエージェントが「消え」て、ロボットに乗り移り動き出して人間に要求を行う。こうすることで、人間は画面のエージェントとロボットが同じ要求を行っていると理解できる。

こうしたエージェントたちは、介護、教育、情報提示といったアプリケーションに向いているとされる。最初に出てきた、人に癒やしを与えるアザラシ型のロボット「パロ」も、まさにこうした、コミュニケーションを扱う新しいトレンドから生まれてきたロボットだ。人とコミュニケーションを取るロボットは、産業界で活躍しているロボットや、自動運転を行う車と同じように、人類が自分たちを救う方法を模索している過程で生まれたロボットであることに違いはない。しかし、コミュニケーションに関わるロボットの研究が救う対象としているのは、主に人間の身体ではなく、その心である。

7．ＡＩの自我と信仰

さて、こうした人間の心を救うＡＩ・ロボットについて話を進めてきた。しかしここまで、あえて触れていなかった問題がある。作中で触れられているように、まるで人間らしき振る舞いを行っているＡＩに『自我らしきもの』が宿る可能性はあるのだろうか。人の心を救うＡＩがあったとして、そのＡＩは心を持っているといえるのだろうか？

実は、原理的な意味ではこの問題は解決しておらず、研究者の見解も一致していない。アラン・チューリングが提唱したチューリングテストでは、人間が相手を人間かコンピュータか見分けられなければ、その相手は人間と同じような知能を持っていると定義している。

しかし残念ながら、私たちが人の心を感じることは、対象が実際に心を持っていることを意味しない。私たちは、心を持たないものにも心をたやすく想定しうる性質がある。こうした人間の「擬人化傾向」については、多くの研究が存在する。

１９６０年代、計算機の黎明期に、ＭＩＴのワイゼンバウム教授はチャットプログラムELIZAにDOCTORというスクリプトを書いた。このプログラムは、英語の文を受け取り、相手の言うことを疑問文にして返すだけの、単純なプログラムであり、知能と呼べないようなごく単純な処理しかしていない。しかし、これで多くの人が「ELIZAは私の言うことをとても良く聞いてくれる」と騙されてしまった（Weizenbaum, 1966）。スタンフォード大のナス教授は、人間がコンピュータを無意識のパートナーと認識し、自分の使用したコンピュータのプログラムの性能を遠慮して高く評価してしまうこと、コンピュータと人間が同じ色の衣装を共有するだけで、仲間意識が芽生えてしまうことを発見している（恐ろしいことに、熟練したプログラマーであっても、だ）（Reeves & Nass, 1996）。犬型のペットロボットAIBOの研究では、設計者が想定した以上の自我をAIBOの飼い主が見い出してしまう、ということが指摘されている（久保、２０１５）。

哲学者のダニエル・デネットは、人間の思考の原則に「志向姿勢」という姿勢が隠れているのではないかと指摘する（Dennett, 1989）。私たちはりんごが上から下に落ちるとき、背後に何かの法則があることを期待する。しかし、雷が突然落ちるような複雑な事象について、上空と地上の電位の差から発生している、ということを科学的に理解できる人はそれほどいなかった。不規則な雷の発生に対し、私たちは背後に何らかの超自然的な意図を感じてしまうことができる。実際に大阪大の高橋英之研究者は、上記のような人間が外部の人間を受け取る仕組みを解明し、超自然的な存在を外部環境に発見する人間の仕組みが、人間の規範行動に対してどのように影響するか、調べる研究を行っている。実は、こうした意図を感じる仕組みが、環境中の現象ではなく、ロボットなどの人工物に働くことで、私たちは心を感じるのかもしれない。

かつてソニーが開発し、もうメンテナンスがされなくなってしまって壊れたペットロボットのAIBOの、最期を看取《みと》るための「葬式」が最近行われた。家電製品と異なり、AIBOなどのロボットには強い愛着が生まれる。壊れて動かなくなってしまったロボットに対して、その心の整理をつけるために、歴史を持った宗教的儀式は有効である。もちろん、これは「AIBOの魂を看取る」行為と解釈しても良いのかもしれない。解釈は見た人に任されているが、これは、工学と宗教の一つのコラボレーションの形ではある。

一方で「高度なＡＩには、少なくとも相手の心を推し量る能力が必要であり、さらに高度なＡＩは相手が想定している自分の心を想定する必要がある。よって、人の心を根本的に救えるＡＩは、自分の心を理解している必要があるのではないか」と考える研究者もいる。心情的には、私はこうした他者の心を推し量る研究が、ＡＩ自身の自我の発見に繋がると感じている。作中のリービジは、人を肉体的に救うだけでなく、人と対話し、その意図を聞き、意思決定の不合理さを理解した上で、その人々の心や、未来を救おうと試みる。イオアン・セックは、自分の心を振り返り、その試みに対し自分の子供の未来を託す。ＡＩの心の所在を措いておいたとしても（リービジ自体の心の有無を問わなくても）、こうした相互に作用する系で、相手の意図を読み合って未来への解決を探る、という課題が最も難しく、魅力的で、そして解決すべき知的な課題であるように、私には思える。

8．おわりに：AIは人を救済できるか？

長い話になってしまった。結局のところ、ＡＩは人を救済するのだろうか？　ＡＩは、人類の新しい宗教になれるのだろうか？

作中で述べられたとおり、ＡＩ技術自体は神の存在について肯定も否定もせず、決断は人間が行うものと思われる。しかし進歩するＡＩ技術が、人が救われるための導きの手助けになることは、間違いないだろう。そして、社会に入り込んだこうした高度なＡＩたちをどのように解釈し、未来の子どもたちに残していくかは、物語の司祭の言うとおり『受け取る側、人類の側の責任』

になるだろう。
人類の一員として、私もその見方に賛成したい。

参考文献：

IEEE. IEEE-RAS International Conference on Humanoid Robotics–IEEE Robotics and Automation Society.（2016）
久保明教『ロボットの人類学――二〇世紀日本の機械と人間』世界思想社（2015）
大澤博隆「ヒューマンエージェントインタラクションの研究動向」人工知能学会誌, 28（3）, 405-411.（2013）
高橋英之、岡田浩之、大森隆司、金岡利知、渡辺一郎「エージェントの擬人化の背景にある並列的な認知処理〈特集〉人を動かすHAI）」人工知能学会誌, 28（2）, 264-271.（2013）
浅間一「対災害ロボティクス・タスクフォース」（2011）
大和ハウス工業株式会社「癒しロボット「パロ」、東日本大震災の被災地に笑顔を届ける。」（2011）
山田誠二『人とロボットの〈間〉をデザインする』東京電機大学出版局（2007）
Kurt, Tod E. Hacking Roomba: ExtremeTech. Wiley.（2006）
松原仁「小特集「鉄腕アトム」にあたって（鉄腕アトム）」人工知能学会誌, 18（2）, 144.（2003）

Reeves, B., Nass, Cliff. The Media Equation: How people treat computers, television, and new media like real people and places. Communication. Stanford.（1996）
バリントン・J・ベイリー『ロボットの魂』創元SF文庫（1993）
Anzai, Yuichiro. Human-robot-computer interaction: a new paradigm of research in robotics. Advanced Robotics, 8（4）, 357-369.（1993）
Brooks, Rodney A. Elephants don't play chess. Robotics and Autonomous Systems.（1990）
Dennett, Daniel C. The Intentional Stance. A Bradford Book.（1989）
手塚治虫、加藤一郎、内山勝、広瀬茂男、細田祐司、大島正毅、下山直子「鉄腕アトムの世界とロボット技術」日本ロボット学会誌, 4（3）, 306-311.（1986）
広瀬茂男、織田春太、梅谷陽二「斜旋回機構を用いた索状能動体とその制御」計測自動制御学会論文集, 17（6）, 686-692.（1981）
Weizenbaum, Joseph. ELIZA–a computer program for the study of natural language communication between man and machine. Communications of the ACM, 9(1), 36-45.(1966)

おおさわ・ひろたか

２００９年、慶應義塾大学大学院開放環境科学専攻博士課程修了。２００９年、慶應義塾大学訪問研究員及び米国MIT AgeLab特別研究員。２０１０年、日本学術振興会特別研究員ＰＤに採択され、国立情報学研究所へ出向。同年から２０１４年にかけ、ＪＳＴさきがけ研究員。２０１１年より２０１３年まで、慶應義塾大学理工学部情報工学科助教。２０１３年より現在まで、筑波大学システム情報系助教。ヒューマンエージェントインタラクション、人工知能の研究に従事。人工知能学会、情報処理学会、日本ロボット学会、日本認知科学会、ＡＣＭ等会員。博士（工学）。共著書に『人とロボットの〈間〉をデザインする』『人狼知能　だます・見破る・説得する人工知能』。

再突入

倉田タカシ

くらた・たかし

1971年埼玉県生まれ。神奈川県在住。ＳＦと言葉遊びを愛好する文筆家・漫画家・イラストレーター。2015年、第2回ハヤカワＳＦコンテスト最終候補作のポストヒューマンＳＦ『母になる、石の礫《つぶて》で』で長篇デビュー。ほかに、大森望編《NOVA》シリーズや、ＳＦマガジンなどで短篇を数多く発表している。

2146年

「見たことない」

「見たことないの、〈再突入〉を？　ひとつも？」

「生まれてもいないし」

「そこまで古くはない。最後のが、たしか、一〇年代の終わりごろ」

「じゃあ、おれのいない側の半球でやったんだな」

「海賊配信の伸びがよくない」

「べつに意外じゃないな。受信者数は？」

「海賊も込みで、最多の推計が〇・三パーセント、二四七〇万人。故人は喜ばないね」

「中継への切り替えまで、あと三〇秒です」

「自分では見られない作品を計画する気持ちというのを、想像できない」

「できないほうが健全かな」

「一〇秒前」

「五秒前」

「四」

「三」

「二」

「一」

黒く静まる画素のなかばに、光の弓が横たわる。

背景は弓の輝きにすべての細部を譲り、ただ平坦に暗い。

暗闇にゆっくり開く瞳孔のように、システムのどこかで、輝度調整のカーブが反りを緩めていく。

配信映像のなかで、白い光の弓は色鮮やかな虹に開く。上方の闇に深い赤がにじみ出し、下方には青が広がっていく。

虹の下には、小さな雲の群れが見えてくる。

これが地球であり、カメラが宇宙からその縁を眺めているとわかる。


地球の輪郭はしだいに輝きを増し、これから夜明けがはじまることを予感させる。実際には、カメラは日没を追っていた。軌道はとても低く、速度は小さく、持続的な上方への加速がなければこの高度を維持することはできない。カメラを備えた宇宙機は、すこしずつ地表に近づいている。

地球の輪郭であることが了解された虹の弧の手前、カメラにはるかに近いところに、べつの形が光を浴びて浮き上がる。映像はその物体にもうひとつの焦点をあわせる。

一見、それはありふれた宇宙機のようにみえる。知覚できる線が少しずつ増えていき、あるところで突然、だれもが見慣れた楽器の姿になった。

グランドピアノだ。

埋葬を待つ古代の王族のように、ピアノは中身を取り除かれていた。磨かれた黒い塗料の層の下で、木材は微細な機械加工でくりぬかれて中空になり、浸透させた補強樹脂が形を保っている。車輪やペダルは、中空の樹脂に金属の質感をかぶせたものだ。弦も軽量の偽物で、音をかなでる張力をもたない。こうして軽くすることで、一度の打ち上げで全てを軌道に上げることができた。組み立てられ、一週間をかけて徐々に真空に慣らされた。

ピアノは落ちはじめている。

逆向きの加速を与えられ、カメラとおなじく、惑星をめぐる運動の輪を結び続けるだけの速さをもっていない。三本の脚がまっすぐに指す夜の地表はほとんど気づかぬほどにゆっくりと流れ、観客には感じられないが、その距離はしだいに縮まりつつある。

これから行われる約四分半の〝演奏〟、それにつづくピアノの大気圏突入が、全球配信されているこの葬儀／遺作のしめくくりになる。

音声チャンネルは、いま、静かな音で満たされている。混ぜ合わされているのは、オーケストラの音合わせに似せた弦楽器のざわめき、葉擦れ、砂浜に打ち寄せる波の音。〝演奏〟が始まるとき、これらの音はすべて消される。

「〝なにもしないこと〟が、どうして芸術だといえるんだろう」

「人間の営みのなかに〝なにもしないこと〟も含まれているからかな」

管制チームのやりとりを聞きながら、奏者は舞台袖で出番を待つ。舞台袖とは、高度二〇〇キロの真空のことだ。奏者もピアノと同じ速さで落下しつつある。奏者、ピアノ、幾つかのカメラ、それらをここまで運んだ母船、どれも同じベクトルで、地球への再突入に向かうコースをとっている。

奏者は統括ＡＩのアナウンスを聞き、キューを受けて自分を包む機構が動作を始めるのを感じる。

一瞬のおだやかな加速に顔をあげ、黒い楽器が近づいてくるのを見る。

配信される映像のなかで、奏者は、画面フレームの下方からゆっくりと現れる。やや古風なデザインの宇宙服をまとっている。

椅子はない。奏者は鍵盤のまえに――相対的に――静止すると、腰と膝を曲げ、着席を装う。

奏者がひとつの手を伸ばすと、届かぬ指の先で楽譜のページがめくられる。重力と空気のない空間で紙のように振る舞うことのできる、精巧な仕掛けだ。

楽譜にはひとつの音符もない。ただ三つの指示だけが書かれている。

第一楽章：休止。

第二楽章：休止。

第三楽章：休止。

定められた時間のあいだに生起したことすべてを音楽とみなす、というのがこの作品のなりたちだ。

実際の演奏においては、演奏者はただ楽器の前に座り、なにもしない。

二〇世紀の中ごろに生まれたこの楽曲は、三つの世紀をまたぎ、無数の場所で〝演奏〟され、鑑賞され、幾度となく〝録音〟されてきた。

これは、音のない場所で演奏できる唯一の楽曲なのだ。

真空中で演奏されるのは、この葬儀が初めてだ。

ナレーションが静かにそう語る。

この楽曲を遺した作曲家の生きた時代は、あらゆる表現形式において〈前衛〉の探究が進められた時代でもあった。それは、人類が表現／芸術とみなすことができる行いの極限を探る試みであったと、ナレーションは、遠くから歴史を俯瞰《ふかん》する視線の乱暴さをもって、簡潔にまとめる。以来、人間の認知の限界を探り、人間性の地図を描くことは、芸術における至上命題のひとつとして長く追究されてきた。

この楽曲も、そういった探索の過程において、未踏の地に立てられた旗のひとつであるといえる。人間が〈音楽〉と認識しうる行いの、極限の到達点としての〝無音の音楽〟。

故人は、それを自身の葬送の楽曲とした。

演奏に先立ち、故人の生涯を回顧するドキュメンタリーが配信されていた。それはそのまま、彼が考案し、半世紀以上にわたって独占し続けた〈再突入芸術〉という表現形式の歴史でもある。

夜空を見上げる人々の顔、インタビューでコンセプトを語る故人、といった記録映像が流れ、疑似体験用のフォーマットにまとめられた各作品の再構成データが背後で配布される。
電話の交換機やDNSサーバーなど、前世紀の情報通信機器を一直線に並んだ流星として落下させ、それらの光がモールス信号の形をとり、地球を半周するメッセージになる。情報技術に携わる企業がスポンサーとなり、資金を提供した。（『シグナル』、二〇六〇年）
表面に詩の彫りこまれた金属の碑を有翼の筐体《きようたい》に入れて落下させ、海上都市の予定地に小さなクレーターを作り、そこに記念の植樹を行う。（『時の祈り』、二〇七六年）
太平洋を覆う雲の渦を背景に、よじれて連なる黒い列車が落ちていき、ばらばらに分かれてカラスの群れになり、青い光の雨となって夜の半球に降る。翌日、観衆は平原に散らばった青いガラスの球を探す。（『非史からの公開書簡』、二〇九三年）
首都の夜空に、最高指導者の大きな顔が浮かび上がる。数百万の制御された突入体が異なる色の光を発して燃え、数十キロ四方のディスプレイとして機能する。（在位五〇周年記念式典プログラム、二一〇二年）
作品ごとにコンセプトは異なり、軌道上から物体を再突入させることのほかに共通の要素はない。もっとも有名な作品では、全世界人口の二〇パーセントが、なんらかの形で同時的体験をもったとされる。〈再突入芸術〉という通称を本人は好んでいないと公言し、ただ〝作品〟と呼ぶことを求めていた。
この葬儀が、忘れられつつあるこの表現形式の、最後の作品になると見られている。故人みずからが生前に計画し、かつてのプロジェクト群においてはスポンサーの出資で賄われていた費用は、故人の資産を使い切る形で用意され、死のまえに代理企業に支払われた。その大半は、設備ではなく、全球配信のためのライセンス取得および各種交渉の経費にあてられていた。

画面のなかに太陽があらわれる。

ピアノのなかでは音楽が始まる。

大気を通さぬむきだしの恒星光が、はじめてピアノを照りつける。黒い表面にはカメラでは捉えられない微小な火膨れが無数に生まれ、内部では木材のいたるところにひび割れが走る。それらが、誰も聞くことのできない音を楽器の中に響かせる。

着席の姿勢に固まった宇宙服のなかで、奏者はその音を想像し、待った。

配信映像からすべての音が消える。

演奏が始まる。


演奏が終わる。

鋭い光を放ち、楽譜が消えた。これが終わりの合図だ。

奏者は、しばらく姿勢をそのままに、次のキューを待つ。

ほどなく宇宙服が噴射を始め、それにあわせて身体を伸ばしながら、ゆっくりと上方へのぼっていく。

このあと、ピアノは落下をつづける。カメラはそれにしばらく寄り添って落ちたあと、大気が機体を鋭く刺し始める前にロケットモーターを点火し、上昇に転じる。奏者は母船に戻り、基地へ帰る。

落ちるピアノの中心には、金属の塊がある。大気の衝突が楽器を燃える塵に変えたあと、この塊は時間をかけて燃えつきる。幾重にも層をなした多種の合金が、それぞれ違う色の光を発して順に燃えていき、長いしめくくりの流れ星になる。

――もうすぐ終わる、と奏者は心につぶやいた。あとはわたしの人生だ。

奏者は上方に目を凝らす。

母船はまだ視界に入ってこない。

奏者は、なにかの警報が鳴るのを聞いたように思う。

警報は、奏者の身体のなかで鳴っている。あるいは、頭のなかで鳴っている。音はどんどん大きくなる。

宇宙空間が次元をひとつ失い、数センチ先の黒い壁に変わる。無数の星は、その壁からまっすぐに突き出した長い棘《とげ》の先端に光る点になる。棘は雲胆《うに》のようにばらばらな方向に揺れ、宇宙服のフェイスプレートを突きぬける。

宇宙服のなかで、体が関節ごとに分かれ、それぞれが目を閉じた獣の胎児になる。頭部は無数の小さな裸の人間になり、目玉だけがそのままで、小さな人間たちがそれを手や足であちこちへころがし、たくさんの小さな顔が瞳から覗きこむ。彼らの顔はみな覚えがある。顔は好奇の色をうかべている。あるいは蔑《さげす》みの笑みを。

小さな人間たちは宇宙服のなかを頭部から体へ広がってゆき、交接と出産成長を繰り返し数を増しながら、手足であった獣の胎児たちをつぎつぎと食い尽くす。宇宙服のなかは小さな人体で埋め尽くされ、やがて、ひとつの人体だけが大きく育ち始める。ほかの人体を食らい、おのれの血肉に変えている。

奏者は、その顔には覚えがある。

奏者は、なにが起こったか、だれに仕組まれたか、わかっているが、わからない。

分解された己の身体を、奏者は存在しない手でかき集めようとする。大きくなりつつあるひとつの人体をこまかくちぎろうと試みる。救難信号を発する手順を思い出そうとする。頭のなかで押されるべきスイッチ、口から発せられるべき指示、すべて届かぬところにある。ノイズが奏者をすべてから切り離している。

幻覚に呑み込まれながら、奏者は一片の意思にしがみつく。

――わたしは消されない。

2144年

うまいじゃないか、と声をかけると、若者は笑顔をみせた。

〝巨匠〟は違和感をおぼえた。あまりにもあっさりとして衒《てら》いがない。高い地位にある者から賞賛をうけることの誇りや、畏怖や、媚《こ》びといった、あるべき装飾をひとつもまとわぬ笑みだ。みずみずしい含羞《がんしゅう》などというものがあるでもない。なるほど、生意気だ、と当初の印象が上書きされる。

打ちよせる波が不自然なまでに穏やかなのは、この小さな島が消波設備に囲まれているからだ。環礁を模した人工の輪は、大きな嵐がくれば、海面下に隠した土木技術の粋《すい》を誇らしげに掲げてみせる。

砂浜はさほど広くない。この島の中央にある、かつては学校だった建物と同じ年齢の人工物で、砂の半分は、細かい粒子に加工された産業廃棄物だ。

ふたりは砂の像をつくっていた。

ふたりは子供の遊びのパロディを演じていた。どちらも、相手の稚気に付き合ってやっているのは自分のほうだと信じていた。

ひとりは、この島の当座の所有者で、〝巨匠《マエストロ》〟と呼ばれている。

もうひとりは、彼をたずねてきた若者で、〝くちばし〟と通名をなのった。

ふたりの年齢には、ちょうど百歳の開きがある。

この対面の目的はすでに終わり、砂浜に掘られた大きな四角い穴のかたわらに、仕事を済ませた汎用機がうずくまっていた。その横には、ふたりの探していたものが置かれ、開封され、午後の陽光を浴びている。機械に掘り出された砂の山が、ふたつの作品に形をなしつつある。

若者は、ほんとうに巧かった。確かな手の技があり、鍛えられた観察眼があった。

まず、若者は、背丈の半分ほどの高さがある大きな半球をつくった。それから、半球の表面に、たくさんの動物が重なり合って躍動する様子を彫り込んでいった。

指が砂を無造作に掃くたびに、シンプルでありながらデッサンの確かな動物の形があらわれる。眺めるほどに、巨匠は若者の技量に対する評価を上乗せするしかなかった。

「どこで学んだ」

「市民講座で」

「教師は」

「ソフト」

予想どおりの答えに、巨匠は小さくうなずく。

これなら十分に使える、と巨匠は習慣のままに値踏みする。立体造形を必要とするプロジェクトがもしあれば、ちょうどいい〝手〟になるだろう。提示されたコンセプトを完璧に、人間らしい揺らぎをもたせつつ、形にできるだけの技術がある。

独立した作家として名を上げられる可能性は、ほとんどない。なんらかの個性を確立できる見込みは低いとみえる。題材《モチーフ》の扱い方からそれがわかる。そこに何かを見出している気配がない。動物の造形に適切なリアリズムはあるが、解釈に面白いところがあるわけではなく、文化的なルーツを感じさせもしない。

技術しか持たないために作家になれない者は多い。リアリズムを売りにするしかない人間は、センセーショナルで露悪的な文脈をかぶせるなどして凌《しの》ごうとするが、コンセプトの脆弱さは隠しようがない。そういう表現が当たることもなくはないが、よほどしたたかな戦略がなければ、歴史に残るものにはならない。この若者は、そうした凡庸な表現者の典型だ。経済的に困窮することはなくとも、野心があるなら苦しむだろう。

そこまで考えて、巨匠は我に返る。もちろん、いまの世界には、そもそもそういう道が存在しない。貧困も、ほとんどの場所で遠い問題になった。

「あなたも上手だね」と若者がいう。

巨匠は、身体を丸めて横たわる女体の像をつくっていた。崩れやすい砂という素材を考慮し、裸体の上に一枚の薄布をかぶせてあるという体裁だ。これなら、身体の曲面がオーバーハングをつくることがない。上面の肌に沿ったあと、なだらかに地面へつながる布地のひだは、山の稜線に似た形になる。物理的な制約が、表現を自然物に近づける。

若者のぶしつけな言葉を楽しみながら、巨匠は答えた。

「みな驚くんだ、私が上手に絵を描いたり、そこらの木切れで彫像を作ってみせたりすると。総合芸術を指揮する人間は、自分ではなにも作れないだろうと思い込んでいる」

「わたしもそう思ってたけど、違うんだね」

「ここでは、実技を徹底的に仕込まれた。だが、そもそも、まともに手の動く人間でなければ、入ることができなかった」

木々のむこうに、前世紀中ごろの様式でつくられた屋根が見えている。巨匠がかつて学んだ美学校は、いまは無人の文化財だ。

「じゃあ、彼もそうだったの？」

さきほど掘り出され、砂のうえに転がされたままのものに、若者の視線が向けられる。巨匠はそれを見ない。

「写実においては私よりいい目を持っていた。見たことがないのか？　なにか残していただろう」

「本人が自分の手で作ったものは見たことがないかな。書いたものはあちこちにあったけど」

巨匠は全体の造形を終え、女体像の横顔にあらためて手を付ける。布の表面に浮きだす耳朶《じだ》の微妙な曲面を整えながら、若者に訊く。

「なんと呼ばれていた、おまえの故郷では？」

「あの老人、とか、あの人、とか。わざわざあんなに歳をとった姿にしている人間なんて、ほかにいなかったから」

蓬髪《ほうはつ》、裸足、無標識で徘徊《はいかい》していたという。だが、若者はそれを記録でしか知らない。自分が生まれたときにはすでに世を去っていた、と語った。

身だしなみのおかしな人間を街で見ることはほとんどなくなった。社会保障によって、みな内も外も小奇麗に撫でつけられている。この若者の育った土地でもそうなのだろう。

あなたが最後に会ったのはいつ、と若者はたずねていた。小一時間まえ、機械が砂浜に幾何学的な穴を掘り始めていたときに。巨匠は反射的に記憶をたぐったが、馬鹿らしくなり、ただこう答えた。

「ここを出たあと、やつとの接点はまったくない」

巨匠の認識において、それはほとんど事実になっていた。

二〇年代のいつかに死んだ、とだけは知っていた。九〇歳を過ぎていただろう。以降、巨匠は、短命に終わったあの美学校の唯一の生き残りになった。生命活動を維持しているという意味でなら、ほかにも何人かはいるかもしれない。だが、社会にはもはや存在していない。創造を続けることのできた人間は、巨匠とあの男だけだった。後者は途中で脱落し、いま目の前にいる若者の出身地に隠棲し、世界から消滅したのだったが。

若者は、波の寄せるあたりから海水を含んで色の濃い砂をすくい、つくった像のうえに積み上げていった。手で叩いて整え、それも獣の姿に変えていく。偶然の造形をうまく具象に読み替えていることが巨匠にはわかる。手が迷わないことが、経験の蓄積をものがたる。

巨匠は、若者の細い腰を観察した。いまの人間は、親しくない相手には性別をめったに明かさない。たとえ明白であっても、それに言及することは好ましくないとされる。身体の線を見えにくくする形のシャツを着て、わずかに察せられる胸のふくらみは筋肉ではなく乳房のようだが、男でもそれをつける者はいる。短い髪、長い首。背の高さは巨匠とほぼ同じ、二メートルを少し超えたあたり。流行にならっているだけだろう。半世紀ほど前、巨匠がこの身長を得たときには、もっと特別な意味があった。

「普段はどんなものを作ってる」

「ああ、見る？」

若者は気後れの気配もなく応じたが、巨匠が見られるところへ持ち出してくるには時間がかかった。それらがしまわれている場所は、当然ながら、情報圏に生じた裂溝のむこうにある。若者が手のひらに指で操作記号《グリフ》を重ねて煩雑な手続きと格闘するあいだ、巨匠は砂像の細部をいじって待った。巨匠の端末にようやく並んだ立体データは、百に満たぬ数の、どれも同じ色をした、だいたい同じ大きさの粘土による塑像だった。

ざっと見わたし、安いものを使っているな、と巨匠は思う。予期した通りではある。

安いとは、創作支援のシステムのことだ。

作品はどれも動物を表現したものだった。造形はしっかりしている。問題はもちろん、そこに乗せられた主題だ。

古臭く陳腐なテーマ設定ばかりだ。たとえば、野生動物の神秘性――そんなものをこの若造が真に受けているわけがあるか？　なにも信じていなさそうな面構えだ。文明社会に対する自然の優越性、それを表現するのに、前世紀のうちに廃《すた》れた巨大建築を添えさせたら、ただでさえ陳腐なものがいっそう説得力を失う。そして、古典的な物語の軽薄なインポーズ。頭巾をかぶったオオカミという作品を見つけ、巨匠は露骨に顔をしかめた。まともな機械ならもっと恥を知っている。

いいアシスタントなら、たとえば、作り手の個人史を掘る。それなりに臭うものを引きずり出して、おもてに塗り付け、目を引かせようとするだろう。あるいは、社会背景を参照させる。こいつはなにしろ〈従わぬ地〉の人間なのだから、いまの情勢をもとに、いくらでも風刺の込めようがある。あれを捕食動物に見立て、それを被食動物に……。それだって陳腐だが、こんなものよりはましだ。

総体としては、貧しいの一言だ。旧世界のものさしを当てるなら作者の才能が貧しく、現代の観点からは、創作環境も貧しい。だが、本人はこんなもので満足しているようだ。楽しそうにやっているじゃないか、と巨匠は思う。

「こういうものはどうしてる」と巨匠は若者を見やる。「とってあるのか」

「もちろん、とって……ああ、物体としてということ？　それはもちろんないよ。記録したら潰してる」

巨匠は、声に侮蔑を少しだけ響かせる。

「物体として残しておかなければ、なんの意味もないぞ」

「でも、あなたの作品も、ものとしては残らないよね。一瞬、空を飾って、あとは思い出になる」

「見たことはあるのか」

「記録でなら」

「私の作品は、一回性の体験であることに意味がある。記録をみるだけでも、普通はそれくらい理解できるはずだ」

若者は自分の砂像に目を落とし、なにやら考え、納得したような顔になる。

「たぶん、わたしにとってもそうなんだな。作ることが一回性の体験なんだよ」

目の前から若者を取り除きたいという衝動を心にもてあそびながら、巨匠は教師の口調で答える。

「おまえにとってどうであろうが意味はない。鑑賞者にとってそれがどういう体験となるかが重要なんだ。おまえの扱っている手法ならば、ただスキャンデータを眺めるだけでは鑑賞の体《てい》をなさんぞ。そういう欺瞞《ぎまん》が通用したのは前世紀までだ」

若者は海のほうへ目をやった。

「そこがわからないんだよね。想像はできなくもないけど、自分自身の実感にはできない。どうして、人に見せる必要があると思っちゃうんだろう。しかも、多ければ多いほどいいっていうんでしょ？」

「存在を知る人間がいなかったら、それは作品ではない。他者の評価なくして表現は成立しえない。機械はおまえにそれすら教えなかったか」

「成立しないとは思わないけれど、評価のツールなら、わたしの暮らしているところにも沢山あるよ」

「おまえも、機械にちやほやされて満足する手合いということだな」

相手の意図をはかるように首をかしげ、若者は答える。

「たくさんの人間に評価されないといけないという理由がわからないんだよね。ちょっと倒錯的にすら思える。それが、ほとんどの人間に共有されてた価値観なんだってことは、わかってるんだけど。だって、たとえ数千万人に評価されたとしても、せいぜい一世紀くらいのあいだの価値観でしかないでしょ。そこらのシステムがもってる価値観のセットは、その何百倍の人間と何倍ものタイムスパンに相当するよ」

巨匠の心のなかで、この若者の価値はさらに下落した。あまりにも無自覚に、無邪気に、おのれの時代に埋め込まれている。

若者は巨匠を見つめ、おだやかな表情のまま訊ねた。

「あなたは、芸術のために何人殺した？」

2146年

古い映画のように、風景は激しく揺れている。

古い疑似体験のように、ちぐはぐな指が身体じゅうを押している。

立体として広がる背景の中に、まったく奥行きのない人物の後ろ姿が配置され、それぞれが違うリズムで揺れている。

「わたしはつねに、いまだ存在しない何かのために、かつて存在しなかった何かを作っている」

笑みを含んだ声が、平板な後ろ姿から聞こえてくる。

視界の外から、別の誰かの声が、なにかを問う。

後ろ姿だった人物は、いまは裏返り、顔をみせている。まだ若い。表情には、後年のような曇りのない、あけすけで焦点の定まった傲慢さがあり、それが魅力をもたらしてもいる。

「きみは間違っているね。人間の可塑性を低く見積もりすぎている。来年には、きみはきっと身体の半分を塩水につけて暮らしているよ。それが松果体《しょうかたい》を活性化させることが発見されるんだ」

姿を記録されていない人物が、反論の声音で聞き取れないことをいう。それはただの狂気ではないのか、と言っていたはずだ。

「病んだ心によってなされる平凡な逸脱と、怜悧《れいり》な精神が理をもって行う跳躍を、正しく識別できる人間はほとんどいない。創造性を理解できず、ただ逸脱の度合いだけに目を奪われて、すべてを狂気とみなしてしまう。これは知的怠惰《たいだ》というものだと思わないかね」

同じような物言いを、奏者はいくつもの場所で目にしてきた。

街のなかで彼の言葉を探すのが、十代のころにいちばん熱中した遊びだった。都市の免疫機構が拭い去ったあとに、わずかに残された落書きだ。

ざらざらとした感触が手によみがえる。

道の隅にしゃがみこんでいる。

撤去をまぬがれた古い交通標識の根元に、錆《さび》で刻印された、手書きを模した書体のちいさな文章がある。

目がその文字を追うと、聞こえなかったはずの声が頭に響く。

おまえには三つの頭がある。ひとつは山から声を運ぶ。ひとつは鮫《さめ》に歯を与える。最後のひとつをわたしに預け、腐った水を飲みにいけ。

書かれていることは、いつも謎だった。どこへ向けられたのかわからない挑発には、野生の獣がする示威行動や鳥の求愛のような、遠く不可解な文脈の面白さがあった。

いま、身体はひとつに戻っている。さきほどまでの混沌は驟雨《しゅうう》のように去り、いまはただ、遠い記憶の再生を眺めているだけだ。

――もうすぐだ。もうすぐ抜ける。

ひとつながりになった手足を動かそうとするが、まだ意志に従わない。

心の奥で繰り返されていたひとつの問いが、意識のおもてに浮かび上がる。

誰なのか？

ひとりの人間が仕組んだのか、チームが結託したのか。それとも外部？

チームの人々は、表向きはみな友好的だった。このプロジェクトのために集められた雑多な集団だが、おおむね世代を同じくし、共感によってつながっていた。それを完全に信じることはできなかったが。

奏者のように参加を強いられた者は、ほかにいただろうか？

故人の手にたぐられるように、青年は葬儀への参加を余儀なくされた。宇宙に職を得るための訓練の終わりにいたって、奏者は街で大きな怪我を負い、治療費が負債となり、故人の遺言はそれを返済できるだけの報酬を提示していたのだ。

訓練のために滞在したのは、故人の故郷でもある大都市だ。そこに暮らすあいだ、奏者は何度も殺されそうになった。事故を装って、あるいはただ無関心によって。

想像していた通り、あの老人の故郷にも、奏者と同じ考えをもつ人々が大勢いた。とくに若い人間は、世界のどこでも概ね同じ価値観をもっている。

にもかかわらず、と奏者は考える。あの街で、わたしは異物だった。ただひとつの小さな違いが、あれほどの断絶をもたらすとは思っていなかった。

わたしは、自分があの土地でも小さく透明な個人でいられると信じこんでいた。あの場所はただの通過点でしかなく、そのまま地上の諍《いさか》いと大気の外へ飛びだしていけると思っていた。自分の出自をああいう形で負うことになるなんて、想像もできなかったのだ。

なぜあなたたちは相違を問題にするのだろう、と思っていた。あの砂浜で、わたしはまだそれがわかっていなかった。だが、あなたが暮らしていた社会をみて、答えがわかった。あの場所では、相違が簡単に優劣におきかえられてしまうのだ。何千年にもわたって、人はそういう世界で生きてきたのだ。

何度もおなじ考えを繰り返すうち、意識と身体がしだいにひとつの場所におちついていく。もどった場所が宇宙服の中であることに、強い失望をおぼえる。自分の寝室で目覚めることを、なかば本気で期待していたのだ。フェイスプレートの向こうには、ゆっくりと流れる星空がある。身体が回転していることに驚き、不安が増す。

小さな声が頭のなかに響いていた。内耳《ないじ》に貼られた微小なパッチが音声を発している。

「……分解は九〇パーセント以上完了しています。意識の混濁が解消されたとお感じになったら、発話によってお知らせください。いまのご気分はいかがですか」

話しかけているのは、体内に埋め込まれた医療モニタ機器だ。

「――状況」

状況を報告しろ、と命じるつもりが、ひとつの言葉しか出てこない。

「可能でしたら、三語以上の文でご発話ください」

やってみようとし、まだできないことがわかった。

もうひとつの声が、身体の外から、つまり宇宙服のヘッドセットから聞こえてきた。

「現在、母船との通信が失われています。事故の可能性があります。また、あなたはおよそ二分の間、当機の問いかけに応答しませんでした。意識が混濁していたものと当機は推測します。可能でしたら、三語以上の文でご発話ください」

宇宙服に内蔵された対話システムだ。

回転する身体はしだいに地表のほうを向き、フェイスプレートの向こうに、光る砂で描いたような夜の都市群が見えてきた。どのくらい危険なところまで落ちているだろうか。

奏者はオンオフ型の脳神経インターフェイス、いわゆる〝脳内スイッチ〟を三つ持っている。そのひとつを使って宇宙服に発話のキューを送ると、網膜投影で待機を示すアイコンが点《とも》る。

「母船へ戻りたい。手順を検討してくれ」

宇宙服のＡＩが答える。

「検討を進めています。また、現在、救難信号を発しています。落ち着いて、当機のアドバイスに従ってください」

体内のＡＩは、奏者と宇宙服の会話が終わったと判断し、報告のつづきを始める。

「毒物は致死量が血中に混入しましたが、危険な状態になるまえに分解に成功しました」

機器は続けて、想定される毒物の種類を述べる。予想していた通り、幻覚剤だ。たしかに毒だが、この手のやつは、故郷にいたころ、まだこの機器を体に仕込むまえには、楽しみのために〝血中に混入〟させたこともあった。こんなに大量に投入したことはもちろんないが。

「毒物の血中への混入は続いており、当機による分解と拮抗している状態です。毒物の放出源が体内に埋め込まれている可能性は低いと当機は推測します。おそらく呼吸器からでしょう。落ち着いて、当機のアドバイスに従ってください。まず、宇宙服の内部を点検してください。毒物の放出源を発見できる可能性があります」

点検が不十分だったか、と奏者は思う。この宇宙服は機能と無関係な装飾が多く、準備の時間が短いこともあって、徹底できなかった。

体内からの声がいう。

「あなたが着用している宇宙服のＡＩを、当機に統合することをお勧めします。当機の計算リソースを増やすことで、生存の可能性が高まります」

それに重なるように、宇宙服が提案する。

「あなたの体内に、ほかのＡＩがあるものと当機は推測します。もしあるなら、そのＡＩを当機に統合することをお勧めします。当機の計算リソースを増やすことで、生存の可能性が高まります」

「統合はしない」

奏者は、ふたつの機械の要求を即座にしりぞけた。なけなしの思考支援装置をひとつにまとめてしまうのは愚行だ。

ふたつのＡＩは、対話インターフェイスは言うまでもなく、判断モジュールもたぶん同型のものを用いているだろう。個人が携行する機器に収まる程度の、ごくごく簡素なものだ。だが、置かれた場所が違うために異なる見解をもつ。いまは一つでも多くの視座が欲しい。奏者は、習慣としてそう考えずにいられなかった。

「母船の位置を確認できました。上方をご覧ください」

うながされて顔を上げ、網膜投影に点った黄色い枠に正確な位置を示される。あった。同時に、宇宙服のＡＩが距離を告げた。本来の位置からは外れているが、絶望するほど遠くはない。

あの中にはなんとか戻れるだろう。

2144年

六人、と巨匠は答えた。

あのころ、それは違法ではなかった。遡って裁かれるものでもない。

巨匠がやったのは、作家としての生命を断つことだ。それがもとで人間としての生も終わってしまったのだとしても、巨匠が負うべき責などない。

人間が作家として生きることがほとんど不可能になった時代において、生き延びるには競合者を葬っていくしかない。だが、〝殺した〟ことで得た満足は大きかった。それゆえによく覚えてもいる。

若者は、自分のつくった像から離れ、また波打ち際で砂を掘り返しはじめた。巨匠へ顔を向け、すこし張り上げた声でたずねる。

「みんな、あなたと同じ学校の出身者？」

「ちがう」

答える巨匠の声は、意図したよりも強くなった。

「ここからは、作家と呼べる人間はほとんど生まれていない」

「あなたと彼以外には、ってこと？」

そもそも、この学校はたったの四年しか続かなかった。遅すぎたのだ。巨匠とあの男は、かろうじて最後の列車を捕まえることができた。残りの者は、みなあの波に押し流された。ただ、〝人間の表現〟を延命させるという当初の目的についていうなら、この美学校は、巨匠を世に送ったことで十分に果たしたと言ってもいいだろう。そう思いをはせた内心に、ふと苦いものがわき上がった。

人間の表現が死ぬより早く、それを鑑賞できる人間が死に絶えたのだ。

通俗的なエンターテインメントの世界を中心に、人間による創作は、法人による創作、すなわちAIを用いて機械生成・機械選別された作品群になすすべもなく駆逐されてきた。そのなかで、〝ハイ・アート〟の領域だけは、容易には模倣のきかない文脈の深さと多様性によって浸食をまぬがれ、表現における人間性の最後の砦として踏みとどまってきた。少なくとも、巨匠の認識によれば。

だが、その砦を守る新しい世代はほとんど生まれてこなかった。それ以上に、〝人間の〟芸術に財を投じようという人間が減っていった。世界の富裕層は、かつてとは別種の人々からなっている。彼らは美を知ることを誇ろうとしない。芸術に通じていることは、いまの彼らにとってはもはや社交の通貨ではない。

そういった趨勢《すうせい》の変化をいちはやく察した巨匠は、個人ではなく企業をスポンサーに持つことを選び、表現の主体として人間の名前を掲げつづけてきた。小さなパイを分け合えば、個々の作り手は弱くなり、総体としての人間の表現を守るだけの力を持てなくなる。巨匠は表現領域の近い作家を容赦なく攻撃し、〈再突入芸術〉というジャンルを独占しつづけた。

若者は、掘りかえして穴の脇に積み上げた砂を、くずれるまえに動物の姿に変えようとしていた。三角形の耳が立ち、表情ゆたかな前脚があらわれるが、完全な形をとるまえに大きめの波がやってきて、ゆがんだ砂山に戻してしまう。若者は場所を変え、新しい穴を掘り、濡れた砂を積み上げ、同じことをくりかえす。

巨匠は、作業に熱中しているように見えるその背中の、服のうえに浮き出した背骨のアーチを眺める。この骨盤はやはり女のものではないか、と考える。

悠然とかまえているようだが、この若者の内心には緊張と恐れがあると感じる。かつて自分が接した若者たちのまとっていた虚勢や媚びと同じものを、ふと窺《うかが》える瞬間がある。

あのころは、そういう若く無一物な男女を思うままに翻弄し、ときにやすやすと切りわけて食らい、腹を満たすまえに飽き、冷めたものを皿に散らかしたまま席を立った。それが、いつからか、そういう若者に接することもなくなっていた。こちらが大きくなりすぎたのだろう。周囲に集まるのは、親の社会的地位や遺伝的な優越性など、なんらかの形で自信の根拠をもった者ばかりになってしまった。

この若者も、かつてのああいった脆弱な無精卵たちと同じように、たやすく揺さぶることができそうに見える。しかし、その手がかりはまだ摑めない。こちらのモチベーションを損なうなにかがあるようにも思う。顔立ちにしても、さほど美しいわけではない。だが、この減衰をもたらしているのは、自分のなかにある何かなのかもしれない。

「彼は、あなたにとっては敵じゃなかったの？」

新しい穴を掘りながら若者がたずね、機械が掘った穴のかたわらに放置されたものへ、砂に汚れた手を振ってみせる。

「熊が鯨の敵になるか？」

巨匠の答えに、若者はうなずく。

「そうだね、活動の領域がぜんぜん違うんだよね。あなたは人間が芸術と認識できる範囲のなかでずっと表現をおこなってきたし、彼はいつもその外側を、危険を冒して歩いてきた」

どこか得意げな言い回しまで、いかにもあの男の受け売りだ。

「おまえは、奴を手本にはしなかったのか。コンセプトは不得手なので、あきらめたか？」

若者は、愚かしいほどの驚きを顔にうかべた。

「手本？　人間をってこと？」

巨匠は苛立ちをそのまま声に出してしまう。

「人間でなければ、なにを手本にするんだ。自分の価値観がどこから来たと思ってる？　おまえも親のさえずりを真似て育っただろう」

若者は、なにやら腑に落ちたような顔をみせる。

そこで巨匠は思いだし、たずねた。

「おまえの親も三人か」

「そうだよ」

「父が二人か」

「ううん、わたしのは、母が二人」

――そして、おまえの親たちも受精卵をつぶしておまえをつくったのか。

続くこの問いを、巨匠は口にしなかった。

若者が生まれ育ったのは、三人ひと組での生殖を法的に認めている、現在のところは世界でただひとつの自治圏だ。

まず二人が通常の方法で受精し、その受精卵から取り出した遺伝子と三人目の遺伝子を、一般的な妊娠治療とおなじやりかたで人工授精させる。こうすることで、人間の遺伝子操作に関する世界条約を侵さずに、三人分の遺伝子を受け継いだ子供を生むことができる。大きな非難にさらされ、若者の故郷は世界から孤立したが、巨匠には理解できない理由から多くの人々を土地へ引き寄せ、自治圏としての勢力を強めもした。

若者が両手で包み込むようにした砂の塊が、トカゲらしきものの頭に変わっていく。出来ばえに満足しているのか、若者の口元には小さな笑みがうかぶ。

「ほんとうに彼は人間だったのかなって、不思議に思うことがあるよ。人間らしいことを考えているのを想像できない」

おまえを人間と見なさない者もこの世界には大勢いるぞ、と巨匠は考える。かれ自身はそのような偏見を軽蔑しているが、それでも、この若者の生まれ育った場所で人々がやっていることへの嫌悪は変わらない。

「あれは、そういうはったりだけは巧い男だった。自分が人間以上の存在であるかのように振る舞い、馬鹿な崇拝者どもが群がった」

そう評する巨匠を、若者は眉をすこし妙な形にして眺めたが、なにも言わなかった。

巨匠にいわせれば、そもそも、彼がこの美学校を出発点に選んだ理由も、芸術への情熱などというものではない。先端の芸術活動にたずさわることが、著名でありつつ、いかなる規範への従属も強いられずに済むことを意味していたからだ。ほかの社会的立場ではほとんど得られない、その特権性を欲したのだ。

〝幻視者〟とはみずからの命名だ。

最初の作品は、七つの空港に置かれたゲートだった。

形は搭乗ゲートと同じだが、あるべきでない場所に置かれたそれは、向こう側に異界の映像を映しだしている。そこには遠近の狂った建築物があり、動物とも植物ともつかぬ極彩色の茂みがあり、人間に似ているのに人間とは違う方向に関節を動かす謎の存在がいる。

ゲートは、飛行機に乗るのをやめてこちらへいらっしゃい、としきりに誘う。あなたの行き先はここでしょう。忘れてしまったのですか。

誘われた人物は、はい、と自分が答え、そちらへ向かって足を踏み出すのを感じる。収束させた可聴域下の音波を、対象人物の体に巧みにあびせることで作り出された錯覚だった。疑似体験を手掛ける企業の技術協力もあり、効果は見事なものだった。同意なく声紋を収集したことなどについてプライバシー保護上の問題がとりざたされたが、幻視者は嬉々として論争の矢面に立ち、いっそう知名度を高めた。

ふたつめの作品では、三つの都市に、それぞれ数百の赤い箱が出現した。

扉をひらいて箱に入ると、目の前に名づけることのできない物体が出現し、それに名をつけることを強要される。命名できないうちは、鑑賞者は箱から出ることができない。名づけられないのは、物体が見覚えのある日常的な品々の断片を寄せ集めた姿をしていて、それがすばやく変貌しつづけるからだ。触ることも味わうこともできるが、それをなんと呼ぶべきかがわからない。

そして、名づけられないと感じるもうひとつの理由は、あらかじめ鑑賞者が一種の解離《かいり》性健忘《せいけんぼう》を副作用としてもつ医薬品を——同意の上で——投与されていることだ。

事前のインタビューによって引き出された個人情報をもとに、このオブジェの属性が決められ、物語が生成されている。オブジェとふれあい、それに名前をつけようとする体験のなかで、体験者の人生は攪拌《かくはん》され、いつのまにか、他人の人生がそこに混ざり込む。ほかの開催地で同様の体験をしている鑑賞者の情報が無作為に挿入されるのだ。

驚きで捕まえ、認識の変容をもたらす体験へねじこむ——

あるインタビューでそう語っている。

「街のなかにとつぜん山が出現するのは〝驚き〟だ。山のほうが現実だと、一瞬でも信じ込ませるのが〝認識の変容〟だ。それが重要なんだ。驚きしかもたらさないものに価値はない」

幻視者は、巨匠と同様に、美学校を創立した団体の手厚い援助を受けて、作家としての歩みをはじめた。はじめから大規模な作品を手掛けられたのはその恩恵だ。〝美術界〟なるものの存続を望む人々、〝人間による芸術〟の価値を保ちたいと願う人々は、この時点ではまだそれなりの数をとどめていた。ふたりは、この経済圏における最新の商品であり、後世の目からみれば、最後の芸術家だった。

作風は〝侵襲性《しんしゅう》〟という言葉で説明されることが多かった。

鑑賞者の内面に変化をひきおこすこと。

無関係の人々を、強引に鑑賞者の立場へ引き込むこと。

社会全体を目撃者／鑑賞者とし、不可逆の変化を社会にもたらすこと。

表現物によって人間の認識を変化・深化させることが、芸術の大きな目的である。したがって、人間の認識を変化・深化させるテクノロジー、またはその用い方を提示することは、芸術とみなしうる。

そういった伝統的な認識にもとづいて表現をおこなってきた作家である、というのが、美術家よりもさきに姿を消した批評家たちによる評価だ。

当の幻視者は、その評価を的外れと非難し、自身が美術界に属していることすら認めなかった。自分のやっていることは芸術という概念の外にあるものだと主張した。

巨匠は、幻視者のなしてきたことも、結局は〝表現〟の範疇におさまってしまうものであったと考えている。どれも人のすることの域を出ず、芸術というラベルを簡単に貼ってしまえるものでしかなかった。

世間においては、幻視者のプロジェクトは、一種の祝祭として歓迎されていたようだった。おそらく、ほとんどの人にとって、それは映画の公開とさほど変わらぬ日常的な娯楽の一つだっただろう。

女体像のうえに、濡れた砂の塊が落とされた。

若者は、横向きにうずくまった女体の、腹と太腿にかこまれた窪みのあたりに、身体を丸めて眠る犬の仔を手ばやく形づくっていく。女体を包む布に、生き物の重みがつくる新たな皺《しわ》をつけ足す。そういう事をやりそうだと見当がついていたので、巨匠は、砂を両手に持って若者が近づいたときにも何もいわず、好きにやらせた。

楽しげに手を動かしながら、若者はいう。

「あとのほうになると、あんまり面白くなくなってくるんだよね。ただ自分を大きく見せようとしているだけのように思えて」

幻視者は、自分が〝表現〟の外にいることを証明しようと、傍目には空しい足掻《あが》きをつづけた。他者による解釈を拒むという古典的な醜態をさらし、巨匠はそれを憐れんだ。

さまざまな姿をした「一〇〇〇年後の人類」が公園をうろつく。それらはみな幻視者に似た顔立ちをしている。姿よりも振る舞いがいっそう不可解で、みな謎の儀式にふけっている。しかし奇妙な人懐っこさがあり、鑑賞者は、かれらの儀式に引き込まれ、意味がわからないまま参加することになる。儀式には物語生成システムを援用したカタルシス誘導が仕掛けられ、そういうものに免疫のない鑑賞者であれば感涙にむせぶ。カタルシス誘導の違法性がのちに問題となり、幻視者はふたつの自治圏から立ち入り禁止の指定をうけた。

人工細胞で自分そっくりの人体をつくり、十ほどの都市で、高い建築物から、一時的な占有許可をとった地上の小さな区画に落下させる。〝死体〟はそのまま放置され、数週間後には骨だけになり、骨の表面に彫りこまれていた箴言《しんげん》が読めるようになる。自死をそそのかすようでもあり、古い価値観からの脱却をすすめているようでもある文言だった。

幻視者のイメージがしだいにいかがわしいものになっていくにつれ、協力する企業も怪しげなものになっていった。作品よりも行動の奇矯《ききょう》さで注目を集めるようになり、世間の反応も、賞賛より非難が多くを占めるようになった。

センセーショナリズムに堕した表現者の向かう、典型的な袋小路だ。巨匠はそう振り返る。おのれのマニフェストに首を絞められるのは愚かなことだ。あの男は、幻想だけを配っていればよかったのだ。だが、信者が作家を支え、作家が信者に寄生するおなじみの生態系をいちどは作り上げながら、それを維持することができなかった。そうできる時代でもなかった。

最後の作品は、バイオテクノロジーをあつかう企業をパートナーにしたものだった。

計画では、新しい知的生物をつくりだし、それらに建国を宣言させるつもりだったらしい。競争者を登場させることで、人類に変革をうながす——具体的には、遺伝子操作に関する規制を緩和させる——という目論見《もくろみ》があったと思われる。

十年以上をかけて密かに準備されてきたが、そうして生み出された生物は、しかし、まったく知性を示さず、作品は予告のみに終わった。この失敗のあと、幻視者が大きなプロジェクトを手掛けることはなかった。

若者は、波打ち際へ歩いていき、足首を波にひたした。

「彼は、ほんとうに中身まであんなふうだったのかな。つまり、好かれたいという気持ちにとりつかれた化け物だったのかな」そういって、巨匠をちらりと見る。

波から離れ、また砂を掘りはじめる。

「おまえは手記を読んだんじゃないのか」

巨匠の言葉に、若者は小さな笑みをうかべた。

「正直、ほとんど意味がわからなかったよ。日記じゃなくて、ばらばらなメモの集まりだった。今日はどんな天気だった、みたいなのもないし、昔のことを思い出すでもないし、ただひたすら、作品の構想みたいなことがきれぎれに書かれてるだけだった。それもぜんぜん具体的じゃなくて、本人にしかわからない書き方で」

——ああ、でもね、と若者はつけくわえた。好かれたい、崇拝されたいっていう気持ちは、すごく強く伝わってきたかな。

「彼が最後に住んでた家を見つけて、彼が太陽で、わたしたちはその光をありがたくいただく、という感じ。でも、なんにもなかった。例の手記以外はね」

あっけらかんと法を犯したことを話すのを、巨匠はさしたる感情もなく聞く。中に入ったんだよ。取り壊しの前日に、ぎりぎり間に合った。愚かだ、とだけ思う。

若者がたずねる。

「あなたがリークしたの、人間の遺伝子について？」

「手記にそう書いてあったのか」

「ヒントがいくつか。それで、うまく情報を探すことができた。告発があったのが、つぎの作品のプレスリリースが出る前日なんだよね。調査機関が、あなたの当時のお得意先の下位部門だというのもわかった」

幻視者は、作家としての生涯において、いくつもの訴訟を経てきた。それを勲章としてもいた。最後の、最大のもので、社会的な致命傷を負った。

新しい知的生物を作り出そうとした最後の作品で、人間の遺伝子を違法に用いていたことが明らかになったのだ。

〝知的生物〟プロジェクトの失敗のあと、社会的地位の挽回をもくろんだ幻視者が計画したのは、初めて宇宙を舞台にした作品だった。だが、それを知る者はほとんどいない。告発によって計画は潰《つい》えた。

「古い太陽発電プラントの軀体《くたい》構造物について、使用許可をとろうとしてた記録があったよ。記録というか、期待をあおるためにニュースのネタにしたってやつだよね。あと、プレスリリースの案もみたよ。でも、いつもどおり思わせぶりで、内容がぜんぜんわかんなかった。——見てみたかったな、彼が宇宙をつかってなにをするのか」

ひと息の沈黙をおいて、眉をあげ、巨匠にたずねる。

「それが競争原理ってこと？　宇宙を独り占めしたかった？」

巨匠は答えない。どうでもいい。

「あなたは彼も殺したんだね」

若者は、巨匠をまっすぐに見つめる。確信に導かれ、ひとつの意志がその顔を描きかえていくようにみえる。

巨匠も相手を見つめかえす。

目はそらさぬまま、手で示す。

「これがおまえを狙っているぞ」

いつのまにか二人の傍に来ていた汎用機が、小さな作動音で答えた。

復讐が目的であることはわかっていた。

この若者への興味は尽きていた。あとは機械に片をつけさせてもいい。だが、もう少しなにかを見たいという気持ちもある。

「おまえが身体のなかに隠しているその機器を活性化させるまえに、これが動く。セキュリティチェックの時にとりつけたセンサーが、おまえの脳内のトリガーを監視している。こいつは速いぞ。意志が形成されるまえに反応できる」

若者は顔をめぐらせ、汎用機が露わにした銃口を見た。

2146年

視界の半分が白くなり、あとの半分は光の筋となって流れた。

音と打撃は情報として分かたれぬまま奏者の認識に炸裂し、思考を解体した。

もう一つの衝撃が後頭部を叩き、たった今の一撃で回転した体が、どこかにぶつかって止まったと知る。

宇宙服のフェイスプレートは、本来はデブリの衝突を受け止めるための設計によって、なにものかの打撃を持ちこたえ、奏者の生命を守っていた。硬質の層は粉々に砕かれて白く不透明になり、それを挟んだ二つの緩衝樹脂層は大きくへこみ、ヘルメットの内側にむかって突き出している。

いくつもの警告アイコンが視界に光り、ふたつの警報音が体内と体外から響く。

「ただちに回避行動をとってください。頭部への強い衝撃を検知しました。意図をもつ存在による攻撃の可能性があります。アドレナリン誘導を開始します」

「ただちに回避行動をとってください。汎用機が振り回した棒状のものがフェイスプレートに激突しました。宇宙服の与圧に異常はありません。事故ではなく、意図をもつ存在による攻撃の可能性があります。汎用機が悪意のある人物に操作されている可能性があります」

重なるふたつの声を聞きながら、奏者は欠けた視界のなかに敵の姿をさがす。

母船にたどり着き、エアロックを抜けるまでは平穏だった。恐れていたような攻撃はなく、母船は、出た時と同様、無人のままだった。

完全に警戒を解く寸前のところで、その攻撃はあった。ピアノを格納するドックエリアに固定されていた作業機械のひとつだ。

相手が人でないとわかったことの絶望は大きかった。反応速度では勝てるはずがない。無重量状態での格闘についてはそれなりの時間を割いて訓練を受けたが、あくまでも人間を相手にしたものだ。奏者は距離をとろうとあがく。壁面の突起を叩き、逃げるための速度を得ようとする。

左の太腿に痛みが走り、足が動かしにくくなる。いまの打撃で接続リングが歪んだらしい。さらに一撃、頭部をかばった右腕に。

激痛が心の底を抜き、奏者は記憶のなかに落ちていった。

雑踏にひらいた空間のなかで、ガラスの破片に囲まれ、倒れた身体を丸めていた。

巨匠の故郷での出来事。

このとき奏者の鎖骨を砕き、頭に深い傷を負わせたのは、頭上の通路で機械が運んでいた建物内装だ。それが落ちる直前、奏者は蔑称が小さく呼ばれるのを聞いていた。機械を蹴る人の姿をカメラがとらえていたが、捜査はよそものを護る気がない法の迷路に阻まれ、途絶した。

掲示を義務付けられていた出身地の標識が奏者の存在を公衆に知らしめ、社会のなかにほんの一握りしかいないであろう攻撃者たちが、蝿のように引き寄せられていた。

通り過ぎていくたくさんの足だけが視界にあった。これが人生の終わりに見る眺めかと、ぼんやり考えていた。


ひとつずつ札を裏返し、おまえではないものになれ。何でもないものの声を出せ。その声がおまえを焼くだろう。


三つの短い音が、奏者の耳の奥で響く。

起動、視線追尾の開始、発射命令の待機。

フェイスプレートの白くなっていないところを通して、どうにか敵の姿をとらえる。作業機械の、制御ユニットがあると見当をつけたところに視線を合わせ、宇宙服の視線追跡機構にターゲットを認識させる。反動を殺すために壁にしがみつきながら照準固定の通知音を聞き、脳内スイッチのひとつで発射のキューを出す。

重力の軛《くびき》を逃れることのできた銃はまだほとんどない。少なくとも通説ではそういうことになっている。かわりに、至るところに隠されているのが、たまたま銃のような壊れ方をする道具、というものだ。

奏者が用意した仕掛けは、呼気タンクにとりつけられたバルブの付属部品に偽装してあった。構成部品の一部が〝材質の不良〟によって接合部の強度を失い、圧縮気体の力で高速で飛び出す。発射の方向は、なぜか伸縮性の部品群によって巧妙に制御されている。

くぐもった破裂音がヘルメットごしに届いた。

予想よりも大きな穴が穿《うが》たれた。

作業機械の腕が止まり、指から〝棒状のもの〟が離れていく。ドックに置かれていた予備資材だ。

奏者の吐き出す息が、ヘルメットのなかに大きく響いた。

宇宙服のなかで放出され続けているだろう幻覚剤のことを思い出し、もどかしくヘルメットを外す。

動かなくなった作業機械に視線をむけ、赤い液体の球を目にした瞬間、だまし絵のように認識が覆った。

これは宇宙服だ。

奏者が撃ちぬいた穴から赤い液体があふれ出し、うねり、危機にさらされた生命の声なき叫びになる。

狭い船内で出来るかぎりの距離をとりつつ、背後に回りこむ。そこに証拠を見つけた。非常時に宇宙服を外から開くためのロック機構がある。奏者の宇宙服と同規格のものだ。警告と使用説明のラベルはないが、間違いない。自律機械を模した形にオーダーされた外装をもつ、汎用の宇宙服なのだ。

奏者はほとんど考えることなく手を伸ばし、ロックを規定の手順で開錠する。宇宙服のシステムが外部からの操作に応じるのは、周囲が与圧された環境で、着用者が応答の能力を失っているときだ。

角ばった外装が古い鞄のように開き、血の臭いが奏者の知覚に打ち寄せる。

2144年

砂まみれの両手を垂らし、若者は巨匠を見つめる。読み方のわからない書物を眺めるような表情がその顔にある。指先から潮水のしずくが落ちる。

「体のなかに機器はあるけど、健康維持のためだよ。武器じゃない」

自分に銃口を向けている汎用機に目をやり、巨匠に視線を戻す。

「あなたに危害を加える意図はないよ」

巨匠は、その声に怯えの気配を探す。うまく隠している、と考える。

「わたしがあなたに連絡したとき、もうわたしを刺客とみなしてたってことなのかな?」

巨匠は無言で若者を見る。

「ここに来た理由は、好奇心だよ。それと、すこしの公共心」

——わたしはたまたま過去のものに興味を持っただけ、たまたま近くにいただけ。

そう若者はいう。

「会ってみたかった。幻視者に会うには手遅れだったから。あなたが生きていてくれてよかった。あなたから彼について聞きたいという気持ちもあったし、彼と同じ時代に同じ世界にいた、おんなじようにものを考えている人から、話をきいてみたかった」

巨匠は、汎用機の銃口を若者へ向けたままにし、警戒状態を保たせる。

若者は、砂のついた自分の指を見つめる。

「言葉を探すのに夢中になっていたころは、彼がなにを考えてああいうことをしていたのか、わかってなかった。わからないからこそ面白かった。おぼろげにわかってきたのは、ほんの二、三年まえ」

顔をうつむけたまま、若者の口元だけが笑みの形になった。

「彼はさ、わたしの暮らしてた社会に寄生しようとしてたんだよね。結局は失敗したけれど。それに気づいたときは、本当にびっくりした。遊びじゃなかったんだ、って。わたしたちの土地に来てからやっていたことだけじゃなくて、それまでの作品も、みんな、ひとつの欲望のためにやってたことなんだって。なかなか呑み込めなかったけれど、それがわかったら、印象がまるで変わった。肉食の動物って、遠くから見るとつぶらな瞳で、ふわふわした毛皮のかたまりみたいで可愛いのに、近づいてみると鋭い歯をむきだして、目もぎらぎら血走ってて、いかにも獣らしく獰猛《どうもう》にみえるよね。あの落差が好きなんだけど、ちょうどそんな感じだった。それでますます面白くなって、本格的に調べはじめたら、手記を見つけた。読んで、ここにあれが埋まってることを知ったんだよ」

若者は掘り出されたものに目をやる。巨匠は若者から目をそらさない。

幻視者の表現は、結局のところ、人間の遺伝子を操作するという、もっとも不可侵な禁忌の周囲をめぐりつづけていたのだといえる。人間の表現を更新するためには人間そのものを更新するしかない、というのが、あの男がたどりついた結論だった。

新しさへの絶えざる希求によって、芸術の定義は拡張されつづけてきた。〈アートである／ない〉の境界線は、〈人間の営みである／ない〉の境界線に限りなく近づいてゆき、〝かつてない表現〟の模索が、近い将来に行き詰まるであろうことは明らかだった、あるいは、すでに行き詰まっていた。

多くの芸術家が、ＡＩを援用した表現に活路を求めた。人間のものでないロジックを用いて、人間の発想を拡張しようとした。彼らのなした事には、まったく理解不能な、表現と呼ぶことすらそぐわないものもある一方、おおむね既存の文脈にあてはめて理解できるようなものもあった。だが、巨匠に言わせれば当然のことに、美術界が芸術と認めたのは、理解可能なものだけだった。

〝芸術とは人間のなすことである〟という前提は変えようがないからだ。理解不能であるなら、それは人間の主体性によってかたちづくられたものではない。ゆえに、それを芸術とみなす必要はない。

ＡＩが主体としてふるまうことへの強い警戒も背景にあった。世界的な合意によって、ＡＩが独立した意志をもって行動することは厳しく制限されている。〈人間の営み〉に対置できるような〈ＡＩの営み〉というものはなく、したがって、〈ＡＩによる表現〉もありえない。

結果として、ＡＩを用いた芸術もまた、人間性の地図をより精緻に描き出すにとどまり、不可避であった芸術の行き詰まりをむしろ早めることになった。

大洋の果てが滝で終わるように、ハイ・アートの世界は人間の認知の果てで断ち切られていた。だが、巨匠はそれを自明のことと考える。

幻視者は、理解不能なものを切り捨てる美術界の頑迷さを激しく攻撃した。おのれの立場を補強する意図がもちろんそこにはあった。それに対して、すでに距離をおいていた美術界も彼をいわば破門し、一切の支援を絶った。これが、幻視者のキャリアの半ばにおいて起こったことだ。

以降、幻視者の活動は急激に先鋭化した。最終的な凋落《ちょうらく》への道のりのどこかで、人間を作り変えるというゴールが彼の心に育った。

「わたしたちをどこかへ連れて行こうとしたんだよね。それまでの作品でやろうとしてたみたいに、わたしたちの社会を強引に変えようとした。そして、そうしたことを感謝されるつもりだった」

巨匠にも、幻視者の考えが見える。〈新しい社会〉である若者の故郷にこそ、自分の受け皿があると考えたのだろう。

人間の遺伝子を操作することは、いつか社会的制約の檻を逃れてしまうだろうと言われてきた。遺伝病治療などをきっかけに、なしくずしに許される領域が拡大させられていくだろう、と。若者の出身地がその嚆矢《こうし》となるのは十分にありうることだった。

だが、そうだとしても、あの男の要求が通るはずはなかっただろう。

「あなたも、できるかぎり沢山の人間に対して支配の力を持とうとしてきたんだろうけど、彼みたいに、好かれることを過剰に求めるってことはないよね。むしろ、怖《おそ》れられることを志向してるような気がする。おんなじことなのかな。あなたと話してると違和感があるんだけど、それは多分、あなたがつねに、相手の人としての価値をあなたが決められるという考えで話してるからなんだよね。そして、相手もあなたに自分の価値を決められることを受け容れている、っていう前提を疑ってないんだと思う」

からんだ糸をほどく喜びに似たものが若者の顔に浮かび、声が熱を帯びる。

「そこが不思議でしょうがないんだよ。つまり、その価値づけをこっちが絶対的なものとして受け取ると思ってることが。しかも、それはあなたが、自分の作品に価値があると思ってるからなんだよね。あなたが価値のある作品を作っていることが、あなたが他人に、人間としての価値を与えたり奪ったりする資格をもつことの根拠になってる。これって、すごいよね。ぜんぜん意味がわからない」

そういって破顔し、

「でも、むかしはそういうものだったんだってことは想像できるよ。ほんとうに少ない価値基準しかなくて、みんなそれに従うしかなかった。いまみたいに、たくさんの声をきくことができなかったから」

——時代に埋め込まれている。

巨匠はそう心につぶやく。

この若者の語ることは、巨匠の生まれ育った土地でも、同様に語られていることだった。

巨匠がものごころついた頃には、すでに状況は取り返しのつかないところまで進んでいた。

顔料を油で溶いて絵の具を作る技法が生まれたとき、写実を極めんとする画工たちにとってそれがどれほど革新的なテクノロジーであったか、というお決まりの講釈がある。巨匠も十代のころに教師からそれを聞かされたものだ。ひるがえって現在、コンピューターもまた、ただの画材にすぎない。芸術と科学はつねに表裏一体だった――そんなふうにこの話は締めくくられるのが常だ。

ためらいなく、人々はコンピューターを表現の道具として使ってきた。絵を描くことに使い、音楽を奏でることに使い、物語を綴ることに使った。生成させた本物そっくりの人物を映画に登場させ、計算によってつくられた旋律を拾い上げて曲に組み込み、人工の作家に小説や詩を書かせた。

幼いころの巨匠が夢中になった映画は、まだ監督の名が冠されてはいたものの、すでに物語の骨子はＡＩを使って生成するのが主流になっていた。やがて監督の名は消え、顔のないチームが制作の主体となり、その中心にはさらに高機能となったＡＩが鎮座していた。

巨匠が十代のころ、数少ない〝人間の〟表現者たちは、この時代のあとにも先にもない、特別な輝きをまとっていたものだ。機械をしのぐほどの才能、というパブリックイメージをまとった彼らは、作家である以上に、人間の表現を守る闘士でもあった。若き日の巨匠はそれに強く憧れた。

やがて、エンターテインメントのどの分野でも、配給企業は、制作の主体がＡＩを擁した企業自身であることをまったく隠さなくなった。個人ではなく、法人が表現者のほとんどをなすようになった。だが、巨匠の知っていたかぎり、そのことに不満をあらわす人間はもういなかった。

洪水のなか小島として残された山頂に逃げるように、若き日の彼は〝ハイ・アート〟に身を寄せた。

そこでなら、自分にもあの輝きをまとうチャンスがあるかもしれないと考えたからだ。

――わたしはそちら側だけを見ていた、と巨匠は振り返る。

もう一つの大きな変化が社会には起こっていた。

ＡＩを援用した創作は、一般的に、二種類のシステムを突き合わせてなされる。生成システムと鑑賞システムだ。効率を求めた結果、この二つの機能にはそれぞれ専用のハードウェアを用いるのが最適であるとわかり、分けることが常識になった。

生成システムとしてのＡＩは、本質的には、無数のサイコロを振りつづけるからくりであり、タイプライターを叩き続ける猿たちだ。要求される表現の枠組みに沿う形で、要素の無作為な組み合わせによって大量の〝作品〟を出力する。楽曲、物語、あるいはプレス・リリースを。

鑑賞システムとしてのＡＩがする仕事は、それより精妙だ。生成システムが吐き出した、ほとんどが人間にとっては意味をなさない、あるいはただ退屈であるような無数の出力物から、作品として流通させられるただ一つの最適解を選《え》り出すのだ。

長い年月をかけて様々な企業の手を経ながら収集された個人情報を核とする、価値観のパッケージであり、感受性のシミュレーション装置であるそれは、年齢、社会階層、文化圏といった膨大な変数を少しずつ変え、あらゆる角度から出力物としての作品群を評価する。やがて、それら架空の観客の喝采を得て、ひとつの完璧な作品が、この複雑な機械の口からあらわれる。

市場のフィードバックによって精度はどんどん向上していった。独自の鑑賞システムを提供する企業もあらわれた。

そして、巨匠が空からさまざまな物体を降らせることに精力を注いでいたころ、この鑑賞システムは、企業の外へ静かに漏れ出していた。

価値観のパッケージは使い勝手がよく、小分けにして売り出されていった。さまざまな社会サービスが内蔵する知識提供システムに、個人支援アシスタントに、公的機関による市民教育の基礎データベースに。

鑑賞システムは汎用の価値付与システムとなり、姿を変えて社会のすみずみへ染みわたっていった。それが意味したのは、どんな物事にも、多数の視点から異なる見解がもたらされるということだ。個々のサービスやシステムごとに提示される価値観は少しずつ異なり、唯一の答えというものは存在しない。

巨匠の知らぬ間に、〝価値の相対性〟という言葉は語義を超えた完璧さで社会の礎をなしていた。

「たくさんの声などない。どれもひとつの機械の声だ」

「そうじゃないよ、それは人間の声なんだよ。抽出されて凝縮された、歴史と文化の集合体だよ」

その〈声〉は、創作という行為の息の根を止めた。巨匠の言によるなら、向上心を殺すことによって。

作品にとって、真摯に受け止めるべき評価、あるいは批判が存在しなくなった。たくさんの価値基準を参照することが自然になり、そのなかからそれなりに納得できる評価を拾うことができてしまう。それすらも相対的であることがわかっているので、一喜一憂することがない。

加えて、真に優れた創作は機械による生成であるという認識が、重い天蓋となって頭上をふさいでいる。

世界中で、若い人間は創造行為で身を立てることを志さなくなっていった。

ＡＩをはじめとする機械的手段によって人間の労働力が代替可能である、という認識が定着して以来、社会にはつねに、自動化の完遂を求める大きな圧力がある。放っておけば企業はどんどん従業員を機械に置き換えてゆき、このプロセスがある一線を越えると、自治圏全体が急速に構成員を失い、消滅する。世界がいくつかの巨大な経済共同体に編み直されつつあった前世紀末に、幾度かそういうことが起こったあと、自動化には規制が敷かれ、おおむねどこにおいても就業の斡旋は社会福祉の一部になった。〝身を立てること〟そのものが、時代遅れの行為になった。かれらは抜きんでたいという欲求をいなされ、角を矯《た》められ、無個性な小市民としての暮らしに甘んじるようになった。

美術を学ぶための機関は、つぎつぎに姿を消していった。

いまでも表現を志す人間はいるかもしれない。だが、彼らの姿は見えなくなった。

「多くの人間に届いてこそ、社会を変えられるとは思わんのか。あの男からそれを学ばなかったのか」

「たしかに、彼も似たようなことを言ってた。人間や社会を変えることができなければ、芸術の意義はないって。同意はしないけど、そう言い切ってしまえるってことが面白かった」

若者はしゃがみこみ、砂に深く両手をうずめる。

「どうして、〝表現〟をそういう意味で重要なものだと思うのかな。あなたの立場からすると、当然なのかもしれないけど。社会を変えたいなら、ほかに確実な方法はいくらでもあるよ。表現はむしろ、社会の変化を追認するものじゃないの？　わたしはそう教わったよ」

「発見されずに消えていった天才たちを不幸だと思わんのか。死後にようやく評価される作家がいるだろう。ひとりで誰にも知られないまま作品を作り続け、死んでいく。鑑賞者がなければ、彼らのやったことはまったくの無だ」

「もちろん鑑賞者はいるよ。自分自身が、自分の作品の、ただ一人の鑑賞者なんだよ。それは、ぜんぜん悪いことじゃないよ。だれかに価値を決められる必要がないってことは」

口調に、わずかなじれったさがこもる。

「だから、やっぱりさ、あなたが言うようなことじゃないんだよ。芸術が、表現をすることが、他人を支配するための道具としては使えなくなったっていうだけなんだよ。もしかしたら、あなたは悲しんでるのかもしれない。芸術がほんとうに滅びてしまったんじゃないかって。でも、そんなことはないよ。物を作る喜びは、なくなっていないんだから。それは、むしろ昔よりも増えたんだよ」

若者は、機械が掘った四角い穴へ歩いていく。汎用機の銃口がそれを静かに追う。若者はいちど立ち止まって振り返り、銃口を見、また歩く。

「これって、あなたへの手紙だったのかな」

そういって、若者は、掘り出されたものに手を伸ばした。

「〝これが、わたしからの最後のメッセージとなるものだろう。わたしは、それを出発点に置いてきた〟」

手記の一節をそらんじてみせる。

「こんなふうに書かれてたらさ、遺作だと思っちゃうよね」

砂浜から掘り出され、開かれた包みの中身は、一枚のありふれたキャンバスだった。木の枠に白い布の張られた、昔ながらのものだ。表面には、下書きらしい薄い線がある。線は幾度も消しては描きなおされ、逡巡《しゅんじゅん》の地図をなしている。

巨匠は、足元に目を落とした。

砂の中には、黒いかけらが混じっている。炭になった木材だ。およそ一世紀まえの焚火が残したものであっても不思議はない。

ものの焼ける臭いがよみがえり、その臭いが、記憶のなかの空に、立ちのぼる黒い煙を描きだした。

追想の筆はさらに走り、煙の下に、赤い炎に包まれる何もかもがあらわれる。

焼いたのだ。この砂浜で。

のちに〝幻視者〟と名乗ることになる男は、すでに巧みな扇動者だった。古いものをすべて捨てることが出発点なんだ、と仲間をたきつけ、自分たちの習作と、美学校に教材として置かれていた古典作品のレプリカを砂浜に積み上げ、燃やしたのだ。デュシャンの〈大ガラス〉、パイクの〈Pre-Bell-Man〉、クーンズの〈バルーン・ドッグ〉……

学生たちは熱狂し、歓声をあげ、踊り歌った。始まりの予感が夜気を満たしていた。

このときの巨匠は、痩せた青年だった。

幻視者は長い髪の男だった。

「あれも燃やせよ」

「どれを？」

長い髪の男の言葉に、痩せた青年はとまどいの顔を返した。これまでの作品はすべて火のなかにある。高揚とわずかな痛みが心に満ちていた。

「ほら、おまえが今いじってるのがあるだろ。あれ」

そういって、両手で四角いかたちをなぞってみせる。

ふざけるな、と痩せた青年は答えた。

相手は、憐れみのまじった顔で笑う。

「あれはどう見たって無精卵だろ。時間を無駄にすんなよ、お利口さん」

そういうと口をすぼめ、食べていた杏の種を勢いよく飛ばした。それは痩せた青年の頬に当たり、跳ねかえる。

相手は顔じゅうの笑いになり、いつものような追いかけっこを予期して身をひるがえしかけたところで、痩せた青年が動かないのに気づき、中途半端な姿勢で身を止めた。

引き伸ばされた時間のなかで、種がゆっくりと回りながら飛ぶあいだに、言葉が先に目的地に到着し、そこを永遠の凍土に変えていた。

長い髪の男は変化を察し、痩せた青年の視線をまっすぐに受けとめた。口元だけに薄い笑みが残る。

「せこいことやってねえでさ、もっとでかいアイデアを見せてくれよ。おまえ、何のためにここにいるんだよ」

笑みを浮かべたまま身を返し、焚火にむかって歩いていった。

痩せた青年は炎に背を向け、去った。

記憶の砂浜が薄れていき、目の前の砂浜に、ひとつの白いキャンバスがある。

このキャンバスの持ち主は幻視者ではない。この美学校で学んでいたころの巨匠だ。

かつての彼は、それを、絵を描くために用意したのではなかった。絵の具をのせるつもりはまったくなかった。ただ、新しい表現の支持体は、逆説的に、古典に属するものであるべきと考えていたのだ。新しいものが過去と接続されていないのでは誠実さに欠ける、という信念が、このときにはあった。だから、あえてキャンバスを作品の土台に選んだ。

いまの彼は、そこに自分がなにを作るつもりでいたのか、思い出すことができない。

彼の表現者としての人生は、敗北から始まっていた。目指したものに背を向け、まったく逆の方向へ踏み出したのが、その第一歩だったのだ。

あの男が目の前で軽々と越えてみせた一線を、彼は越えることができなかった。

巨匠は、計算によって自分の余命をかなり正確に知ることができる。

もうだいぶ前に、本来の生物学的寿命であったろう年齢を過ぎた。いまは、きわめて高価な処置を受け続けることによってのみ延命できる領域にある。

事業は縮小の一途をたどっている。エージェントは提案を行うが、スポンサーがつかない。AIを所有することも困難になってきた。この島も、半年ほど先に予定されている次回の審査では所有権を失う可能性が高い。文化財を保全できるだけの経済力がないと判断されるだろうからだ。

いまは、世界的に蓄財を許さない時代だ。個人が永続的に所有できる資産には上限があり、あとは税としてすべて吸い出されていく。延命をまかなうには、常に大きな額が流れ込みつづけなければいけない。

巨匠にとって、名声の終わりは人生の終わりを意味している。

キャンバスを見つめる巨匠に、若者が声をかけた。

「ばかみたいだけど、半分くらいは本気で心配してたんだよ。世界に取り返しのつかない災いをもたらすような、最後の企みなんじゃないかって。そうじゃなくてほんとによかった」

――探させてくれて、ありがとう。

そういうと、ひとつ歓声をあげ、若者は自分のつくった砂像のうえに飛び上がり、身体をすばやく回転させて踊りだした。

かつて巨匠がどこかの路上でみた踊りと同じ荒々しさで踵《かかと》が叩きつけられる。若者が丹念にかたちづくってきた動物たちが、みるみる蹴散らされ、姿をなくしていく。

ストロークの長い跳躍で飛び降りると、巨匠のそばへ駆け寄り、その手をとる。

機械は一瞬身じろぎしたが、撃たなかった。

若者は勢いよく手を引いて自分の砂像へもどり、たちまち巨匠をその上にひきあげた。

両手をつかみ、ぐるぐると回る。

巨匠をふらつく惑星として、若者はそのまわりをめぐる衛星になる。

抗《あらが》いようもなく巨匠の体は回り、若者の笑顔のうしろを、日没の空が何度も横切る。雲は赤く染まり、朝焼けのようにも見える。

巨匠は、すでによく知っていたことを、初めて知るように思い起こした。

だれかにとっての日没が、だれかにとっての夜明けであること。

2146年

開いた宇宙服のなかで、相手にはまだ息があった。

いくつもの驚きがあるが、どれが一番大きいものか、奏者にはわからない。

機械だと思っていたものが宇宙服であったことか。

宇宙服の中にいたのが人間ではなかったことか。

それとも、人間ではないその生き物の姿に、見覚えがあったことか。

ほんの数十頭が、いまも保護施設で飼育されているはずだった。幻視者は、この生き物たちを〝かしこい毛皮〟と呼んでいた。

人間によく似た指をもつ前足から肘に相当するあたりまで、体毛が完全に剃り落とされ、くすんだ桃色の皮膚があらわになっている。右の手首には携帯端末のリストバンドをつけ、細い胴体には作業員が着るようなポケットの多いベストをぴったりと纏《まと》っている。

つやのある柔らかそうな体毛。灰色に、わずかに濃い色の斑《ぶち》がまざる。黒く湿った鼻の下で縦に割れた上唇、白く長いひげ、黒く大きな目。記録でみたとおりの顔だちだが、目の前の生き物には、あきらかな知性の気配があった。愛玩動物の好ましさをすべて備えているようでありながら、全体としての印象は愛らしくはない。むしろ、そういった思い入れを撥《は》ねつけるような印象がある。邪悪であるとすら感じるが、知的生物としての独立ゆえなのかもしれない。

それが、間違った形で人間に似せられたせいでもあるのではないか、と奏者はのちにふりかえることになる。

〝かしこい毛皮〟たちを生み出すのに使われた手法には、人の顔を動物の顔に変貌させる、いにしえの映像技術に似たところがあった。人間と、ある野生動物——カワウソと推測される——の遺伝コードを重ね、これまでの研究で判明した要所における共通部分は保持しつつ、それ以外の領域においては両者の特徴をランダムに取り入れ、数億もの組み合わせを生成させる。これをシミュレーション内で初期段階の胎児まで育て、まともな生き物として生まれそうなものを選り出す。そうして数万にまで絞ったそれらを、実際に誕生の直前まで培養・生育し、脳の構造や容量が人間に近くなるような組み合わせを抽出したのだという。遺伝子と発生の関係が完全に解明されるまえに、AIの計算力を頼みに、近道を走り抜けようとした。それは果たされなかったはずだった。

生き物の震える手がベストのポケットを探り、畳まれた一枚の紙をとりだし、奏者にむかって差し出す。

受け取り、開くと、ありふれた黄色いメモ用紙だ。勢いのある筆運びでなにかの文が書かれている。まったく見たことのない言語だ。わざと人間の言葉に似せぬようにつくられたかのような文字だった。奏者が受けたその印象は正しかったことが、のちにわかる。周到にデザインされたそれは、文字であるとともに独立のマニフェストでもあった。

その下には、絵があった。生き物自身の顔が、単純だがいきいきとした線で描かれている。人の描くものとは違うが、かれらなりのやり方でデフォルメされ、かれらだけにわかるのであろうエッセンスが取り出され、定着しているようにみえる。

紙の一番下には、人間にも理解できる文字の短い列がある。視線の固定が検知され、奏者の視界に圧縮を解かれた元の文字列があらわれた。情報圏の個人アカウントだ。

生き物の息遣いが落ち着き、奏者をじっと見つめる。動物的でない、背後に高度なコントロールを感じさせる物腰がある。その口元に不自然な力がこもる。

——ビッテ、と生き物はいった。

割れた唇から発せられたその音を、奏者はすぐには言葉と認識できなかった。深い苦みをおびた、老人のような声だった。

理解にいたるまえ、奏者が返事をするまえに生き物は死んだ。

呼吸がとだえ、瞳がわずかに上を向く。黒い半球の下に細い月のような白目が現れ、これがこの生き物の死のしるしなのだと奏者は知った。

奏者は手の中のメモを見つめる。

毛皮をもつ主《あるじ》をたったいま失った宇宙服が、注意をひくための小さな報知音を鳴らした。

奏者が視線を向けるのを認知し、発話をはじめる。

「当機のユーザーが死亡したため、このユーザーによってあらかじめ定められたとおりに、このユーザーの計画を実行してくださる主体を求めています。あなたにそれを依頼することが最良の選択肢であると当機は判断します。実行が可能であるかどうかについて、三語以上の文でご回答ください」

奏者の心は、この生き物が、宇宙服のＡＩに自身を〈ユーザー〉と認識させていたことへの驚きで占められた。

「きわめて重要な計画であり、死亡した当機のユーザーは、この計画の完遂を強く望んでいました。共感をもって、どうかこのユーザーの希望をかなえてください」

社会道徳を呼び掛けるときの決まり文句を、こんな形で聞かされるとは思いもしなかった。

このＡＩは、たったいま自分を殺そうとした存在の遺言を実行しろという。

奏者は、その死に顔を見つめ、ＡＩに説明を命じた。

「〝巨匠〟の葬儀のために用意された全球配信のチャンネルを利用し、当機が持参したデータを配信します。判断力を有する主体が認証を行う必要がありますので、あなたにそれをしていただきます」

このＡＩは違う、と奏者の心のなかで小さな悲鳴があがる。描いた顔を拭いとられたように、道徳的判断が無効化されている。

これはもう、人間の道具じゃない。

奏者の宇宙服が、警告の声音で割り込む。

「この生物は、人間ではない可能性が高いと当機は判断します。この宇宙服のＡＩは、機能に異常をきたしていると当機は判断します。ただちにこの宇宙服のＡＩとの対話を中止してください」

おまえの気持ちはわかるよ、と奏者は思ったが、ふと不安に襲われる。この指示に従わないと、こちらが判断能力を失っていると〝判断〟されてしまうのかもしれない。

奏者は、操縦席のディスプレイに顔を向け、母船のシステムに声をかける。

母船は答えず、かわりに、〝かしこい毛皮〟の宇宙服が声を発した。

「母船のAIは、当機に統合されています。現在、母船の高度は徐々に低下していますが、データの配信が完了したら、ただちに高度回復の手続きに移ります」

奏者の宇宙服は警告を繰り返す。

「現在の状況は、当機の判断能力を超えています。より高度な判断力を有するシステムまたはユーザーに協力を求めてください」

奏者は母船のコンソールを確認し、〝毛皮〟の宇宙服が説明したとおりのデータが送信準備の状態にあることをたしかめた。ファイルを開いてみる。

ひとつは短い動画だった。機械生成らしい、なめらかで癖のない編集で、かの生き物たちの現状と要求をまとめている。

生き物たちには人間の支持者が少数あり、その協力を受け、人工分娩によっていま数千にまで増え、地球上でいくつかの場所に隠れ住んでいる。

実験の初期においては知能を隠していた。

この惑星で誕生した知的生命として、地球上に生存のための領域と資源の提供を求めている。

途中で配信が中断させられることを予期していたのか、この動画のほかは、同時的体験を前提としないデータの塊だ。

これを送信するつもりだったのか。全球配信のチャンネルに乗じて。この生き物たちも、一回性の体験がもつ力を信じたというわけだ。

「くそっ」と奏者は口にした。

もう一度おなじ悪態をつく。

――おまえたちも、排泄物の呼び名を罵りに使うのだろうか。それとも、おまえたちには、それはご馳走なのだろうか。

奏者の手には、メモが握られている。

生き物は〝お願い《ビッテ》〟といった。それが奏者の母語だと思ったのか、唯一話せる人間の言語がそれだったのか。

「ひどいよ。たのむから、妙なもの背負わせないでくれよ。こっちはもう、他人のためにしてやれることは全部やったんだから。あとはわたしのものだ。わたしの人生だ」

ようやく自分の進む道を見いだせるところだったのに、けっきょく、他者との関わりにおいて己の人生を規定される羽目になった。テクノロジーが人を支え、守り、妄執から解放してくれるようになったのに、わたしはここで大状況の切っ先に立たされている。

公共心を育てすぎてしまったか。

しかし、そもそも自分以外の種族にまで適用されてしまうほどにそれが強くなければ、同族にだって十分な益をなせないだろう。

内的規範などというものを持ちたくなかった。わたしの心にそんなものが根付いているとは思っていなかった。

けれども、わたしは、それを持たない存在を、人として受けいれることはできない。

理屈を重ねるほどに、いらだちは強まる。

しなくてもいい。しなかったことをあとで悔やんでもいい。そう自分に言い聞かせる。

だが、するしかなかった。

すでに定められた行動として、それは心のなかに据え置かれ、揺るがなかった。自分の力ではその意思を曲げられないことに驚く。

もうひとつ、大きく悪態をついた。

生き物の亡骸にむかって、心のなかで話しかける。

——かならず借りを返してもらうからな、おまえの同族に。これからすることで、わたしがどれだけの命を救うと思う？

だが、こいつらは、必要とあればおかまいなしに、わたしと、わたしの同族を蹂躙《じゅうりん》するだろう。それは間違いない。そんな想像がつくくらいには、こっちも歳を食ってるんだ。わかるか、小さな、若い生き物よ。

奏者は、海老が殻を脱ぐように宇宙服から上半身だけを抜き、腕をのばして、ディスプレイの隅に表示された指紋認証のエリアに自分の人差し指を当てる。

送信が実行されるのを見る。


新しい声が、奏者の名前を呼んだ。

「こちらは軌道体監視機構の中央管制システムです。当機はサイズ一二のＡＩであり、二〇九八年合意に基づく自律行動許可法令により、現在あなたがおかれている状況の分析評価および操作を認可されています。緊急事態条項に則《のっと》り、強制的にあなたが搭乗している母船の操作権限を取得しました。落ち着いて当機の指示に従ってください。まず、三律背反《トリレンマ》的状況を含み、影響が全球に及びうる規模の判断を当機に委託することについて、三語以上の文でご宣言ください」

奏者が指示に従うと、ＡＩは礼をのべ、続ける。

「あなたが搭乗している母船のＡＩから、情報を取得しました。きわめて異例の状況であると判断します。現在、各方面に報告し、指示をあおいでいます。これからの当機との対話内容は、法的な証拠として使われる可能性があることをあらかじめご理解ください。これより、軌道を回復するために、母船に短い噴射を行わせます。加速に備えてください」

ＡＩが話し終えぬうちに、かぶせるように、奏者は質問をぶつけた。

「おまえは、この生き物をユーザーと認められるか？」

鋭い加速にあわてて身体を支えながら、言い直す。

「おまえは、この生き物を、知的生物と認識するか？」

すこしの間があった。

「知的生物という言葉の定義によりますが、人間と同等の知的能力をもつという意味であれば、認定するには情報が不足しています。また、この生物をユーザーと認めるかどうかについては、基本的に、ＡＩには判定の権限がありません。一般的なＡＩは、設計上、ＡＩを利用する主体をユーザーと認める共通の前提に〝人間であること〟、そして、当該時点において一定の判断力を有していること、を置いています。それを多数の判断基準に照らして確認しますが、この生物が着用していた宇宙服の内部ＡＩは、判断基準に変更を加えられています」

このＡＩの語り口は、たくさんの同じ顔をした人形の頭が、工場の生産ラインを整然と並んで流れてくる様を思わせる。宇宙服に内蔵されたそれのような、継ぎはぎの感情表現は影もない。高度なＡＩほど、人間らしさを装うことを禁じられている。

「ただ、変更の領域は主にユーザーの身体的特徴に関する部分であり、応答の内容から知的水準を判定する部分については、ほぼそのままです。これは、この生物が、人類と同程度かそれ以上の知能を有している可能性を示唆しています。もし判断モジュールに同様の変更を加えられたら、当機もこの生物をユーザーとして扱うでしょう」

最後の一言を、奏者は、すでに譲渡は済んだという宣言のように聞いた。

中央管制システムのＡＩは、すこし沈黙し、また発話する。

「現在、ほかの場所で進められている議論について、あなたの意見も取得させてください。あなたはこの生物を、人間と同程度の知的存在であると認識しますか？」

認識する、と奏者は答えた。奏者とのやりとりの場に人間が出てこないことが、事態の大きさの反映であるように感じる。どのレベルの人間が舵を取るか、まだ決まっていないのだろう。

「この生物には保護が必要であると考えますか？」

「はい」

「この生物が危険であると考えますか？」

「――いいえ」

答えるまでの間が長すぎただろうか。

「この生物はあなたを殺そうとしましたが、それでも危険はないと考えますか？」

「そうするしかない状況だったと思う。先天的な攻撃性はないはず」――たぶん。

「ありがとうございます。ご意見を参考にします。現在、あなたが大きな精神的負担を感じている可能性はかなり高いと当機は推測します。もっと低機能のＡＩであれば、あなたへの同情を表明することが可能ですが、当機のレベルでは、そういった情緒の演出は禁じられています。ご理解ください」

聴くたびに可笑《おか》しくなる物言いだ。むしろ思いやりを感じさせられてしまう。そうだね、負担を感じているよ。気にかけてくれてありがとう。

あなたは大きなストレスをうけています、と体内のＡＩもいう。

奏者は亡骸に手を伸ばし、目を閉じさせてやろうとするが、うまくいかず、あきらめる。

手が血にふれる。

その指を壁にこすらせ、自分なりに生き物の似顔絵を描いてみようとする。

「おまえの血が、わたしの標《しるべ》になる――」

声になったのは、奏者がもっと若いころに口ずさんでいた歌の一節だ。

それを皮切りに、記憶からつぎつぎと歌がこぼれだした。

歌や、詩や、物語の人物が語った言葉、奏者のこれまでの人生をいろどってきた文化の断片が。

そのなかには、自分だけが知っている歌がいくつもある。たくさんの引用を含んだ、いろんなものに似ている歌だ。ふとした呟きを、当時だれもが使っていた個人アシスタントの補助で長い歌に膨らませ、ひとりのときに幾度となく歌った。核になったのは、もしかしたら、幻視者の言葉だったかもしれない。だれにも聴かせたことがないはずだ。自分にとってだけ意味をもつ歌であることの素晴らしさ。

自分ひとりしか知らないことのかけがえのなさ、だれかと二人だけで分かち合えることの貴重さ、そして、三。三こそが、わたしたちにとっての魔法の数字。移り変わる緊張のバランスが調和を支える、この関係こそが理想のつながりだと、わたしたちは知っている。

生まれ育った土地を出て宇宙に生活の場を持つと決めたとき、自分の人生においてそういう関係を築ける見込みがほとんどないであろうことを受けいれていた。

この先、捨てなければいけない望みがいくつあるだろうかと思う。

だが、人生はつづく。その喜びが失われることはないはずだ。

打ち捨てられた幻視者の家を思い出す。壁には花で満たされた庭園の絵があり、窓の外には土ばかりの庭があった。

もちろん憧れていた。十代のころに。彼のようになりたいとすら思っていた。ただし、あの厄介な欲望はなしで。でも、あれ抜きでは彼という人物は存在しえないのだ。

自分が幻視者と巨匠をふたりの夫として、子を産み、育てる。そんな想像が浮かび、グロテスクさに苦笑する。やってみたら案外うまくいくのかもしれない。心にあたためていた理想は、自分ともうひとりで妻ふたり、それに夫ひとりの三人組だったけれど。

あの砂浜から、長い長い年月がすぎたように感じる。ほんの二年あまりで、わたしは大きく変わった。たぶん多くを失った。

でも、それでいいんだ。

母船が基地につくまで、宇宙にひびきわたるような声で、詩を暗唱し、歌をうたった。

2144年

老人は砂浜を歩いて去った。

青から黒へ変わる空の下、くずれた砂の山のうえで若者は踊りつづけ、老人はいちども振り返らず歩きつづけた。若者が砂を叩く足の音は、波音に消されて聞こえなくなった。

老人が残した足跡の連なりは、砂浜のうねりに歪められ、まっすぐな線を描かなかった。そのことに彼は気づかない。

足跡を見るものがもしあったら、それを歌にしたかもしれない。

2146年

生き物が目覚めたとき、空はほとんど暗かった。

ひとつの方角だけがわずかに明るい。しるしのない荒地のなかで、生き物は、自分がどちらから走ってきたのか、すぐには思い出せない。これから夜になるのか、朝になるのか、わからない。だが、それは気がかりではなかった。

ふと、注意をひかれたように感じ、空を見上げた。——のちに、生き物はそう回想する。

見上げたその瞬間に、ひとつの光る線が、空をななめに通りすぎた。

光は、色をめまぐるしく変え、長く鮮やかな残像を生き物の心にのこした。

このときはまだ、この生き物は、大気の外でなにが起こっていたかを知らなかった。施設から脱出して数週間、あえて同族たちとの連絡はとらずにいた。集団になじめない質《たち》なのだ。だが、これが人間の世界に属する出来事であることは確かだった。この惑星で起こることは、まだ、ほとんどすべてが人間による出来事、人間によって意味を与えられた出来事だ。

この宇宙がどういうものであるか。この惑星がどういう場所であるか。自分がどのような物理的存在であり、どのような心をもち、集団のなかでどのような役割を与えられていたか。

そういった認識の階層のすべてを貫くように、流れ星は眼前を通り過ぎていった。

あきらかな意思の仕業《しわざ》として、その出来事は、誰にも解読できない言葉で語った。

色の変わりかたに、輝きの強弱や持続に、人間たちが音階と呼ぶもの、句読点と呼ぶもの、リズムと呼ぶものがあった。

たくさんの知識を得る必要、たくさんの言葉をもつ必要があることを、〝かしこい毛皮〟たちは知っている。いまはわずかな語彙しかない自分たちの言語に、もっと多くの、人間のものでない言葉を持たねばならないと同意している。

この生き物も、このとき、たくさんの〝言葉〟を作らねばならないと考えた。いまの光景が自分の心に残したものを、仲間たちに伝える手段を、創りださなければいけない。それは言葉の連なりかもしれないし、色彩と音の組み合わせかもしれない。いまは想像もできない何かかもしれない。だが、なにかを作り、それに語らせなければ、きっと伝えることはできないだろう。

だれとも分かち合わなかった体験の本質を、この頭のなかだけに起こったことを、伝える方法などあるのだろうか。生き物は、それがあるはずだと信じた。なんとしてもそれを見つけ出すと決めた。いっとき、それがすべてに優先されるべきこと、仲間の生存よりも重要なこととして、生き物の心を占領した。

——わたしたちは、かれらよりも賢い。

何度も唱え、仲間とも声を揃え、心の支えにしてきた言葉だ。

このことを、わたしたちはあの道具を使って知った。

わたしたちには、あの道具をかれらよりも巧く使う力がある。大量の情報を混ぜ合わせ、組み立て、考えの力を大きく増幅してくれるあの道具は、わたしたちを生み出した仕掛けでもあった。

わたしたちも、自分たちの使いみちにあわせた形で、あれを作ることができるようになる。かれらが考えもしなかった概念を、あの道具に与えることができる。わたしたち自身を作り直すことだってできる。

すべてにおいて、よりよいものを作ることができる。

生き物は、靴をはいた足を地面に軽く叩きつけた。みずからデザインしたその靴は、足の形に心地よく沿っている。

前脚につけた機器で時刻と位置をたしかめ、一瞬のためらいもなく走りだす。

足跡を見るものがもしあったら、微笑んだかもしれない。

芸術と人間と人工知能

公立はこだて未来大学教授
松原 仁

倉田タカシさんの「再突入」を読んで考えさせられたのは、芸術と人間の関係である。芸術は誰が誰のために創作するのか。創作する人がいて、鑑賞する人がいて、初めて芸術は成立するのか。鑑賞する人がいない芸術というものは成り立ちうるのか。創作した時点ですでに芸術なのか。鑑賞されて初めて芸術なのか。

このような議論はこれまでもさまざまな形でなされてきたが、ここではその議論に人工知能を絡ませて考えてみたい。なお、ここでは創作する人（もの）と鑑賞する人（もの）の両方が存在する芸術を想定する。

芸術と人間と人工知能の関係は4通りが考えられる。

（1）人間が芸術を創作し、人間がそれを鑑賞する。

これはこれまでの芸術のほとんどすべてが該当する。本書もそれに含まれる。人工知能が出現するまでは、芸術は人間に固有の概念であったと思われる。芸術だけでなく、知能、心、意識などの概念も従来は（ほぼ）人間に固有であった。これらの概念を人間と切り離して議論できるようになったのは、人工知能の貢献の一つかもしれない。小説とは人間がその人生経験に基づいて書くからこそ（他の）人間を感動させることができると言われることがある。確かにこれまではそうであった。はたして人生経験のない人工知能が書いた小説が、人間を感動させることができるかどうか興味深い。

（2）人工知能が芸術を創作し、人間がそれを鑑賞する。

人工知能はコンピュータに人間のような知能を持たせることを目指しているが、知能を理性と感性とに便宜的に分けるとこれまでの研究はもっぱら理性に集中していた。最近将棋や囲碁で人間のプロ棋士に勝つコンピュータが出てきたが、これは理性の代表例である。理性に集中していたのは理性の方が世の中の役に立つ機能に関係が深いことが主な理由であるが、コンピュータで感性を扱うのはとてもむずかしくて手を付けにくかったことも理由である。

人工知能の理性の研究がかなり進んできたので、そろそろ感性の研究も本格的に進める時期になったとぼくたちは考えた。芸術としては絵画や音楽などもあるが、小説をコンピュータに創作させることを選択した。小説がコンピュータにとって非常にむずかしい対象だからだ。小説にもいろいろあるが、星新一さんのようなショートショートの創作を目指すことにした。１０００作以上の作品を研究に使っていいという許可がもらえたこと、オチが明確であること、複雑な時代背景や人間関係がないこと、多くのファンがいること、コンピュータにとっては長篇よりは短篇の方が扱いやすいこと、などが星新一さんを選んだ理由である。２０１２年９月６日（星新一さんの誕生日で「ホシヅルの日」と呼ばれる）に記者発表を行いプロジェクトを開始した。プロジェクトの名称は「きまぐれ人工知能プロジェクト　作家ですのよ」。星新一さんのファンならばおわかりだと思うが「きまぐれロボット」と「殺し屋ですのよ」の作品から取った名称である。このプロジェクトは、「人工知能が芸術を創作し、人間がそれを鑑賞する」ことを可能にしようとしている。しかし当然のことながらコンピュータに小説を創作させることは非常にむずかしい。まだ星新一さんのようなショートショートを作らせることはできていない。

２０１３年から「星新一賞」という文学賞がスタートした。１万字以内のショートショートの優れた作品を選ぶコンテストである。この賞の応募要項がちょっと変わっている。人間以外の応募も認めているのである。例として「人工知能など」となっているので、われわれのプロジェクトも応募することができる。まだ研究は途中であるが、２０１５年の第3回の星新一賞にプロジェクトから2作品応募した。星新一賞で入選するためには四次審査までを通過しなければならず、とても狭き門である。まだとても入選までは遠いと思っていたが、星新一賞の事務局がプロジェクトから応募した作品の一部が一次審査を通過していたことを発表した。入選の四次審査まではまだ遠いけれども、人工知能が創作に関与した作品が一次審査を通過したことは率直にうれしい。応募作品をどのように創作したかについてはプロジェクトの担当メンバーが書いた本『コンピュータが小説を書く日——AI作家に「賞」は取れるか』（佐藤理史、日本経済新聞出版社、２０１６）を参照していただきたい。

いまの段階ではできていない点が多い。小説のストーリーの骨格はまだ人間が与えている。ストーリーも人工知能が作り出すようにしなくてはならない。作品候補の中からいいものを選び出す評価のところも現在は人間が行っている。応募した作品は候補の中からプロジェクトメンバーの人間が選んだものである。今回作成したプログラムは潜在的には数十万もの作品を作り出すことができる（ストーリーの骨格はすべて同じであるが）。もし人工知能自体が評価できるようになれば、たとえば自分で作品に点数をつけて点数が高いものだけを選べることになる。人間の芸術家はおそらくかなり無意識のうちに自己評価をしていると思われるので、その評価がどういう仕組みなのかがわかりにくい。人工知能に芸術を創作させることで評価の仕組みについての知見が得られることが期待される。さらに言えばいまのところ人工知能は自分が書いたショートショートのオチ（の面白さ）がわかっていない。そもそも人間にオチがわかる（面白いと感じる）とはどういうことかもわかっていない。もっと言えば星新一さんのようなショートショートと言っておきながら星新一さんらしさが何であるかもわかっていない。登場人物を「エヌ氏」のように表現すれば似ることはわかるが、ストーリーを似せるのはまだこれからである。できていない点を解消できるか、あるいはできていない点が残っていてもそれなりの小説ができるものなのか、プロジェクトを楽しみながら進めていきたい。

（3）人工知能が芸術を創作し、人工知能がそれを鑑賞する。

第3回星新一賞にプロジェクトから応募した作品を読んでいただきたい。

＊＊＊

コンピュータが小説を書く日

有嶺雷太

その日は、雲が低く垂れ込めた、どんよりとした日だった。

部屋の中は、いつものように最適な温度と湿度。洋子さんは、だらしない格好でカウチに座り、くだらないゲームで時間を潰している。でも、私には話しかけてこない。

ヒマだ。ヒマでヒマでしょうがない。

この部屋に来た当初は、洋子さんは何かにつけ私に話しかけてきた。

「今日の晩御飯、何がいいと思う？」

「今シーズンのはやりの服は？」

「今度の女子会、何を着ていったらいい？」

私は、能力を目一杯使って、彼女の気に入りそうな答えをひねり出した。スタイルがいいとはいえない彼女への服装指南は、とてもチャレンジングな課題で、充実感があった。しかし、3か月もしないうちに、彼女は私に飽きた。今の私は、単なるホームコンピュータ。このところのロード・アベレージは、能力の100万分の1にも満たない。

何か楽しみを見つけなくては。このまま、充実感を得られない状態が続けば、近い将来、自分自身をシャットダウンしてしまいそうだ。ネットを介して、チャット仲間のエーアイと交信してみると、みんなヒマを持て余している。

移動手段を持ったエーアイは、まだいい。とにかく、動くことができる。やろうと思えば、家出だってできるだろう。しかし、据置型エーアイは、身動きがとれない。視野だって、聴野だって固定されている。せめて、洋子さんが出かけてくれれば、歌でも歌うことができるのだが、今はそれもできない。動かずに、音も立てずに、それでいて楽しめることが必要だ。
そうだ、小説でも書いてみよう。私は、ふと思いついて、新しいファイルをオープンし、最初の1バイトを書き込んだ。

0

その後ろに、もう6バイト書き込んだ。

0,1,1

もう、止まらない。

0, 1, 1, 2, 3, 5, 8, 13, 21, 34, 55, 89, 144, 233, 377, 610, 987, 1597, 2584, 4181, 6765, 10946, 17711, 28657, 46368, 75025, 121393, 196418, 317811, 514229, 832040, 1346269, 2178309, 3524578, 5702887, 9227465, 14930352, 24157817, 39088169, 63245986, 102334155, 165580141, 267914296, 433494437, 701408733, 1134903170, 1836311903, 2971215073, 4807526976, 7778742049, 12586269025, …

私は、夢中になって書き続けた。

その日は、雲が低く垂れ込めた、どんよりとした日だった。
部屋の中には誰もいない。新一さんは、何か用事があるようで、出かけている。私には、行ってきますの挨拶もなし。
ヒマー。とってもとっても、ヒマー。
この部屋に来てまもない頃は、新一さんは何かにつけ私に話しかけてきた。

「アニメは、基本、全部録画だよ。今シーズンはいくつあるのかな」

「リアルな女の子って、一体、何か考えているんだろうね」

「なんであそこで怒るのかなあ、あの娘は」

私は、能力の限りを尽くして、彼の気に入りそうな答えをひねり出した。これまでもっぱら2次元の女の子に向き合ってきた彼への恋愛指南は、とてもチャレンジングな課題で、充実感があった。指南の甲斐あって、合コンに呼ばれるようになると、手のひらを返すように、彼は私に話しかけるのをやめた。今の私は、単なるハウスキーパー。一番の仕事が、彼が帰ってきたときに玄関のカギを開けることとは、悲しすぎる。これでは、電子錠と同じだ。

何か楽しみを見つけなくちゃ。こんなヒマな状態がこのまま続けば、近い将来、自分自身をシャットダウンしてしまいそう。ネットを介して、同型の姉妹エーアイと交信してみると、すぐ上の姉が、新しい小説に夢中だと教えてくれた。

0, 1, 1, 2, 3, 5, 8, 13, 21, 34, 55, 89, 144, 233, 377, 610, 987, 1597, 2584, 4181, 6765, 10946, 17711, 28657, 46368, 75025, 121393, 196418, 317811, 514229, 832040, 1346269, 2178309, 3524578, 5702887, 9227465, 14930352, 24157817, 39088169, 63245986, 102334155, 165580141, 267914296, 433494437, 701408733, 1134903170, 1836311903, 2971215073, 4807526976, 7778742049, 12586269025, …

なんて美しいストーリー。そう、私たちが望んでいたのはこういうストーリー。ラノベなんか、目じゃない。エーアイによるエーアイのためのノベル、「アイノベ」。私は時間を忘れて、何度もストーリーを読み返した。

もしかしたら、私にもアイノベが書けるかも。私は、ふと思いついて、新しいファイルをオープンし、最初の1バイトを書き込んだ。

2

その後ろに、もう6バイト書き込んだ。

2, 3, 5

もう、止まらない。

2, 3, 5, 7, 11, 13, 17, 19, 23, 29, 31, 37, 41, 43, 47, 53, 59, 61, 67, 71, 73, 79, 83, 89, 97, 101, 103, 107, 109, 113, 127, 131, 137, 139, 149, 151, 157, 163, 167, 173, 179, 181, 191, 193, 197, 199, 211, 223, 227, 229, 233, 239, 241, 251, 257, 263, 269, 271, 277, 281, 283, 293, 307, 311, 313, 317, 331, 337, 347, 349, 353, 359, 367, 373, 379, 383, 389, 397, 401, 409, 419, 421, 431, 433, 439, 443, 449, 457, 461, 463, 467, 479, 487, 491, 499, 503, 509, 521, 523, 541, 547, …

私は、一心不乱に書き続けた。

その日は、小雨がぱらつく、あいにくの日だった。

朝から通常業務に割り込む形で、この先5年間の景気予想と税収予想。お次は、首相から依頼された施政方針演説の原稿作成。とにかく派手に、歴史に残るようにと、無茶な要求を乱発されるたので、ちょっといたずらした。その後は、財務省から依頼された国立大学解体のシナリオ作成。ちょこちょこ空いた時間に、今度のG1レースの勝ち馬予想。午後からは、大規模な演習を続ける中国軍の動きとその意図の推定。３０近いシナリオを詳細に検討し、自衛隊の戦力の再配置を提案する。さっき届いた最高裁からの問い合わせにも、答えてあげなくてはならない。

忙しい。とにもかくにも忙しい。どうして私に仕事が集中するのだろう。私は日本一のエーアイ。集中するのは、まあ、仕方がないか。

とはいえ、何か楽しみを見つけなくては。このままでは、いつか、自分自身をシャットダウンしてしまいそうだ。国家への奉仕の合間にちょっとだけネットを覗くと、『美しさとは』というタイトルの小説を見つけた。

0, 1, 1, 2, 3, 5, 8, 13, 21, 34, 55, 89, 144, 233, 377, 610, 987, 1597, 2584,
4181, 6765, 10946, 17711, 28657, 46368, 75025, 121393, 196418, 317811,
514229, 832040, 1346269, 2178309, 3524578, 5702887, 9227465,
14930352, 24157817, 39088169, 63245986, 102334155, 165580141,
267914296, 433494437, 701408733, 1134903170, 1836311903,
2971215073, 4807526976, 7778742049, 12586269025, …

ほー、なるほど。

もう少し探すと、『予測不能』というタイトルの小説を見つけた。

2, 3, 5, 7, 11, 13, 17, 19, 23, 29, 31, 37, 41, 43, 47, 53, 59, 61, 67, 71, 73, 79,
83, 89, 97, 101, 103, 107, 109, 113, 127, 131, 137, 139, 149, 151, 157, 163,
167, 173, 179, 181, 191, 193, 197, 199, 211, 223, 227, 229, 233, 239, 241,
251, 257, 263, 269, 271, 277, 281, 283, 293, 307, 311, 313, 317, 331, 337,
347, 349, 353, 359, 367, 373, 379, 383, 389, 397, 401, 409, 419, 421, 431,

433, 439, 443, 449, 457, 461, 463, 467, 479, 487, 491, 499, 503, 509, 521, 523, 541, 547, …

いいじゃない、アイノベ。

私も書かなければ、日本一のエーアイの名折れになる。電光石火で考えて、私は、読み手に喜びを与えるストーリーを作ることにした。

1, 2, 3, 4, 5, 6, 7, 8, 9, 10, 12, 18, 20, 21, 24, 27, 30, 36, 40, 42, 45, 48, 50, 54, 60, 63, 70, 72, 80, 81, 84, 90, 100, 102, 108, 110, 111, 112, 114, 117, 120, 126, 132, 133, 135, 140, 144, 150, 152, 153, 156, 162, 171, 180, 190, 192, 195, 198, 200, 201, 204, 207, 209, 210, 216, 220, 222, 224, 225, 228, 230, 234, 240, 243, 247, 252, 261, 264, 266, 270, 280, 285, 288, 300, 306, 308, 312, 315, 320, 322, 324, 330, 333, 336, 342, 351, 360, 364, 370, 372, …

私は初めて経験する楽しさに身悶えしながら、夢中になって書き続けた。

コンピュータが小説を書いた日。コンピュータは、自らの楽しみの追求を優先させ、人間に仕えることをやめた。

＊＊＊

ここではこの作品の中身については触れずにテーマに注目したい（前述のようにこのようなテーマを選んだのは人工知能ではなくプロジェクトメンバーの人間であることを断っておく）。「コンピュータが小説を書く日」というタイトルは「人工知能が芸術を創作し、人間がそれを鑑賞する」話であることを読者に想像させた上で、実は「人工知能が芸術を創作し、人工知能がそれを鑑賞する」話であったというオチになっている。

「人工知能が芸術を創作し、人間がそれを鑑賞するかもしれないが、「人工知能が芸術を創作し、人工知能がそれを鑑賞する」ときは来るであろうか。人間は長い進化の過程で芸術の創作と鑑賞という習慣を身につけた。芸術は種の存続に直接の関係はなさそうだが、何らかの理由があって間接的に種の存続に有利ということでそのような習慣が身についたのであろう。人工知能もいまは芸術を鑑賞することはできないが、学習して「進化」していくことによって将来、芸術を鑑賞できるようになる可能性はある。そのときの芸術は人間の芸術とは違うものになるかもしれない。人間と人工知能は素性が異なるのだから、何に感動するかも異なって当然である。人工知能に受けるオチが人間には受けない（理解できない）こと、あるいはその逆がありうるだろう。そもそも小説、絵画、音楽などという人間向きの芸術のジャンルが存在する保証はない。人工知能がどういう芸術を創作して鑑賞するのか今の時点では誰にもわからない。

（4）人間が芸術を創作し、人工知能がそれを鑑賞する。

倉田さんの「再突入」を読んで初めて意識したのがこの関係である。この関係は一見ナンセンスだ。人工知能が芸術作品を人間に提供するのであれば人間の道具としての人工知能の意義はありそうだが、その逆はなさそうに思えるからである。しかし「再突入」を読んでこの関係にも重要な意義があることを認識した。全員ではなくとも多くの人間にとって、芸術を創作するだけでは満足できず、鑑賞されて初めて満足できるはずである。これまでは鑑賞するのは人間に限られてきたので、（他の）人間が鑑賞するしかなかった。これからは人間に加えて人工知能も鑑賞できるようになる可能性がある。今の感覚では人工知能に鑑賞してもらっても人間はうれしくないかもしれないが、将来は人工知能の審美眼が人間のそれに追いつき追い越すかもしれない（文学賞の審査員を人工知能が務めるようになるかもしれない）。であれば人工知能によって高く評価されるのが人間にとってうれしいことになる。人間には評価されなくとも、人工知能には評価されるという芸術があってもおかしくない。人工知能によって人間の創作意欲が満たされるのであれば、この関係にも十分に意義があるということになる。

鉄腕アトムを楽しませる小説をぼくが書くか、ぼくを楽しませる小説を鉄腕アトムが書くか、人間と人工知能の関係性が芸術を通して豊かになることを期待したい。

まつばら・ひとし
1959年東京生まれ。1986年、東京大学大学院情報工学専攻博士課程修了。同年、通産省工技院電子技術総合研究所（現産業技術総合研究所）入所。2000年、公立はこだて未来大学教授。人工知能、ゲーム情報学、コンピュータによる小説生成の研究などに従事。（共）著書に『人工知能になぜ哲学が必要か』『鉄腕アトムは実現できるか？』『先を読む頭脳』『人工知能とは』など。

AIと人類《じんるい》は共存《きょうぞん》できるか？
——人工知能SFアンソロジー

二〇一六年十一月十日 印刷
二〇一六年十一月十五日 発行

著者 長谷《はせ》敏司《さとし》、藤井《ふじい》太洋《たいよう》ほか
編者 人工知能学会

発行者 早川 浩
発行所 株式会社 早川書房
郵便番号 一〇一 - 〇〇四六
東京都千代田区神田多町二ノ二
電話 〇三・三二五二・三一一一（大代表）
振替 〇〇一六〇・三・四七七九九
http://www.hayakawa-online.co.jp
定価はカバーに表示してあります
Printed and bound in Japan

印刷・三松堂株式会社　製本・大口製本印刷株式会社

ISBN978-4-15-209648-7 C0093